BEAU PARLEUR

NADINE

JESSE KELLERMAN

BEAU PARLEUR

roman

TRADUIT DE L'ANGLAIS (ÉTATS-UNIS)
PAR JULIE SIBONY

ÉDITIONS DES 2 TERRES

Titre original :
THE EXECUTOR
Éditeur original :
G. P. Putnam's Sons, New York

ISBN original : 978-0-399-15647-2

ISBN : 978-2-84893-124-1

www.les-deux-terres.com

À Gavri

Le philosophe arrive et vous dit posément
Que la chose ne peut se passer autrement,
Et que le premier point entraîne le deuxième ;
Que le deuxième admis il s'ensuit le troisième ;
Et que si le premier n'avait pas existé,
Les deux autres, non plus, n'auraient jamais été.
Les nombreux écoliers, ravis par ces merveilles,
Écoutent le docteur de toutes leurs oreilles,
Admirent en silence, ouvrent des yeux bien grands,
Mais on n'en voit jamais devenir tisserands.

Goethe, *Faust.*

Choisis, dit le fou.

Le Livre des pensées en vrac, 17:19.

CHAPITRE 1

Je possédais alors la moitié de la tête de Nietzsche. C'est la seule chose que je considérais comme m'appartenant réellement et, le soir où Yasmina me jeta dehors, ce fut le dernier objet que je récupérai avant de gagner la porte et de me retourner pour lui faire part de mes conclusions définitives.

Elle parla la première.

– J'ai toujours détesté ce truc.

Je ne relevai pas.

– Excuse-moi, reprit-elle. Je sais que tu l'adores. Mais moi, ça me colle la chair de poule.

Je lui répondis que je ne voulais plus discuter.

Elle me demanda si j'allais tenir le coup. Je lui rétorquai que ça n'avait aucune importance. Elle m'assura que si, alors je lui affirmai que oui, ça irait. C'était faux. J'avais dit ça pour ne pas la culpabiliser. On ne peut pas vivre deux ans avec quelqu'un sans développer pour lui une sorte de réflexe empathique, et je savais que, si je ne la rassurais pas, elle passerait la nuit sans dormir, à se faire du souci pour moi. Non sans raison : elle me mettait dehors en pleine tempête de neige. Il aurait été normal qu'elle se sente coupable. Mais mon orgueil m'interdisait d'exploiter ce sentiment.

– Ça va aller, répétai-je.

– Plus tu dis ça, moins j'y crois.

Elle ne semblait pas pour autant disposée à me laisser rentrer, son corps bloquant le passage dans l'encadrement de la porte. Derrière elle se trouvait l'appartement dans lequel nous avions vécu et travaillé, dormi et parlé, dans lequel nous avions fait l'amour. Le tableau en liège où étaient épinglées toutes sortes de photos et souvenirs, preuves d'une histoire commune. Des dîners entre amis. Des week-ends à Salem et Newport. La table basse, une malle en cuir cabossée dénichée dans une vente aux enchères. Sur le chambranle de l'entrée était planté un clou nu. Parfois y était accroché quelque chose, dont l'absence cette fois-ci était le signe cruel de tout ce qui n'allait plus entre nous.

Je ne suis pas de ceux à qui les mots viennent à manquer facilement, mais, planté sur le seuil à deux doigts de l'expulsion, je ne savais pas quoi dire. Des larmes roulaient périodiquement sur son visage sans expression, comme par devoir. Le contraste entre nous n'aurait pu être plus saisissant qu'à cet instant. Elle était petite, la peau mate, parée de bijoux, scintillante et raffinée. Et moi, un mètre quatre-vingt-dix, rougeaud, épais, capable de transporter toutes mes possessions – la preuve matérielle complète de mon existence – à la force du poignet sans verser la moindre goutte de sueur.

Ce qui en dit long sur le peu que je possédais. Faire mes bagages avait été un processus d'une rapidité déprimante, le tout tenant dans un sac polochon de taille moyenne que j'avais d'ailleurs dû emprunter à Yasmina. La moitié du sac était occupée par mon ordinateur portable, mes livres et quinze centimètres de mémoire de thèse inachevé ; l'autre moitié par mes chemises – râpées aux poignets –, mes vestes – élimées aux coudes –, mes jeans et mes pantalons de treillis froissés. J'avais fourré dans la poche latérale une paire de mocassins marron, usés au-delà du réparable. Au total, une garde-robe parfaitement miteuse, qui reflétait une image de soi entretenue depuis des années : celle d'un universitaire dépenaillé. Les vêtements appartenaient au monde des choses. J'appartenais à celui des idées. Me soucier de mon apparence aurait voulu dire accorder de l'importance à la façon dont les autres me percevaient. À l'époque, je trouvais cette notion répugnante. Et dans une certaine mesure c'est toujours le cas. Malgré tout, quelque chose en moi ne parvient pas à renoncer à croire que je me situe en dehors de la société, au-dessus de ses jugements.

C'est un quelque chose qui rapetisse de jour en jour.

Et, enfin, il y avait la tête de Nietzsche. Une demi-tête. La moitié gauche, pour être précis. Je l'avais trouvée sur un marché aux puces à Berlin-Est. Je serais bien en peine de vous dire ce que je faisais là-bas (sur ce marché aux puces, j'entends ; je sais très bien ce que je faisais à Berlin : je dilapidais une énième bourse de voyage pour mener d'énièmes recherches en vue de mon interminable mémoire de thèse). Je n'ai jamais été du genre à faire des achats futiles, or tout ce que l'on peut trouver dans ce type d'endroit est, grosso modo, futile. Si je me souviens bien, je revenais de la Staatsbibliothek et je marchais en direction de mon minuscule studio à Prenzlauer Berg en repensant à mes lectures du jour. J'avais dû m'égarer de mon itinéraire habituel car, lorsque je m'arrêtai, je me retrouvai dans une travée bruyante où je ne me rappelais pas m'être engagé, devant un stand dont je ne me rappelais pas m'être approché, tenant dans la main un objet que je ne me rappelais pas avoir choisi.

Froid et lourd, il était en fonte, avec un socle carré dont émergeait un demi-buste, une tête humaine tranchée selon une coupe sagittale : une oreille, un œil, la moitié gauche d'un nez. La grossièreté de l'exécution trahissait les mains maladroites et les outils rudimentaires qui avaient présidé à sa fabrication : les proportions étaient fausses, les surfaces irrégulières, l'œil en particulier possédait une qualité irréelle, enfoncé beaucoup trop profondément dans son orbite comme s'il vous fixait depuis le néant, la chair autour toute balafrée et raturée. Mais, étrangement, ce manque de raffinement contribuait à l'effet d'ensemble, et puis de toute façon la moustache, même réduite à une seule moitié, était trop reconnaissable. Franchement, qui d'autre ça pouvait être ?

– *Sehr lustig, ja ?*

Je levai les yeux vers le vendeur. Il ressemblait étonnamment à Joseph Staline, ce qui était d'autant plus troublant que parmi toutes les babioles de l'ère soviétique éparpillées sur son étalage se trouvait une bouilloire ornée de faucilles et de marteaux et du visage de Staline en personne.

Je hochai la tête et retournai l'objet, révélant sous le socle une doublure en velours vert toute râpée.

C'était un serre-livres, m'expliqua le marchand. Son ami – c'est le terme qu'il employa, *Freund* – s'était égaré. Il ne savait pas d'où il provenait, même s'il émit l'hypothèse qu'il avait jadis appartenu à un professeur. *Ein Genie*, dit-il, un génie, ajoutant que le monde ne serait pas le même sans lui. De la part de quelqu'un qui semblait ne s'être ni lavé ni rasé depuis la perestroïka, c'était une appréciation que je jugeai admirablement intellectuelle et, en tant que philosophe, je fus ému de voir à quel point les idées de Nietzsche, si souvent incomprises, pouvaient encore inspirer le commun des mortels.

– $E = mc^2$, dit-il. *Ja ?*

Je crois avoir assez bien réussi à dissimuler ma stupeur, mais à partir de là il me parut de mon devoir de prendre la garde de ce serre-livres. On ne pouvait pas faire confiance à quelqu'un qui confondait Nietzsche et Einstein. Je m'enquis du prix. Le vendeur mit quelques secondes à me jauger, soupesant mon désir en regard de ma veste de sport miteuse, et finit par m'en demander trente euros. Je lui en offris dix, nous coupâmes la poire en deux et je repartis ravi, le sac alourdi de huit kilos.

Au fil des années, ce serre-livres était devenu pour moi une sorte de totem, souvenir des temps plus heureux où je pouvais encore décrocher des bourses de voyage. Le soir où Yasmina me jeta dehors, évidemment, tout ça avait bien changé. Mes financements s'étaient taris, sans espoir de renouvellement à court terme. Mes heures d'enseignement avaient été confiées à d'autres étudiants qui en avaient plus besoin que moi, des étudiants encore prometteurs, en troisième ou quatrième année de doctorat plutôt qu'en huitième et des poussières. Ma soi-disant directrice de thèse ne m'avait pas parlé depuis des mois. Autour du bâtiment Emerson Hall, j'étais désormais, sinon persona non grata, du moins une présence superflue.

Je chérissais donc ce serre-livres, que je gardais posé sur le meuble hi-fi du salon, où je pouvais le voir depuis mon bureau dans le coin. Il me donnait du courage. Et puis c'était mon unique contribution à la déco de l'appartement. Yasmina ne s'y était jamais opposée, et l'entendre exprimer ses sentiments véritables me fit l'effet d'un choc. Alors que j'étais là à me creuser les méninges pour trouver une dernière pique appropriée, je le tenais serré contre mon torse, cherchant à le protéger d'elle.

– On dirait qu'il a un blaireau sur la figure, dit-elle.

– Un demi-blaireau, rétorquai-je d'un ton évasif.

Je vais lui faire crédit : je ne pense pas que son comportement visait à infliger le maximum de dégâts. C'était quelqu'un d'égocentrique, mais je l'avais toujours su et je ne l'en aimais pas moins. Même quand j'avais commencé à sentir que notre histoire tournait au vinaigre, je m'étais dit qu'elle n'aurait jamais l'indélicatesse de me mettre à la porte sans préavis. J'avais tort.

Bien que j'eusse aimé partir sur un bon mot, au final je ne parvins à produire qu'une vaine tentative d'ironie :

– La vie de l'esprit, dis-je en soulevant mes maigres possessions.

– Profites-en bien, répondit-elle avant de me fermer la porte au nez.

En bas, Drew m'attendait dans sa voiture. Il reposa son sudoku, déverrouilla le coffre et sortit. Puis, voyant le peu d'affaires que j'avais, il claqua le coffre et ouvrit la portière arrière à la place.

Nous étions déjà presque à Somerville quand il coupa le son de l'autoradio et dit :

– J'espère que tu sais que tu peux rester aussi longtemps que tu voudras.

Je compris alors qu'il me fallait trouver une solution de repli au plus vite.

Allongé sur un canapé-lit grinçant – sous le regard aliéné de Nietzsche qui me fixait de son œil unique depuis le rebord de la fenêtre, la neige s'amoncelant derrière lui comme un nuage de pensées –, j'entrepris de faire la liste des pistes à explorer : les sites de recherches d'emploi, Craigslist. Il me traversa l'esprit d'acheter la presse pour les petites annonces. L'idée de trouver mon destin dans un journal me parut désuète – même parfaitement ridicule – et, malgré les sombres circonstances, je me souris à moi-même dans l'obscurité. Quand j'y repense à présent, je me rends compte que me procurer ce journal fut, sinon la première décision significative de ma vie, du moins une étape nécessaire vers tout ce qui s'ensuivit, chacune de mes catastrophes.

CHAPITRE 2

Je passai les trois semaines suivantes à rebondir misérablement d'un canapé à l'autre. Je compris vite que le prix à payer pour quelques nuits d'hospitalité était de répéter mon histoire larmoyante depuis le début, généralement à la femme de la maison mais parfois à l'homme aussi, assis tous les deux en face de moi, les sourcils froncés avec sollicitude, main dans la main comme pour se protéger de mon célibat virulent. S'il ne tenait qu'à moi, j'aurais préféré loger chez des célibataires. Mais, à part Drew, je n'en connaissais aucun. C'est comme ça quand vous êtes casé depuis deux ans : vous ne fréquentez plus que des couples. Et je ne pouvais pas retourner habiter chez lui, non pas parce qu'il ne m'aurait pas accueilli, mais parce que son appartement était une vraie porcherie. Ce qui m'était tout aussi insupportable que d'avoir à expliquer pour la énième fois comment Yasmina avait bien pu me larguer alors que nous avions toujours eu l'air tellement heureux ensemble.

Il fallait que je me trouve un chez-moi. Ça, c'était l'évidence. Moins évidente cependant, la façon de s'y prendre pour y parvenir, vu que j'avais en tout et pour tout sur mon compte en banque à peine plus de deux cents dollars. Je n'étais pas près non plus de décrocher un boulot, n'ayant pas envoyé une seule candidature. J'avais mis la barre si haut que ça en devenait handicapant : quoi que je fasse, il faudrait que ce soit un minimum intellectuel, tout en me laissant suffisamment de temps libre pour ma thèse. Certains de mes amis pensaient que j'aurais dû par exemple envisager de travailler dans une librairie : un job auréolé d'une certaine érudition et que, contrairement aux postes d'enseignant vacataire que je passais mon temps à lorgner sur les réseaux sociaux universitaires, j'avais une chance d'obtenir.

– Ou alors tu pourrais donner des cours particuliers, disaient-ils.

Je leur répondais que je préférais me laisser mourir de faim.

À ce stade, je ne voyais pas encore de raisons de paniquer. Tôt ou tard, Yasmina me téléphonerait pour me supplier de revenir. Il aurait été ridicule de m'installer quelque part si c'était pour aussitôt me remettre avec elle et réemménager dans son appartement. Je continuais donc à appeler mes amis les uns après les autres pour leur demander des services, grillant ainsi tout le crédit emmagasiné au fil de mes douze années à Cambridge. Tous les matins, je me levais du canapé pourri sur lequel j'avais dormi cette nuit-là et je me rendais sur le campus d'Harvard avec mon ordinateur sous le bras.

Le bâtiment Emerson Hall, qui abrite le département de philosophie, possède sa propre bibliothèque. Preuve de mon isolement croissant par rapport aux autres étudiants et professeurs, j'évitais à tout prix cet endroit sauf nécessité absolue, préférant me reclure dans un recoin abandonné au cinquième étage de la bibliothèque Widener, où je boudais tout en feignant d'écrire.

Lors d'un de ces après-midi, je me retrouvai à feuilleter sans grande conviction le journal *Harvard Crimson*, que j'avais ramassé davantage pour me changer les idées qu'autre chose. Les articles me faisaient toujours sourire – de prétentieux étudiants de licence qui préconisaient leurs solutions maison aux grands problèmes du monde –, jusqu'à ce que je m'aperçoive que, cinq ans plus tard, ces mêmes étudiants seraient devenus les rédacteurs en chef de la page opinion du *New York Times*.

Les petites annonces des journaux des grandes universités américaines s'adressent à des gens jeunes, intelligents et prêts à tout. Plusieurs d'entre elles sollicitaient de jolies femmes non fumeuses âgées de vingt à vingt-neuf ans pour des dons d'ovocytes. Des couples stériles étaient disposés à payer jusqu'à vingt-cinq mille dollars plus frais, une somme qui me fit tourner la tête. Mon salaire annuel – à l'époque où j'en avais un – s'élevait à moins que ça. Et c'était pour une seule cellule ! Je notai dans un coin de ma tête d'appeler une banque du sperme pour m'enquérir des tarifs en cours.

Une annonce proposait des cabas en toile personnalisés pour votre club étudiant ; une autre, une Volkswagen Jetta de dix ans en très bon état, à un prix inférieur à la cote Argus. Une troisième semblait promouvoir un livre autoédité sur l'histoire de l'univers, en vente via le site Internet de l'auteur. Je dis « semblait » car l'annonce était quasi inintelligible et la personne qui l'avait rédigée visiblement en plein délire. N'importe qui peut passer une annonce dans le *Crimson*. Il faut juste un minimum de quinze mots à soixante-cinq cents le mot.

Donc, en fait, je n'aurais pas pu passer une annonce dans le *Crimson*.

La huitième et dernière de la liste arrivait juste au-dessus du minimum requis.

INTERLOCUTEUR SOUHAITÉ
POUR HEURES DE CONVERSATION.
PAS SÉRIEUX S'ABSTENIR.
APPELER AU 617-XXX-XXXX
PAS DE DÉMARCHEURS SVP.

L'activité première de la philosophie contemporaine est l'étude minutieuse du langage. Je relus le texte plusieurs fois avec le sentiment de le comprendre sans le comprendre. Quel genre d'interlocuteur ? Souhaité par qui ? Juste « souhaité », dans le sens d'une nécessité, comme il est « souhaitable » de trouver une source d'énergie renouvelable bon marché ? Quelque chose peut-il être souhaité dans l'absolu, sans qu'il y ait un « souhaiteur » ? Bien sûr que non ; ce n'est pas comme ça que fonctionne ce verbe. Sans doute qu'en l'occurrence le souhaiteur était la personne ayant passé l'annonce. Mais telle que la phrase était rédigée, sans complément d'agent, j'avais davantage l'impression de lire la description d'un état de fait qu'une offre d'emploi.

Et comment un candidat pouvait-il évaluer son degré de sérieux sans savoir en quoi le boulot consistait ? Était-ce moi qui devais être sérieux, ou bien ma candidature qui devait pouvoir être prise au sérieux par mon employeur potentiel ? Par exemple, je pourrais sérieusement rêver de devenir une astronaute lesbienne cracheuse de feu sans qu'on puisse pour autant qualifier de sérieuses mes chances d'y parvenir.

Le ton de l'annonce était une invitation en même temps qu'un avertissement ; une main tendue, l'autre levée en bouclier. Et qu'est-ce que c'était que cette histoire de démarcheurs ? Peut-être la personne craignait-elle une usurpation d'identité. Mais, dans ce cas, pourquoi donner un numéro de téléphone ? Pourquoi pas une simple adresse e-mail ou, pour ceux de la vieille école, carrément une boîte postale ? Quelque chose ne collait pas, et j'avais la très forte intuition d'être en face d'une arnaque. De nos jours on n'est jamais trop méfiant, la paranoïa n'étant plus regardée comme une pathologie mais une marque de bon sens.

Quand même. Je trouvais cette annonce étrange, d'une étrangeté tentante.

J'aurais pu appeler depuis la bibliothèque – il n'y avait personne dans les parages –, mais j'ai toujours considéré Widener comme un temple, et comme un sacrilège le fait de perturber son silence poussiéreux. Je pris mes affaires et sortis, traversant la vaste pelouse du Tercentenary Theater en direction des bâtiments du Canaday Hall, cette affreuse résidence universitaire surnommée « l'HLM » où j'avais habité en première année. Devant le Science Center la neige était souillée, foulée par des centaines de pieds, et je m'arrêtai un instant pour regarder un groupe d'étudiants en train de mettre la dernière touche à une oreille de neige géante très dalinienne. Une fois à l'intérieur, je soufflai dans mes mains, sortis mon téléphone portable et composai le numéro. Une voix enregistrée m'indiqua que ce compte avait été désactivé, référence 1-1-4-7.

Je réessayai et tombai sur le même message. Au bout de la troisième tentative, je finis par me rendre à l'évidence : Yasmina m'avait coupé le téléphone. Le fait qu'elle avait payé la facture à ma place me semblait parfaitement secondaire à cet instant ; elle m'avait encore une fois laissé en plan sans prévenir, et j'étais furax. Je faillis balancer mon portable contre le mur. Mon besoin d'une source de revenus étant soudain devenu encore plus pressant, je ressortis pour me mettre en quête d'une cabine téléphonique.

Elle avait une voix âgée. Je crus déceler une pointe d'accent, bien qu'il m'eût fallu plus qu'un simple « allô » pour en avoir le cœur net.

– Oui, bonjour, j'appelle à propos de l'annonce dans le *Crimson.*

– Ah. Et à qui ai-je l'honneur ?

– Joseph Geist.

– Enchantée, monsieur Geist.

– Merci. Moi de même, madame…

Je marquai une pause afin de lui donner l'occasion de se présenter. Voyant qu'elle ne le faisait pas, je poursuivis :

– Je serais curieux de savoir quel genre d'interlocuteur vous cherchez.

– Éclectique avant tout. Pas forcément très catholique en somme. Est-ce ainsi que vous vous décririez ?

– Je crois, oui. Même si, pour votre information, il se trouve que je suis aussi catholique.

Elle rit doucement.

– Je ne vous en tiendrai pas rigueur, allez.

J'aurais parié sur l'allemand, bien que ses inflexions fussent très différentes de celles que j'avais entendues à Berlin. Peut-être venait-elle de la campagne, ou d'une autre ville.

– Mais je ne suis plus pratiquant, ajoutai-je.

– Ah, un catholique repenti, voilà qui est déjà plus à mon goût.

– À votre service.

– Et donc, monsieur Geist, catholique non pratiquant, vous avez vu mon annonce ? Vous êtes étudiant à Harvard, j'imagine ?

Il aurait été trop long de lui expliquer mon statut exact, aussi dis-je, sans trop faire d'entorses à la vérité :

– En thèse, oui.

– Ah bon ? Et dans quel domaine ?

– La philosophie.

Il y eut un léger blanc.

– Vraiment. C'est très intéressant, monsieur Geist. Et quel genre de philosophe êtes-vous ?

Bien que tenté de me faire mousser, je décidai de rester prudent.

– Du genre éclectique, justement.

Nouveau rire au bout du fil.

– Peut-être devrais-je plutôt vous demander quel est votre philosophe préféré.

Je n'avais aucun moyen de deviner ses goûts, aussi voulus-je répondre par une pirouette qui me semblait à même de la provoquer et de l'amuser : « Moi-même, bien sûr. » Sauf qu'en réalité je dis :

– *Ich, natürlich.*

– Oh, voyez-vous ça, répliqua-t-elle, mais j'entendis un sourire dans sa voix. Je serais ravie de vous rencontrer, monsieur Geist. Êtes-vous libre à quinze heures ?

– À quinze heures… aujourd'hui ?

– Oui, quinze heures aujourd'hui.

Je faillis dire non. Je ne voulais pas avoir l'air trop empressé.

– Oui, ça devrait aller.

– Parfait. Je vous donne l'adresse alors.

Je la notai.

– Merci.

– *Danke schön, Herr Geist.*

Immobile, le combiné dans la main, je me rendis compte que nous n'avions fixé aucun cadre. Je ne savais pas combien de temps elle voulait converser, ni de quoi. Personne n'avait parlé d'argent, si bien que j'ignorais quelle serait ma rémunération, ni d'ailleurs s'il y en aurait une. Je ne connaissais même pas son nom. Tout cet arrangement était franchement bizarre, et je me demandai de nouveau si ce n'était pas une arnaque. Elle paraissait plutôt inoffensive au téléphone, mais bon.

Le combiné se mit à biper. Presque machinalement, j'appuyai sur le commutateur, cherchai d'autres pièces dans ma poche et appelai les renseignements pour trouver le numéro de la banque du sperme la plus proche.

CHAPITRE 3

Il peut sembler immature de la part d'un homme de trente ans – et difficilement viable – de préférer retenir son souffle jusqu'à virer au bleu que d'aller se chercher un boulot comme tout le monde. Pour moi, c'était pourtant bien plus qu'une question de fierté. Pendant des années, je m'étais défini par mes idéaux. Je ne pouvais pas vraiment faire autrement vu que je n'avais jamais rien publié et qu'en lieu de reconnaissance j'avais plutôt reçu un flot de critiques sur mes choix successifs. Tout ce que j'avais accompli en plus d'une décennie d'études pouvait être et était souvent regardé avec condescendance comme une perte de temps. Certes, je n'avais pas gagné d'argent. Aussi, quand je me couchais le soir et que je me levais le matin, la seule chose à laquelle je pouvais me raccrocher était de savoir que j'avais été fidèle à un principe : vivre en accord avec mon esprit, et mon esprit seul. Ce qui pouvait passer pour de la paresse, le caprice d'un flemmard post-millénaire refusant toute concession au monde réel, était en fait la marque d'un instinct de conservation. Au risque de paraître mélodramatique, je dirais même que c'était un combat pour le salut de mon âme.

La raison en sera plus facile à comprendre avec un petit flash-back. La grande chaîne de la causalité remonte très loin dans le passé, et seuls les cosmologistes s'approchent de la vérité quand ils affirment commencer par le commencement. Pour nous autres, qui nous retrouvons propulsés *in medias res* en hurlant, un point de départ arbitraire devra faire l'affaire.

Je suis né dans une petite ville quelque part entre les deux côtes américaines, dans un de ces États qu'on ne fait le plus souvent que survoler. L'agglomération la plus proche se définissait elle-même comme la banlieue d'une plus grosse ville, faisant de nous l'équivalent démographique d'un astérisque dans une note de bas de page. Nous avions trois *diners*, deux fast-foods de la chaîne Dairy Queen et un de la chaîne International House of Pancakes. D'origine résolument allemande et irlandaise, soixante-cinq pour cent de la population étaient inscrits comme républicains sur les listes électorales. La possession d'une arme à feu était la règle, l'appartenance à la NRA courante, l'athéisme du jamais vu. Nous avions des hivers ouatés, des étés accablants. Les vifs après-midi d'octobre, j'explorais les bois derrière la maison, piétinant les feuilles mortes et faisant fuir les cerfs qui venaient grignoter les plates-bandes de ma mère. Enfant, j'étais capable d'identifier des dizaines d'oiseaux par leur aspect ou par leur cri, et à la fin de l'école primaire j'avais déjà usé un exemplaire de la taxonomie de Sibley-Ahlquist. Lorsque j'eus quitté la maison, tout ce savoir s'éroda peu à peu, et le profond sentiment de vide que je ressentais chaque fois que j'y retournais était une des raisons pour lesquelles je n'y retournais plus.

Mon père et ma mère s'étaient mariés très jeunes, au point que ma mère avait dû se faire accompagner à la mairie par ses parents pour signer l'autorisation. Inutile de dire que c'était un mariage de circonstance. Mon père avait dix-neuf ans, il était brouillé avec sa famille et avait abandonné le lycée sans grand-chose d'autre à son actif qu'une grosse voiture américaine. Ma mère le connaissait à peine, ses parents encore moins, et même s'il est sans doute impossible de chiffrer la respectabilité en dollars, je ne cesserai jamais de me demander s'ils n'auraient pas tous mieux fait de tourner sept fois leur langue dans leur bouche et de respirer un bon coup avant de commettre une telle imprudence. Le mariage revêt-il une si grande valeur en soi qu'il mérite de lui sacrifier le bonheur de toutes les personnes concernées ? C'était en 1970, après tout. Les filles-mères étaient encore stigmatisées, mais le monde changeait.

Bien sûr, il est possible, quoique peu vraisemblable, que ma mère et sa famille aient été sincèrement enthousiastes à l'idée de cette union. Je ne le saurai jamais car il fallut attendre encore sept ans avant mon arrivée et, le temps que je sois en âge de poser des questions, toutes les intentions initiales s'étaient éventées depuis belle lurette, les émotions desséchées et balayées par le vent.

Le 23 avril, six mois avant la naissance de mon frère aîné, le président Richard Nixon signa le décret 11527 qui amendait les règles du service militaire obligatoire et rendait plus difficile pour les hommes d'obtenir un sursis d'incorporation pour raison de paternité. Mon père aurait pu essayer de faire annuler sa conscription en avançant que, s'il n'était pas encore père, il était sur le point de le devenir ; ou que le fœtus avait été conçu du temps de l'ancienne loi. Autant que je sache, il ne contesta rien du tout, pas plus que ma mère ni sa famille. Le bébé, un garçon, arriva en octobre. En novembre, mon père s'embarqua pour Nha Trang en vue de ce qui allait être la première de trois périodes de service.

Inutile de s'attarder ici sur ses expériences au combat.

Sur les quelques photos prises après son retour, on le voit couper un gâteau ; aligné avec d'autres soldats revenus du front le long de la ligne médiane au stade de la Stanton County High School (dernière saison victorieuse : 1951-1952) pendant que les spectateurs les acclament debout en préambule du premier match de la saison ; essayer de contenir son fils qui se débat, désormais assez grand pour avoir honte qu'on le porte dans les bras. Sur ces photos, mon père n'a pas le traditionnel regard hébété du combattant traumatisé. Au contraire : en les voyant, on a l'impression qu'il a du mal à tenir en place, que rester immobile lui demande un immense effort et que, dès la prochaine image, il aura explosé sur tous les murs comme un melon éclaté. Le Polaroid n'est pas un bon médium pour faire le portrait d'un homme qui, dans la vie, ne s'arrêtait jamais de bouger, dont la caractéristique principale était une présence physique si animale, musculaire, cinétique et urgente qu'elle recherchait toutes les soupapes possibles, si destructrices soient-elles.

Peut-être était-ce le Vietnam qui avait fait ressortir ça chez lui. Ou peut-être l'avait-il toujours eu. C'est une question pour un psychologue, pas un philosophe, et à laquelle de toute façon il est impossible de répondre. Maintenant je le sais. Mais quand j'étais plus jeune et que je croyais encore qu'on pouvait lire les vies comme des histoires, je voulais à tout prix essayer de comprendre mon père. Pas en lui parlant, bien sûr. Peu de gens ont une conscience de soi suffisante pour pouvoir se décrire en détail, et même ceux-là sont rarement enclins à le faire, le confessionnal n'étant pas une forme très répandue dans la nature. À la place, j'observais les effets qu'il avait sur moi et les personnes de mon entourage, et, en combinant cela à ce que je savais de deuxième et de troisième main par ma mère, mes grands-parents, mes oncles et mes tantes, je m'efforçais de démonter les mécanismes de son âme.

Exigeant, versatile, doué d'un charisme brut, c'est un homme à vrai dire plutôt intelligent quoique extrêmement concret. Sans doute est-il préférable qu'il ne m'ait jamais parlé de mon travail. Il ne comprendrait pas, et je serais incapable de le lui expliquer (la réciproque étant qu'il sait faire des choses que moi pas, comme gérer une affaire ou réparer une machine à laver). Quand il décide que quelqu'un est mauvais, il est à jamais irrécupérable. Quand ce sont des gens bien, ils ne peuvent rien faire de mal… du moins pour un temps. Les personnes de son espèce sont vouées au tourment car elles sont confrontées au même choix binaire lorsqu'elles se jugent elles-mêmes. Qu'il soit drôle, d'une drôlerie parfois saisissante, n'a rien d'étonnant, puisque le vrai visage de l'humour est toujours la cruauté. Ma mère ne fut pas la dernière à tomber sous son charme.

La caissière du supermarché, mon institutrice de CM1... je les revois encore flirter avec lui, se pencher vers lui d'un air félin. À ma connaissance, il n'a jamais eu de maîtresse, mais qui saurait l'affirmer avec certitude ? (En revanche, la fidélité de ma mère ne fait aucun doute.) Beaucoup de ces traits mordants se sont atténués avec l'âge, mais à l'époque c'était une force avec laquelle il fallait compter, et si je n'irais pas jusqu'à le traiter de monstre, je dirais en tout cas qu'il n'avait aucun mal à faire croire qu'il en était un.

À son retour du Vietnam, il suivit une formation de plombier et finit par avoir son certificat et se mettre à son compte. Il travaillait aussi au noir comme homme à tout faire les soirs et les week-ends, une bonne chose pour tout le monde car ça le maintenait actif et occupé et ça lui permit d'économiser suffisamment d'argent pour acheter un pavillon de trois chambres avec une façade en aluminium et une allée de gravier. Ma mère fit de son mieux pour rendre le lien un peu plus humain – en plantant les plates-bandes susmentionnées ainsi qu'un potager ou en accrochant des broderies dans l'escalier –, mais à mes yeux ce pavillon ne fut jamais autre chose que ce qu'il était : un échec de l'imagination américaine petite-bourgeoise, impression qui me fut ensuite reconfirmée chaque fois que je revenais chez mes parents. Encore une raison pour laquelle, après avoir quitté la maison, j'ai eu tendance à m'en tenir éloigné. Ce n'est pas un endroit qui m'évoque des souvenirs heureux.

Beaucoup d'hommes arrêtent de travailler de leurs mains une fois qu'ils ont des employés. Pas mon père, qui continua à rentrer tous les soirs puant, affamé et, comme disent les gens dans ces coins-là, tout « boursouffi ». Je me souviens des veines de son avant-bras qui battaient si fort qu'on aurait dit que la tête de mort tatouée sur sa peau serrait et relâchait la mâchoire. Je le revois debout au milieu du salon en train d'enlever sa chemise de travail trempée, les poils de son torse en bataille. Je le revois appeler ma mère en aboyant si elle n'était pas là pour l'accueillir ; s'agenouiller pour m'attraper et m'étouffer dans une étreinte qui puait la testostérone. L'effort physique constant ne suffisait pas à épuiser le trop-plein d'énergie qui bouillonnait à l'intérieur de lui, aussi cherchait-il à l'évacuer par d'autres moyens. Il faisait de la boxe amateur. C'était également un passionné de chasse. Quatre ou cinq soirs par semaine, il se saoulait. Et quand rien de tout ça ne suffisait à l'apaiser, il brutalisait sa famille.

C'était ma mère qui prenait le plus, en tout cas les premières années. Beaucoup de choses chez elle en faisaient une cible idéale : un refus de se défendre, une tendance à l'hystérie larmoyante qui attisait le mépris et l'agressivité chez un homme déjà enragé. C'était une gamine quand elle avait épousé mon père et elle l'a toujours regardé davantage comme une incarnation de l'autorité que comme un compagnon. Les trois années passées à élever un enfant toute seule ne l'avaient pas tellement renforcée car j'imagine qu'elle s'était beaucoup appuyée sur ses propres parents. Parfois je me dis qu'elle avait dû le voir partir au front en pensant qu'il ne reviendrait jamais. Aurait-ce été si grave ? Ma mère érigée du statut de petite dévergondée du lycée à celui de veuve de guerre ; mes grands-parents libérés du fardeau que leur avaient valu leur pruderie et leur précipitation. Et même mon père aurait peut-être préféré ça. J'essaye de considérer la situation de son point de vue. Je suis sûr qu'il avait eu des rêves dans sa jeunesse, si modestes soient-ils, et je doute qu'ils aient inclus une femme et un gosse. Peut-être voyait-il la mort comme une issue salvatrice.

Je suis un peu dur avec eux, c'est vrai, car la plupart du temps notre foyer était calme, bien que pas spécialement joyeux. C'est justement le caractère imprévisible des accès de violence de mon père qui les rendait si terrifiants. S'il y avait un schéma répétitif, il m'a échappé. Mais ça reflète peut-être une certaine inattention de ma part. Comme je l'ai déjà dit, je suis arrivé assez tard dans le tableau, et j'avais à peine commencé à comprendre le monde qui m'entourait quand il implosa définitivement.

Comme tous les frères cadets de la planète, j'étais entièrement habillé d'occasion. Christopher était suffisamment petit pour que ses vêtements m'aillent trois ou quatre ans après qu'il les avait abandonnés, malgré la différence d'âge de presque sept ans entre nous. Quand mon père se mit à gagner correctement sa vie, il décida qu'un jeune homme se devait d'avoir une nouvelle tenue pour la messe au minimum tous les deux ans, si bien que Chris et lui faisaient des excursions bisannuelles chez Worth's Boys Town, d'où ils revenaient systématiquement avec le costume le plus lourd imaginable, une camisole de force en flanelle qui grattait horriblement et qui finissait par m'échoir quelque temps plus tard, des fils dépassant de partout, les aisselles rêches et décolorées. Non pas que je m'en plaignisse. N'espérant rien de mieux, je m'en contentais.

Compact et mat de peau, Chris tenait (en apparence, du moins) de ma mère, un quart grecque. Vous voyez *La Fureur de vivre* ? Pas James Dean mais son acolyte anxieux, joué par le jeune Sal Mineo. Alors que moi, j'étais dégingandé, blanc comme un linge, constamment à la merci de mon corps en expansion : mal coordonné, incapable de lancer une balle tout droit, du genre à me prendre les pieds dans mes propres tibias. Toujours grand pour mon âge, je ne me suis épaissi qu'à la puberté, si bien que, plus jeune, j'avais l'air costaud vu de face mais ridiculement maigre de profil, comme si j'avais été aplati par une presse hydraulique.

Dans la littérature philosophique sur le libre arbitre, on rencontre parfois des expériences de pensée dans lesquelles une personne est manipulée par une source extérieure, un démon, un hypnotiseur ou, encore mieux, un neurochirurgien fou. La première fois que je suis tombé sur ces exemples, j'ai tout de suite fait le lien avec mon frère. Voilà qui expliquait tout : nous étions le fruit d'une expérience d'échange de cerveaux qui aurait mal tourné. Sinon, pourquoi est-ce que j'avais les traits de mon père mais le caractère de ma mère, et Chris l'inverse ? Il n'y a pas vraiment de raison de se comporter comme le parent auquel on ressemble physiquement, mais au moins ça m'aurait paru logique, ça aurait satisfait ma soif de symétrie.

Bien entendu, la génétique n'est jamais aussi simple que ça. Il y a des bouts de mon père en moi comme il y avait des bouts de ma mère en Chris. Et je n'ai jamais complètement été la bête de somme qu'elle était. Mais le destin a quand même joué un sale tour à Chris en plaçant la pugnacité de notre père dans la carrure chétive de notre mère, une redistribution méiotique dont les conséquences tragiques commencèrent à se manifester quand j'avais environ cinq ans et que la fureur de mon père se détourna de sa femme pour se chercher une nouvelle proie.

Bien que je ne puisse pas reprocher à Chris d'être le fils d'un alcoolique violent, en le provoquant continuellement il faisait preuve d'une remarquable absence de bon sens. En disproportion par rapport à son corps, mon frère possédait une grosse voix de baryton et il répondait à mon père décibel pour décibel. Les notes à l'école, l'argent, le moindre petit affront, tous les prétextes étaient bons et le dîner devint leur champ de bataille régulier où ils s'affrontaient comme deux élans, les assiettes sursautant chaque fois que mon père abattait son poing sur la table. Chris s'enfonçait sur sa chaise, les bras croisés, la mine narquoise, secouant la tête avec arrogance ; ma mère, blême et passive, les mains jointes devant elle, remuant les lèvres en une prière silencieuse ; moi, recroquevillé derrière mon verre de lait. Mais qu'est-ce qu'ils avaient, à la fin ? Il était évident à mes yeux qu'ils se disputaient pour le plaisir de se disputer, leurs poses respectives ne servant qu'à les rapprocher un peu plus des coups. Et qui pouvait bien vouloir ça ? Même mon père : est-ce qu'il voulait vraiment – je veux dire *vraiment* – taper son fils ?

Je me pose souvent la question, pas seulement à cause de toutes les horreurs auxquelles j'ai dû assister, mais aussi parce qu'elle est directement liée à mon travail universitaire. J'ai passé toute ma carrière à me demander ce que choisir librement signifiait. Est-ce un choix si vous êtes ivre ? Si vous avez connu l'enfer et que vous en êtes revenu ? Et si votre propre fils se paye votre tête, vous insulte, vous traite d'alcoolique ? Est-ce un choix, là aussi ? Autre chose : à quel moment ce choix s'opère-t-il ? Est-ce un lent processus mental ? Ou ce choix n'en devient-il un que lorsque vous vous levez et que vous ôtez votre ceinture ? Lorsque cette ceinture entre en contact avec la nuque de votre fils ? Lorsqu'il commence à saigner ? Le choix se fait-il à cet instant-là ou bien est-ce le point culminant d'un processus démarré des années plus tôt, quand vous avez engrossé une fille sur la banquette arrière de votre Oldsmobile 442 ? La violence du présent était-elle tapie sous la terre pendant tout ce temps, occupée à germer, à gronder en silence, si bien que ce que nous voyons ici et maintenant n'est que son éclosion à la lumière du jour ? Et, dans ce cas, qu'est-ce qui fait que vos choix vous appartiennent ? Auriez-vous pu les stopper ?

Une fois que les choses passaient de l'oral au physique et que la carrure de mon père entrait en jeu, tout devenait possible. À son maximum, il devait bien faire trente kilos de plus que Chris, un avantage seulement partiellement compensé par la célérité de mon frère. Ce dernier avait fini par apprendre à anticiper le point de rupture, reculant discrètement sa chaise de la table de quelques centimètres, juste assez pour pouvoir se lever et filer avant que mon père s'élance à sa poursuite. À vrai dire, c'était fascinant à regarder, ces deux-là qui couraient dans tous les sens, renversant les meubles, fracassant les lampes. Quand je repense à ces scènes, j'aperçois une lueur comique scintiller à travers la noirceur, un petit côté Tom et Jerry. Mais la maison n'était pas grande et il n'y avait pas tant de cachettes que ça. Chris finissait toujours par se retrouver acculé dans un coin, alors commençait le véritable spectacle, et celui-là pas drôle du tout, d'un enfant battu.

Moi, je n'ai jamais reçu de coups, ou si rarement que ça équivaut à jamais. En revanche je subissais les terribles colères de mon père autrement. Un incident particulier qui reste gravé dans ma mémoire se déroula lorsque j'avais douze ans, un dimanche matin avant de partir à l'église. J'avais pour consigne de descendre de ma chambre une fois habillé, pour que ni mon père ni ma mère n'aient besoin de venir me chercher. J'avais mis un des vieux costumes de Chris et j'étais assis sur mon lit, le dos contre le mur, où je rêvassais en me grattant la cuisse irritée par le tissu râpeux. J'ai tendance à me perdre dans mes pensées et j'avais dû les faire attendre trop longtemps car la porte s'ouvrit brusquement et mon père déboula, en sueur, furibond. Il jeta un coup d'œil à ma main qui grattait ma jambe distraitement et lança :

– Ah, on n'est pas à l'aise, c'est ça ?

Je me redressai et levai les bras pour me protéger alors qu'il s'approchait de moi. Il les repoussa, m'agrippa par la veste et la chemise à la fois, me souleva du lit et se mit à me secouer en me hurlant dessus à dix centimètres du visage, me demandant si j'avais envie de rester assis là à me gratter le cul toute la journée ou si je préférais descendre rejoindre ma mère et lui qui m'avaient acheté ce costume et d'ailleurs toutes les autres choses que j'avais au monde, après tout ça ne faisait jamais qu'un quart d'heure qu'ils m'attendaient bordel et je pouvais être sûr que c'était la dernière fois qu'il le tolérait, ça oui, que j'essaye un peu de recommencer, rien qu'une fois, et je verrais ce que je prendrais.

Je sens encore ses postillons sur mon visage.

Mais, sincèrement, ce genre de choses était de la rigolade par rapport à ce que subissait mon frère.

À une exception près, personne ne s'est jamais rien cassé. (C'était un accident : en courant après Chris, mon père avait glissé dans l'escalier, se retournant le pouce contre le mur et s'en sortant avec une petite fêlure.) Le vrai traumatisme, bien sûr, était émotionnel. Quand Chris entra dans l'adolescence, ses sautes d'humeur empirèrent, engendrant de plus en plus de disputes, qui à leur tour engendraient d'autres sautes d'humeur, etc., etc., un cercle résolument vicieux. L'adolescence est déjà assez difficile comme ça ; ajoutez-y tout ce que nous vivions à la maison et il paraît inéluctable que mon frère ait glissé dans la dépression.

Les problèmes s'aggravèrent à la fin de son année de première, quand il se sépara de sa petite copine. Elle avait un an de plus que lui, elle allait partir à la fac, trop de distance, rien de plus naturel à cet âge. Mais Chris le vécut mal. Elle était ce qui lui était arrivé de mieux dans la vie et, lorsqu'il la perdit, le changement qui s'opéra en lui fut terrible à voir, d'autant plus qu'il était insidieux. Il arrêta de sortir avec ses amis. Il se retira de l'équipe de foot. Il se mit à sécher les cours pour se défoncer, tout seul, et l'inévitable renvoi temporaire du lycée quand il finit par se faire prendre conduisit à une nouvelle escalade de hurlements, d'épithètes, d'ultimatums. J'adorais mon frère, je le vénérais, et le voir se désintégrer me terrifiait. Bien que beaucoup trop jeune pour comprendre ce dont il avait besoin, j'essayais de l'aider à ma façon, modestement. Qui, de fait, s'avéra ne pas être très efficace : il réagissait à mes gentilles sollicitations en m'injuriant et en me claquant sa porte au nez. Comme les mois passaient et qu'il devenait de plus en plus squelettique et maussade, j'attendais désespérément que quelqu'un fasse quelque chose, identifie le problème et le répare. Mais qui ? Pas ma mère, qui restait là à se tortiller les mains. Et sûrement pas mon père, qui ne cessait de me répéter – pas en mots, mais par ses actes – de bien prendre note et de m'assurer qu'il n'ait jamais à faire la même chose avec moi.

Par le passé, Chris avait eu chaque été un petit boulot qui consistait à tondre les pelouses à Clayhill, le quartier de l'autre côté de la rivière où habitaient les rares familles riches de la ville. La fille qui l'avait plaqué vivait dans une de ces maisons et cette année-là, l'été 1987, il resta donc enfermé là-haut dans sa chambre à écouter The Cure, descendant à l'heure du déjeuner dans une évanescence narcotique avant de s'affaler sur le canapé pour zapper sur la télé. Il avait tellement maigri que ma mère avait commencé à craindre qu'il ait un cancer. Dans un rare élan d'initiative, elle le traîna chez notre pédiatre qui, après lui avoir jeté un seul coup d'œil, en conclut qu'il avait la maladie de Crohn et le mit aussitôt sous stéroïdes.

Les médicaments lui firent reprendre un peu de poids. Ils augmentèrent aussi son irritabilité. Il faisait des crises épouvantables et, à la rentrée, il avait trop honte de lui pour retourner au lycée. À la place, il traînait à vélo dans la ville, commettant des vols à l'étalage et dégommant les vitres des voitures avec son fusil à air comprimé. En novembre, les flics le ramenèrent à la maison menotté. Je le revois encore me raconter qu'il avait demandé à être envoyé en prison plutôt que chez ses parents.

Tout ça était arrivé progressivement, sur des années, et je ne peux pas dire que les choses aient empiré de façon spectaculaire cet hiver-là. Je crois même que le balancier était en train d'amorcer un retour vers le centre, en grande partie grâce à l'intercession de notre curé, le père Fred. Chris et moi avions une longue amitié avec lui, ayant tous les deux été enfants de chœur, et lorsqu'il eut vent de ce qui se passait, il se mit à venir chercher Chris à l'improviste pour le sortir de la maison. Il l'emmenait au bowling, au cinéma, il se démenait pour le faire bouger, si bien qu'en février Chris était presque redevenu lui-même. Ma mère lui en était si reconnaissante qu'elle alla acheter une montre au père Fred. Il lui dit de la rapporter au magasin et d'investir l'argent dans une thérapie familiale. Soit il ne se montra pas assez convaincant, soit elle ignora son conseil, prenant le meilleur moral de Chris comme preuve que le problème était réglé.

Elle peut être bête parfois, ma mère.

1er avril 1988, un vendredi après-midi. J'allais avoir onze ans dans quelques semaines. Une tempête de neige phénoménale avait tout paralysé, m'empêchant d'aller à l'école et obligeant mon père à rester cloîtré à la maison toute la journée, où il faisait les cent pas en ruminant et en buvant. Mon frère et moi avions regardé des sitcoms à la télé jusqu'à quatre heures, quand mon père hurla à Chris de venir l'aider à déblayer la neige de l'allée. À ma grande surprise, Chris ne dit rien, se contentant de se lever, de s'habiller et de le suivre dehors. Alors que la porte se refermait sur eux et que résonnait le piétinement de leurs bottes sur le perron, je me rendis compte – et cette révélation fut comme une gifle – qu'ils étaient tous les deux fondamentalement semblables, et fondamentalement différents de moi, puisqu'ils incarnaient une vigoureuse virilité qui me faisait défaut. Je n'aurais pas dit ça en ces termes à cet âge-là, bien sûr ; je ne le comprenais pas en mots. Il m'apparut simplement tout d'un coup qu'ils étaient deux et moi un, et que c'étaient cette longe et ce fossé invisibles qui nous rendaient la vie si difficile. Je compris aussi pourquoi mon père ne s'en prenait jamais à moi : je n'aurais pas tenu le coup. J'étais fragile. Une mauviette. Ils savaient tous les deux marquer leur territoire et le défendre. Pas moi.

Après quelques minutes seulement, ils commencèrent à se disputer. Je les entendis et m'approchai de la fenêtre pour les espionner. De la neige volait dans tous les sens comme du sang qui gicle, la violence de leur tâche n'étant qu'une métaphore pas très subtile de ce qu'ils avaient envie de se faire subir l'un l'autre. Au moment où ils rentrèrent pour dîner, la tension avait sérieusement monté entre eux : mon père reprochait à Chris de n'avoir aucun avenir, d'être un bon à rien, de lui manquer de respect, etc., tandis que Chris faisait des commentaires narquois sur la bedaine de mon père, sur ses ongles pleins de terre, etc. Ma mère essaya de détourner la conversation en évoquant la vente de charité de Pâques pour laquelle le père Fred cherchait encore des bénévoles. Peut-être que Chris voudrait lui donner un coup de main ?

– Qu'il aille se faire foutre, répondit Chris.

En principe, il aurait dû reculer sa chaise en prévision de la riposte. Mais, ce soir-là, ou bien il avait oublié, ou bien il décida de ne rien céder. Il eut à peine le temps d'esquisser un petit sourire moqueur avant que mon père plonge par-dessus la table et lui colle un gnon dans la mâchoire si violent qu'il traversa la moitié du salon.

– Debout, dit mon père.

– Non, répliqua ma mère.

– Debout, espèce de petit morveux.

– Non. Ronald, non.

Chris se mit à hurler sur les deux à la fois. Qu'ils aillent tous se faire foutre, autant qu'ils étaient.

– Et toi aussi ! ajouta-t-il à mon intention, même si je n'avais rien fait d'autre que rester assis à ma place.

Peut-être voyait-il mon silence comme une marque de complicité. S'il espérait que je prenne sa défense, il se trompait : je n'avais aucune intention de me faire tabasser.

Mon père se pencha vers lui, l'attrapa par le paletot, et aussitôt Chris se retrouva sur ses deux pieds. Faisant preuve d'une force physique étonnante, mon père le traîna sans un mot jusqu'en haut des marches, alors que mon frère se débattait en criant qu'il lui avait démis l'épaule. Ma mère se contentait de geindre. Elle n'avait pas bougé d'un pouce, les larmes coulant sur ses joues puis sur son gratin de pommes de terre. Je m'avançai vers le bas de l'escalier, d'où je vis mon père pousser Chris dans sa chambre avant d'aller chercher dans le placard du couloir une petite valise qu'il balança contre sa porte fermée.

Je n'arrive pas à croire qu'il ait réellement voulu jeter mon frère à la rue. Il était huit heures du soir et il faisait un froid de canard. Cela dit, je m'aperçois que c'est peut-être un problème récurrent chez moi : je ne croyais pas Yasmina capable de ça non plus.

Seul dans ma chambre, allongé par terre, j'entendis encore d'autres cris, d'autres insultes, des bruits de chair en contact avec de la chair, ou avec du bois. À travers le mur, le craquement de la commode de Chris. Vers dix heures, je perçus des pas qui descendaient l'escalier et, une minute plus tard, le moteur de la camionnette qui démarrait dans l'allée de la maison.

Nous avions deux voitures. Ma mère conduisait un énorme break familial Chrysler Town & Country de 1974, marronnasse et garni de panneaux en faux bois. Mon père avait eu toute une série de pick-up Chevrolet et Ford. Celui que Chris prit ce soir-là avait quatre ans et déjà cent soixante mille kilomètres au compteur. Il était éraflé, cabossé, rongé par le sel, la peinture écaillée, son logo PLOMBERIE GEIST & CIE désormais illisible même si j'aimais bien passer le doigt à l'endroit où mon nom avait autrefois figuré.

De la fenêtre de ma chambre, je vis les phares balayer la façade du garage, illuminant brièvement l'anneau de basket sans filet et tout tordu dans lequel Chris et moi nous entraînions à tirer quand le temps était plus doux. Les pneus patinèrent sur la neige et, comme il faisait marche arrière, j'aperçus son bras – celui qu'il s'était soi-disant démis – qui pendait par la fenêtre côté conducteur, une cigarette coincée entre deux doigts.

Je faisais des rêves très parlants à cet âge-là, et je tenais un journal dans lequel je notais tout avant de monter me brosser les dents. Je n'ai rien écrit au soir de cette date-là. Et je ne suis jamais arrivé jusqu'au matin, réveillé en sueur, complètement désorienté, par un cri strident provenant de la cuisine au rez-de-chaussée.

Me repérant au son de deux voix masculines – celle de mon père et une autre, inconnue et grave –, je descendis au salon. De là, je pouvais voir la cuisine, où se tenait un homme grand et maigre en parka verte, un bonnet en laine sur les oreilles, les pouces coincés dans les passants de sa ceinture en une vaine tentative de nonchalance. Il jeta un coup d'œil dans ma direction. Mon père se radossa alors contre le montant de la porte. Prenant ça comme une invitation, je m'avançai de quelques pas, m'arrêtant net quand il m'ordonna de remonter me coucher. Je m'étais déjà suffisamment approché pour voir ma mère affalée à la table de la cuisine, son peignoir ouvert comme en prélude à une vivisection, sa chemise de nuit bâillant et révélant la moitié de son sein gauche. Elle parut ne pas remarquer ma présence.

– Monte ! aboya mon père.

De là-haut, je m'efforçai en vain d'écouter par les tuyaux. Aux alentours de six heures du matin, le ciel commença à se délaver et je redescendis à la cuisine, où je trouvai l'homme et mes parents remplacés par la meilleure amie de ma mère, Rita. Elle me fit asseoir et me servit des œufs au bacon. Trois tasses de café étaient restées posées sur le plan de travail. Il était évident que Rita faisait des efforts pour ne pas pleurer, aussi décidai-je de lui faciliter la tâche et de ne rien dire. Lorsque j'eus fini de manger, elle mit la vaisselle sale dans l'évier et m'envoya regarder la télévision. Il n'y avait rien d'intéressant – je n'ai jamais aimé les dessins animés du samedi matin – et je dus me satisfaire d'un marathon de rediffusions de *La Quatrième Dimension*. C'était encore ce que j'étais en train de regarder, neuf heures plus tard, quand mes parents revinrent de la morgue où ils venaient d'identifier le corps de mon frère.

CHAPITRE 4

Un calme morbide s'abattit alors sur notre maisonnée. Plus d'injures qui volaient, plus de plats de haricots verts renversés. Pourtant on aurait difficilement pu qualifier l'atmosphère de paisible. Elle était au contraire extraordinairement tendue, non pas parce que nous nous attendions à un nouveau rebondissement tragique, mais parce que l'avenir paraissait totalement vide, ne nous réservant strictement aucune promesse. Nous sursautions pour un oui, pour un non ; nous étions agités, incapables de nous concentrer. Toute conversation retombait aussitôt. Mes notes en pâtirent et je fus réprimandé pour mes retards à répétition. Réveillé en pleine nuit, je descendais me chercher un verre d'eau et trouvais mon père assis sur le canapé au milieu d'une mare de canettes de bière écrasées luisant comme des braises bleutées dans la lumière de la télé sans le son. Je restais planté là à attendre qu'il me remarque. Une seule fois, il m'adressa plus qu'un hochement de tête et m'offrit de boire une gorgée. Ça avait un goût de moisi ; j'eus un haut-le-cœur ; il me dit d'aller me rincer la bouche dehors.

Chez ma mère, le changement était encore plus profond. Elle ne cuisinait plus et, pendant deux mois, nous dûmes nous nourrir de ragoûts qu'on nous apportait. Elle abandonna son club de couture. Elle négligea son jardin : le printemps venu, là où poussaient autrefois des fraises et des tulipes, la terre ne donnait désormais que des mauvaises herbes. Parfois elle avait l'air catatonique. Des migraines la clouaient au lit bien au-delà de l'heure du début des classes, d'où mes retards. Au bout d'un moment, Rita prit l'habitude de passer me chercher en allant au travail.

Moi aussi, je changeai. Je m'étais déjà rendu compte que j'étais différent du reste de ma famille, mais de là à comprendre comment ces différences s'agençaient pour former une personnalité, il y avait du chemin. Après la mort de Chris, je commençai à pouvoir répondre à cette question.

J'avais appris à lire tout seul dès quatre ans. Nous n'avions rien sur nos étagères à la maison – d'ailleurs, en y repensant, nous n'avions pas vraiment de bibliothèque à proprement parler, juste quelques endroits où entasser la vieille vaisselle abandonnée –, si bien que j'avais pris mes quartiers à la bibliothèque municipale où j'étais devenu la mascotte de l'équipe, allant donner un coup de main après l'école, poussant un chariot le long des rayonnages, remettant un peu d'ordre ici ou là. C'est désormais un cliché de dire que le savoir est un pouvoir, mais, enfant, je compris peu à peu la force éruptive ne serait-ce que d'une seule idée nouvelle, en particulier pour l'image de soi. Je commençai à me sentir supérieur à ma famille, et même à éprouver du mépris pour elle, développant un vocabulaire et des tournures de phrases qui n'auraient paru déplacés nulle part ailleurs qu'ici. Mon frère m'avait surnommé « l'extraterrestre », ce qui résumait assez bien le sentiment général à mon égard, y compris le mien. Ce n'étaient pas les gens en soi qui me posaient un problème – j'étais plutôt liant, bien qu'un peu timide –, mais ces gens en particulier, ma famille rapprochée, qui privilégiaient le physique à l'intellect, le flagrant à l'indirect. J'observai le chaos autour de moi et en conclus que c'était le résultat non pas de la malveillance mais de la stupidité. Boire à en perdre le contrôle était stupide. En venir aux mains pour un rien aussi. Recourir à la violence quand vous étiez à court de logique était stupide, de même que passer vos journées à déplacer des objets lourds, applaudir une bande de brutes en uniforme ou croire que la vie a pour but ultime l'acquisition d'un tracteur à pelouse. Tout aussi stupide. Mon mépris se mua bientôt en pitié. En pitié et en perplexité. Il devait forcément y avoir mieux quelque part. Il devait y avoir un monde plus vaste que celui coincé entre la route 77 et une rivière boueuse, même pas bonne pour la pêche. Je m'en rendais compte et je n'étais qu'un enfant. Pourquoi personne d'autre ne s'en rendait compte ? Ils en étaient incapables, et puisque je n'avais aucun espoir de le leur faire comprendre, il fallait que je m'en aille si je ne voulais pas risquer de devenir comme eux.

Si tout ça était déjà vrai avant la mort de Chris, cela le devint encore plus après. À l'instar de nombreux philosophes, j'ai commencé par être un mystique, et à l'instar de nombreux mystiques c'est vers l'Église que je me tournai en premier. J'ai honte quand j'y repense à présent, bien que j'éprouve un certain réconfort à me compter parmi les sommités ayant flirté avec le fanatisme, religieux ou autre. Jusqu'à l'âge de seize ans, où je cessai de croire en Dieu, j'étais un inconditionnel de la messe, le champion de ma classe de catéchisme. J'étais encouragé dans cette voie par ma mère, elle-même fervente dévote. Elle considérait mes visites au presbytère pour tuer le temps avec le père Fred comme une heureuse alternative à la fumette de joints sur le toit de l'auditorium.

De nos jours, une telle intimité entre un prêtre et un jeune garçon serait source d'affolement. À juste titre. Mais, dans notre cas, c'était parfaitement innocent. Le père Fred était (est) juste un brave homme à qui je dois de m'avoir évité la folie.

Il était jeune, guère plus âgé que mon père et, bien qu'il soit né dans notre ville, il en était sorti, obtenant sa licence à l'université Columbia, sa maîtrise de théologie à Yale et son ordination à Rome. Parlant quatre langues (anglais, français, latin et italien), capable d'en lire deux autres (allemand et espagnol), passionné de musique (il avait une mandoline accrochée au mur de son bureau), il était bien trop cosmopolite pour notre petit trou perdu et, adolescent, je n'arrivais pas à comprendre pourquoi diable il était revenu.

– Au bout du compte, la vie tourne en rond. Et quand tu reviens au point de départ, il te paraît différent parce que tu le regardes à travers le prisme de la sagesse accumulée en chemin. Ma place est ici, Joseph. Dieu a eu l'intelligence de me faire naître au bon endroit. Dans mon ignorance, il m'a fallu quinze ans pour saisir Son intention.

Contrairement à mes parents, qui m'appelaient Joey, le père Fred ne s'adressait jamais à moi que par mon prénom en entier, et c'est grâce à lui que je commençai à me voir ainsi, comme une personne entière plutôt que comme un raccourci enfantin de moi-même. Avec les prémices de l'adolescence, la distance que j'avais toujours ressentie par rapport à ma famille grandit et se mua en une haine plus vaste de l'humanité en général. Je condamnais tous les gens autour de moi pour leurs péchés réels ou imaginés : leurs buts étriqués, leur manque d'imagination, la fausse piété de leur chagrin ; des filles qui connaissaient à peine Chris et qui se tombaient dans les bras en sanglotant à chaudes larmes à son enterrement. J'étais le prototype du « jeune homme en colère », les tourments intérieurs de mon âge exacerbés par la tragédie innommable que je venais de vivre. J'avais désespérément besoin que quelqu'un me prenne au sérieux, et ce quelqu'un fut le père Fred.

En relisant ce que je viens d'écrire, je m'aperçois que ça donne une image de moi excessivement clinique, voire froide. Ça fait partie des risques du métier. Les gens se trompent quand ils prennent les philosophes pour des êtres sans passions. J'étais et suis toujours rempli d'émotions. Mais je crois aussi que ces émotions trouvent leur meilleure expression dans le langage, et que le langage ne doit pas être brandi comme un pistolet chargé. Penser. Délibérer. Examiner. Questionner. Embrasser des idées et croire qu'elles comptent au moins autant que des possessions matérielles, car la connaissance a une valeur qui va bien au-delà de son utilisation instrumentale. Vivez éveillé et vous aurez eu une plus belle vie que le somnambule.

C'est le père Fred qui m'a appris tout ça. Grâce à lui, je commençai à apprécier le plaisir du dialogue rationnel, comprenant que, même en n'étant pas d'accord, deux interlocuteurs peuvent puiser de la sagesse dans leurs positions respectives ; que les disputes peuvent créer plutôt que détruire, et qu'elles n'ont pas besoin de se faire en criant et de finir en larmes. Il sut capter la lumière blanche de mon hostilité et la faire passer à travers le prisme de la raison, séparant mes émotions, leur attribuant à chacune un vecteur et une fonction. Mais, surtout, jamais il ne se montra condescendant à mon égard, jamais il ne me donna de réponse toute faite ni n'essaya d'enjoliver ce qui, à mes yeux, était à l'évidence une existence grotesque et misérable.

Les Grecs, Avicenne, Descartes, Kant… il me montra comment les lire et parvenir à mes propres conclusions. Ensemble, nous passions des après-midi à écouter des 33-tours d'Anita O'Day, engagés dans des discussions interminables. Toutes les vieilles questions, celles qui ont toujours agité la philosophie : qu'est-ce qui est vrai ? Que pouvons-nous savoir ? Et comment devrions-nous agir ? Peu importait combien de fois nous avions déjà débattu en long et en large d'un sujet, il y avait sans cesse de nouveaux angles à considérer, de nouvelles lectures à faire. Il m'aida à rédiger mes dossiers de candidature pour l'université, m'écrivit une lettre de recommandation et insista auprès de mes parents afin qu'ils transfèrent sur mon compte l'argent qu'ils avaient mis de côté pour les études de Chris, me permettant ainsi de viser plus haut qu'une fac publique. Quand je sus que j'étais admis à Harvard, ce fut la première personne que j'appelai.

Étant donné qu'il m'avait lui-même fait découvrir Nietzsche, il apprécia sans mal l'ironie lorsque je commençai à perdre la foi. Il continua pourtant à me traiter avec respect. Au contraire, mon athéisme devint un nouveau et fécond sujet de discussion car il avait terriblement envie de réussir à me ramener dans le droit chemin. Et, bien qu'il n'y parvînt jamais, il m'était reconnaissant de n'avoir pas fui la confrontation. Tout ce qu'il me demandait, c'était de ne jamais cesser d'être exigeant envers moi-même. La philosophie, comme Platon le fait dire à Socrate, naît de l'étonnement, et à cet âge-là je ne manquais pas de sujets d'étonnement, contrairement à mes parents sur qui la vie avait tiré les rideaux.

Pratiquement la seule chose capable d'arracher ma mère à sa torpeur était la bataille autour de ce qui s'était passé le soir de la mort de Chris. Il fallut des années avant que l'affaire soit classée, bien qu'elle ne fût jamais totalement résolue.

Les faits étaient les suivants. Après avoir quitté la maison, Chris avait roulé jusqu'à une station-service où on refusa de lui vendre des cigarettes car il n'avait pas pu montrer de pièce d'identité. Il demanda alors la clé des toilettes, dont il ressortit en informant le pompiste qu'elles étaient cassées. Il est possible – mais ce n'est qu'une supposition – qu'il ait profité de l'absence du pompiste parti voir ce qui n'allait pas pour chiper un paquet de cigarettes derrière le comptoir. Le temps que la police vienne récupérer les vidéos de surveillance, la bande avait été effacée.

Peu après vingt-trois heures, il tourna sur Riverfront Avenue, qui file vers l'est avant de s'incurver vers le nord et de se prolonger par le pont de Crawhorn. Un policier garé à l'angle de Riverfront et Delcorte raconta avoir vu le pick-up passer ; il l'avait remarqué car la vitre du conducteur était ouverte et un bras dépassait, malgré le froid.

Près de l'entrée du pont, du côté droit de la route, la glissière de sécurité était partiellement arrachée, ayant été écrabouillée la veille par un chasse-neige. Selon les autorités du comté, des cônes de signalisation orange indiquaient l'endroit où l'asphalte s'inclinait en direction de l'eau. Pourtant aucun cône ne fut jamais retrouvé, ni sur place ni dans la rivière, donc soit le vent les avait emportés très loin, soit, comme cela semble plus probable, des ouvriers peu scrupuleux avaient négligé de les installer.

La police détermina par la suite que Chris avait pris le virage à plus de cent kilomètres-heure, bien trop vite pour pouvoir négocier une telle courbe sur du verglas. Le pick-up dérapa, sortit tout net de la route et dégringola le long du remblai, faisant un tonneau complet avant d'atterrir sur le flanc dans l'eau partiellement gelée. Il fallut un moment avant que la cabine ne soit complètement immergée et, s'il était conscient, Chris aurait dû avoir largement le temps de s'échapper par la fenêtre. Mais quand ils repêchèrent le véhicule, ils le trouvèrent avec encore sa ceinture attachée.

Au début, le légiste avait classé le décès comme noyade accidentelle. Quatre mois plus tard, ce fut requalifié en noyade résultant d'un accident de véhicule automobile, avec probabilité de suicide. D'après le consensus général, ce changement venait directement du gouverneur du comté, qui s'était fait épingler dans la presse pour n'avoir ni fait réparer la glissière ni installé les cônes de signalisation. Avant cela, mes parents n'avaient pas envisagé d'intenter une action en justice, refusant même l'offre d'un avocat qui les avait approchés pour les représenter. Mais, à partir de là, ma mère fut révoltée. Elle se lança dans la bataille, motivée moins par l'appât du gain que par la nécessité de réfuter le portrait peu flatteur que les autorités dressaient de mon frère. Chris avait eu un comportement fantasque, certes, mais ça ne faisait pas de lui un suicidaire. C'était un conducteur peu expérimenté et il ne s'était peut-être pas rendu compte qu'il roulait trop vite. S'il n'était pas sorti du pick-up, c'est qu'il avait perdu connaissance ; il suffisait de regarder les hématomes sur son front à l'endroit où il avait heurté le volant. Et puis, si vraiment il avait voulu se tuer, pourquoi aller chercher si compliqué ? Nous avions des fusils à la cave. Qui plus est, la glissière de sécurité avait été arrachée moins de trente-six heures avant l'accident. Comment aurait-il pu prévoir de venir ici plutôt qu'ailleurs ? Ça ne tenait pas debout. Dans un autre de ses rares élans d'audace, ma mère passa un coup de fil à l'avocat et décida de porter plainte pour homicide par négligence, donnant ainsi le coup d'envoi de six années de procédure qui allaient venir à bout des maigres réserves d'énergie qui lui restaient.

À l'époque je l'avais soutenue, plus par loyauté qu'autre chose. Dans les années qui ont suivi, cependant, comme je consacrais mon attention à réfléchir à la façon dont les gens font leurs choix, j'appris à me méfier des explications faciles. Il est possible que Christopher ait à la fois voulu et pas voulu se jeter du pont. Je ne le saurai jamais. Ces temps-ci, encore plus qu'avant, je comprends qu'il n'est rien de plus insondable que le cœur humain, et qu'aucune action, petite ou grande, bonne ou mauvaise, ne peut être jugée telle par quelqu'un qui n'est pas dans la tête de son auteur.

CHAPITRE 5

Voici comment Harvard apparut au jeune homme de dix-huit ans que j'étais : comme un tapis de course géant en briques rouges. Ce dont je me souviens le plus de mes premiers semestres est un vague sentiment de panique, mon assurance de borgne au royaume des aveugles s'effritant à mesure que je devais accélérer le rythme pour rattraper mon retard. Personne de mon bled natal n'avait jamais été pris à Harvard ; d'ailleurs les réactions à l'annonce de ma grande nouvelle allèrent de la perplexité (« Tu veux dire Harvard University ? ») au scepticisme (« Ils t'ont accepté ? »), en passant par une franche hostilité (« On pète plus haut que son cul ? »). Et j'avais d'effroyables lacunes dans mon éducation. Je venais d'un lycée public où mon professeur de sciences naturelles, un chrétien évangéliste, pouvait refuser de nous enseigner la théorie de l'évolution, préférant consacrer deux fois plus de temps à la biologie moléculaire (le côté positif, c'est que je connaissais le cycle de Krebs sur le bout des doigts). Comparé à mes nouveaux camarades de classe, dont beaucoup avaient fait des écoles privées qui proposaient des cours sur des sujets comme le post-structuralisme et la théorie jungienne, j'avais l'impression d'être un imposteur. Le simple fait d'apprendre le jargon me pompait une énorme quantité d'énergie mentale. Je devins affreusement conscient de mon accent, et même s'il se trouvait une fille de temps en temps pour qui mes régionalismes semblaient avoir un certain charme, j'étais toujours terriblement complexé de prendre la parole en public. Ayant perdu ma position de premier de la classe, je fus forcé de revoir mon image : le plouc autodidacte.

Je m'aperçois maintenant que beaucoup de tout ça tenait à mes propres insécurités. Ainsi qu'aux amis que je m'étais choisis, qui comme moi étaient des prétendus intellos. Il y avait des tas de non-snobs à Harvard. C'est juste qu'ils m'intimidaient et que, fuyant leur compagnie, je me rendis la tâche infiniment plus difficile qu'elle ne l'était déjà.

Malgré tout, j'étais heureux. Pour la première fois je me sentais à ma place, entouré de jeunes gens pour qui un immense avenir n'était pas seulement imaginable mais programmé. Une histoire vraie : mon cothurne passa un semestre entier à fabriquer un mini-appareil à IRM, en parfait état de marche, qu'il utilisa ensuite pour scanner notre hamster. J'adorais ça. J'adorais le fait que ce campus était plus vieux que le pays auquel il appartenait. J'adorais les traditions, les anecdotes éculées qu'on nous débitait pendant la visite des lieux. Je me repaissais d'Harvard : je hantais ses musées, je scrutais son architecture. Je me rendis en pèlerinage dans autant de ses soixante-dix et quelques bibliothèques que je pus (les fonds conservés à Washington DC, à Chicago et en Toscane attendraient leur tour, mais je fis quand même le voyage jusqu'au Centre de recherche sur les primates de la Nouvelle-Angleterre, un périple pour lequel j'avais emprunté une voiture et raté la sortie sur l'autoroute). J'étais de tous les galas, je suivais tous les cours prestigieux de tous les professeurs prestigieux, j'assistais à tous les débats de la série *Une heure avec...* Je pris tout ce qu'il y avait à prendre et, quand je revis mes anciens amis de lycée et que je feignis de compatir à leurs médiocres aspirations de deuxième division, je compris enfin que j'étais libre.

La plupart des gens, si tant est qu'il leur arrive de temps à autre d'avoir une pensée pour les philosophes, se les représentent comme un tas de vieux messieurs aux cheveux blancs en veston d'intérieur, voire en toge, qui fument la pipe en devisant sur le sens de la vie. Rien ne saurait être plus éloigné de la vérité. Dans les meilleures facs du pays – des endroits comme Harvard, Princeton ou NYU –, la philosophie a surtout à voir avec les mathématiques. Ce courant, prédominant dans les universités anglophones, s'appelle la philosophie anglo-saxonne, ou analytique, et il met avant tout l'accent sur la logique formelle et la clarté de l'argumentation. Quand vous avez lu des articles comportant autant de symboles que de mots, vous n'êtes pas étonné d'apprendre que la plupart des grands philosophes analytiques ont d'abord fait des études de maths ou de sciences dures : Frege, Russell, Wittgenstein, Gödel, Tarski, Quine, Carnap, Putnam.

Ne figurent pas dans cette liste Nietzsche, Kierkegaard, Marx, Heidegger, Sartre ni Foucault. Et la raison en est simple : à Harvard, on ne les lit pas. Dans d'autres départements, si : en littérature comparée, en histoire des femmes. Mais citer un seul de ces noms dans un amphi de philo est le meilleur moyen de devenir la risée générale et de vous en faire exclure illico. Ils appartiennent tous à l'autre grande école de philosophie contemporaine, les « continentaux », moins un groupe cohérent qu'une bande anarchique et nébuleuse de penseurs qui refusent de se plier au jeu.

Pour beaucoup de continentaux, les mécanismes d'une argumentation sont secondaires par rapport à son résultat. Ces auteurs ont tendance à décrire le monde tel qu'eux, en tant qu'individus, le voient, et par conséquent ils écartent souvent la logique – du moins en apparence ? – au profit de la rhétorique, affirmant comme des évidences toutes sortes d'idées qu'un philosophe analytique mettrait en doute. Quand, par exemple, Sartre pose comme postulat que l'essence de notre humanité est la liberté, il considère comme allant de soi que la liberté existe. Pas si vite, rétorque le philosophe analytique. Nous sommes libres ? Prouvez-le.

C'est seulement après qu'on pourra débattre de savoir si la liberté est importante ou pas. Ce à quoi Sartre répond : je n'ai pas de temps à perdre avec vos pinaillages à la c...

De part et d'autre, l'animosité est considérable. Je me souviens d'un prof de deuxième année qui nous exposait les règles de son jeu préféré : « Je commence par nommer un philosophe, ensuite vous en nommez un pire. On continue comme ça à tour de rôle, en trouvant des philosophes de pire en pire, jusqu'à ce que quelqu'un prononce le nom de Jacques Derrida. Cette personne a perdu. »

Je suis sûr qu'il existe des jeux aussi narquois dans les universités aux quatre coins de la France.

En somme, les philosophes continentaux pensent que la philosophie analytique ne voit que les arbres qui cachent la forêt, et les philosophes analytiques pensent que les continentaux sont des crétins imbitables et égocentriques.

Avec le père Fred, j'avais lu beaucoup de Kierkegaard et de théologie paléochrétienne, ainsi que des romans existentialistes – les œuvres de Camus, Kafka, Dostoïevski –, autant dire que j'avais surtout étudié les crétins et que je n'étais donc pas du tout préparé à ce qui m'attendait à Harvard. C'était si criant que je songeai brièvement à abandonner la philo pour une discipline plus accessible, comme l'anglais ou l'administration publique. Mais je décidai finalement de persévérer, et de la même façon que je me forçais à bien prononcer les *r* et à ne pas faire traîner mes voyelles, avec un peu d'entraînement je finis par apprivoiser le système, et j'en arrivai même à apprécier la beauté cristalline du style analytique et à remporter plusieurs prix de dissertation.

J'avais cependant un sale petit secret inavouable : pendant tout ce temps, je continuais à nourrir une féroce addiction à l'existentialisme. Je ne pouvais pas m'en détacher, surtout de Nietzsche, dont les idées me captivaient d'une façon que j'aurais du mal à expliquer. Les gens débattront toujours de ce qu'il a vraiment voulu dire, mais, pour moi, ce qui en ressortait était avant tout son insistance sur le fait que nous sommes radicalement seuls, et donc qu'il nous appartient entièrement de nous inventer nous-mêmes. Son concept de l'*Übermensch*, si souvent critiqué comme amoral, me parlait parfaitement. C'était exactement ce que j'avais fait : j'avais triomphé, réussissant à m'extirper d'un cloaque illettré et à me démonter entièrement pour me réassembler dans un moule de ma propre fabrication. Alors que s'écoulait mon année de maîtrise et que mes professeurs m'encourageaient à poursuivre en thèse, je ne pouvais m'empêcher de penser que le Destin avait de grands projets pour moi. Ou, plutôt, que j'avais de grands projets pour le Destin.

C'est ainsi que je m'inscrivis en troisième cycle, avec l'intention de choisir pour sujet de recherche le thème qui me tenait le plus à cœur : le libre arbitre. Et je comptais bien faire un carton, mêlant la ferveur existentialiste à la précision analytique, inventant un nouveau mode d'expression qui non seulement révolutionnerait un débat vieux de trois mille ans, mais ouvrirait une nouvelle voie pour l'entrée de la philosophie dans le vingt et unième siècle. Sous vos applaudissements, s'il vous plaît !

Une telle grandiloquence était déplacée. Pour commencer, je ne suis pas assez intelligent, bien qu'il m'ait fallu des années pour l'admettre (si tant est que je l'aie admis). Mais, surtout, j'étais à contre-courant de mon époque. La dure réalité du monde universitaire dans l'Amérique contemporaine est la suivante : on ne rédige pas une thèse pour changer le monde mais pour obtenir un diplôme ; on obtient un diplôme pour trouver un boulot ; on trouve un boulot parce qu'il faut bien vivre. Si on a énormément de talent et de chance, on attire l'attention des éditions Oxford University Press ; on vend trois cents exemplaires de son bouquin, uniquement à d'autres philosophes, et on fête ça en trinquant avec une bouteille de merlot médiocre.

J'étais naïf – et qui plus est arrogant – d'espérer faire exception. Pourtant tous les grands penseurs ont ce petit côté présomptueux, le sentiment que l'univers n'attend qu'eux. J'avais aussi l'impression quelque part que le fait de revoir mes objectifs à la baisse serait une insulte à la mémoire de mon frère, qui avait, directement ou pas, déterminé le cours de ma vie.

Mon premier directeur de thèse fut Sam Melitsky, une star du département, surtout connu pour ses travaux dans le domaine délicieusement mal nommé de la philosophie du langage ordinaire. Au cours de mes premières années d'études, j'avais lu plusieurs de ses livres, admirant sa prose verbeuse et torturée. Sa photo en quatrième de couverture montrait un beau visage taillé à la serpe avec une tignasse de cheveux gris et un nez de boxeur laissant penser qu'il était du genre à s'être battu pour ses idées. Cette photo était vieille d'au moins quarante ans lorsque nous nous rencontrâmes pour la première fois afin de discuter de mon projet. Entre-temps, le franc-tireur farouche avait cédé la place à un gentil vieillard un peu gâteux avec des touffes de poils qui lui sortaient des oreilles. Mais je m'estimais heureux : non content de tolérer mes prétentions, il les encourageait. Sans doute mon erreur fut-elle de faire confiance à un homme de quatre-vingt-quatre ans. Il n'avait rien à perdre à me soutenir. Dans l'improbable éventualité où je me révélerais être un génie, il pourrait s'en attribuer le mérite. Si j'échouais, il mourrait trop vite pour s'en soucier.

Au bout du compte, les choses ne se passèrent pas comme ça. Pas tout à fait. Voilà précisément ce qui arriva : deux jours après que je lui avais rendu le premier jet de mon premier chapitre – un galimatias sans queue ni tête de plus de cent soixante-dix pages –, il fut victime d'une crise cardiaque qui le priva de la lecture et de la parole. La mauvaise blague, néanmoins totalement prévisible, qui courait dans le département était que mon style épouvantable en était la cause. Aussitôt, les filles de Melitsky vinrent chercher leur père à Cambridge pour le ramener à New York, me laissant anéanti et abandonné, d'autant plus quand j'appris que la seule personne disponible pour le remplacer était une certaine Linda Neiman, logicienne par excellence et notoirement odieuse. Elle détestait Sam, et moi par extension. Dès notre premier rendez-vous, elle me passa à la moulinette, égrenant une longue liste de conditions préalables que j'allais devoir remplir avant que nous puissions avoir la moindre chance de travailler ensemble, en commençant par l'exigence que je change de sujet de recherche.

– Je crois pouvoir en tirer quelque chose, balbutiai-je.

– Pas moi, rétorqua-t-elle avant de reprendre son flot de semonces.

Trois ans s'écoulèrent dans une impasse. Plus Linda dénigrait mes idées, plus je les surestimais, et vice versa. Elle avait l'air de prendre ma prolixité et mes demandes constantes de commentaires pour une attaque personnelle ; une juste interprétation, d'ailleurs, car je lui résistais par la seule stratégie que je connaissais, les mots, ajoutant phrase après phrase après phrase dans l'espoir qu'en empilant suffisamment de texte je finirais par la faire plier. C'était une tactique déplorable. Elle avait du pouvoir, moi pas ; c'était à moi qu'il incombait de m'adapter, et mon refus de le faire ne servait qu'à confirmer la piètre opinion qu'elle avait de moi. J'avais été dorloté, je me sentais dans mon bon droit, j'avais besoin d'une bonne fessée, voilà tout. Pour lui accorder le bénéfice du doute, je dirais que son attitude à mon égard était une mesure corrective, du moins au début. Mais très vite elle devint punitive, et ensuite carrément sadique. Elle ignorait mes e-mails, elle s'arrangea pour restreindre mes heures d'enseignement, bloquer mes allocations de recherche et salir ma réputation. Quand j'ai parlé d'elle comme ma « soi-disant » directrice de thèse, ce n'était pas par insolence : la formule est d'elle. « En tant que votre soi-disant directrice de thèse… », aimait-elle à commencer avant de me décocher une nouvelle pique.

À plusieurs reprises je tentai de changer de directeur. J'organisais tout, et chaque fois la proposition tombait à l'eau à la dernière minute. C'était tellement systématique que je finis par croire que c'était Linda elle-même qui manœuvrait pour me garder sous la main. Peut-être voulait-elle faire de moi un cas d'école, un spécimen enfermé dans un bocal qu'elle pourrait brandir au visage d'autres élèves qui la ramenaient en guise de mise en garde.

Je continuais quand même à écrire. Le plus beau compliment que vous puissiez faire à un philosophe analytique est de lui dire que son travail est clair. Et, à cet égard, j'étais moi-même capable de me rendre compte du pétrin dans lequel j'étais. Je n'arrêtais pas de changer de cap, de revenir en arrière, de restructurer. À chacune de mes relectures j'enregistrais le document sous un nouveau nom, numérotant tous ces brouillons successifs. À un moment j'avais quarante-deux versions différentes pour la seule introduction. Je coupais un paragraphe mais refusais de l'effacer à jamais, le déplaçant plutôt dans un dossier « chutes » qui finit par faire deux fois la taille du mémoire lui-même, lequel n'était déjà pas une petite affaire. Comme dit le poème d'Alexander Pope, un peu de savoir est chose dangereuse. Et l'ambition est un maître pervers, qui frappe de son fouet plus violemment encore ceux qui se prosternent devant lui.

Conscient de patauger complètement, je n'arrivais pourtant pas à m'arrêter, tant j'avais misé mon estime de moi sur ma réussite. Melitsky avait écrit quelque part : « En grande partie, l'excellence consiste en la capacité à endurer la monotonie. » J'imprimai cette maxime en lettres de dix centimètres de haut et l'affichai sur le mur au-dessus de mon poste de travail à la bibliothèque. Chaque fois que je me sentais perdre courage, je regardais ces mots et je pensais au bon vieux Sam. Tout autour de moi, mes camarades se rangeaient sur la ligne de départ, s'appropriant un bout de terrain insignifiant qu'ils délimitaient jalousement. Je les méprisais, me répétant à moi-même que ce que je faisais n'était pas vain mais courageux, me raccrochant à l'idée existentialiste qu'il faut apprendre à ne pas craindre la solitude mais au contraire à l'embrasser. *Eux* cherchaient la sécurité de l'emploi. *Moi*, j'avais le courage de m'aventurer vers l'inconnu. Chaque page supplémentaire agissait comme une épaisseur d'étoffe en plus dans laquelle je m'emmitouflais pour me protéger de la glaciale réalité qui était que je n'allais nulle part. Quand Linda me demanda comment ma *somme* avançait, je lui répondis qu'Hegel n'avait fini la *Phénoménologie de l'esprit* qu'à l'âge de trente-six ans. À ce compte-là, il m'en restait encore huit.

Elle me rétorqua que – en tant que ma soi-disant directrice de thèse –, si j'avais envie d'étudier Hegel, elle m'écrirait bien volontiers une lettre de recommandation pour entrer à l'université du Texas.

Tout se précipita un jour de pluie vers la fin de ma sixième année, alors que j'étais venu à la bibliothèque Widener pour travailler et que je trouvai mon poste de travail entièrement débarrassé.

Je me retournai vers l'ascenseur. Est-ce que je m'étais trompé d'étage ? Non : il y avait la trace bleue sur le mur à l'endroit où j'avais fait tomber un marqueur. Et la profonde cicatrice qui courait tout le long de mon bureau en bois ; j'avais perdu des heures – des jours, en les additionnant – à la tracer du bout des doigts. Il y avait le fauteuil dans lequel j'avais mangé, lu, écrit, dormi. C'était mon poste de travail, mon chez-moi, pourtant tout ce qui l'identifiait comme mien, la citation de Melitsky, tous les bouquins – sans parler du boulot qu'il avait fallu pour les rassembler, des mois passés le nez plongé dans le catalogue, à croiser les références, à éplucher les bibliographies –, les pages marquées de Post-It et les notes dans la marge, *tout* avait disparu.

L'espace d'un instant, je restai paralysé. Puis je bondis en avant, comme pour contenir l'hémorragie. Il n'y avait plus rien à sauver. La seule trace de ma présence était une liste de cotes notées à la main. Je la froissai en boule, la jetai furieusement par terre et fonçai jusqu'au bâtiment Emerson pour aller demander des comptes à ma soi-disant directrice de thèse.

Elle était à l'époque dans la première année d'un mandat de trois ans à la direction du département, ce qui fait qu'avant d'être autorisé à la voir, je dus en passer par son imbécile de secrétaire, Doug.

– Une seconde, je vous prie, dit-il en minaudant.

Pendant son absence, je lui volai tous ses stylos.

– Joseph, quel bon vent vous amène ?

Le bureau de Linda avait été aménagé de façon à pouvoir accueillir son fauteuil roulant, tous les meubles étant espacés de quelques centimètres de plus que la normale. Même assise, elle avait une telle personnalité qu'elle paraissait encore me dominer. Je remarquai, pas pour la première fois, qu'elle avait des chaussures impeccables – littéralement *neuves* –, alors qu'on aurait dit que j'avais récupéré les miennes dans une poubelle.

– J'étais justement en train de vous écrire un e-mail, déclara-t-elle. Vous voulez que je vous le lise ?

– Allez-y.

– Avec plaisir. Cependant, si ça ne vous ennuie pas, je vais d'abord me faire un petit café.

Elle poussa la manette de son fauteuil et me tourna le dos. Près de la fenêtre se trouvait un buffet laqué sur lequel étaient posés un percolateur et des tasses.

– Asseyez-vous, me dit-elle.

Je m'assis en lâchant mon sac de manière aussi bruyante que possible.

– Vous m'avez l'air contrarié. Il y a un problème ?

– Le problème, Linda, c'est que mon poste de travail a été débarrassé.

– Vraiment ? fit-elle.

– Vraiment.

– Hmm.

– Ça ne vous est pas venu à l'esprit de me prévenir ?

– Qu'est-ce qui vous fait penser que j'ai quelque chose à voir là-dedans ?

– Ça n'est pas le cas ?

– Ce n'était pas ma question, répondit-elle en revenant à son bureau. La question de savoir si je suis pour quelque chose dans le fait que votre poste de travail a été débarrassé est complètement distincte de celle de savoir si vous avez des éléments qui vous permettent de l'insinuer.

– Bon sang de bonsoir, est-ce que *oui ou non* vous avez…

Elle leva une main.

– Du calme.

– Qu'est-ce que vous avez fait ? Vous m'avez effacé des listes ?

– Joseph…

– Franchement, est-ce que ça n'aurait pas été plus facile de me faire flinguer, ou de…

– Joseph, dit-elle en se penchant en avant. Arrêtez tout de suite.

Bien qu'elle me parlât comme à un caniche, je me tus instinctivement.

– Merci. Maintenant je vais vous lire cet e-mail, et je veux que vous m'écoutiez attentivement. Vous pensez pouvoir y arriver ?

– Je vous écoute.

– Parfait.

Elle se tourna vers son ordinateur, cliqua pour ouvrir un document, se racla la gorge.

– « Cher Joseph, il est de mon devoir de vous informer qu'à compter du 5 juin votre statut d'étudiant actif sera suspendu. Cela a été notifié au conseil d'administration et à la scolarité.

« Je regrette que la situation en soit arrivée là et j'espère que vous comprendrez pourquoi le conseil de faculté a jugé nécessaire de prendre une telle mesure.

« Nous savons tous les deux que votre travail est au point mort. Bien que vous ayez obtenu plusieurs dérogations d'inscription – dérogations accordées à la condition que vous nous soumettiez des extraits de votre mémoire –, vous ne m'avez toujours pas donné à lire, à moi ni à personne, un seul chapitre satisfaisant. Cela est inacceptable. À deux reprises l'année dernière vous avez laissé passer la date pour postuler à une nouvelle dérogation d'inscription. Vous n'avez pas non plus rempli la demande de dispense des frais de scolarité. Cela suffirait en soi à justifier votre radiation. Pourtant le conseil de faculté et moi-même avons décidé de vous laisser une chance, et à cet effet je n'ai cessé de vous adresser des e-mails… »

– Mais c'est absurde, la coupai-je, je n'ai jamais…

– « … qui sont tous restés sans réponse. J'ai… »

– Mais je n'ai jamais reçu aucun…

– Je n'ai pas fini. « … qui sont tous restés sans réponse. J'ai laissé une lettre dans votre casier. Sans réponse non plus.

Par conséquent j'ai été dans l'obligation de signaler au conseil de faculté que vous n'étiez plus en conformité.

« Cette décision n'empêchera pas l'achèvement de votre doctorat. Pour le moment vous êtes autorisé à garder votre adresse e-mail à Harvard, ainsi qu'un droit d'emprunt limité. À condition que vous nous soumettiez tous les devoirs en retard – *regard appuyé* –, vous pourrez encore prétendre à soutenir votre thèse. Cependant votre nom sera retiré des listes du département et votre statut actif suspendu.

« Je doute que ce changement vous affecte beaucoup vu que vous avez déjà cessé d'assister aux cours et que vous n'enseignez plus depuis trois semestres. »

– Mais c'est parce que *vous* m'avez dit que je ne pouvais plus enseigner.

– Je n'ai pas fini, s'il vous plaît. « Je comprendrais que vous souhaitiez m'expliquer les raisons de votre laisser-aller et plaider votre cause en vue d'obtenir une nouvelle dérogation. Je vous recevrai volontiers. Vous pouvez aussi faire appel de cette décision auprès du conseil d'administration. Sachez néanmoins qu'ayant consulté le doyen Blevins avant de se mettre d'accord, le conseil de faculté n'est pas le seul à considérer que la charge de la preuve doit désormais vous incomber, à vous plutôt qu'à nous. Notre patience a des limites.

« Sur une note plus personnelle, je voudrais vous prévenir que, bien que je respecte Sam Melitsky, je n'accepterai pas que vous vous serviez indéfiniment de sa réputation pour vivre aux frais de la princesse.

« Bien à vous, Linda Neiman. »

Elle posa sur le bureau ses mains manucurées.

– Plusieurs de vos camarades sont déjà maîtres de conférences dans d'autres universités. Gil Dickey est à Pittsburgh, Alexi Burgher à Stanford. Nalini, comme vous le savez, est ici. À l'heure où nous parlons, Hudi et Irit Greenboim sont tous les deux en train de passer un entretien à Oxford. Tout le monde a fait son chemin, sauf vous. Quelle explication avez-vous à cela ? Il n'y en a pas, alors inutile d'essayer.

Je me tus.

– Écoutez, reprit-elle en adoptant ce qu'elle devait penser être un ton bienveillant, qui ne la rendait que plus condescendante encore. Je suis simplement en train de vous dire ce que quelqu'un aurait dû vous dire depuis des années. Vous n'êtes pas à votre place ici. Vous ne l'avez jamais été. J'apprécie votre fidélité à vos principes. Mais d'autres personnes ont besoin des ressources que vous accaparez. L'autre jour encore, je recevais un étudiant de Brown University qui avait déjà publié et qui cherchait à poursuivre son cursus chez nous. Qu'est-ce que vous voulez que je lui dise ? « Désolée, c'est impossible, la place est déjà prise par quelqu'un d'autre. Non, il n'a rien produit de valable en six ans, mais Sam pensait qu'il allait devenir le nouveau prophète ! » Franchement, entre nous, où est-ce qu'on s'arrête ?

L'humiliation avait duré assez longtemps. Je me levai.

– Ma porte vous sera toujours ouverte, déclara-t-elle avant de me la claquer dans le dos.

CHAPITRE 6

Tout ce fiasco eut quand même un avantage, et ce fut Yasmina.

Arrivé en avant-dernière année de troisième cycle, j'avais fait le tour de tous les cours de philo que je pouvais prendre et j'avais commencé à en choisir dans d'autres cursus, en calculant qu'élargir mes horizons ne pourrait que me faire du bien. Je me tournai d'abord vers nos disciplines chouchoutes, les maths et la physique quantique. Personne ne me fit de remarque lorsque je m'inscrivis à un séminaire d'intelligence artificielle. Pas plus qu'on ne trouva bizarre que je me mette au grec. La théorie du cinéma me valut quelques haussements de sourcils ; mais c'est quand je me dégotai une place dans un atelier de photographie pour débutants que ma soi-disant directrice de thèse me suggéra pas très poliment que j'étais complètement hors sujet.

Le semestre suivant, échaudé, je jetai mon dévolu sur un cours de théorie politique qui était donné conjointement avec la faculté de droit. Alors que je flânais dans les allées de la bibliothèque de droit, je tombai sur une très jolie femme en manteau de cachemire noir, le front plissé dans la détresse bien reconnaissable d'une étudiante de première année. Je lui demandai quel était le problème et elle me montra : les cotes changeaient tout à coup au milieu de l'étagère. Étant moi-même devenu un expert du système de classement d'Harvard, je l'accompagnai jusqu'au bon rayon et elle me remercia en m'accordant un déjeuner.

Nous en étions au dessert quand elle se rendit compte que je n'étais pas du tout étudiant en droit.

Eh non.

– Tant mieux. Les avocats sont tous des cons.

Je lui fis remarquer que d'ici trois ans elle serait avocate.

– Alors je serai devenue une conne, dit-elle.

Elle paya l'addition pour nous deux.

De prime abord, nous formions un couple improbable. Yasmina venait de Los Angeles, où sa famille tenait une place en vue dans la communauté juive iranienne. Quand ils vivaient encore à Téhéran, ils possédaient plusieurs usines de meubles et de tapis, amassant une petite fortune avant que la révolution islamique ne les contraigne à l'exil. Des domestiques, un chauffeur, deux résidences secondaires : c'était une vie que Yasmina ne connaissait qu'en photos, car elle-même était née à Rome, où ses parents s'étaient provisoirement installés en attendant d'obtenir des visas pour les États-Unis.

Une fois en Californie, son père avait essayé de s'en tenir à ce qu'il savait faire, ouvrant un magasin de meubles grâce à un crédit bancaire. Mais il avait appris le métier dans la rue et au souk, et les Américains trouvaient rebutantes ses techniques de vente agressives. Le magasin périclita, et la famille en fut réduite à déménager tous les trois mois, chaque appartement plus minable que le précédent. Découragé, au bord de la faillite, il accrocha dans sa vitrine un écriteau disant CESSATION D'ACTIVITÉ – TOUT DOIT DISPARAÎTRE ! et le stock fut écoulé en moins d'une semaine.

À présent il y avait sept magasins identiques, avec sept écriteaux semblables, disséminés dans toute l'agglomération de Los Angeles, tous en cessation d'activité permanente depuis vingt ans. Les Eshaghian vivaient à nouveau dans une grande villa, roulaient dans de grosses voitures et ne manquaient de rien. Pourtant la peur de tout perdre en un clin d'œil ne les quittait jamais, jour et nuit. Aucun pays ne leur semblait sûr, toutes démocratiques que soient ses élections et libres ses échanges économiques. Ils étaient obsédés par l'argent : ils en parlaient, ils l'érigeaient en valeur morale, empoisonnaient leurs enfants pour qu'ils fassent un mariage d'argent. Ils rendirent Yasmina folle. D'une certaine manière je leur dois une fière chandelle, car c'est sans doute leur harcèlement qui la jeta entre les bras d'un philosophe goy et fauché.

Mais c'est sous-estimer notre part de mérite, parce que, en réalité, nous avions plus de points communs qu'il n'y paraissait. Nous admettions tous les deux ne pas nous sentir tout à fait à notre place à Harvard. Ayant réussi à tromper la vigilance du videur, cependant, nous voulions l'un comme l'autre profiter le plus possible de cette expérience. Nous allions nous promener au bord de l'étang de Walden pour voir les feuilles changer de couleur ; nous suivions le Freedom Trail pour découvrir les hauts lieux du centre de Boston en nous régalant d'une bisque de palourdes. Les samedis matin, nous faisions de longues balades à travers les quartiers arborés autour du campus, nous arrêtant dans toutes les maisons signalées par une pancarte À VENDRE en nous faisant passer pour un jeune couple à la recherche de son premier investissement. Yasmina adorait se tenir dans ces salles à manger et les redécorer dans sa tête, mais avec beaucoup de respect, dans l'idée d'en préserver les détails qui leur donnaient du caractère. Après quoi nous achetions des cafés et des beignets que nous allions manger au bord du fleuve en contemplant les avironneurs : de pâles jeunes hommes ramant à l'unisson, leurs canots de couleurs vives se détachant sur la surface métallique de l'eau. Le week-end de la régate Head of the Charles était de loin notre préféré de l'année. Plantés sur la berge à hurler pour encourager les équipes d'Harvard, nous nous autorisions à croire que notre présence dans la foule signifiait autre chose qu'une bonne note au test d'admission et l'exigence de quotas démographiques ; débarrassés de notre passé pittoresque et honteux, nous devenions, l'espace d'un instant, des membres à part entière de l'élite intellectuelle américaine, inscrits dans une longue lignée qui remontait jusqu'à John Harvard en personne.

Et puis nous avions une fabuleuse alchimie sexuelle. Ce qui explique beaucoup de choses.

Sans elle, je me serais retrouvé à la rue bien plus tôt que ça. J'avais eu la chance de la rencontrer juste avant de perdre mon standing, et bien que les cyniques puissent voir ma décision d'emménager avec elle comme de l'opportunisme, sur le moment ça nous semblait être de l'amour.

Pour être honnête, je n'ai jamais pris son soutien comme un dû. Bien au contraire : je me sentais redevable et luttais pour compenser en assumant toutes les tâches ménagères. Je faisais les courses, passais chercher ses vêtements au pressing. J'empruntai *Je sais cuisiner* à la bibliothèque et le lus de la première à la dernière page (un savoir théorique dont la mise en application supposait moult tâtonnements et erreurs, et déclencha même en une occasion les extincteurs automatiques du couloir). Yasmina adorait recevoir, mais, piètre cuisinière, elle s'en remettait entièrement à moi et à mon répertoire culinaire en constante expansion, qui bientôt s'enrichit de spécialités thaïes et mexicaines, ses préférées, ainsi que d'un tas de plats iraniens : kebabs, riz croustillant, ragoûts aux noms imprononçables.

Jouer les hommes au foyer me permettait d'ignorer ma faillite professionnelle. Mais plus encore : *j'aimais* les tâches ménagères. Leur simple matérialité avait sur moi un effet étonnamment libérateur. Il s'avère que nul n'est plus terre à terre, plus « fée du logis » qu'un universitaire contrarié. Je trouvais cela à la fois ironique et déstabilisant, car je me rendais compte que j'aurais pu facilement prendre une autre route. Si je n'étais jamais parti de chez mes parents, qui sait ce que je serais devenu ? Larbin dans un bureau, représentant en engrais agricoles, responsable de clientèle aux abattoirs. Je commençais à compatir au sort de ma mère, à comprendre ce que c'était que de voir son univers réduit à des soupes et des casseroles. Le martyre a ses petits conforts.

Et cela ne me dérangeait pas de vivre dans un luxe relatif. Le fait de ne pas payer de loyer et pourtant de trouver en rentrant un grand lit moelleux et des murs couverts d'élégantes gravures à thème nautique ne signifiait pas à mes yeux que je m'étais vendu. Ce n'était pas moi qui faisais bouillir la marmite. Le lit, les œuvres d'art, le gaufrier électrique, rien de tout ça ne m'appartenait. Mes seules possessions étaient mes livres, mes vêtements, mes idées et un demi-Nietzsche. De cette façon, je pouvais me justifier d'être devenu un yuppie.

Malgré tout le dédain qu'elle porte à son éducation, au fond Yasmina est très traditionnelle. Elle avait beau lever les yeux au ciel en parlant des membres de sa famille, se moquer de leur accent et de leur esprit de clocher, je savais qu'elle les aimait toujours (et nous voyons là une nette démonstration de la différence entre une enfance ennuyeuse et une enfance maltraitée). Ayant gardé une estime inexplicablement haute pour leur sagesse conventionnelle, elle ne réussit jamais à se débarrasser de l'idée qu'il fallait qu'elle soit mariée avant vingt-trois ans, sans quoi elle risquait de mourir vieille fille. La plupart des femmes de son entourage, à commencer par ses propres sœurs, étaient avant tout des maîtresses de maison. Elle avait dû se battre pour avoir le droit d'aller étudier dans un autre État. Et, quoi qu'il en soit, personne ne pensait qu'elle irait au-delà de la licence ; si ses parents lui payaient sa fac de droit, en revanche ils refusaient de croire qu'elle avait l'intention de travailler, considérant ses ambitions professionnelles comme une lubie qui lui passerait dès qu'elle aurait rencontré la bonne personne.

Je n'étais pas la bonne personne.

Je n'ai jamais été présenté aux membres de sa famille. Je ne leur ai jamais parlé. En ce qui les concernait, je n'existais pas. Chaque fois qu'un de ses proches était de passage, Yasmina ressortait de je ne sais où une antique main de Fatma en argent qu'elle accrochait au clou sur le chambranle de la porte d'entrée. C'était le signal que je devais faire un sac pour une nuit et me trouver un endroit où dormir. Quelle humiliation de devoir nous démener tous les deux pour essayer de couvrir nos traces comme des enfants pas sages ! Exilé sur le canapé-lit de Drew, je fulminais pendant qu'il lançait des fléchettes en émettant des borborygmes compatissants.

Yasmina non plus ne connaissait pas mes parents, qui ne venaient jamais me rendre visite et inversement. Je ne sais pas exactement ce qu'elle espérait puisqu'on ne pouvait ni ne voulait pas réunir tout le monde dans le même périmètre urbain. Il n'y avait aucun doute sur le fait que nous nous aimions. Nous nous faisions rire mutuellement ; nous étions fascinés par nos différences. Mais nous étions voués à l'échec. Nous le savions l'un comme l'autre. À vrai dire, je crois que nous trouvions assez romantique ce sentiment de naufrage prédestiné.

Il y avait encore une autre pierre d'achoppement. Bien que Yasmina ait invariablement prétendu avoir été séduite par mon intellect, au fond je l'ai toujours soupçonnée d'avoir d'autres projets pour moi. Elle faisait parfois référence à un moment indéterminé dans l'avenir où « j'arrêterais », l'implication étant que je finirais par admettre mes insuffisances et par me trouver un boulot rémunéré. Et si elle voulait me refaire, je dois avouer que l'inverse était vrai aussi. Elle pouvait être d'un pragmatisme ultra-autoritaire. Je n'étais pas certain d'avoir un jour envie de me marier, et si oui, je me demandais si ça pourrait être avec quelqu'un qui n'était pas philosophe.

La dispute qui se solda par mon expulsion avait démarré sur un point insignifiant. Je ne me rappelle même plus quoi. Mais est-ce que ce n'est pas toujours le cas, finalement ? Ça commence par une assiette sale ou la mauvaise position de la lunette des toilettes, et sans vous en rendre compte vous êtes en train de vous hurler dessus. Elle m'accusait d'être distant, prenant mon mémoire de thèse comme la preuve que j'étais incapable de m'engager. Je lui rétorquai qu'Hegel n'avait fini la *Phénoménologie de l'esprit* qu'à l'âge de trente-six ans. À ce compte-là, il m'en restait encore six. Pour une explication plus détaillée de ce qui suivit, le lecteur est invité à se reporter au chapitre un.

Il y a deux Cambridge. Le Cambridge magique, imprégné d'histoire et regorgeant de possibilités, la carte postale de mes premières années d'études, avant que je tombe en disgrâce. Et puis il y a le vrai Cambridge, celui où vivent les vraies gens, au-delà des murailles de l'antique cocon. Dans le vrai Cambridge, il n'y a pas de postes de travail attitrés. Pas de bourses. Pas de nuits passées en d'intenses discussions fondamentales. La fierté d'en faire partie s'en trouve considérablement amoindrie. Ce deuxième Cambridge peut vous faire l'effet d'un électrochoc quand vous avez déjà vécu dix années dans le premier. Entre mes vingt et mes trente ans, je m'étais accroché de toutes mes forces, mais alors que j'avançais péniblement dans la neige fondue noircie par la crasse pour aller passer un entretien d'embauche avec une inconnue, je sentis que je pénétrais en territoire hostile. Comme je me retournais pour jeter un coup d'œil au Memorial Hall, je vis son clocher me faire un doigt d'honneur.

S'il y a bien une preuve de l'insularité de la vie à Harvard, c'est qu'il m'ait suffi de marcher à peine plus d'un kilomètre en dehors du campus pour me retrouver dans une rue totalement inconnue, une charmante petite impasse bordée de chênes blancs et d'érables rouges. Les voitures étaient ensevelies sous la neige. Un trottoir qui aurait bien eu besoin de quelques coups de pelle desservait une longue rangée de maisons victoriennes en bois, certaines de style néogothique, avec leurs hauts pignons, d'autres regroupées simplement sous l'appellation d'architecture vernaculaire, toutes sauf la dernière converties en duplex et triplex. La longue allée privée qui menait au numéro 49 me révéla que la maison se tenait assez loin en retrait de la rue. Je n'allais pas tarder à découvrir ce que ces profondeurs recelaient.

Au coin, une procession silencieuse de piétons et de taxis, tels des spectres dans la brume hivernale.

Je comprenais aisément que mon employeuse potentielle préfère qu'on lui livre ses séances de conversation à domicile. Arriver ne serait-ce qu'au bout de la rue serait un cauchemar pour une personne souffrant des hanches ou d'un genou arthritique.

Un avantage, néanmoins, à être ainsi retranché du monde : le calme. Un calme divin. Je pris conscience de ma propre respiration, du froufrou de ma veste en nylon alors que je levais le bras pour couvrir ma toux. Je songeai que ce serait un endroit idéal pour avancer dans mon mémoire.

Je grimpai les marches du perron et toquai. Les rideaux du bow-window bougèrent. Je tournai la tête mais pas assez vite, et vingt secondes plus tard la porte s'ouvrit sur une profonde pénombre.

– Monsieur Geist. Entrez, je vous en prie.

Je restai immobile dans le vestibule pendant que mes yeux s'adaptaient à l'obscurité.

– Je vous proposerais bien de vous débarasser de votre manteau, mais vous préférerez peut-être le garder. Je crains qu'il fasse un peu froid, dans la maison. Avant d'aller plus loin, laissez-moi vous observer de plus près.

J'en profitai pour en faire autant. Je lui donnai quatre-vingts ans, bien qu'il fît encore trop sombre pour tirer des conclusions définitives. Ce que je pouvais dire, c'est qu'elle avait dû être d'une très grande beauté et qu'elle en avait conservé une bonne partie dans sa vieillesse. Elle avait le visage en forme de cœur, les yeux vifs et humides. Je plissai les miens : étaient-ils verts ?

– Vous m'avez l'air plutôt normal, dit-elle. Vous n'allez pas me dévaliser, n'est-ce pas ?

– Ce n'était pas dans mes plans, non.

– Alors espérons que vos plans demeurent inchangés, pas vrai ? lança-t-elle en riant. Venez.

Et elle s'enfonça dans un couloir grinçant, laissant une traînée de parfum dans son sillage. Elle avait raison sur la température. Les maisons de la Nouvelle-Angleterre ont tendance à être horriblement surchauffées – toute personne y ayant vécu comprendra –, et il m'arrivait souvent en y entrant de me mettre à suer à grosses gouttes à peine après avoir quitté le froid de la rue. Cette fois, je remontai la fermeture éclair de mon manteau jusqu'en haut. Le bruit la fit se retourner et elle me sourit d'un air contrit.

– *Ach.* Je vous prie de m'excuser. Ma maladie s'accommode mal de la chaleur. La lumière vive peut également être gênante. J'espère que vous n'en pâtirez pas trop.

Nous arrivâmes dans une pièce meublée avec goût. Deux canapés rose clair se faisaient face, perpendiculaires à la cheminée, laquelle était mise en valeur par un petit tapis. Au centre de la pièce se trouvait une table basse en verre sur laquelle étaient posées une soucoupe en porcelaine et une tasse à moitié vide. Les rideaux étaient suffisamment épais pour bloquer toute la lumière du jour ; deux lampadaires en cuivre avec des abat-jour imprimés de motifs chinois étaient la seule source lumineuse de la pièce.

– Un thé vous ferait-il plaisir ?

– Je veux bien, merci.

– Installez-vous, je n'en ai pas pour longtemps.

En la regardant s'éloigner, je m'interrogeai sur la maladie qu'elle avait évoquée. Elle m'avait plutôt l'air en bonne santé. Elle marchait lentement ; pas par difficulté, mais avec une certaine grâce. C'était la démarche de quelqu'un habitué à avoir des gens à son service, la lenteur de la dignité. Elle portait une longue robe à fleurs sous un cardigan crème, et de dos je remarquai ses cheveux blancs tirés en un soigneux chignon maintenu par une épingle en nacre à midi. Son unique concession au laisser-aller était une paire de pantoufles qui claquaient contre ses talons alors qu'elle disparaissait.

Je me levai pour fouiner. À part la porte du vestibule, il y en avait deux autres : celle qu'elle avait prise, menant vraisemblablement à la cuisine, et une troisième qui donnait sur une obscurité encore plus profonde. Le salon avançait en saillie sur la façade de la maison, laissant la place pour un coin salle à manger qui luisait faiblement dans la pénombre.

Le plus frappant était l'absence de photographies. Qui n'a pas un portrait de ses parents sur le dessus de sa cheminée ? De son époux ? De ses enfants ? De ses amis ? Pourtant il n'y avait rien, excepté une pendule en céramique. D'ailleurs les murs aussi étaient quasiment nus. Près de la porte de la cuisine était accrochée la célèbre lithographie d'Audubon représentant des perruches de Caroline – disparues à l'état naturel, mais bien vivantes dans l'art, leurs verts, leurs rouges et leurs jaunes si éclatants qu'on aurait presque cru les entendre crier. Près de l'embrasure sombre se trouvait une marine nocturne à l'huile, ciel noir et mer noire.

Je l'entendis revenir.

Les coussins du canapé exhalèrent un léger souffle parfumé quand je m'y rassis.

Elle me tendit une tasse et une soucoupe.

– Je ne connais pas vos préférences, aussi j'ai apporté du sucre et du citron. Si vous désirez du lait, je peux aller vous en chercher.

– C'est parfait, merci.

– Mais je vous en prie.

Elle prit place en face de moi, dans une posture impeccable.

– J'espère que vous avez trouvé facilement.

– Oui.

– Et que cela ne vous a pas causé de désagrément.

– Pas du tout.

– Tant mieux. Je vous félicite pour votre ponctualité, une vertu malheureusement en voie de disparition. *Der erste Eindruck zählt.*

L'allemand a souvent la réputation d'être uniformément guttural et pesant. Elle avait un accent gracieux, aérien, que je n'arrivais toujours pas à identifier parfaitement. La préciosité de son anglais semblait moins une affectation que le produit de son éducation, et je me demandai si elle avait été élevée par des précepteurs britanniques ou si elle avait étudié à l'étranger. Ce qui aurait supposé qu'elle vienne d'un milieu aisé. Mais avant de faire trop de suppositions...

– Je ne veux pas paraître impoli, dis-je, mais je ne connais toujours pas votre nom.

Elle rit.

– Mais c'est invraisemblable ! Veuillez m'en excuser. Je dois avoir le cerveau congelé. Je m'appelle Alma Spielmann.

– Enchanté, madame Spielmann.

– Moi de même, monsieur Geist.

Je soufflai sur mon thé tout en révisant légèrement à la hausse ma première estimation sur son âge : plutôt quatre-vingt-deux ou trois, bien qu'il y eût à la fois dans sa façon de parler et son apparence quelque chose d'irréel, de vacillant, comme si elle était davantage un concept qu'un être de chair et de sang, une présence surnaturelle, hors du temps, infiniment sage et infiniment moderne, qui portait sur moi un regard infiniment patient.

– J'espère que vous me pardonnez ma brusquerie au téléphone, reprit-elle. Je crains que ce soit une de mes mauvaises habitudes. Je me souviens encore de l'époque où même un court appel coûtait une fortune. Quand j'avais votre âge… *Ach.* Je n'ai pas envie d'être une de ces vieilles dames dont les histoires commencent toujours par « Quand j'avais votre âge ».

Je souris.

– De quoi voudriez-vous parler ? demandai-je.

– Oh, il y a tellement d'endroits par où commencer. Non ? Aucun thème n'est hors sujet pour un philosophe.

– Ne vous sentez pas obligée de parler philosophie à cause de moi.

– Nullement. C'est la raison pour laquelle je vous ai fait venir. J'ai connu plusieurs philosophes au cours de ma vie. On peut même dire que je l'ai un peu été moi-même. Mais, de nos jours, il est bien difficile d'en rencontrer. Avant le vôtre, j'ai reçu des coups de fil de deux réalisateurs, trois écrivains, un linguiste et un étudiant en sylviculture. Tous d'Harvard, comme vous, bien que vous soyez le premier que je prenne la peine de recevoir. Sans doute est-ce là ma punition pour avoir publié mon annonce dans le journal étudiant. J'ai eu le tort de croire que cela m'attirerait des candidats plus sophistiqués.

– Et quel était le problème ?

– Ils étaient tous terriblement bêtes.

– Quel dommage !

– Quel dommage pour eux, oui ! C'est une chose épouvantable que d'être bête, vous ne pensez pas ?

– Euh… oui.

– Vous n'avez pas l'air d'accord.

– Je ne suis pas en désaccord.

– Mais vous n'êtes pas d'accord non plus.

Je haussai les épaules.

– Je ne suis pas sûr que ce soit mon rôle de...

– Oh, s'il vous plaît, monsieur Geist. Je ne vous ai pas fait venir ici pour vous entendre répéter mes opinions comme un perroquet.

– Eh bien, dis-je, certaines personnes considèrent plutôt la conscience comme une malédiction.

– Et vous ?

– Moi ? Non. Pas la plupart du temps.

– Certaines fois, alors.

– Je pense que nous avons tous des moments où nous aimerions pouvoir éteindre nos cerveaux.

– C'est à ça que sert le vin. Et vous, c'est ce que vous aimeriez faire, monsieur Geist ? Éteindre votre cerveau ?

Une boule d'auto-apitoiement me monta à la gorge et je faillis me lancer dans un discours bredouillant sur Yasmina, ma carrière à la dérive, le fait que j'en sois réduit à venir faire le clown ici pour avoir de quoi manger. Je haussai à nouveau les épaules.

– Vous savez bien. L'angoisse.

J'avais vu juste en pensant qu'elle avait les yeux verts ; mais ils changeaient de couleur, du moins en apparence, quand elle souriait.

– Très bien, dit-elle. Cela ne me dérange pas que vous soyez malheureux. Vous n'en ferez qu'un interlocuteur plus intéressant. C'était l'autre problème avec vos prédécesseurs. Ils avaient tous un ton d'une jovialité improbable.

Je ne pus m'empêcher de rire.

– Je suis sûr qu'ils croyaient bien faire.

– Oui. À l'américaine, finalement. Mais les Viennois ne croient pas aux *happy ends.*

– Je me demandais.

– Quoi ?

– Votre accent. Je pensais que vous étiez peut-être suisse.

Elle prit un air vexé.

– Monsieur Geist…

Je m'excusai… en allemand.

– Vous avez un bon accent. Clair. Permettez-moi de vous demander où vous avez appris à parler comme ça.

– J'ai vécu six mois à Berlin.

– Bien. Je ne vous en tiendrai pas rigueur non plus.

– Je n'ai jamais été à Vienne.

– Oh, il faut y aller ! s'exclama-t-elle. C'est la seule vraie ville du monde. Et maintenant, si nous discutions de savoir s'il vaut mieux être heureux ou intelligent ?

Cela faisait bien longtemps que je n'avais pas eu de conversation comme celle que j'eus avec Alma cet après-midi-là. Nous ne procédions pas avec méthode. Pas plus que nous ne cherchions à parvenir à une conclusion. Au contraire : c'était une cascade délicieusement décousue d'idées, de métaphores, d'allusions. Ni l'un ni l'autre nous ne campions sur une position bien établie, nous contentant de nous échanger des mots, tantôt en soutien, tantôt en opposition. Je citai Mill. Elle, Schopenhauer. Nous débattîmes de savoir s'il était réellement possible de se prétendre heureux sans aucune maîtrise de la vérité. Nous évoquâmes le concept d'*eudaimonia*, que les Grecs utilisaient pour décrire à la fois l'état de bonheur et le fait d'accomplir des actions vertueuses, et de là nous glissâmes vers le thème de l'éthique de la vertu, un système de valeurs qui met l'accent sur le développement du caractère, par opposition à la déontologie, qui, elle, insiste sur les devoirs universels (comme « ne pas mentir »), ou le conséquentialisme, qui met en avant l'utilité, le bonheur généré par une action.

C'était la meilleure conversation que j'avais eue depuis une éternité, précisément parce qu'elle n'avait pas d'autre but qu'elle-même. Trois éléments sur elle m'apparurent pendant que nous parlions : un, elle était d'une intelligence féroce ; deux, elle semblait avoir lu toutes les grandes œuvres de la philosophie continentale publiées avant les années 1960 ; trois, elle adorait jouer la provocation. De ce fait, nous nous lançâmes non pas dans une course mais dans une danse, nous tournant autour l'un de l'autre, chacune de nos idées en faisant jaillir dix nouvelles. Au bout d'un moment, elle se redressa.

– J'ai passé un merveilleux après-midi, monsieur Geist. Nous allons ajourner le débat pour aujourd'hui. Mais, d'abord, je vais devoir vous demander d'attendre un instant.

Pendant son absence, je jetai un œil vers la pendule posée sur la cheminée et fus surpris de constater que deux heures s'étaient écoulées.

– Voici pour votre peine, dit-elle en me remettant un chèque d'un montant de cent dollars. J'espère que c'est suffisant.

En vérité, je ne pensais pas mériter de rémunération du tout. Il y a quelque chose d'étrange à se faire payer pour une activité plaisante. Bien que n'étant pas en position de discuter – cela aurait été impoli, et j'avais besoin de cet argent –, je songeai qu'un minimum de réticence feinte était de mise.

– C'est trop, protestai-je.

– Balivernes. Je vous verrai demain ? À la même heure ?

J'acceptai sans hésitation. Elle était tellement charmante, tellement européenne, que je dus me retenir pour ne pas lui faire un baisemain quand elle me raccompagna à la porte.

– Puis-je vous poser une question ? dis-je.

– Je vous en prie.

– Je suis ravi d'avoir fait votre connaissance. Vraiment. Il faut que je vous demande cependant : comment avez-vous su que vous pouviez me faire confiance ? Je veux dire, j'espère que vous ne faites pas ça souvent, ouvrir votre porte à des inconnus.

– Je trouve votre inquiétude touchante, monsieur Geist. Mais vous n'avez pas de souci à vous faire. J'ai un très bon jugement sur les gens, même au téléphone.

Ses yeux changèrent de couleur et elle ajouta :

– Et puis, bien entendu, j'ai un revolver.

Elle me fit un clin d'œil et referma la porte.

CHAPITRE 7

– À nouveau, je vous félicite pour votre ponctualité, monsieur Geist.

Cette fois-ci mon thé m'attendait, mais au lieu de sortir tout le sucrier elle avait déposé un seul morceau – exactement la quantité que j'avais utilisée la veille – sur le bord de ma soucoupe. Nous nous assîmes à la même place et elle croisa les mains sur ses jambes.

– Alors, dit-elle, de quoi allons-nous parler aujourd'hui ?

Je sortis une feuille de ma poche.

– J'ai pris la liberté de noter une liste de sujets dont j'ai pensé qu'ils pourraient vous intéresser.

Elle baissa ses lunettes sur le bout de son nez et parcourut la liste en silence.

– Je vois que vous avez un penchant spirituel. Ça doit être un sérieux handicap dans une faculté de philosophie américaine.

– Ça peut l'être, oui.

– Peut-être aurez-vous l'obligeance de bien vouloir partager avec moi le sujet de vos recherches. Vous devez rédiger une thèse, n'est-ce pas ?

– Euh… en effet.

Elle me regarda par-dessus le bord de la feuille.

– Vous n'êtes pas obligé de m'en parler. C'était seulement pour que vous vous sentiez libre de le faire.

Je n'aime pas particulièrement claironner mes échecs – comme tout le monde, j'imagine – et si la question était venue de n'importe qui d'autre, j'aurais changé de sujet. C'est, je pense, le fait que nous nous connaissions depuis si peu de temps qui me désarçonna.

– Elle est un peu en suspens pour l'instant, répondis-je.

– Je vois.

– Je m'accorde quelque temps pour y réfléchir. Mais je compte m'y remettre bientôt.

– Bien sûr… Puis-je vous demander sur quoi elle portait, précédemment ?

– Sur tout, dis-je. Donc sur rien.

Elle sourit.

– Ça avait bien commencé, précisai-je. C'est juste que ça a pris des proportions assez faramineuses.

– C'est-à-dire ?

– Sous sa forme actuelle, elle fait environ huit cents pages. Je sais, m'empressai-je d'ajouter, c'est un désastre.

– Il n'y a pas de mal à écrire une somme, du moment qu'on a beaucoup à dire.

– Très juste. Mais ce n'est pas mon cas. En fait, c'est l'équivalent du syndrome de la page blanche.

Elle hocha la tête imperceptiblement.

– Et vos professeurs ? Ils ne vous ont pas donné de conseils ?

– Je ne peux en vouloir qu'à moi-même. C'est uniquement de ma faute si j'en suis arrivé là.

– Ne perdez pas courage. Vous êtes un jeune homme intelligent.

– Allez dire ça à ma directrice de thèse. Ou plutôt, comme elle aime à se définir elle-même, ma « soi-disant directrice de thèse ».

– Il n'y a pas de quoi s'en vanter, me semble-t-il. Le rôle d'un directeur de thèse, c'est de donner des directions.

– Ça n'était pas elle à l'origine. L'homme avec qui j'avais commencé à travailler était au contraire très bienveillant à mon égard.

Elle leva un sourcil.

– Il a fait une crise cardiaque.

– Oh, dit-elle. Quelle malchance !

– Oui, enfin, c'est peut-être bien moi qui la lui ai provoquée. Bref, avec Linda ça n'a jamais été un mariage heureux. Elle a passé son temps à essayer de me convaincre que je serais plus à ma place dans un autre département.

– Lequel ?

– Je crois que ça n'a pas d'importance, du moment que ce n'est pas le sien.

– Quelle abomination !

– Je suis sûr que, de son point de vue, c'était parfaitement justifié. Mais non, elle n'a jamais été très gentille avec moi. Ce n'est pas quelqu'un de très gentil en général.

– Elle a l'air épouvantable.

– Je ne vais pas vous contredire là-dessus.

– Je me verrais bien lui casser une jambe, tiens.

– Ça n'aurait pas beaucoup d'intérêt, vu qu'elle est paraplégique.

– Ah. Dans ce cas, je pourrais plutôt lui casser un bras.

Je souris.

– Mais vous aviez bien un sujet au début.

– Le libre arbitre, dis-je en hochant la tête.

Elle laissa échapper un petit cri de joie et frappa dans ses mains.

– Monsieur Geist, je vais vous demander de patienter un instant.

Elle s'éclipsa par le couloir obscur qui conduisait vers l'arrière de la maison et revint peu de temps après avec un mince volume relié cuir.

– Mes modestes efforts sur le sujet, dit-elle en me le tendant.

Je traduisis la page de titre de l'allemand : *Une défense a priori du libre arbitre ontologique*. Sous le nom d'Alma, il était indiqué que ce document était présenté en vue de l'obtention du diplôme de docteur en philosophie de l'université de Fribourg, 23 mars 1953.

– Hélas, je ne suis jamais allée jusqu'à la soutenance. Pourtant, à part quelques notes bibliographiques, il est terminé.

Même si j'avais été capable de le traduire sur-le-champ, il m'aurait paru déplacé de le faire.

– Ça a l'air passionnant, dis-je.

– Bah. N'essayez pas de flatter une vieille dame.

– J'aimerais beaucoup le lire.

– Un jour peut-être, rétorqua-t-elle en tendant la main avec un sourire.

Je lui rendis le livre et elle le posa sur le canapé derrière elle.

– Puis-je vous demander pourquoi vous ne l'avez jamais soutenue ?

– Vous pouvez demander, dit-elle. En revanche je ne vous répondrai pas.

– Je vous prie de m'excuser.

– Ce n'est pas nécessaire, monsieur Geist. Qu'il me suffise de vous faire remarquer que vous n'êtes pas le premier étudiant à avoir des difficultés avec un directeur de thèse. Bien. Et maintenant, si nous parlions du libre arbitre ?

Le lendemain après-midi, mes coups à la porte restèrent sans réponse. J'essayai de jeter un œil par le bow-window, mais les rideaux étaient tirés. Je m'inquiétai. Avais-je pu la vexer par ma curiosité mal placée ? Elle n'avait pas précisé la nature de sa « maladie », et mon imagination conclut aussitôt à une catastrophe : elle gisait, impuissante, sur le sol du salon, le cœur éclaté, le bras tendu vers la porte, les pieds tressautant désespérément sur le parquet nu. Mon propre cœur se serra. Je me mis à tambouriner en criant son nom, après quoi je courus vers le côté de la maison, où une allée privée menait à quatre marches en bois qui donnaient accès à une porte de service. À travers sa petite vitre, je parvins à distinguer l'intérieur sombre d'une buanderie. Toutes les autres fenêtres accessibles avaient les volets fermés. Je toquai à nouveau, puis je redescendis l'allée en direction du garage et du jardin. La neige avait arrondi les haies, épaississant les branches nues d'un cognassier. Je grimpai sur la véranda qui courait le long de la façade arrière, équipée de deux fauteuils en rotin, et frappai à cette porte-là.

Rien.

Je me demandai s'il fallait appeler les secours. Puis je me souvins que je n'avais pas de téléphone en état de marche. Je regagnai la rue et me mis à sonner à toutes les maisons une par une. Personne n'était là. Évidemment ; il était quinze heures un mercredi ; les gens travaillaient. Planté sur le trottoir, me balançant d'un pied sur l'autre pour me tenir chaud, je tentai de me raisonner. La maison d'Alma était large, haute et profonde ; si elle était en train de faire la sieste à l'étage, enfouie sous les couvertures, elle avait pu ne pas m'entendre. Alerter les voisins, appeler une ambulance, cogner comme un fou à la porte… pour qu'elle finisse par émerger en chemise de nuit… Sans doute que je dramatisais. Et puis, de toute façon, pour qui je me prenais ? Je ne la connaissais que depuis deux jours.

Je retournai à pied jusqu'aux cabines téléphoniques du Science Center et retrouvai son numéro au fond de ma poche. La voix qui me répondit au bout du fil était si faible que je crus d'abord avoir fait une erreur.

– Veuillez m'excuser, dit-elle. Je ne suis pas trop dans mon assiette aujourd'hui.

– Vous voulez que j'appelle un médecin ?

– Non, non, c'est gentil. Ça va.

Ça n'avait pas l'air d'aller. Mais, encore une fois, je la connaissais à peine et je n'avais pas envie de la harceler. Je lui demandai si je pouvais faire quelque chose.

– Non, merci. Je dois juste me reposer.

– Vous voulez que je vienne demain ?

– Avec plaisir. Merci encore, monsieur Geist. Vous êtes adorable.

Le lendemain, elle m'attendait sur le pas de la porte.

– Je vous dois des excuses, dit-elle. J'aurais dû vous prévenir que ça pouvait arriver. Malheureusement, mes crises sont imprévisibles.

Je tapai des pieds par terre pour faire tomber la neige de mes chaussures.

– Du moment que vous allez bien.

– Oui, merci. Bien que douloureuses, elles sont sans gravité.

J'opinai du chef. J'aurais voulu lui demander de quoi elle souffrait, mais cela me paraissait trop indiscret. Quoi qu'elle ait eu la veille, elle semblait totalement remise. Je la suivis jusqu'au salon, où je repris ma place attitrée.

– Bien entendu, je vous paierai quand même le temps perdu.

Je faillis m'étouffer.

– Je suis resté cinq ou dix minutes tout au plus.

– Et ces minutes ne vous sont pas précieuses ?

– Ce n'est pas grand-chose.

– Bref, quoi qu'il en soit, j'ai imaginé un système qui devrait vous épargner toute inquiétude à l'avenir. Si je me sens bien, j'allumerai la lumière au-dessus de la porte d'entrée à trois heures moins le quart. Si je ne suis pas bien, la lumière restera éteinte, comme elle l'est d'habitude. D'un seul coup d'œil, vous serez prévenu.

– Très bonne idée.

– Oui, je trouve aussi, répondit-elle en souriant. Qu'on ne dise pas que je manque d'ingéniosité. Et maintenant, si l'on s'attaquait à des sujets plus importants ?

En y repensant, je me rends compte à quel point nous avons vite pris nos petites habitudes. Je venais tous les jours à quinze heures. Quand la lumière était allumée (c'est-à-dire la plupart du temps), je toquais et Alma me faisait entrer au salon, où mon thé m'attendait, préparé exactement à mon goût. Nous discutions sans interruption pendant deux heures d'affilée, après quoi elle prononçait sa formule de clôture : « Nous allons ajourner le débat pour aujourd'hui. » Le *pour aujourd'hui* était ce qui me faisait tenir, car il me rassurait sur le fait que la conversation n'était pas terminée, qu'elle continuerait le lendemain... et peut-être même à l'infini.

J'aurais pu gagner plus d'argent en donnant des cours particuliers. Je connaissais des tas de gens qui se faisaient payer deux cents dollars de l'heure pour préparer des élèves de terminale à l'examen d'entrée à l'université. Ça m'était égal. Je ne ferais sans doute pas fortune en parlant avec Alma Spielmann, mais pour moi c'était le boulot parfait : carré, digne, stimulant. Chaque fois que je prenais l'ascenseur pour monter chez Drew, que je traversais sa cuisine répugnante et que je m'asseyais sur son canapé-lit défoncé, je me consolais en me disant que j'aurais bientôt les moyens de me payer ma propre chambre. Du moins si Alma me gardait. Je n'avais d'autre choix que l'espérer, les alternatives étant impensables.

Avec mille dollars, à Cambridge, vous n'allez pas très loin. J'aurais pu me trouver un studio dans les quartiers de Roxbury ou de Southie, mais je n'avais pas très envie d'habiter de l'autre côté du fleuve. Trop loin d'Harvard – aussi bien géographiquement que symboliquement –, et tout ce que j'aurais économisé en loyer, je l'aurais perdu en temps dans mes déplacements chez Alma. Dans un moment de faiblesse, je faillis demander à Yasmina de me reprendre. J'avais plus ou moins un travail désormais, ce qui ne manquerait pas de l'impressionner. Assis au bureau de Drew, j'allai jusqu'à composer les trois premiers chiffres de son numéro de portable. Cela me fit penser à mon propre portable désactivé, ce qui eut aussitôt pour effet de réveiller ma colère et mon orgueil. Je raccrochai le combiné et me remis à éplucher les petites annonces sur l'ordinateur.

L'appartement sur Davis Square m'avait paru correct et les étudiantes de la Tufts University qui l'occupaient un petit plus agréable. Elles s'appelaient Jessica, Dorothy et Kelly. Elles étaient toutes les trois d'origine asiatique et mesuraient moins d'un mètre soixante. Je m'attendais à ce qu'elles me claquent la porte au nez en me voyant, mais elles n'avaient pas eu l'air décontenancé, pouffant sous cape pendant qu'elles me montraient la chambre libre. Les murs étaient blanc cassé, si fins que j'aurais pu y passer le poing. La fenêtre donnait sur la rampe de livraison du drugstore CVS local. Il y avait un faux plafond, mais pas de plafonnier. Une des filles me proposa une lampe halogène qu'elle n'utilisait pas. Je demandai quand je pouvais emménager. Elles semblèrent soulagées. Alors qu'approchait le moment de payer le loyer, elles étaient contentes d'avoir trouvé un remplaçant à leur colocataire précédent. Elles ne prirent pas la peine de me dire pourquoi il était parti et, dans ma hâte, je ne pris pas la peine de le leur demander.

Je ne tardai pas à récolter ce que je méritais. Jessica, Dorothy et Kelly avaient l'air inoffensives, et pour l'essentiel elles l'étaient. Deux d'entre elles (je ne me rappelle plus lesquelles) étaient en année préparatoire de médecine, la troisième faisait des études pour devenir actuaire. Elles laissaient la salle de bains plus propre que je n'aurais jamais osé l'espérer. Elles me posaient des questions polies sur mon travail, gloussant de rire quand je leur décrivais Alma. Au téléphone, elles parlaient coréen ou vietnamien avec leurs parents. Délicates, guillerettes, jolies comme des cœurs, elles auraient pu être monitrices de colonie de vacances sans la transformation qui s'opérait à la nuit tombée, quand elles se métamorphosaient toutes les trois en nymphomanes brayantes.

Je suis plutôt costaud. Mais les hommes qu'elles ramenaient à la maison étaient carrément monstrueux. On aurait dit des taureaux BBB. Quand j'en croisais un dans le couloir, j'étais obligé de me plaquer contre le mur pour le laisser passer. Ils s'aspergeaient de déodorant bon marché, urinaient partout sur la lunette des WC, se baladaient sans aucune pudeur en caleçons élimés incrustés de sperme séché. Un de ces mastodontes, sortant de la salle de bains et tombant sur moi qui attendais mon tour en peignoir, accessoires de toilette à la main, me murmura en ricanant :

– Putain, mon pote, t'as vu comme elle gueule ?

– Pardon, répondis-je.

À la lumière du jour, elles avaient pourtant l'air tellement pures. Que racontaient-elles à leurs parents dans ces conversations en vietnamien et coréen ? *Chère maman, cher papa, sachez que j'ai un besoin maladif de me faire sauter par le plus grand nombre possible de joueurs de football américain* ? Mais j'avais déjà payé un mois de loyer d'avance, ce qui m'obligeait, si je voulais déménager, soit à retourner chez Drew, soit à demander un acompte à Alma, options toutes deux prohibées à la fois par l'étiquette et le bon sens.

Au lieu de quoi je restais donc allongé sur mon tout nouveau matelas pneumatique dans ma toute nouvelle chambre, agrippé à mes tout nouveaux draps en jersey de coton, l'estomac gargouillant à écouter la passion bestiale et stridente de mes toutes nouvelles colocataires. Le peu de sommeil que j'arrivais à m'octroyer était insatisfaisant, ponctué par des épisodes d'insomnie tétanisants quand Jessica, Dorothy ou Kelly trouvait son plaisir. Je testai les boules Quies, mais la sensation m'incommodait : c'était comme essayer de s'endormir tout en se noyant. Pire, une fois que la conscience de ce qui se déroulait à seulement trois mètres de moi s'était implantée dans mon cerveau, je me mis à entendre leurs gémissements tout le temps, même quand je savais qu'il n'y avait personne à la maison. Toutes les nuits, la plainte des sommiers à ressorts recommençait et je priais la demi-tête posée sur le rebord de ma fenêtre de m'accorder un répit. Qu'est-ce que Friedrich aurait fait à ma place ?

Alma me demanda si j'étais malade.

– Sans vouloir me mêler de ce qui ne me regarde pas, ajouta-t-elle.

« Malade » étant sans doute sa manière polie de me dire que j'avais une mine de déterré. Cela faisait trois semaines que je n'avais pas eu une bonne nuit de sommeil. J'étais épuisé, je manquais de concentration. Et ce matin-là je me sentais horriblement mal à l'aise en sa présence, à cause d'un cauchemar encore lancinant dans un coin de ma tête.

Il se passait dans la salle de lecture principale de la bibliothèque Widener. En face de moi était assise Alma, souriante. *De quoi allons-nous parler aujourd'hui, monsieur Geist ?*

Je lui répondais que j'étais venu sans rien préparer.

Ach, disait-elle. *Dans ce cas, nous allons ajourner le débat.*

Elle se déshabillait et nous commencions à faire l'amour.

Le plus étrange était que, si son visage était le même, elle avait en revanche un corps de jeune femme. Plus précisément, je devrais dire qu'elle – son incarnation dans mon rêve – semblait osciller en permanence entre la vieillesse et la jeunesse : sa peau se tendait, puis se distendait ; sa force jaillissait, puis faiblissait. Son parfum, qui d'habitude me faisait l'effet d'un parfum de vieille dame, recelait désormais des notes brutes, musquées. Elle se mit à gémir, d'abord doucement, puis de plus en plus fort, jusqu'à faire vibrer les objets autour de nous ; les livres dégringolaient des étagères, les chaises raclaient par terre, et toute la pièce se mettait à tourner sur elle-même, prenant de la vitesse, faisant se bomber les murs, tournant, tournant comme une centrifugeuse jusqu'au point où, en l'espace d'une seconde, elle explosait, projetant des éclats de bois, de papier et de chair dans le vide infini qui résonnait de ses hurlements.

À présent, assis en face de la véritable Alma, je luttais pour chasser cette image de mon esprit.

Je me contentai de mentionner que mes nouvelles colocataires n'étaient pas idéales et que je cherchais donc un autre appartement. Elle hocha la tête, et cela sembla mettre un terme à la conversation.

Une semaine plus tard, pourtant, elle me demanda si mes recherches avançaient. Je lui répondis qu'il n'y avait pas beaucoup de chambres à louer en ce moment.

– J'aurai peut-être plus de chance à la fin du semestre.

– Ça fait long à attendre en subissant un tel désagrément.

– Je n'ai pas vraiment le choix.

– On a toujours le choix, dit-elle. Si je puis me permettre, m'autorisez-vous à vous proposer une solution ?

– Je suis tout ouïe.

– Venez habiter ici.

– Je vous demande pardon ?

– Il y a une chambre à l'arrière. Elle est à vous si vous la voulez.

Je souris.

– C'est très gentil de votre part.

– N'est-ce pas ?

– Oui, mais… Et laissez-moi d'abord vous remercier très, très sincèrement… Mais je ne peux pas faire ça.

– Pourquoi pas ?

– Parce que… Parce que je ne peux pas. C'est incroyablement gentil de votre part. Vraiment. Je vous en sais gré. Mais je ne peux pas venir m'installer ici.

– Qu'est-ce qui vous en empêche ?

Nous continuâmes ainsi pendant plusieurs minutes. Je ne sais pas pourquoi, je m'obstinais à trouver des objections.

– Écoutez, finis-je par admettre, c'est très tentant. Mais, je veux dire, je n'aurais jamais les moyens de vous payer au prix du marché.

– Dans ce cas, vous pouvez venir habiter ici gratuitement.

– Il n'en est pas qu…

Elle leva un doigt en l'air.

– Pourvu que vous vous acquittiez de certains devoirs.

– Comme quoi ?

– Que vous continuiez nos conversations. Et je pourrais aussi vous demander un petit service de temps en temps. Déplacer quelque chose de lourd, par exemple. Si le besoin se présentait.

– Madame Spielmann…

– Monsieur Geist, s'il vous plaît. Inutile de faire des manières.

Je réfléchis un instant.

– Je ne sais pas. C'est-à-dire… Bon, écoutez. Et vos problèmes de santé ?

– Comme je vous l'ai dit, ma maladie est douloureuse mais sans gravité. Vous pouvez en parler avec mon médecin si vous voulez, elle vous dira la même chose. Elle vient me rendre visite deux fois par mois. Ma santé est un problème qui la regarde elle, pas vous.

Malgré ce dont elle m'assurait, j'avais du mal à croire qu'elle ne s'en remettrait pas à moi pour des tâches plus quotidiennes. Et je n'avais pas envie de jouer les boniches. Puis je me demandai si je n'étais pas devenu horriblement cynique. Étais-je donc incapable de prendre une authentique générosité pour ce qu'elle était ?

– Bien entendu, vous aurez quand même besoin d'argent de poche, ajouta-t-elle. Alors disons cela : en plus du gîte et du couvert, le prix de vos services inclura un petit salaire. Deux cents dollars par semaine, qu'en dites-vous ?

Étant donné le coût du logement, cela revenait à une énorme augmentation, même sans la prime en liquide. Et je vivrais au centre de Cambridge plutôt qu'à deux stations de métro en dehors. Mais si jamais Alma changeait d'avis, se mettait à me prendre en grippe ? Je me retrouverais de nouveau à la rue, et sans boulot du tout. Je lui en fis part.

– Vous devez apprendre à avoir davantage d'estime pour vous-même, monsieur Geist.

Je ne pouvais toujours pas me résoudre à dire oui. Je continuais à avoir des images qui me revenaient par flashs, à la voir nue et gigotante… un rêve que j'espérais ne jamais refaire. Je suis formé à pouvoir prouver n'importe quoi et son contraire, pourtant je peinais à trouver des arguments valables à lui opposer.

– Vous ne pouvez pas prendre de décision avant d'avoir eu droit à une visite complète, dit-elle en se levant. Venez.

CHAPITRE 8

Bien que je sois venu chez Alma quasiment tous les jours pendant six semaines, je ne m'étais jamais aventuré au-delà du salon, utilisant les toilettes dans l'entrée si nécessaire. Les autres quatre cinquièmes de la maison restaient pour moi un mystère.

C'est pourquoi je la suivis en direction de la cuisine avec une très grande impatience. Exagérément grande. Ce n'était qu'une cuisine, après tout, pas un donjon ni un sérail. Cela dit, contrairement à la plupart des cuisines de Cambridge, équipées d'appareils en inox et de meubles modernes, celle d'Alma n'avait pas bougé depuis quarante ans. Le four n'était pas plus gros qu'un micro-ondes et avait été peint en marron foncé pour être assorti aux placards. Quant à un véritable micro-ondes, il n'y en avait pas. Sur la gazinière était posée une bouilloire fatiguée, avec des marques de brûlures qui lui léchaient l'émail sur les côtés. J'aperçus une boîte à pain, un petit transistor, un pot en faïence ébréché contenant quatre ou cinq ustensiles, un mini-four-grille-pain et plusieurs plaquettes de chocolat. Un vieux téléphone à cadran était fixé au mur au-dessus de la table.

– J'avoue que je ne suis pas une grande cuisinière. L'épicerie du bout de la rue vient me livrer une fois par semaine.

En l'occurrence, ça tombe demain. Si vous acceptez ma proposition, je leur téléphonerai pour ajouter à ma commande ordinaire les choses que vous aimez manger.

Elle ouvrit une plaquette de chocolat et en cassa un morceau qu'elle me tendit.

– Mon seul et unique vice, dit-elle. Je le fais venir de Zurich.

– Délicieux, approuvai-je (ce qui était vrai).

– Le lave-linge et le séchoir sont dans la buanderie attenante. La femme de ménage s'occupe de mes lessives. Elle devrait pouvoir aussi s'occuper des vôtres sans problème.

– Ça va devenir de plus en plus difficile de vous dire non.

– C'est précisément le but.

Nous retournâmes au salon, que nous traversâmes en direction de la deuxième porte, débouchant dans un couloir sombre où elle s'arrêta au pied de l'escalier.

– Ma chambre se trouve à l'étage, à côté de la salle de télévision. Si vous le souhaitez, je peux vous en acheter une pour votre usage privé.

– Je ne pense pas que j'en aurai besoin.

– Très bien. Je dois vous avouer autre chose : il y a quelques émissions que j'adore. J'espère que vous ne me jugerez pas trop sévèrement pour cela.

Je souris.

– Non, non.

– Dans ce cas, peut-être même que j'arriverai à vous convaincre de vous joindre à moi.

– Je suis toujours prêt à essayer les choses au moins une fois.

Elle m'adressa un clin d'œil et me fit signe de la suivre.

Nous passâmes d'abord devant une grande penderie (« Je peux vous la libérer entièrement »), puis dans une pièce très haute de plafond, de forme octogonale. Les rideaux laissaient filtrer un seul rayon de soleil qui tombait sur un pupitre à musique où était posée la partition de l'*Humoresque n° 6 en sol mineur* de Sibelius. Un étui à violon était appuyé contre un électrophone sur pied ; un placard grillagé renfermait des 33-tours ; sur l'accoudoir d'un fauteuil marquise était pliée une grosse couverture en laine.

– C'est ma mère qui me l'a tricotée quand j'étais petite, dit-elle. Ces temps-ci, je la trouve beaucoup trop chaude, mais elle me rappelle des souvenirs agréables.

Elle s'approcha de l'étui à violon pour le ramasser. Mon premier réflexe aurait été de me précipiter pour l'attraper à sa place, mais je me ravisai en songeant que ce serait un bon test pour voir si elle comptait se servir de moi comme d'une aide ménagère. Je tins bon et fus agréablement surpris de la voir se pencher et se redresser avec aisance, posant l'étui sur le fauteuil. À l'intérieur se trouvait un violon d'une teinte inhabituelle, rouge tirant sur le mauve. Elle mit l'instrument de côté et ouvrit un compartiment secret d'où elle sortit la photographie noir et blanc d'un homme à barbichette.

– Mon père, dit-elle.

Épais, carré, il n'avait rien de la délicatesse d'Alma. Je la retrouvais plutôt dans l'expression énigmatique du visage. Ni un sourire, ni une moue, elle indiquait que son propriétaire était sur le point de passer à l'attaque ; au fil de dizaines d'heures de conversation, j'en avais été le destinataire (la victime ?) bien des fois.

Elle contempla la photo encore quelques instants avant de la ranger.

– On continue.

Plus loin, le couloir formait une fourche. Nous prîmes d'abord à gauche et arrivâmes devant deux portes.

– Votre salle de bains, déclara-t-elle.

L'intérêt principal était la baignoire : profonde, avec des pieds en griffes. Enfant, j'adorais lire dans mon bain. Je sentais ma résistance fléchir.

– Il faudra que je dise à Daciana de faire le ménage ici. Elle néglige cette partie de la maison. Je suis désolée. Et là, ce serait votre chambre.

Une suite plus exactement, à savoir une chambre à coucher donnant sur un bureau. Aucune des deux pièces n'était particulièrement grande à elle toute seule, mais, mises bout à bout, c'était tout à fait vivable. Alma alluma la lumière et je vis un lit double, impeccablement fait ; une commode ; une table de nuit avec une lampe de chevet. Comme dans la plupart des vieilles maisons victoriennes, les plafonds étaient bas, à moulures. Je passai dans le bureau, qui était lambrissé et meublé d'un secrétaire avec une chaise assortie et d'une méridienne légèrement élimée.

– Il n'y a pas de téléphone ici, précisa Alma. J'espère que vous ne verrez pas d'inconvénient à utiliser celui de la cuisine.

Je hochai la tête en continuant de tout observer. La porte qui donnait sur la véranda de derrière était percée d'une fenêtre à petits carreaux. Ils étaient tous transparents sauf un, qui avait été peint. J'y regardai de plus près : c'était une scène de chasse en miniature, un homme et un chien qui guettaient une clairière dans la forêt où l'on apercevait la tête et les pattes avant d'un chevreuil à travers le feuillage. Il s'en dégageait un parfum d'art et d'histoire qui me séduisit. Derrière la vitre, je distinguai les deux fauteuils en rotin, le cognassier, le jardin sous sa fine couche de neige. Mon esprit se projeta vers les mois plus chauds ; avec la permission d'Alma, je pourrais peut-être installer un hamac... Mais c'était surtout le silence qui me ravissait. J'entendais le grésillement des ampoules électriques.

– Je pense qu'il faudra ajouter un petit chauffage d'appoint, mais sinon je crois que ça devrait pouvoir répondre à vos besoins.

J'opinai à nouveau du chef.

– Parfait. Et maintenant, si vous voulez bien, j'aimerais vous montrer encore une dernière chose.

Elle retourna dans le couloir.

– J'ai bon espoir que cela emporte votre décision, dit-elle.

Alors que nous nous engagions dans l'autre partie du couloir, la pénombre sembla coaguler et je dus toucher le mur pour retrouver mon équilibre. Devant moi, j'entendis une clé tourner dans une serrure, puis jaillit un flot de chaude lumière jaune. Je pénétrai dans une salle d'environ cent mètres carrés. Je comprendrais seulement plus tard qu'il s'agissait anciennement de plusieurs pièces qui, réunies en une, représentaient presque la moitié de la surface au sol de la maison. Sur le moment, j'étais trop ébloui par l'abondance de richesses : un magnifique parquet en chevrons, un tapis persan rouge sang, une énorme cheminée garnie de chenets en cuivre à tête de cheval, une horloge comtoise, un globe, un secrétaire à cylindre ancien, des lampes aux abat-jour de couleurs éclatantes, des statues de marbre et de bronze hautes d'une trentaine de centimètres – Athéna, Ulysse et d'autres que je ne parvins pas à identifier –, deux superbes fauteuils bergères de part et d'autre d'un guéridon en cuir orné de clous décoratifs en cuivre, et, surtout, des livres. Des milliers de livres, des étagères remplies du sol au plafond et constituant la plus merveilleuse bibliothèque privée que j'aie jamais vue.

– Venez, entrez, dit-elle.

Je parcourus les rayonnages au hasard, abasourdi. Beaucoup de tranches étaient à demi effacées. Parmi celles que je pouvais déchiffrer, environ la moitié était en allemand, le reste un mélange d'anglais, de français, de latin et de grec. De la philosophie, de la littérature, de la musique, des sciences, de l'architecture, de l'histoire, les étagères étiquetées et numérotées d'une écriture en pattes de mouche. Dans un coin se trouvait un catalogue sur fiches à l'ancienne. C'était la seule partie de la maison où il ne faisait pas un froid polaire – pour que le papier ne sèche pas, appris-je par la suite –, et ses chaudes boiseries, ses somptueuses étoffes et son intimité m'enveloppèrent instantanément.

– C'est un travail qui a pris deux ans, expliqua Alma. De nos jours, je doute que j'aurais la patience.

J'étais debout devant la cheminée. Le mur tout autour n'avait pas été garni d'étagères, mais tapissé à la place d'un jacquard en soie vert. Cependant le tissu était à peine visible car l'espace au-dessus du manteau était presque entièrement occupé par un tableau représentant un corbeau juché sur un crâne lui-même juché sur une pile de livres. Une brindille dans le bec, la tête renversée en arrière avec morgue, l'oiseau offrait un sombre contrepoint aux perruches criardes du salon.

De part et d'autre du tableau étaient accrochées des dizaines de photographies. Alma en robe d'été. Avec son père dans un canot à rames. Posant au milieu d'une avenue viennoise, entourée de trams flous et de dames en chapeaux. À bicyclette. Avec des amies, six filles réunies autour d'une marmite de fondue, une paire de raquettes à neige pendue au mur. Des visages, des lieux, des rires ; toute une vie sous cadre. J'étais subjugué. J'avais envie de lui poser des questions sur chacune d'entre elles. Pourtant les seuls mots qui me vinrent furent :

– C'est *Heidegger* là ?

Je n'avais pas besoin de demander. Ce vieux grincheux au visage en patate : je savais que c'était lui. Planté sous une voûte en pierre, le chapeau à la main et, à sa gauche, suffisamment près pour que leurs bras se touchent, Alma.

– Tout à fait. Il était dans une bonne période, il avait maigri.

Elle rit avant d'ajouter :

– Martin n'a jamais été très sportif.

Martin ? Mais où étais-je tombé ? Qui était cette femme ? Je me tournai vers elle, mais elle esquissait à peine un sourire. Un sphinx.

– Voilà, monsieur Geist, je vous ai montré tous mes arguments. Maintenant c'est à vous de voir s'ils vous ont convaincu.

Elle ouvrit les bras en grand.

– Avez-vous besoin de prendre un moment pour soupeser votre décision ?

Les filles étaient tristes de me voir partir. Je leur promis de les tenir au courant si j'entendais parler de quelqu'un qui cherchait une chambre (et, ajoutai-je mentalement, qui était sourd).

– Où est le reste de vos affaires ? me demanda Alma.

– C'est tout ce que j'ai.

– Monsieur Geist, je ne savais pas que vous étiez un moine.

– *Kyrie eleison.*

– Non pratiquant, on avait dit.

Elle avait disposé sur mon lit deux serviettes et un gant de toilette.

– Je demanderai à Daciana de changer vos draps quand elle viendra.

– Merci beaucoup.

– Mais je vous en prie.

Tous mes vêtements tenaient largement dans la commode de la chambre. Ce qui était une bonne chose car la penderie s'avéra inutilisable, entièrement remplie de cartons de paperasse. Alors que je déballais mon ordinateur, je me rendis compte que je n'avais pas pris la peine de vérifier s'il y avait une connexion Internet. Et évidemment non. Je faillis demander à Alma si on pouvait m'en faire installer une, mais me ravisai. J'attendrais que ma situation soit mieux établie avant de commencer à formuler des exigences particulières.

Sans doute aurais-je dû me sentir mal à l'aise de défaire mes valises sous le regard d'Alma. Pourtant cela me semblait le plus naturel du monde, d'être là tous les deux ensemble.

– Votre thèse, devina-t-elle.

– Dans toute sa splendeur, répondis-je en ouvrant la penderie pour ranger le manuscrit sur la plus haute étagère.

– Peut-être que je devrais la lire en cachette.

– À vos risques et périls. Souvenez-vous de ce qui est arrivé à mon premier directeur.

– J'aurais tendance à prendre ça pour une marque de talent, dit-elle. Rares sont les écrivains qui parviennent à amener leurs lecteurs jusqu'au seuil de la mort.

En guise de réponse, je sortis de mon sac ma moitié de Nietzsche.

– Oh, monsieur Geist. Comme c'est extraordinaire ! Je sais exactement la place qui lui conviendra.

Dans la bibliothèque, elle dégagea un espace sur le dessus de la cheminée, pile au milieu.

– Mais, naturellement, je ne voudrais pas m'arroger ce droit. Peut-être préférez-vous la garder près de vous.

– Non, elle sera mieux ici.

– Dans ce cas, c'est décidé.

Elle recula d'un pas et nous admirâmes tous les deux le demi-serre-livres.

– Vous avez un goût irréprochable, dit-elle. C'est parfaitement hideux.

– Merci.

– Demain je vous donnerai les clés pour que vous alliez vous en faire faire un double. Et maintenant, si vous voulez bien m'excuser, mes émissions ne vont pas tarder à commencer. À moins que vous n'ayez envie de vous joindre à moi, ajouta-t-elle.

Nous montâmes à l'étage. Je comptai cinq portes qui donnaient sur le palier, toutes fermées à l'exception de la dernière. C'est là que nous allions. Je pris un rocking-chair et Alma alluma la télévision.

La musique du générique retentit. Un titre emplit l'écran :

ON NE VIT QU'UNE FOIS

Elle s'installa dans son propre fauteuil et, d'une voix très sèche, me dit :

– Suspendez votre jugement, monsieur Geist.

Je souris, me carrai contre le dossier de mon rocking-chair, prenant mes aises.

CHAPITRE 9

Peu de temps après mon arrivée au numéro 49, la neige commença à fondre et la maison se réchauffa de quelques degrés, me permettant de me déplacer à l'intérieur sans ma parka. Je finis par ne plus allumer mon chauffage d'appoint que sporadiquement. Il marchait presque trop bien et, quand je dormais avec, j'étais obligé d'entrebâiller la fenêtre pour compenser.

Notre emploi du temps était simple. Très matinale, Alma était toujours levée avant moi, et, une fois douché et habillé, je la retrouvais assise à la table de la cuisine devant un thé et des tartines, la radio réglée à faible volume sur la fréquence classique WCRB, Haendel ou Bizet. Nous discutions des gros titres des journaux ou faisions les mots croisés ensemble. C'étaient les jeux et les casse-tête, disait-elle, qui lui maintenaient l'esprit alerte. Ses préférés étaient les grilles muettes, que je ne connaissais pas jusque-là, mais auxquelles je pris vite goût.

Après le petit déjeuner, je passais dans la bibliothèque où je restais lire pendant plusieurs heures. Certains livres pour la première fois, d'autres pour la douzième. Beaucoup étaient trop fragiles pour être manipulés – elle avait des dizaines d'éditions originales, dont *Ainsi parlait Zarathoustra*,

La Nausée, Être et Temps –, mais le simple fait d'être entouré par eux me procurait un sentiment de paix. C'est la raison pour laquelle je ne posséderai jamais de liseuse électronique : parce qu'une rangée de livres est davantage qu'une somme d'informations. C'est une carte de tous les endroits que votre esprit a visités, un groupe d'amis dont la présence silencieuse est toujours là pour vous réconforter. Blotti parmi les livres, protégé par eux, je me sentais en sécurité, et tous mes tourments commencèrent à s'estomper, mon cerveau se dépouillant peu à peu du désordre des dernières années. Je lisais pour le plaisir de lire plutôt que pour dénicher des éléments de travail. On décrit parfois la méditation comme un état de « veille détendue », formule qui rend exactement compte de cette sensation. Très souvent, je m'allongeais sur le tapis ; le fait que je puisse rester couché là sans m'assoupir témoigne de la qualité des collections ainsi que de la force du thé d'Alma.

Le seul livre introuvable était son mémoire de thèse. J'étais déçu, mais je dus me rappeler que j'avais moi-même caché le mien à l'abri de son regard ; et, avec tant d'autres possibilités merveilleuses à portée de main, il aurait été ingrat de réclamer davantage.

Le midi, je nous préparais un déjeuner frugal. Alma coupait en quatre une tablette de chocolat et me parlait allemand, à ses yeux la seule langue adéquate pour évoquer sa jeunesse. Avant que j'emménage, nous avions déjà eu beaucoup de discussions, mais toujours à propos de philosophie, et je savourais ces bribes de biographie qu'avec le temps je finis par assembler en un tout cohérent.

Née en 1922 dans une famille de fabricants d'instruments de musique, elle avait grandi dans le neuvième arrondissement de Vienne, Alsergrund, à dix minutes à pied de la maison de Freud. Tous les jours, son père enfourchait son vélo pour se rendre à Ottakring, près de la Gürtel, où il dirigeait une équipe de trente artisans spécialisés dans la confection de pianos, de harpes et de clavecins. Elle se remémorait tout haut avec une précision saisissante ses visites à son atelier : l'odeur lourde et entêtante du vernis, le martèlement des outils, les hommes musclés en bras de chemise. Son père aimait bricoler et passait son temps à tester des inventions qui n'avaient rien à voir avec son activité principale.

– Le violon qui est dans le salon de musique, il me l'a fait quand je suis née, me raconta Alma. Ma mère et lui étaient tous les deux d'habiles artisans et de grands amateurs d'objets, et leur relation était très matérialiste, extrêmement sensuelle dans son genre. Par conséquent, j'ai pris le contrepied. C'était dans ma nature d'avoir l'esprit de contradiction. Je suppose que ça l'est toujours… Bref, le violon m'est tombé dessus comme un fardeau chargé des espoirs qu'on plaçait en moi. Je crois qu'ils auraient voulu faire de moi une soliste. Je n'ai jamais eu le talent nécessaire. L'assiduité, oui. Mais tous mes professeurs disaient que j'étais trop technique. C'est seulement en vieillissant que j'ai compris ce qu'ils entendaient par là. Ma sœur était bien plus douée.

– De quel instrument joue-t-elle ?

– Jouait. Du violoncelle. C'était aussi mon père qui le lui avait fabriqué. Mais elle n'eut guère l'occasion de faire ses preuves car le peu d'ambition qu'elle avait fut totalement étouffé lorsqu'elle se maria.

Dès leur plus jeune âge, les deux filles avaient étudié l'anglais et le français. Alma, ayant démontré un don pour les langues, avait également reçu un enseignement en latin et en grec, d'où sa fascination précoce pour la philosophie. Elle me décrivit avec force détails le *Gymnasium* où elle avait passé son bac, le *Kaffeehaus* où elle allait déguster des pâtisseries et faire la conversation. C'était une époque formidable pour être jeune et curieux à Vienne. Vous connaissiez tout le monde pourvu que vous veniez d'un certain milieu et possédiez certaines références sociales ; la brochette de personnages qu'elle évoquait avait de quoi faire rêver n'importe quel intello.

– Je vous ai raconté la fois où j'ai rencontré Wittgenstein ?

Je fis non de la tête.

– Son frère Paul était pianiste, vous savez. Eh bien, après avoir perdu un bras pendant la Grande Guerre, il est venu trouver mon père pour qu'il lui fabrique un clavier qui soit mieux adapté à son handicap. Ils étaient comme ça, les Wittgenstein : ils résolvaient les problèmes à coup d'argent. Il a aussi demandé à Ravel et à Strauss de lui écrire des concertos pour main gauche.

« Ce fameux clavier était censé se présenter sur deux niveaux, avec la partie haute du registre ici et les graves en dessous, il me semble. Je ne crois pas qu'il ait jamais été réalisé. Pourtant je me souviens très bien de Paul venant à la maison pour discuter de sa conception. Lors de sa première visite, mon père m'avait envoyé leur chercher du schnaps et, quand je suis revenue avec, Paul m'a pincé la joue.

« Une fois, il est venu accompagné d'un autre homme. Je fus assez frappée par l'allure de cet inconnu, les cheveux en bataille et les yeux toujours en mouvement. Pendant toute l'entrevue, il ne cessa de se lever et de quitter le bureau pour aller faire les cent pas dans le vestibule en se frottant les tempes et en marmonnant dans sa barbe comme s'il était saisi d'une sorte de transe. Assise sur les marches en haut de l'escalier, je l'observais. Il n'avait pas l'air de me voir, et puis, tout à coup, il s'est tourné vers moi et il m'a demandé ce que j'apprenais à l'école. Vous vous souvenez peut-être que Wittgenstein avait été instituteur de campagne. Il avait des opinions très tranchées sur l'éducation et, lorsque je lui décrivis mon programme scolaire, il se mit à me réprimander sur ses lacunes, comme si c'était moi qui l'avais choisi.

– Vous aviez quel âge ?

– Oh, pas plus de cinq ou six ans. Je le trouvais barbare. Il n'avait aucune idée de la façon de s'adresser aux gens. Même à l'époque, je m'en rendais compte. Son frère, alerté par le raffut, sortit à son tour du bureau et se mit à crier : « Bon sang, Ludi, laisse cette pauvre enfant tranquille ! » Et ce fut réglé. Wittgenstein me lança un regard noir – je n'avais jamais vu un regard aussi haineux – et alla s'enfermer dans la cuisine, où il resta jusqu'à la fin de la visite.

J'étais littéralement bouche bée.

– Mon Dieu, soufflai-je.

– Oui, acquiesça Alma. C'était un homme étrange.

– C'est incroyable.

– Pourtant c'est parfaitement véridique, je vous assure.

– Non, je veux dire… Je connais des gens qui seraient prêts à tuer pour vivre ça.

– Eh bien, ils sont idiots. Parmi les rares choses qui méritent qu'on soit prêt à tuer pour elles, je ne mettrais pas le droit de se faire agresser par un fou prétentieux.

Elle me confia franchement, et sans regret, qu'elle ne s'était jamais mariée, ignorant les supplications de sa famille et de ses prétendants, décidant plutôt d'aller étudier à Fribourg auprès d'Heidegger qui venait de reprendre ses cours. Elle resta vague sur la raison pour laquelle elle n'avait pas fini son doctorat, et j'avais assez de tact – et assez de facilité à me mettre à sa place – pour ne pas insister là-dessus. Je préférais l'écouter me raconter comment elle était partie à la découverte du vaste monde, se déplaçant en bateau et avion à hélices, ballottée dans des jeeps réformées conduites par des hommes édentés et tatoués armés de mitraillettes. La Chine, la Russie, l'Égypte… Que des endroits dans lesquels une femme célibataire aurait du mal à voyager seule aujourd'hui. Alors dans les années 1950, j'osais à peine l'imaginer. Elle s'était fait tirer dessus en Afghanistan. Elle avait survécu à un déraillement de train dans le Pendjab. On l'avait menacée d'emprisonnement en Birmanie. Elle était au Ghana le jour où Nkrumah avait déclaré l'indépendance, ratant les festivités pour cause d'une crise de malaria qu'elle traînait depuis un mois.

– Si vous allez là-bas un jour, ajouta-t-elle, je vous conseille vivement d'emporter une moustiquaire.

Ses voyages avaient fini par la conduire aux États-Unis, qu'elle passa quatre années à explorer. Parmi de nombreuses autres aventures, elle avait fait la route de New York à San Francisco à moto. Elle s'arrêtait rarement dans un même endroit assez longtemps pour se faire des amis.

– C'est un pays qui est plus intéressant pour ce qu'on n'y trouve pas que pour ce qu'on y trouve.

En 1963, elle était arrivée à Cambridge, où elle avait commencé à travailler comme professeur d'allemand dans une école privée. Bien qu'au départ elle n'ait eu l'intention d'y rester qu'un an maximum, de fil en aiguille – elle vacilla un peu en disant cela – cet endroit était devenu son port d'attache.

Pourtant Vienne lui manquait énormément. La culture, l'érudition, la *vie.* Partout où vous vous tourniez, il y avait de la musique et de l'art. Tout était d'un romantisme incroyable, et Alma – jolie, charmante, intelligente –, dès l'âge de quatorze ans, était déjà complètement immergée dans ses plaisirs. Une fois, elle avait même fait le mur pour aller à une réception chez un homme qui possédait une dizaine de Klimt, dont l'un qu'il conservait dans sa cuisine, sur la porte de son frigidaire. Pendant la saison des bals, les fêtes ne s'arrêtaient jamais, des débauches d'alcool et de valses qui se prolongeaient jusqu'à cinq heures du matin, quand les portes des dancings s'ouvraient et recrachaient tout le monde dehors, des hommes titubant contre les réverbères et des femmes courant pieds nus en robe longue. Ceux à qui il restait suffisamment d'énergie et de lucidité rassemblaient leurs forces pour aller prendre un *Katerfrühstück*, le petit déjeuner des lendemains de fête, composé de rollmops et de café noir bien fort, remède garanti contre la gueule de bois.

Tout cela avait disparu à présent. D'abord la guerre, puis l'Occupation. Elle n'y était pas retournée depuis les années 1980, elle trouvait ça trop déprimant. Sa Vienne à elle, la vraie, n'existait plus que dans ses souvenirs, et j'avais compris que mon rôle était de lui fournir un canevas à partir duquel les reconstituer. Je faisais de mon mieux. Je l'écoutais avec enthousiasme ; j'essayais de poser des questions intelligentes. Lorsqu'elle me fit part de l'impossibilité de dégoter une *Sachertorte* digne de ce nom à Boston, je me rendis au Science Center pour télécharger plusieurs recettes et je me mis en tête d'en essayer une différente tous les jours pendant deux semaines, jusqu'à ce que je parvienne à produire quelque chose qu'elle qualifia malicieusement de « remarquable imposture ». Dès lors, je nous en faisais une chaque lundi.

Après le déjeuner, nous regardions des soap operas. Même dans ce domaine elle se montrait exigeante. À part *On ne vit qu'une fois*, elle aimait *Haine et Passion* et *Des jours et des vies.* En revanche elle détestait *Hôpital central*, qu'elle jugeait « inélégant » ; quant aux *Feux de l'amour* et à *Amour, gloire et beauté*, elle les trouvait « pas réalistes ». En l'entendant dire ça, je ne pus m'empêcher d'éclater de rire. Elle en fit autant.

– Il ne faut jamais abandonner son sens critique, dit-elle.

Quand il n'y avait rien à la télé, j'allais faire quelques courses ou je retournais lire. À quinze heures, elle me rejoignait dans la bibliothèque pour notre séance officielle de conversation, et avant le dîner – qu'elle commandait à l'épicerie-traiteur du coin, préparé dans des barquettes en alu, et que nous prenions à la cuisine, jamais à la table protocolaire de la salle à manger – je sortais faire une longue promenade pour permettre à mon esprit de digérer tout ce qu'il avait emmagasiné ce jour-là.

C'était un rythme de vie formidable, relaxant et stimulant à la fois. La seule chose dont j'aurais pu me plaindre, c'était la femme de ménage, une corpulente Roumaine à la poitrine volumineuse et qui arborait une tache de vin tridimensionnelle au-dessus des lèvres. Une fois par semaine, elle débarquait à l'aube dans son break Subaru bleu dont les phares étaient rafistolés à l'aide de gros scotch. Elle entrait par la porte de service et entreprenait aussitôt de me réveiller avec son raffut, déambulant dans toute la maison et fredonnant dans sa barbe pendant qu'elle balayait ou faisait la poussière, ne s'interrompant que pour me lancer des regards venimeux alors que je sortais de ma chambre d'un pas hésitant pour aller me brosser les dents. Son antipathie à mon égard était compréhensible (ce qui ne la rendait pas moins désagréable). Je lui rajoutais du travail et, comme je l'appris plus tard, Alma la payait un prix fixe et non à l'heure. Avant mon arrivée, elle devait se frotter les mains. Désormais elle avait du linge sale en plus – du linge sale *masculin* – et trois pièces supplémentaires. Elle se donnait donc un mal fou pour me déranger, me suivant dans la maison en marchant le plus lourdement possible, en respirant bruyamment et en *fredonnant* sans arrêt. Toutes les mélodies qu'elle chantait ressemblaient à des marches funèbres. Le bloc de l'Est n'avait pas dû être un endroit joyeux où grandir.

Je ne crois pas qu'elle connaissait mon nom car elle ne me désignait qu'à la troisième personne ou, moins souvent, par un « monsieur », prononcé « massieur » et dégoulinant de sarcasme. Je me demande ce qu'elle imaginait à mon propos. Que j'étais le jeune amant d'Alma ? Un petit-fils ? Je décidai de la neutraliser en la noyant de gentillesse. Je la remerciais pour le moindre service qu'elle me rendait. Je la complimentais sur sa voix. Elle commença à accepter de croiser mon regard et je crus que j'avais réussi à rompre la glace jusqu'à la semaine suivante, quand elle déboula dans ma chambre à six heures du matin, l'aspirateur à plein tube. Je lui ordonnai d'une voix ensuquée de sortir tout de suite.

– Pardon, massieur, dit-elle en claquant la porte au passage.

Capitulant, je résolus de quitter la maison les matins où elle venait, mettant ces heures à profit pour traiter mes e-mails en retard. Que je sois capable de rester une semaine d'affilée sans relever mon courrier prouvait que j'avais beaucoup moins besoin du monde extérieur que je ne le pensais. C'est incroyable, la proportion de ce qu'on considère comme de la communication et qui est en fait du déchet. Pas de téléphone ni d'Internet et je ne m'en portais pas plus mal. À part Alma, il y avait très peu de gens à qui j'avais envie de parler, sans compter que Yasmina avait probablement fait un travail de propagande en racontant à nos amis communs sa version de l'histoire. J'ignorais Facebook ; je devins adepte de la touche SUPPR. Mon monde se rétrécissait et ça me convenait parfaitement.

Nous vivons chacun selon notre propre rythme, qui nous dicte notre façon de parler, de bouger et d'interagir avec notre environnement. Certaines personnes aiment laisser leur marque. Vous entrez dans une pièce qu'elles viennent de quitter et vous trouvez les meubles déplacés, les abat-jour de guingois. D'autres, comme moi, vivent en arrière-plan. Toute ma vie d'adulte, j'avais eu des colocataires et, chaque fois, mon rythme s'était heurté à celui des gens autour de moi, Yasmina étant l'unique exception. J'en étais arrivé à regretter cette fluide harmonie, et c'était une joie de la ressentir à nouveau. Avec Alma, je n'étais ni seul, ni envahi. Elle dégageait une vitalité si tranquille et constante que je pouvais deviner sa présence à l'autre bout de la maison. Nous restions en lien permanent, nous échangeant des mots d'esprit d'une pièce à l'autre, nous rassurant mutuellement par le bruit de nos pas.

Il était si réconfortant de vivre à ses côtés que ses rechutes de santé en étaient d'autant plus angoissantes. Pendant mes cinq premières semaines de cohabitation, elle connut quatre crises. Je savais qu'il se passait quelque chose dès l'instant où je sortais de la bibliothèque et où je ressentais une certaine immobilité, nos rythmes désaccordés. Ces épisodes se produisaient de façon insupportablement aléatoire. L'un ne dura qu'une heure ; un autre, tout un après-midi. Et bien qu'elle continuât d'affirmer qu'ils étaient sans gravité – elle était toujours guérie le lendemain –, j'avais franchement du mal à rester les bras croisés. Je fus infiniment soulagé lorsqu'elle m'apprit que son médecin allait venir lui rendre visite. Le jour dit, alors que je rentrais à la maison après ma promenade digestive, je vis une BMW verte garée dans l'allée, une femme émaciée en train de s'asseoir au volant.

– Vous devez être Joseph. Paulette Cargill.

Nous échangeâmes une poignée de main.

– Je ne pensais pas que les médecins faisaient encore des visites à domicile.

– Je n'en fais jamais. Alma est une exception.

– Ça, c'est le moins qu'on puisse dire. J'espère que tout va bien.

Le médecin esquissa un geste désabusé.

– C'est stable, dit-elle.

Puis elle me fit un cours accéléré sur la névralgie du trijumeau et les difficultés de traitement au cas par cas.

– La chirurgie avait réussi à la soulager pendant un temps, c'était en 2002, mais la douleur a commencé à revenir il y a environ dix-huit mois. On a évoqué la possibilité d'une nouvelle opération, même si, à mon avis – et elle est d'accord –, ce n'est pas le bon choix. À son âge, chaque année supplémentaire augmente la probabilité de complications. On risquerait de faire davantage de mal que de bien. L'objectif, à ce stade, est de ramener la douleur à un niveau plus supportable, pas de l'éradiquer. Je crains que ce ne soit tout simplement pas réaliste.

– Elle me répète tout le temps que c'est sans gravité.

– C'est vrai. D'ailleurs elle a insisté pour que je vous rassure. Elle dit que vous vous faites un sang d'encre.

– Il y a de quoi s'inquiéter, non ?

– À votre place, je m'inquiéterais aussi. Mais, à part le désagrément, elle est en parfaite santé. Avec l'hémogramme qu'elle a, elle pourrait vivre jusqu'à cent ans.

Un silence passa tandis que nous songions tous les deux aux implications de cette éventualité.

– Est-ce que ça va empirer ? demandai-je.

– Je n'en sais rien.

– Mais ça ne va pas s'améliorer.

Nouveau silence.

– On fait tous de notre mieux, dit-elle.

Je ne répondis rien.

– C'est aussi valable pour vous, ajouta-t-elle.

– Moi, je n'ai rien fait.

– Bien sûr que si. Son moral est excellent.

– Oui, sans doute.

– Croyez-moi. Ça fait quinze ans que je la soigne. Elle est au mieux de sa forme.

Je m'efforçai de ne pas penser à ce que devait être le pire.

– Continuez à faire exactement ce que vous faites, reprit-elle. Je la tanne depuis des années pour qu'elle se trouve quelqu'un à qui parler. Ce qu'il faut, c'est qu'elle profite au maximum des moments où elle ne souffre pas.

J'opinai du chef.

– Comme je vous le disais, je ne fais jamais de visites à domicile. Alma est…

Elle porta une main à son cœur.

– N'hésitez pas à m'appeler quand vous voulez, conclut-elle.

À l'intérieur, Alma était assise à la table de la cuisine devant deux assiettes, deux fourchettes et ce qu'il restait de la *Sachertorte* de la semaine. Elle leva la tête en m'entendant arriver, avec son sourire énigmatique. Je le vis à présent comme une expression d'impénétrabilité, un solide vernis de tristesse. La douleur est depuis longtemps une source d'intérêt pour les philosophes, en tant qu'expérience à la fois universelle et incommunicable. Il y a l'idée qu'il est plus difficile de regarder quelqu'un souffrir que d'endurer soi-même cette souffrance : quel rappel plus efficace de notre solitude fondamentale ? C'est la douleur qui dessine les limites de l'empathie en traçant une ligne bien nette autour de ce que nous pourrons jamais espérer connaître les uns des autres. À cet instant précis, j'aurais tout donné pour être à la place d'Alma, et savoir que ça m'était impossible me faisait souffrir deux fois plus.

Elle ramassa le couteau et se coupa une assez grosse part.

– Un peu de rab pour moi, aujourd'hui. Je crois que je le mérite.

Nous mangeâmes en silence. Moi, du moins, car, à vrai dire, elle ne mangea rien du tout, effritant sa part du bout de sa fourchette, triturant le petit monticule de crème chantilly jusqu'à ce qu'il se dégonfle. Je me levai pour rincer les assiettes et j'entendis dans mon dos sa chaise racler par terre.

– Je suis très fatiguée, je vais aller m'allonger, déclara-t-elle. Si je ne suis pas debout à l'heure du dîner, j'imagine que vous arriverez à vous débrouiller tout seul.

– Est-ce que je peux faire quelque chose ? demandai-je.

Plusieurs expressions se succédèrent alors sur son visage, qui m'étaient toutes indéchiffrables.

– J'espère seulement que vous n'aurez pas pitié de moi, finit-elle par répondre.

– Jamais, dis-je. Jamais de la vie.

Elle hocha la tête, pivota sur elle-même et disparut.

Je me remémorai ce que le médecin m'avait dit ; je m'efforçai d'admettre que ce rien, cette passivité pieds et poings liés, était le mieux que je pouvais faire. Une pilule amère, car c'est précisément à ce moment, alors qu'elle était trop faible pour parler, que je commençai à mesurer l'ampleur de ma dette envers Alma. Quel que soit le réconfort que je lui apportais, elle me l'avait déjà rendu au centuple. Et de cela je lui saurai gré à jamais, considérant rétrospectivement ces premières semaines comme les plus heureuses de ma vie, d'autant plus en sachant la vitesse à laquelle elles ont filé.

CHAPITRE 10

– Moi, décréta Drew, ça me fait penser à *Harold et Maude*.

Nous étions fin mars. Je m'étais aventuré hors de la maison dans la vaine tentative d'entretenir la fiction selon laquelle j'avais encore un semblant de vie sociale. Pour le remercier de m'avoir hébergé si souvent, je nous avais acheté de quoi déjeuner chez Darwin's : des sandwichs frais et des macarons gros comme des sourdines de trompettes. Nous avions emporté notre pique-nique dans la cour principale d'Harvard, où nous nous étions installés sur les marches du bâtiment University Hall en regardant des touristes japonais prendre en photo une bande de première année sur les rotules.

Le vrai nom de Drew était Zhongxue. Informaticien de formation, il était arrivé de Shanghai en faisant étape à Milwaukee. Nous nous étions rencontrés au séminaire d'intelligence artificielle et étions très vite devenus amis. Comme moi, il était du genre « tout sauf mon mémoire » ; contrairement à moi, il avait abandonné de son propre chef, arrêtant ses études pour se consacrer au poker à plein temps. Désormais il gagnait sa vie en plumant des types venus fêter leur enterrement de vie de garçon dans les casinos de Foxwoods. Ses parents pleuraient chaque fois qu'il leur téléphonait.

– N'exagère pas, rétorquai-je.

– Tout ce que je dis, c'est que c'est une drôle de façon de parler d'une vieille dame qui aurait l'âge d'être ta grand-mère.

Je ne répondis pas. Je ne voyais pas bien comment décrire mes sentiments pour Alma. À l'exception d'un rêve qui m'avait mis profondément mal à l'aise, je ne la trouvais pas attirante à proprement parler. Bien sûr que non. Si nous nous étions connus cinquante ans plus tôt… Mais nous étions ici et maintenant, et, vu les circonstances, je ne pouvais raisonnablement pas l'envisager comme un sujet érotique.

Pourtant ce n'était pas tout à fait de l'amitié non plus. De nos jours, l'amitié est bradée et fongible ; il suffit d'aller sur Internet pour récolter deux mille « amis ». Cette sorte d'amitié n'a aucune valeur et je considérais comme un blasphème d'appliquer ce terme à Alma.

La forme la plus approchante qui me venait à l'esprit était un amour platonique, pas dans le sens familier qu'on lui donne habituellement, mais selon sa définition originelle : un amour spirituel, qui transcende les aspects physiques, qui va au-delà du sexe, au-delà de la mort. Le véritable amour platonique est la fusion de deux esprits.

– C'est la personne la plus intéressante que je connaisse, déclarai-je.

– Tu m'étonnes ! fit-il en poussant un petit grognement et en donnant un coup de griffes dans le vide.

– T'es con.

– Sérieusement, je suis content pour toi. Je ne te comprends pas, mais je suis content pour toi.

– Arrête.

– Quoi ?

– Arrête de dire que tu es content pour moi.

– Mais c'est la vérité.

– Je *ne sors pas* avec elle.

– Ouais, ouais. Tes anciennes colocs m'avaient l'air plus à mon goût. Tu ne veux pas me les présenter ?

– Il faudrait que tu fasses cinquante kilos de plus.

– Pas de problème, rétorqua-t-il en engouffrant la moitié d'un macaron.

Un touriste courut vers nous et se mit à le photographier.

– Il nous prend pour des étudiants, fis-je remarquer.

Drew opina du chef, la bouche pleine de noix de coco.

– Pour votre information, dis-je, nous ne sommes pas étudiants. Moi, je me suis fait virer, et lui, c'est un joueur professionnel.

– Harvard ! s'écria le touriste.

– Bon, ça suffit, décréta Drew en s'étouffant avec les miettes. Circulez, y a rien à voir.

Il chassa le type, qui, sans se laisser démonter, alla se positionner derrière un arbre et fixa un zoom à son appareil.

– Ces gens, soupira Drew. Qu'est-ce qu'ils font avec toutes leurs photos de parfaits inconnus ? Qui ça peut bien intéresser ?

– Ben, eux, apparemment.

– Je devrais lui dire de plutôt prendre mon profil gauche, c'est le plus photogénique. Hé, au fait, joyeux presque anniversaire !

Un des talents de Drew est sa mémoire exceptionnelle pour les dates et les chiffres. D'autant plus remarquable qu'il a un mal fou à se souvenir de quoi que ce soit d'autre : de tirer la chasse aux toilettes, par exemple.

– Merci.

– On va fêter ça ?

– *On ?*

– J'avais oublié. Tu n'aimes pas les fêtes.

– Je n'ai rien contre, mais en l'occurrence je ne vois pas pourquoi j'en ferais une.

– Euh… Parce que c'est sympa.

– Il n'y a rien d'extraordinaire à fêter.

– C'est ton anniversaire. Penses-y au moins.

– J'y penserai.

– À propos. Mince, j'ai failli oublier. Ta mère a appelé il y a quelques jours, elle te cherchait.

J'étais perplexe.

– D'où elle a eu ton numéro ?

– J'imagine qu'elle a dû appeler Yasmina d'abord. Enfin, bref, rappelle-la.

– Elle n'a pas dit ce qu'elle voulait ?

Drew haussa les épaules.

– Sans doute te souhaiter un joyeux anniversaire.

À cette époque, j'entendais parler de mes parents seulement quand ils avaient de mauvaises nouvelles : le divorce d'une cousine, la mort de notre chien. Si ma mère s'était donné la peine d'appeler à la fois Yasmina et Drew, la nouvelle en question devait être d'une bien plus grande magnitude. Je songeai à mon père. Il n'avait pas encore soixante ans, mais il avait beaucoup tiré sur la corde et son propre père était mort d'une crise cardiaque. Soudain, il me vint une image de lui accroupi sous l'évier d'un client, peinant pour dévisser un siphon… puis un gémissement rageur, un violent fracas, un bidon d'Ajax renversé.

Je me levai, froissant en boule le papier gras de mon sandwich.

– Je crois que je vais y aller.

– Oups. Je ne voulais pas te faire flipper.

– T'inquiète.

Je lui tendis le reste de mon macaron, lui souhaitai bonne chance au poker et marchai jusqu'au Science Center pour passer un appel en PCV.

– Joey ! s'exclama ma mère. Ça fait une éternité que j'essaye de te joindre.

Je tressaillis en entendant mon diminutif d'antan.

– Me voilà.

– Ta fiancée m'a dit que tu avais déménagé.

– C'est vrai.

– Qu'est-ce qui s'est passé ?

– J'ai déménagé, c'est tout.

Ayant compris au ton de sa voix que mon père était toujours en vie, j'étais prêt à clore la conversation.

– Quelles nouvelles ? demandai-je.

– Écoute, chéri, je sais que tu es très occupé avec tes études, mais je voudrais que tu envisages de venir passer quelques jours à la maison.

– Je ne sais pas trop, maman, répondis-je en me frottant le front.

– Tu ne m'as pas laissée finir. C'est important.

Je marquai une pause.

– Ah bon ?

– C'est-à-dire que… Ça fait vingt ans.

Vingt ans, mais jamais très loin, et cette simple évocation suffit à ce que les souvenirs se déversent sur moi avec la force d'une avalanche. Je me souvins d'une tempête de neige un soir d'avril. Je me souvins des toussotements d'un pick-up qui démarrait dans le froid, d'un policier dans notre cuisine et de trois tasses de café qui étaient restées toute la nuit sur le plan de travail. Je me souvins de tout ça et de plus encore tandis que ma mère commençait son laïus.

– On s'est dit qu'on pourrait peut-être organiser une petite cérémonie vers la date de l'anniversaire de Chrissy. Rien d'extraordinaire, mais mamie se fait vieille, tu sais. Il faut vivre au jour le jour. On pourrait inviter certains de ses anciens copains, il y a Tommy Snell qui vit encore dans le coin, et pas mal d'autres qui faisaient partie de la bande. C'est sûr que Tommy a grandi, depuis le temps, il a repris la boutique de chaussures de son père, et figure-toi qu'il est devenu chauve comme un œuf lui aussi. Tout le monde a tellement changé, Joey. Ça te ferait drôle de les revoir tous, je suis sûre. Je sais que c'étaient pas tes amis à toi, mais quand même… Enfin, bref, Rita m'a dit qu'elle demanderait au père Fred de dire quelque chose, il est toujours bien dans ce genre d'occasions. Moi, je n'aurais jamais osé lui demander, mais si les gens veulent aider, ce serait malpoli de refuser. Par contre je ne veux pas le faire sans toi. Ça ferait bizarre. Mais j'aimerais bien. Et tu sais quoi ? Je crois que ton père aimerait aussi s'il devait le dire franchement. Par contre il ne voudra jamais si tu n'es pas là. Ça, j'en suis sûre. Donc c'est à toi de voir. Tu sais qu'on ne fait jamais pression pour t'influencer dans tes décisions, mais là je pense que c'est la bonne chose à faire.

Une pause.

– Joey ?

– Je suis là.

– Tu m'entends ?

– J'ai entendu, oui.

Le jour de l'enterrement fut la première et la dernière fois que je montai dans une limousine, et je me rappelle avoir regardé à travers la vitre teintée alors que nous arrivions au cimetière, impressionné par l'immensité de la foule. Dans le journal du lendemain, ils parleraient du plus gros rassemblement depuis le capitaine des pompiers de la ville, qui était tombé raide mort au cours d'une fête de quartier suite à une rupture d'anévrisme. Dans le cortège funèbre, je repérai l'entraîneur de foot de Chris, un type à la dureté légendaire, le visage inondé et rouge comme une tomate. La limousine ralentit et la portière s'ouvrit comme par magie, comme si nous avions un majordome invisible. Est-ce que c'était à ça que ressemblait la célébrité ? Ma mère qui descendait en s'agrippant tant bien que mal à une paire de bras que quelqu'un lui tendait. Puis la protubérance des fesses de mon père, qui semblaient n'avoir rien à faire ailleurs que dans un bleu de travail. Et enfin moi, vêtu d'un des vieux costumes en flanelle de Chris. Il me grattait de partout, le pantalon était trop serré et je trébuchai en sortant de la voiture. Les gens se précipitèrent pour me soutenir ; quelqu'un appela mon père et il revint prendre possession de moi. Flanqué de l'entraîneur de l'autre côté, j'avais l'impression d'être un prisonnier qu'on escortait à la potence. Un fugitif en puissance. Et, en un sens, c'était le cas. Il me fallut quelques années pour retrouver mes repères mais, dès que ce fut fait, je pris la fuite.

Au téléphone, j'entendais ma mère me parler de billets d'avion.

– Une minute, protestai-je. Je n'ai pas dit que je viendrai.

Pendant le silence qui suivit, je la sentis se préparer à un des effondrements dont elle avait le secret. Histoire d'y couper court, je dis :

– Je vais faire de mon mieux, mais je ne te promets rien. Je ne peux pas m'absenter quand je veux. À quelles dates tu pensais ?

Elle laissa échapper un petit bruit réprobateur.

– Tu as oublié son anniversaire ?

– Je n'ai pas oublié. C'est le 10 octobre. Ce n'est pas ce que je te demande. Je te demande pour combien de temps tu voudrais que je vienne.

– Tu seras obligé de rester dormir, le dernier vol part à dix-sept heures. J'ai besoin de savoir, Joey. Rita m'a dit qu'elle voulait mettre une grande photo de Chrissy que les gens pourront signer. Ces choses-là prennent du temps.

– Ça ne prend pas six mois pour faire agrandir une photo.

– Je n'ai pas envie qu'elle se sente débordée.

C'était exactement le genre de truc irrationnel qui me rendait dingue. Le fait qu'elle avait déjà attendu si longtemps – vingt ans plutôt que cinq ou dix – discréditait une telle urgence obstinée. Pourquoi maintenant ? Ça paraissait complètement arbitraire. En même temps c'était typique de ma mère de bâillonner ses désirs jusqu'à ce qu'ils ne puissent plus être comprimés et qu'ils éclatent à l'air libre en un grand mélodrame.

– Il se passe quelque chose ? demandai-je.

– Comment ça ? Non, il ne se passe rien.

– Il y a forcément eu quelque chose pour t'inspirer cette idée.

– C'est l'anniversaire.

– Et alors ?

– Alors c'est important, les anniversaires.

Puis :

– Le père Fred s'en va.

Je m'attendais à tout sauf à ça. Je considérais le père Fred comme mon étoile polaire, le seul point fixe encore vivant de mon passé d'après lequel extrapoler ma position actuelle. S'en aller ? Mais pour quelle raison ? Et tout son discours sur le fait que Dieu l'avait ramené chez lui, que la vie était un cycle, etc., etc. ? Est-ce que ce n'était finalement qu'un tas de sermons moralisateurs creux destinés à calmer un adolescent agité ? J'étais déstabilisé de l'imaginer comme quelqu'un de superficiel à ce point, et je ressentis d'abord des palpitations d'angoisse, puis de colère.

– Avant qu'il s'en aille..., reprit ma mère.

– Attends une seconde. Il va où ?

– Il part s'installer en Californie.

– Quand ? Pourquoi ?

– Tu n'as qu'à l'appeler pour lui poser la question. En attendant, je veux être sûre qu'il soit là, parce qu'il a été tellement important dans la vie de Chrissy. Et dans la tienne aussi.

Je ne répondis rien.

– Alors j'ai besoin de savoir si tu pourras venir.

– Je n'en sais rien.

– Quand est-ce que tu sauras ?

– Il faut que j'en parle à mon employeur.

– Et quand est-ce que tu pourras le faire ?

– Quand je pourrai. D'accord ? Merde, tu commences à...

– Ne me parle pas comme ça. Après tout ce que j'ai enduré, je ne méri...

Au lieu de me mettre à hurler, je raccrochai.

– Pardon d'être en retard, lançai-je. Je n'ai pas vu le temps passer.

En ouvrant la porte de la bibliothèque, je m'arrêtai net sur le seuil. En face d'Alma, à ma place habituelle, était assis un jeune homme maigre et nerveux, avec une barbe on ne peut plus clairsemée. Sa chemise paraissait dix fois trop grande, ses chaussures encore plus miteuses que les miennes, les lacets défaits et la languette pendante comme si elles étaient en train de vomir ses chevilles. Pourtant, malgré cette allure dépenaillée, il était indéniablement séduisant, un vrai dandy, avec un regard pénétrant et le même visage en cœur qu'Alma, qui sur lui paraissait enfantin, presque grec. Ils arboraient tous les deux un demi-sourire de comploteurs, comme s'ils avaient été pris en flagrant délit. Bizarrement, cela me fit sentir honteux.

– Monsieur Geist, permettez-moi de vous présenter mon neveu. Eric, je te présente M. Geist, mon locataire et interlocuteur.

Eric pencha la tête en arrière.

– Hello.

Je le saluai d'un hochement de menton.

– Nous parlions justement de vous, reprit Alma. Il est déjà trois heures ?

– Trois heures dix, répliquai-je.

– Ça alors, eh bien... J'espère que vous ne m'en voudrez pas si nous ajournons le débat pour aujourd'hui. Mon neveu était en voyage et je ne l'ai pas vu depuis une éternité.

– Si c'est ce que vous voulez...

– Oui, s'il vous plaît.

J'avais envie de claquer des doigts pour rappeler à l'ordre Eric, qui était en train de se gratter une croûte.

– Très bien, dis-je.

– Dans ce cas, nous reprendrons demain. Parfait.

Ainsi congédié, je regagnai ma chambre où je m'étendis sur le lit, chancelant. Jamais jusque-là elle n'avait mentionné l'existence d'un neveu. Et moi qui pensais que nous étions de plus en plus proches. Nous *étions* de plus en plus proches. Alors comment expliquer cela ? Savait-elle qu'il venait et me l'avait-elle caché ? Ou bien avait-il débarqué à l'improviste et l'avait-elle accepté sans hésitation ? Cette deuxième hypothèse me semblait encore plus cruelle : il n'avait rien à faire, rien à prouver pour mériter son affection. Par le seul fait de sa naissance, cette personne – et puis quel prénom grotesque, Eric ! – avait avec elle un lien que je n'aurais jamais, que j'aie vécu à ses côtés depuis trois mois ou trente ans. Je repensai au visage d'Alma au moment où je les avais surpris, une expression intime, la manifestation extérieure d'un plaisir intérieur. C'était un visage qu'elle ne m'avait jamais montré, et je lui en voulais pour ça. Rationnellement, je me rendais bien compte que j'étais ridicule. Je n'avais aucun droit d'être jaloux. Mais la conversation avec ma mère m'avait laissé à cran, et la soudaine apparition d'un étranger qui en fait n'était pas un étranger mais une menace (perçue ou réelle, peu importe, cela revient au même pour un esprit troublé) avait déclenché en moi un accès de panique. Elle me punissait. De quoi ? Qu'est-ce que j'avais fait ? L'avais-je blessée dans son orgueil en me montrant inquiet pour sa santé ? Était-ce de ça qu'il s'agissait ? Ils étaient en train de parler de moi. Pourquoi ? Qu'y avait-il à en dire ? J'avais le droit de connaître le contexte, non ? D'après ce que j'avais vu, ça ne ressemblait pas à une discussion mais plutôt à de la moquerie, et le message était assez clair : il était venu pour me remplacer. C'était fini. J'allais me retrouver à la rue. Balayé, le joli rêve. Je m'agrippai à mes draps et serrai les dents en me demandant combien de temps il me restait avant qu'elle m'ordonne de vider les lieux. Je ferais mieux de commencer à faire mes valises tout de suite, de partir discrètement, d'épargner à tout le monde l'indécence d'un esclandre...

Debout dans le couloir, l'oreille collée à la porte, je n'arrivais à distinguer aucun mot, mais j'entendais des rires, beaucoup de rires, et j'en bouillonnais. Qu'est-ce qu'un type comme lui pouvait bien dire pour amuser une femme comme elle, à part quelque chose de si insupportablement stupide qu'elle ne puisse s'empêcher de rire à ses dépens ? Mais non, la voilà qui riait encore, non pas de lui mais *avec* lui. Lui aussi, il riait : décontracté, confiant, triomphant. C'était forcément une punition. Je retournai dans ma chambre attendre qu'ils aient fini.

L'horloge sonna quatre heures, cinq, six.

À six heures et demie, j'allai frapper à la porte de la bibliothèque pour annoncer que je sortais.

– Quel dommage, répondit Alma, j'espérais que nous pourrions tous dîner ensemble.

– J'ai un rendez-vous. Désolé.

– Vous ne m'aviez rien dit.

– Ça m'était sorti de la tête.

Elle me fixa du regard. Je pense qu'elle savait que je lui mentais.

– Très bien, dit-elle. Avant que vous ne partiez...

Elle sortit de la poche de son gilet son chéquier en faux cuir bleu. D'habitude elle le laissait toujours à l'étage, dans sa chambre, elle ne l'avait jamais sur elle. Que se passait-il ? Était-il venu lui demander de l'argent ? J'essayai de croiser son regard, mais il ne faisait pas attention à moi.

– Monsieur Geist.

Elle agita le chèque dans ma direction et à cet instant précis je compris l'intérêt de s'appeler respectivement monsieur et madame. Ce n'était pas affectueux, ni une petite blague entendue. C'était parce qu'elle désirait établir une frontière. Et si je ne l'avais pas saisi plus tôt, je ne pouvais en vouloir qu'à moi-même.

Je pris mon argent de poche en marmonnant des remerciements.

– Mais je vous en prie, rétorqua Alma. Passez une bonne soirée.

Il faisait assez doux ce soir-là, et j'errai dans les canyons de brique autour d'Harvard Square en espérant que la foule agirait comme un bruit de fond et noierait le ressentiment que je m'en voulais d'éprouver. Une bande d'adolescents squattait l'esplanade devant l'entrée du métro : les « Pit Kids », des fils à papa punko-gothiques avec des épingles de nourrice dans les oreilles et des vêtements en lambeaux désavoués par des années d'orthodontie dispendieuse. De façon assez inexplicable, ils me faisaient penser à Eric, peut-être à cause de leurs coudes anguleux et de leurs rictus insolents. Je fis demi-tour en direction du parc Cambridge Common, où je m'affalai mollement sur un banc afin de regarder un match de softball étudiant. Désormais la colère était retombée et je me trouvais pathétique. Franchement, songeai-je, il faut grandir ! Cette dame avait presque quatre-vingts ans. Elle avait bien le droit de recevoir qui elle voulait, et encore plus un membre de sa famille. À en juger par la forme de son visage, Eric était sûrement quelqu'un avec qui elle était liée par le sang. La sœur d'Alma étant plus âgée qu'elle, il était difficile de croire qu'il fût réellement son neveu. Son petit-neveu, plus vraisemblablement, ce qui signifiait qu'en le qualifiant de « neveu » elle comptait exprimer une certaine proximité. Et même ça, n'était-ce pas son droit le plus strict ? Ce n'était pas à moi de décider à qui elle choisissait d'accorder son affection. Elle pouvait passer sa journée à discuter avec lui si bon lui semblait, ça ne me regardait pas. Et puis, surtout, personne n'avait jamais parlé de me mettre dehors. Ma réaction était le reflet de mes propres insécurités, rien de plus.

Ce qui n'excusait pas Eric, bien sûr. Sans doute avait-il des problèmes de drogue. Qui d'autre s'habillait comme ça ? Moi-même, je n'étais pas une gravure de mode, mais au moins je me peignais les cheveux. Ou plutôt, mon côté ébouriffé était travaillé, alors que le sien était le fruit de son indifférence. Je ne pouvais m'empêcher de repenser à la suffisante désinvolture avec laquelle il occupait mon fauteuil – et n'était-ce pas mon droit, après tout ce temps, toutes ces heures passées dedans, de le considérer comme mien ? –, sans parler de la façon dont il avait lorgné mon chèque, cet air de se croire chez lui…

Incapable de me résoudre à rentrer, je marchai jusqu'au Science Center et m'installai à un ordinateur en accès libre. Je n'avais pas consulté mes e-mails depuis deux semaines et me retrouvais à présent avec des tonnes de spams. J'avais eu une mauvaise idée de venir ici : je me sentais plus seul que jamais.

Tout en sachant que c'était une erreur, je cliquai sur NOUVEAU MESSAGE et tapai l'adresse de Yasmina. Je l'effaçai aussitôt. Puis la retapai. Je répétai ce processus plusieurs fois de suite avant de déplacer le curseur dans la partie du texte proprement dit.

> Salut. C'est moi (comme tu peux voir). Désolé de débarquer sans prévenir (enfin, façon de parler), mais je pensais à toi et j'avais envie de te le dire.
> Ne t'en fais pas, je n'ai aucune idée derrière la tête. Je vais bien. J'ai un nouveau boulot et une coloc super. Ta

retour arrière

J'ai un nouveau boulot et un super-plan côté logement.
À part ça, pas grand-chose. Je n'ai rien écrit récemment, mais ce n'est pas grave, je me sens beaucoup plus clair dans ma tête que je ne l'ai été depuis longtemps. Je ne dis pas ça contre toi et j'espère que tu ne le prends pas comme ça. Ta décision était la bonne, bénéfique pour nous deux. Je regrette qu'on ait dû en arriver là, je regrette qu'il n'y ait pas eu d'autre solution. Mais tu me connais. J'essaye de prendre ces choses avec philosophie (ha, ha, ha).
Je veux que tu saches que je penserai toujours à toi avec beaucoup d'amour

retour arrière

de tendresse

retour arrière

de chaleur et que je suis désolé de n'avoir pas su être l'homme qu'il te fallait. Il t'attend sûrement quelque part, et le jour où tu le trouveras sera la plus grande chance de sa vie.

Joseph.

À mi-chemin de la maison, la catharsis que j'espérais n'était toujours pas venue. Je me sentais au contraire comme une brute essayant de forcer l'entrée de sa boîte de réception. Je fis demi-tour et retournai au kiosque Internet dans l'intention de lui écrire un nouveau message intitulé À LIRE EN PREMIER où je lui demanderais de ne pas tenir compte du précédent.

Trop tard.

salut.
j'essaye désespérément de te joindre. est-ce que tu peux m'appeler, je voudrais qu'on parle.
y.

CHAPITRE 11

Convaincre Yasmina de se voir supposa une longue négociation ; elle voulait qu'on s'en tienne à une conversation téléphonique.

N'ayant pas d'autre choix, je décidai de jouer la carte de l'anniversaire. Juste un café : était-ce trop demander ? Je relevai la barre en suggérant un de nos lieux fétiches, un établissement du North End où ils faisaient des expressos dans une machine de la taille d'un char d'assaut. Elle plia, comme je m'y attendais. Sa volonté de me maintenir à distance ne surpasserait jamais son amour pour le café de qualité.

En arrivant, nous découvrîmes que les propriétaires avaient mis la clé sous la porte. Je m'efforçai de ne pas le prendre comme un signe. Yasmina laissa échapper un petit sanglot.

– De quand ça date ? s'écria-t-elle. J'étais là il y a encore deux semaines.

Dans la vitrine était affichée une lettre du 23 mars :

À tous nos chers clients, merci pour ces vingt années merveilleuses. Nous avons le regret de vous informer qu'Ettore est décédé après une longue bataille contre le cancer. Ce café était sa vie et il aimait tous ceux qui en franchissaient la porte. Il va nous manquer cruellement.

Je frémis à l'idée qu'Ettore (dont je n'avais jamais su le nom) avait ouvert son café au même moment où mon frère fonçait dans une rivière au volant d'un pick-up et mourait noyé.

Nous passâmes sous la voie express et jetâmes notre dévolu sur un Starbucks près du centre commercial Faneuil Hall. Yasmina voulut payer, mais je l'en empêchai.

– Offre-moi plutôt la possibilité de me regarder dans un miroir, protestai-je.

Elle sourit du bout des lèvres, se mordit la langue.

– Ça fait des semaines que j'essaye de t'appeler, dit-elle alors que nous nous asseyions. Ça sonne toujours dans le vide.

– Ce n'est plus mon numéro.

– Tu as changé ?

– Je n'ai plus de téléphone.

– Pourquoi tu n'as plus de téléphone ?

– Tu l'as désactivé.

– Et tu n'en as pas pris un nouveau ?

– Non.

– Ce n'était pas… Enfin, j'ai quand même attendu la facture suivante. Je pensais que tu garderais le même numéro quand tu aurais un nouveau téléphone.

– Je n'ai pas pris de nouveau téléphone.

– Ah. Bon. Ben… désolée.

– Ça ne fait rien.

– On n'en avait pas discuté. On aurait dû.

– Ça ne fait rien.

– Et puis j'étais très en colère.

– Je sais.

– Mais j'aurais dû te prévenir.

– Laisse tomber. C'est libérateur, à vrai dire, de ne pas avoir de téléphone. Tu serais surprise.

– Sans doute.

Elle marqua une pause.

– Et donc, qu'est-ce qui t'a pris ?

– Rien de spécial. J'avais envie de t'écrire, je t'ai écrit.

– … D'accord.

– Je ne savais pas qu'on avait un moratoire sur les e-mails.

– Ne t'énerve pas.

– Je ne m'énerve pas. C'est juste que je ne vois pas où est le problème à ce que je t'envoie un e-mail.

– Il n'y a pas de problème.

– Alors en quoi ça te dérange ?

– Je n'ai pas dit que ça me dérangeait. S'il te plaît, Joseph. Je suis… Écoute, on n'est plus ensemble, et…

– Je sais. Je m'en étais rendu compte. Merci de me le rappeler.

– Arrête, s'il te plaît.

Je me tus.

– Je suis contente que tu ailles bien. *Voilà* ce que j'ai envie d'entendre. Parle-moi de ce nouveau boulot.

Je réfléchis un instant.

– C'est un peu comme une bourse de recherche.

– Comme un… comme un think tank ?

– On pourrait appeler ça comme ça.

– Génial ! s'exclama-t-elle. C'est parfait pour toi. D'ailleurs je te l'ai toujours dit. Et tu as une nouvelle maison ? Je croyais que tu logeais chez Drew.

– Au début. Plus maintenant. Écoute.

Ces échanges de banalités commençaient à me détourner de mon propos.

– Je ne sais pas très bien comment te dire ça, repris-je.

– Attends, dit-elle. Attends.

– Laisse-moi…

– Attends une seconde. Je sais ce que tu vas dire.

– Non, tu ne…

– Si.

– Ta famille ? C'est ça ? Parce que si c'était ça le problème, alors…

– Ce n'était pas le problème. Ça n'a jamais été le problème.

– Juste pour ma gouverne…

– *Arrête,* s'il te plaît. On ne peut pas avoir cette conversation ici.

– Alors où est-ce qu'on peut…

– Nulle part. On ne peut l'avoir nulle part, jamais.

– J'essaye d'apprendre.

– Il n'y a rien à *apprendre.*

– Il y a toujours quelque chose à apprendre. Je ne suis pas idiot, Mina, je suis capable de compr…

– Ne m'appelle pas comme ça, s'il te plaît.

– Pourquoi ? demandai-je, vexé.

– Parce que je te le demande.

– Mais *pourquoi* ?

– Est-ce que tu peux parler moins fort ?

Les gens commençaient à nous jeter des coups d'œil en biais par-dessus leurs gobelets.

– Viens, on va faire un tour, proposai-je.

Elle secoua la tête.

– Pourquoi pas ?

– Je préfère rester ici.

– Pourquoi ?

– C'est un territoire neutre.

– Tu ne me fais pas confiance, c'est ça ?

– Bien sûr que si, je…

– Alors viens.

– Tu veux qu'on s'engueule ou tu veux qu'on parle ?

– On ne parle pas, là. Tu ne me laisses pas en placer une.

– Joseph, soupira-t-elle en se prenant la tête entre les mains. Tu es en train de perdre ton sang-froid.

– Je suis simplement…

– S'il te plaît, dit-elle en levant les yeux. S'il te plaît, écoute-moi.

L'espace d'un instant, je crus qu'elle allait se mettre à pleurer. Je l'avais vue faire suffisamment de fois pour savoir. Son visage devenait verdâtre, comme si elle allait vomir. Je me retins de lui prendre la main. Elle se frotta les yeux à nouveau et cette fois, quand elle releva la tête, elle avait l'air parfaitement posée.

– Je suis fiancée, annonça-t-elle.

À présent une de nos voisines, une fille avec des lunettes en plastique noir, se mit à nous dévisager ouvertement. Quel spectacle ! Mieux qu'*On ne vit qu'une fois* ! Je la fusillai du regard et elle se replongea dans son roman. Pendant ce temps, Yasmina buvait à petites gorgées rapprochées en jetant des coups d'œil nerveux autour d'elle.

– Ça fait cinq mois, fis-je remarquer.

– Six.

– Même pas. Cinq et demi.

– Et alors ?

– Alors c'est… c'est ridicule.

– Arrête.

– Mais c'est vrai. C'est *complètement* ridicule.

– Tu as le droit d'avoir ton opinion.

– C'est qui ?

– Il s'appelle Pete et c'est mon *fiancé*, alors si ça ne t'ennuie pas…

– Pete.

– Oui.

– C'est son vrai nom ?

– Bien sûr que c'est son vrai nom. Qu'est-ce que tu insinues ?

– Pete n'a pas de nom de famille ?

Un infime silence, puis :

– Soleimani.

– Ah, dis-je.

– Quoi, *ah* ?

– Rien.

– Rien n'est jamais rien avec toi. Dis-moi ce que tu entends par là.

– Rien. Simplement, c'est bien ce que je pensais.

– *Qu'est-ce* qui est bien ce que tu pensais ?

– Un Iranien.

– Oui, en effet.

– Donc c'est bien ce que je pensais.

– Eh ben, tant mieux pour toi. Tu avais raison. Bravo.

– Pas besoin d'être sarcastique.

– Il est iranien. Ça ne vous convient pas, Votre Altesse ?

– Je doute que mon opinion puisse y changer…

– Non, ça ne changera rien, mais qu'est-ce que ça peut te faire, après tout ? Qu'est-ce que ça peut te faire qu'on parle d'une personne que j'aime ? Ce n'est pas de moi qu'il s'agit, ni de lui, c'est de *toi*, toujours de toi, alors tu n'as qu'à me dire exactement ce que tu penses. Vas-y, vide ton sac, tu te sentiras mieux.

– Très bien, dis-je. Voyons voir : il habite à Los Angeles.

– New York.

– OK, parfait, New York. Il a quarante-cinq ans et il vend des voitures.

– *Trente*, rectifia-t-elle d'un ton appuyé, banquier d'affaires. C'est bon, tu as fini ? Parce que je n'ai pas besoin de ça, alors si tu ne peux pas faire autrement que te comporter comme un gamin, je vais m'en aller. Je n'étais pas obligée de t'en parler. Je *voulais*, par courtoisie, pour que tu l'apprennes par moi en premier. C'est pour ça que j'essayais de te joindre. Je fais ce que je peux pour être sympa, mais tu me rends la tâche très, très difficile.

Long silence.

– Je suis désolé, dis-je.

Elle ne répondit pas.

– Mina.

– Ne m'appelle pas comme ça.

Nouveau silence.

– Attends, on recommence, suggérai-je. Redis-moi que tu es fiancée.

Après un temps d'hésitation, elle dit :

– Je suis fiancée.

– Félicitations. Je suis ravi pour toi. Rien ne pourrait me faire plus plaisir. Vraiment, rien ne pourrait me faire plus plaisir que de…

– Stop.

J'étais plutôt content de ma prestation.

– Où est-ce que tu l'as rencontré ?

– C'est ma sœur qui nous a présentés.

– Et… le grand jour, c'est pour quand ?

– On ne sait pas encore. Il essaye de se faire muter sur la côte ouest. Moi, je dois rester ici l'année prochaine, je vais être assistante stagiaire du juge Polonsky, donc ça ne sera pas avant au moins un an.

– Alors c'est le temps qu'il me reste pour te reconquérir.

Elle roula les yeux.

– Félicitations, répétai-je. Et je suis sincère.

– Ah oui ?

– J'essaye.

Silence.

– Merci, dit-elle.

Silence.

– Je voudrais te poser une question, repris-je. Mais tu n'as pas le droit de t'énerver. Promis ?

– Non.

– D'accord. Tant pis, je tente quand même… Il s'appelle vraiment Pete ?

Je ne savais pas si elle allait éclater de rire ou me frapper.

– C'est le diminutif de Pedram, concéda-t-elle.

– Je vois.

Silence.

– Merci de ne pas m'avoir hurlé dessus, ajoutai-je.

Un grand crissement de vapeur et de machine à moudre.

– Ce n'est pas ce que tu crois, dit-elle.

– Qu'est-ce que je crois ?

– C'est quelqu'un de bien. De vraiment bien. Il est très attentionné, et intelligent. Il a fait ses études à New York University.

Elle avait l'air mélancolique, et je me rendis compte que si j'avais besoin de me convaincre que j'avais encore une chance, elle avait également besoin de prouver – à elle-même, à moi – qu'elle n'avait pas sacrifié ses idéaux en me troquant contre un modèle plus clinquant. Même si j'avais terriblement envie de la contredire, je me contentai de remarquer :

– Je n'en attendais pas moins.

Je ne pus fermer l'œil de la nuit. À six heures moins le quart du matin, je fus réveillé par les teuf-teuf de la Subaru bleue de Daciana qui s'engageait dans l'allée et je me levai pour me rendre à la cuisine, où Alma était en train de déballer une boule de pain toute fraîche.

– Vous êtes tombé du lit, monsieur Geist.

J'esquissai un maigre sourire.

– Je ne me sens pas très bien.

– Vous m'en voyez désolée. Peut-être que nous devrions aujourd'hui encore ajourner le débat.

Cela ferait deux fois la même semaine, et je sentis mes insécurités rejaillir : elle essayait de me mettre à l'écart. Je me forçai aussitôt à retrouver mon calme. J'avais négligé de me raser et j'avais une mine épouvantable. Elle se montrait prévenante, voilà tout.

– Il n'en est pas question, répondis-je. Mais merci.

– Comme vous voudrez, dit-elle en me donnant le pain à trancher. Je vous dois des excuses pour ne pas vous avoir prévenu de l'arrivée de mon neveu. Je l'aurais fait si j'avais été prévenue moi-même.

– Vous n'avez pas à vous excuser.

– S'il vous plaît, monsieur Geist. Soyons honnêtes l'un envers l'autre. Votre contrariété était visible.

Je haussai les épaules tout en continuant à trancher.

– Je vais devoir vous demander d'accepter sa présence ici car elle est inévitable et, inévitablement, elle se reproduira.

Je mis les tartines dans le grille-pain et attrapai la bouilloire qui sifflait.

– C'est le petit-fils de votre sœur, dis-je.

– Lui-même. La dernière feuille à l'arbre, pour ainsi dire, et c'est pour cette raison que je choisis de fermer les yeux sur ses nombreux défauts. Bien que je considère qu'une mauvaise éducation n'excuse pas les failles d'une personnalité, j'ai eu une grande part de responsabilité dans cette éducation. Il s'est retrouvé orphelin très jeune, après quoi il est venu vivre avec moi pendant un moment.

Avant que j'aie le temps de répondre, elle leva une main.

– Vous protestez décidément trop, monsieur Geist. Si je vous raconte cela, c'est uniquement dans l'espoir que vous vous montriez patient avec lui comme avec moi.

– Puis-je vous demander ce qui est arrivé ?

– Ses parents se sont fait renverser par un ivrogne.

Là, je me sentais vraiment coupable.

– Oui, reprit-elle, une tragédie. Comme vous pouvez l'imaginer, c'est un garçon assez incontrôlable qui me fut confié, même si j'ai sans doute moi-même contribué à ces tendances, ou en tout cas je les ai exacerbées. Les enfants m'agacent car ils donnent l'apparence d'être doués de raison alors qu'ils n'en ont pas. Que je n'aie jamais réussi à me le rentrer dans le crâne n'est la faute de personne d'autre que moi.

Elle marqua une pause avant de poursuivre :

– Je vous renouvelle mes excuses. Tout ça ne vous regarde pas. Je ne vous demande qu'une chose, c'est de ne pas le juger trop durement.

– C'est pour vous que je me fais du souci.

– Dans ce cas, permettez-moi de vous rassurer. Il me met à l'épreuve, c'est vrai, mais je suis parfaitement capable de le supporter. Je vous conseille cependant de vous tenir prêt. Il a une fâcheuse tendance à surgir de façon impromptue et à repartir tout aussi abruptement. Avant cette semaine, je n'avais pas de nouvelles de lui depuis six mois. Par conséquent nous pouvons nous attendre à de nombreuses visites dans les prochains jours.

Je la dévisageai.

– Il a besoin d'argent, dit-elle.

– … Je vois.

– Je n'ai plus aucune famille à part lui, monsieur Geist, rétorqua-t-elle un peu sèchement.

– Bien sûr. Je ne voulais pas être indiscret.

– Mes relations avec mon neveu ont toujours été et seront toujours accompagnées d'échanges financiers. Il est souhaitable qu'il en soit ainsi afin qu'il continue à s'intéresser à moi et que je m'évite toute déception.

Mais pourquoi, avais-je envie de demander, se soucier qu'il s'intéresse à vous ? Pourquoi, maintenant que je suis là ?

– Je comprends, dis-je.

Ayant fini d'exposer ses arguments, elle se laissa aller contre le dossier de sa chaise, bien plus vieille que je ne l'avais jamais vue.

– *Ach.* C'est comme ça depuis des années, soupira-t-elle. Seulement je n'ai pas l'habitude que cela se passe en présence d'un tiers.

– Il n'a pas le droit de vous mettre dans cet état.

– Il le fait quand même.

– Ce n'est pas une fatalité.

Elle sourit.

– Ah bon ? Vous seriez prêt à le tuer pour moi, alors ?

– Je peux le retenir à la porte la prochaine fois qu'il vient.

– C'est très gentil de votre part, mais je crains de ne pouvoir accepter. Bien que le fardeau soit pénible, je le supporte de mon plein gré.

Sa lassitude ne me semblait pas compatible avec les éclats de rire que j'avais entendus dans la bibliothèque. Mais je savais comme tout le monde que l'amour fait de nous des hypocrites.

Dans la pièce d'à côté, la femme de ménage mit en marche l'aspirateur.

– Et si nous parlions de choses plus gaies ? lança Alma en sortant un chèque de la poche de son gilet. Tenez, c'est pour vous.

– Vous m'avez déjà payé hier.

– Oui. Ça, c'est pour votre anniversaire, qui, si je ne m'abuse, est imminent.

Si je lui avais donné ma date de naissance, c'était des mois plus tôt, et le fait qu'elle l'avait gardée dans un coin de la tête depuis si longtemps me toucha. J'étais sur le point de la remercier quand je posai les yeux sur le chèque et vis qu'il était d'un montant de cinq cents dollars.

– Madame Spielmann, s'il vous plaît.

– Faites-vous plaisir, monsieur Geist.

– Je ne peux pas accepter.

– Allons, allons. Il faut vous trouver une paire de chaussures digne de ce nom. Un érudit ne peut pas se promener en guenilles.

J'avais en effet besoin de nouvelles chaussures, mais pas à cinq cents dollars.

– Vous imaginez tous les livres qu'on pourrait acheter avec ça ? fis-je remarquer.

– Il y a d'autres choses dont un homme a besoin, monsieur Geist. Vous avez des tonnes de livres. Et maintenant mon thé, je vous prie. Essayons plutôt de remettre un peu d'ordre dans l'univers.

CHAPITRE 12

En dépit des flatteries d'Alma, j'avais toujours l'impression d'avoir été relégué à la deuxième place dans son cœur ; ajouté à la nouvelle concernant le père Fred et au coup de massue que Yasmina venait de m'asséner, ça faisait une triple dose de rejet et de désillusion. Demander à Drew de recruter des gens pour une fête d'anniversaire était sans doute une tentative assez désespérée de réparer mon ego. Vu le délai imparti, il faut reconnaître qu'il fit du très bon boulot, réussissant à remplir deux tables dans un bar à vin avec un assortiment d'amis que je n'avais ni vus ni eus au téléphone depuis mon emménagement chez Alma : des collègues de la fac, d'autres étudiants en thèse, deux avocats, deux consultants. Dans sa grande sagesse, il avait opté pour un casting entièrement masculin. Personne ne me demanda comment j'allais. La seule question qu'on me posa, c'était si je voulais une autre Corona. Oui, je voulais bien.

Quelqu'un demanda ce que ça faisait d'avoir trente et un ans.

– C'est la première année de la trentaine.

– C'est trente, la première année de la trentaine.

– Non, trente est la dernière année de la vingtaine. C'est comme pour l'an 2000.

Une bonne partie de la soirée fut consacrée à résoudre cette question. Je n'eus pas besoin de beaucoup parler, ce dont je me félicitai. Comme je ne disais pas grand-chose, je crois que personne ne remarqua à quel point j'étais saoul, jusqu'à ce que chacun prenne congé tour à tour sous divers prétextes (le travail, son épouse, un soir de semaine), vienne me serrer la main et se retrouve embarqué dans une grande étreinte titubante. Woh, ça va, mec ? Oui, oui, impec. D'ailleurs j'en reprendrais bien une petite.

À onze heures et demie, il ne restait plus que Drew.

– Yasmina s'est fiancée, annonçai-je.

– Oh, putain, fit-il en haussant les sourcils.

Je finis ma bière d'un trait.

– Tu l'as dit.

Dehors, il héla un taxi.

– Tu sais quoi ? lui lançai-je. Vas-y, toi. Moi, je vais marcher un peu.

Il me connaissait suffisamment pour ne pas discuter. Il me souhaita un joyeux anniversaire et partit.

D'un pas chancelant, je traversai le parc Common en trébuchant dans la boue printanière et en fredonnant tout bas une mélodie lugubre dont je n'arrivais pas à identifier la source. Je recommençai et ça me revint : Daciana, c'était sa chanson, une mélopée tsigane avec laquelle elle adorait me réveiller et qui me donnait instantanément envie de *pierogi* et de suicide. À la tienne, camarade. Sur Massachusetts Avenue, les lampes à sodium brillaient comme des boules de gomme à l'orange. L'air sentait l'eau de Javel. À vif, tendu, je titubai en rotant en direction de Porter Square, sans destination finale connue. Je pouvais très bien continuer à marcher jusqu'à Davis Square. Pourquoi est-ce que, dans ce coin, toutes les places s'appelaient *Square* alors qu'elles n'étaient pas carrées ? Harvard Square était un triangle, Porter Square un trapèze, Inman Square une simple intersection. Je passai devant l'immeuble où j'avais vécu avec Dorothy, Kelly et Jessica, et je fis coucou de la main à leurs fenêtres. J'espérais qu'elles avaient trouvé une nouvelle colocataire, une quatrième pour compléter le carré. Comment s'appellerait-elle ?

Alison. Ou… non. Myung. Elle s'appellerait Myung, elle serait en, euh… en première année de droit, et ce serait elle qui crierait le plus fort, ses hurlements audibles dans un rayon de trois kilomètres à la ronde.

Devant un bar baptisé The Thorn était massée une foule de gens en train de fumer sur le trottoir. Je me frayais un passage parmi eux quand je sentis une main se poser sur mon épaule.

– Hé !

Je me retournai mollement.

– Hé, répéta l'homme, de la fumée s'échappant de son sourire.

C'était Eric.

Si j'avais été dans un autre état, j'aurais continué ma route, honteux qu'il m'ait surpris dehors tout seul. Mais, en l'occurrence, j'étais d'humeur un peu plus expansive.

– Bonsoir, dis-je en me courbant en deux pour faire la révérence.

Il était accompagné de deux femmes de type irlandais pur jus, blondes et costaudes, les ongles peints du même violet à vous hérisser les poils. La seule différence perceptible entre elles était que l'une avait un piercing au nombril et pas l'autre.

– Joe, c'est ça ?

Je fus embarrassé du plaisir que j'eus à constater qu'il savait mon prénom ; tant de plaisir que je ne pris pas la peine de le corriger. Sa reconnaissance aurait dû n'avoir aucune importance pour moi, et pourtant si.

– Parfaitement, répondis-je. Et toi, c'est Eric. Et vous, charmantes demoiselles ?

– Lindsay.

– Debbie.

Je n'avais pas saisi quel prénom allait avec quelle fille, si bien que dans ma tête elles devinrent Nombril et Pas-Nombril. Je les saluai d'une révérence.

– C'est un honneur et un privilège, dis-je.

Elles rirent à gorge déployée. L'une des deux m'offrit une cigarette, que je refusai.

– Je dois faire attention à ma santé. C'est mon anniversaire.

– Cool, rétorqua Pas-Nombril. Bon anniversaire !

Nouvelle révérence.

– Ça s'arrose, déclara Eric.

Il prit Nombril par le bras et ils disparurent dans le bar. Je me tournai vers Pas-Nombril, qui me sourit et m'entraîna dans leur sillage.

Nous réussîmes à nous faire une petite place dans un coin et Eric chargea les filles d'aller commander à boire. Elles avaient l'air contentes de leur mission et revinrent avec un plateau de verres pleins à ras bord.

– *Tequiiiila* ! s'exclama Nombril avec un fort accent de Boston.

Tout le monde se versa du sel sur le dos de la main, but et mordit dans une tranche de citron vert, après quoi Eric les envoya chercher des bières.

Pendant qu'elles étaient au bar, je lui demandai si Nombril était sa petite amie.

– Nan, je viens de les rencontrer.

– Alors pourquoi est-ce qu'elles nous payent toutes nos consos ?

Même dans mon état, j'étais encore capable de déceler la faille dans la logique d'une situation.

Il haussa les épaules, puis me fit un clin d'œil. La ressemblance avec Alma était si forte que je faillis laisser échapper un cri.

Je me rappelle la suite des événements par bribes. Il y eut des verres et encore d'autres verres. Des blagues dont je savais qu'elles n'auraient pas dû me faire rire mais qui me faisaient postillonner d'hilarité. Puis tout le monde se mit à comparer ses tatouages. Pas-Nombril avait un dauphin sur la cheville. Nombril se tourna et souleva son tee-shirt pour nous montrer un motif « tribal » dans le creux de ses reins. Eric avait une kalachnikov sur une épaule et une curieuse tête de cerf à l'ancienne sur l'autre, comme si le tatoueur avait recopié deux pages voisines de la revue *Chasse et Pêche.* Lorsque je dis que je n'avais pas de tatouage, le sujet devint quel tatouage je choisirais quand (et non si) je m'en ferais un. Nombril militait pour un fil barbelé autour du biceps. Pas-Nombril trouvait que j'étais plutôt du genre caractère chinois.

– Je me ferais Nietzsche, hurlai-je pour couvrir la musique.

Elles parurent perplexes.

Je leur expliquai que c'était un philosophe allemand du dix-neuvième siècle. Comme elles semblaient toujours aussi perplexes, j'ajoutai que moi aussi, j'étais philosophe.

– Ahhh ! s'exclama Pas-Nombril. Dis-nous un truc profond.

Plus tard, j'essayai de lui faire comprendre le paradoxe du tas.

– Ça ne tient pas debout, hurla-t-elle.

Elle en était arrivée à s'asseoir sur mes genoux.

– C'est pour ça que c'est un paradoxe, hurlai-je à mon tour.

L'afflux sanguin dans mes extrémités inférieures était sévèrement diminué.

– Mais de quoi vous parlez, putain ? hurla Nombril.

– De sable, hurla Pas-Nombril.

– Mais de quel sable, putain ?

– C'est une métaphore, hurlai-je.

Le charisme est une chose mystérieuse et puissante. J'en possède en quantité limitée et le peu que j'ai ne fonctionne que sous certaines conditions très particulières. Une certaine frange de femmes intelligentes et fortes têtes me trouvent attirant. En règle générale, cependant, je ne suis pas le type d'homme qui séduit les filles dans les bars. Malgré tous ses handicaps – à commencer par sa barbe –, Eric avait une arme bien plus efficace qui coulait dans ses veines, une arme à laquelle n'ont pas accès les simples mortels dans mon genre. J'ai déjà mentionné qu'il avait une sorte de beauté prédatrice. Lors de notre première rencontre, il s'était montré si maussade et peu intéressé par moi que je n'avais rien trouvé d'autre à mettre à son crédit qu'une emprise génétique sur Alma. Mais, à présent, sous l'influence de l'alcool et du désespoir, je me rendais compte que je m'étais trompé : il possédait en fait un charme surnaturel, il suintait la sexualité et il avait l'air de savoir instinctivement ce que les femmes avaient envie d'entendre et quand il fallait le leur dire. J'ai du mal à me souvenir précisément de ce qu'il racontait, mais en vérité les mots en eux-mêmes n'ont aucune importance ; dans la séduction, comme dans tout exercice de marketing, la forme supplante le fond. Je me rappelle avoir lutté pour formuler des questions qui me révéleraient quelque chose de son caractère. Je voulais savoir qui était ce type, cet escroc qui avait le potentiel de prendre ma place. Quelle matière en fusion bouillonnait en son noyau ? Mais il avait une façon de me mettre mal à l'aise chaque fois que je posais une question à laquelle il n'avait pas envie de répondre. Il feignait de ne pas m'avoir entendu ; il regardait systématiquement dans une autre direction, faisant des papouilles à Nombril, chuchotant quelque chose à son oreille, lui arrachant des gloussements. Je la regardai promener son index sur son torse, remonter jusqu'à sa joue, puis s'agripper au col bâillant de son tee-shirt. Je vis son doigt faire ensuite le tour de son cou jusqu'à sa nuque, danser le long de son dos et s'arrêter juste en haut de ses fesses, où l'élastique de son caleçon dépassait de sa ceinture. Il ne réagit pas à ces avances : il les attendait et ne semblait pas surpris le moins du monde. Pas-Nombril les observait aussi. Elle était peut-être dans mes bras, mais c'était le pouvoir d'Eric qui la maintenait là. Si saoul que je fusse, je voyais bien à la manière dont elles réagissaient face à lui, le corps ouvert et incliné, qu'il les tenait toutes les deux par la bride. Vues sous cet angle, elles me paraissaient familières. Elles avaient la même attitude qu'avaient les femmes quand elles parlaient avec mon père.

Je me réveillai le visage tout froissé. Un air tiède et renfermé caressait mon dos nu. Les yeux collés, la bouche pâteuse, je restai étendu en parcourant des doigts la surface sous moi, que j'identifiai sans garantie comme un futon sans drap.

J'entendis un grognement, sentis quelque chose bouger et pris conscience de la présence d'un corps à côté du mien. Le simple fait de me hisser sur les coudes transforma un petit mal de tête en une migraine cauchemardesque, si bien que je me rallongeai aussitôt et restai immobile jusqu'à ce que le monde cesse de grésiller. Puis je sortis du lit tout doucement et me mis à la recherche de mes vêtements. Ce qui relevait de l'exploit dans la mesure où la pièce était plongée dans l'obscurité et jonchée de tas de linge sale, sans compter que je devais m'arrêter régulièrement pour laisser passer des vagues de nausée.

J'avais récupéré mes deux chaussures, une chaussette et ma chemise encore boutonnée quand de la pièce voisine jaillit un cri.

– *Enculé de sa mère.*

Glacé, je laissai tomber ma chemise.

Le corps dans le lit remua, s'assit. C'était Pas-Nombril.

– Salut, fit-elle.

– *Fils de pute.*

– La vache, dit Pas-Nombril en se frottant le nez et en me regardant fouiller autour des pieds de son fauteuil papillon. Qu'est-ce que tu fais ?

– *Enculé de sa mère.*

– Du calme ! hurla Pas-Nombril avant de m'inviter à revenir au lit.

Je marmonnai que je devais retrouver mon pantalon.

Dehors, toujours les mêmes vociférations.

– Hé ! cria Pas-Nombril. Y a des gens qui dorment, espèce de conn…

La porte s'ouvrit en grand. Les fesses à l'air, je plongeai pour me mettre à l'abri. Nombril n'avait pas de tels scrupules. Elle entra vêtue d'un simple tee-shirt, les coulures de son maquillage dessinant sur son visage un genre de peinture de guerre. Elle se planta au milieu de la pièce – les poings sur les hanches, les cuisses tremblantes – et hurla :

– Espècedenculéoùtasmismesaffaires ?

Je ramassai un torchon dégueulasse avec lequel je m'efforçai tant bien que mal de me couvrir.

– Dégage de ma chambre ! cria Pas-Nombril.

– Enculé, lança Nombril en se dirigeant droit sur moi. Où t'as mis mes affaires ?

Elle m'enlaça de ses deux bras mastocs et me projeta au sol, ma supériorité physique annihilée par la gueule de bois et l'effet de surprise. Je m'écroulai sous son poids, notant au passage un autre tatouage qu'elle avait omis de mentionner : un trèfle craquelé et les mots ERIN, JE T'EMMERDE inscrits sur la face intérieure de sa jambe gauche. Je relevai les yeux juste à temps pour la voir se redresser dans le but de me frapper… puis Pas-Nombril déboula dans le champ comme une furie, la plaqua au sol, et toutes les deux se mirent à se rouler par terre à travers la pièce, poussant des braillements et se tirant les cheveux.

– Il m'a piqué mes affaires ! Il m'a piqué mes affaires !

– Espèce de cinglée, ferme ta gueule !

– Mes affaires !

Je les observai un moment, paralysé. Puis je me ressaisis, attrapai ce que j'avais réussi à rassembler et m'enfuis.

La cuisine était envahie de verres sales et de cendriers débordants. Mon pantalon gisait sur le dossier d'une chaise pliante. J'eus la présence d'esprit de vérifier que mon portefeuille et mes clés étaient toujours là avant d'enfiler mes mocassins pieds nus.

– Fils de pute.

Nombril s'avançait vers moi, les bras tendus en avant comme un zombie, traînant derrière elle Pas-Nombril agrippée à sa jambe.

– Fils. De. Pute.

Descendre les escaliers quatre à quatre en glissant dans les virages, en me cognant contre les murs ; devant moi, la lumière du jour. Le plus vite possible, jusqu'à ce qu'un épouvantable cri de douleur me stoppe net.

– Attends !

Pas-Nombril me rattrapa, hors d'haleine.

– Tiens, dit-elle en m'enfonçant un bout de papier dans la main. Tu m'appelles ?

Avec l'aide d'un plan sur un arrêt de bus, je compris que je me trouvais à Arlington, à dix kilomètres au nord-ouest de Cambridge. Je me mis en route à pied, jetant régulièrement des coups d'œil dans mon dos en m'attendant à voir une des deux filles ou même les deux débouler sur le trottoir et me foncer dessus. Les magasins étaient ouverts ; il était neuf heures passées et j'étais malade à l'idée d'avoir raté le petit déjeuner avec Alma. Je pressai le pas, courant au petit trot avant de trouver un taxi.

J'entrai par la porte de service et marchai sur la pointe des pieds jusqu'à ma salle de bains. Alors que je me frottais sous la douche pour faire disparaître la fumée et la crasse, je repensai à Nombril et à ses accusations. S'il s'était passé quelque chose, c'était sans doute Eric le coupable, même si j'imagine que dans son esprit je l'étais aussi par association. Que lui avait-il volé, au juste ? Son sac ? Son téléphone ? De la drogue ? Quoi qu'il en soit, je n'avais rien à voir là-dedans. Je m'efforçai avec indignation de reconstituer les morceaux de la soirée de la veille, redoublant de rage quand je parvins enfin à mettre le doigt dessus. Je vis un jeu à boire dans l'appartement des filles, tout le monde en sous-vêtements ; je me rappelai avoir tâté quelque chose de moite et charnu sans savoir à qui ça appartenait… Est-ce qu'on était tous les quatre dans la même chambre ? À ce point-là ? Je n'en aurais jamais la certitude, mais ce qui s'était passé ne pourrait plus être effacé ; cela resterait gravé éternellement entre nous. J'avais envie de vomir. *J'étais* bel et bien coupable, non pas de vol, mais de m'être avili. À mes yeux, j'étais impardonnable : je m'étais comporté comme lui, je m'étais rendu son égal, et je me haïssais pour cela.

Dans la cuisine, Alma m'avait préparé une assiette de rollmops et un grand bol de café noir.

– Bonjour, monsieur Geist. J'espère que la fête était réussie. Je me suis dit que ça vous ferait du bien.

Rouge comme une écrevisse, je m'assis devant mon *Katerfrühstück*.

CHAPITRE 13

Peu d'endroits sont aussi beaux que Cambridge à l'époque de la floraison, époque d'autant plus agréable en raison des mois de supplice qui l'ont précédée. Pour Alma, néanmoins, dont les crises étaient déclenchées par la chaleur, le dégel du printemps signifiait une plus grande probabilité de se retrouver clouée au lit par la douleur. Deux fois en trois jours elle ne descendit pas pour le petit déjeuner, et lorsque cela se reproduisit quelques jours plus tard, je téléphonai au Dr Cargill. Son conseil – attendre que ça passe – me laissa agité et insatisfait, si bien que, pour m'occuper l'esprit, j'entrepris de préparer un déjeuner à Alma, que je disposai sur un plateau et voulus lui monter dans sa chambre. Sa porte était close. N'entendant aucun bruit, je décidai de ne pas frapper mais de poser le plateau par terre, ce qui lui permettrait de prendre ce qu'elle voudrait quand elle voudrait. Je redescendis quelques marches, puis m'arrêtai pour jeter un coup d'œil par-dessus mon épaule. Le plateau se trouvait à quelques centimètres de la porte. Et si elle sortait et mettait le pied dedans ? Ou, pire, trébuchait et dégringolait dans l'escalier ? Je le reculai donc de plusieurs mètres dans le couloir. Mais si elle était trop fatiguée pour aller jusqu'au plateau ? Je le rapprochai un peu. Mais si la nourriture se gâtait à force de rester sur le palier ? Elle risquait d'attraper la salmonellose. Je ramassai le plateau ; je le redescendrais à la cuisine et le laisserais au frigo. Mais si elle avait faim, avait besoin de manger et n'avait pas la force de m'appeler ? Ou bien si elle m'appelait, mais que je ne l'entendais pas ? Les sandwichs ne pouvaient pas s'avarier, si ? À l'école, j'apportais mon déjeuner le matin et le rangeais dans le casier de ma table, où il restait à fermenter toute la journée. Mais j'étais gamin, à l'époque, j'avais un système immunitaire robuste, je ne tombais jamais malade. Les personnes âgées étaient particulièrement exposées aux intoxications alimentaires. Elles pouvaient en mourir. Quelle plaie d'avoir toutes ces pseudo-informations à ma disposition… Mais Alma était en bonne santé. Plus ou moins. Mais ceci. Mais cela. Et le plateau monta, redescendit, recula, avança. Je finis par avoir peur de la réveiller avec toutes mes allées et venues et le laissai donc où il était, à mi-chemin entre près et loin, puis retournai à la cuisine pour rappeler le médecin. Une fois devant le téléphone, cependant, je ne pus me résoudre à faire quoi que ce soit. Je ne voulais pas crier au loup. J'étais obligé d'espérer que le moyen d'action qu'elle avait choisi (à savoir l'inaction) était le meilleur. Mais elle m'avait bien dit de ne pas hésiter à l'appeler.

Mais mais mais mais mais.

Alors que j'étais planté là à débattre avec moi-même, le doigt posé sur le cadran, on sonna à la porte. Je courus ouvrir avant que le bruit ne réveille Alma.

Eric se tenait sur le perron et me lorgnait d'un regard qui me confirma tout ce que j'avais craint. Nous étions liés à présent, que je le veuille ou non.

– Salut, dit-il. Ma tante est là ?

– Elle ne se sent pas très bien.

– Une de ses…

J'acquiesçai d'un hochement de tête.

– C'est dommage.

Je ne répondis rien.

– Parce que j'espérais la voir.

– Pas aujourd'hui.

– Hmm.

Il sourit, comme s'il était de mon ressort d'alimenter la conversation.

– Il y a autre chose que je peux faire pour t'aider ?

– Il faut que je la voie. C'est important.

– Elle se repose.

– Non, bien sûr. Mais tu sais quoi ? Je crois que je vais entrer l'attendre.

– Ça peut durer des heures.

– Je sais.

– Et puis… elle a besoin de calme.

– D'accord.

Silence.

– Donc il vaudrait vraiment mieux que tu repasses à un autre moment.

– Écoute, mec, je ne vais pas organiser une boum. Il fait une chaleur d'enfer dehors.

Et il me passa devant, traversant le salon en direction de la cuisine. Je le suivis.

– Je peux avoir un peu d'eau ? demanda-t-il.

– Sers-toi.

Il se mit à ouvrir tous les placards.

Agacé, je lui sortis un verre.

– Ah, merci.

Il but en faisant des bruits de lapement. Quand il se retourna vers moi, le devant de son tee-shirt était trempé.

– Je t'avais dit qu'il faisait une chaleur de bête, dit-il en me lançant son verre vide. Mais ici il fait toujours froid, pas vrai ?

Il rit, puis souleva la cloche en plastique sous laquelle il restait le dernier tiers de la *Sachertorte* de la semaine.

– Ça m'a l'air délicieux. Je peux goûter ?

Prenant sur moi pour garder mon calme, je lui tendis une assiette et des couverts.

– Magnifique, dit-il en se coupant une large tranche. Elle adore le chocolat. Avant, elle s'en faisait même expédier de Suisse.

Je lui indiquai les tablettes sur le plan de travail.

– Non ! Elle fait encore ça ?

– Faut croire.

– La vache ! lâcha-t-il en secouant la tête. Il y a des choses qui ne changent jamais, hein ?

– Apparemment pas.

– Apparemment pas, répéta-t-il en riant. Ben, apparemment t'as raison.

Il se pencha pour avaler une cuillerée, ses vertèbres dessinant des pointes sous son tee-shirt. Je m'aperçus avec dégoût que c'était le même que celui qu'il portait l'autre nuit au bar. Avait-il été lavé entre-temps, je n'aurais su le dire.

Bien faite, la *Sachertorte* est trop sèche pour être mangée seule ; une crème chantilly non sucrée lui sert traditionnellement d'accompagnement. Nous en avions un bol au réfrigérateur, mais je m'abstins de le mentionner, appuyé contre le plan de travail, les bras croisés sur la poitrine, affichant en apparence le plus grand détachement.

La vérité était tout autre. Car même si je détestais la façon dont il avait fait irruption, s'immisçant dans ma solitude, réactivant ma honte en me rappelant notre soirée de débauche ; même si je détestais son impertinence *(Je peux goûter ?)* et tout ce qu'il représentait, la partie d'Alma à laquelle je n'avais pas accès, la conscience de n'être moi-même ici qu'un simple visiteur ; même si tout cela était vrai, c'eût été une simplification excessive de dire que je le détestais, *lui*, ou que je souhaitais son départ. À plusieurs reprises, j'aurais pu l'empêcher d'entrer. J'aurais pu refuser de le laisser pénétrer dans la maison. J'aurais pu lui ordonner de partir une fois qu'il avait fini de boire et manger. Mais je ne le fis pas car, quelque part au fond de moi, je voyais aussi en lui une source potentielle d'informations. Et puis je dois admettre que je ne suis pas insensible aux effets purement chimiques du charisme. Je ne pouvais pas davantage le nier que prétendre que cette soirée à Arlington ne s'était jamais produite : j'avais envie qu'il m'aime.

Il repoussa son assiette et s'essuya la bouche d'un coup de poignet.

– Tu es philosophe ?

J'opinai du chef.

– C'est cool. Ça doit lui plaire, ça, non ?

Je haussai les épaules.

– Parce que je veux dire…, fit-il en se passant une main au-dessus de la tête. Tu vois, quoi ? Moi, j'ai jamais rien compris à tout ça.

– Ah bon ?

– Ben, ouais. J'ai des difficultés d'apprentissage. Quand j'étais gosse, elle s'énervait tout le temps contre moi.

Je me souvins d'une phrase qu'Alma avait dite lors de notre première conversation : *C'est une chose épouvantable que d'être bête.*

– Tu as vécu avec elle combien de temps ? demandai-je.

– Neuf ans.

– Tu t'y plaisais ?

Il sourit.

– J'étais gamin. Qu'est-ce que tu voulais que je fasse ?

– Elle a toujours été malade ?

– Depuis que je la connais en tout cas. Je me souviens qu'elle se réveillait la nuit. Je l'entendais marcher là-haut à deux ou trois heures du matin. Ça te rappelle quelque chose, non ?

Je hochai la tête.

– Ça doit pas être facile, reprit-il. Pour toi, je veux dire.

Je haussai les épaules.

– Parfois elle criait dans son sommeil. Ça lui arrive encore ?

Je secouai la tête, horrifié.

– À un moment, c'était toutes les deux ou trois nuits, raconta-t-il en triturant les miettes dans son assiette. La première fois que c'est arrivé, les voisins ont appelé les flics. Ils ont cru que quelqu'un était en train de se faire trucider.

Silence.

– Ça avait l'air… dur, dis-je.

– C'est complètement dingue, voilà ce que c'est. Mais bon, qu'est-ce que tu veux y faire ?

Je ne répondis pas.

– Enfin bref, dit-il. Tu dors dans la chambre de derrière ? C'est mon ancienne chambre.

Alma avait omis de le mentionner. Je me raidis.

– Ah oui ?

– Tu sais, le truc sur la fenêtre ? La peinture, là, ou je sais pas quoi. Eh ben, le motif sur le chapeau du type reproduit exactement le pelage du chevreuil.

– C'est intéressant.

– Tu avais jamais remarqué ?

Je me sentis idiot en secouant la tête.

– Non ?

– Je ne la regarde pas très souvent, mentis-je.

– Ouais. Tu feras gaffe la prochaine fois. Ou, attends, tu sais quoi ?

Il se leva et sortit de la cuisine.

Comme je ne pouvais pas vraiment lui crier de revenir, je fus contraint de le suivre.

– Tu vois ?

Après être entré dans ma chambre sans ma permission, voilà qu'il se tenait devant la fenêtre à gesticuler comme un animateur de jeu télévisé.

– T'as qu'à regarder.

J'avais envie de résister, mais la curiosité était plus forte. Je traversai la pièce pour le rejoindre. Effectivement, le chapeau du chasseur et le pelage du chevreuil étaient tous les deux exécutés dans le même pied-de-poule orange.

– Ça m'a toujours fasciné, dit-il.

J'opinai du chef.

Nous étions côte à côte à contempler la miniature.

– La vache, qu'est-ce que je détestais cette chambre ! Elle m'enfermait à clé pour me punir. Mais bon..., ajouta-t-il en partant d'un grand éclat de rire. Ça fait un bail maintenant.

Je ne dis rien.

– Et son revolver ? demanda-t-il. Tu l'as déjà vu ?

Je ne l'avais pas prise au mot quand elle m'avait dit posséder un revolver, croyant à une plaisanterie de sa part. Je secouai la tête.

– Oh, il faut que tu voies ça. Viens.

Il partit en direction de la bibliothèque, sans jamais se retourner pour voir si je suivais.

Enfants, mon frère et moi avions l'interdiction formelle de nous approcher de l'armoire de la cave. Moyennant quoi nous en rêvions et, un soir, alors que nous étions seuls à la maison, la première chose que nous fîmes – après avoir boulotté tout un gâteau à la crème de coco – fut d'aller voler la clé dans la table de nuit de mon père.

J'avais six ans, Chris presque treize. Ensemble, nous descendîmes l'escalier de la cave sur la pointe des pieds, bien plus terrorisés par la réaction que pourrait avoir notre père que par les armes elles-mêmes. Mon frère attrapa un fusil de chasse et s'amusa à le pointer dans toutes les directions en imitant le bruit des coups de feu. Il me le tendit ; il me força à le prendre, en fait, car j'étais plutôt venu en tant qu'observateur que participant, et je ne finis par m'en saisir qu'à force d'exhortations de sa part. Il était lourd, la crosse encore tiède de son aisselle. Je visai le mur du fond, au-dessus d'un gros carton étiqueté GUIRLANDES DE NOËL de l'écriture vieillotte et soignée de ma mère.

– Vas-y, me dit Chris.

Je n'avais pas envie, mais il se moqua de moi jusqu'à ce que, tremblant, j'appuie sur la détente… sans aucun résultat. La sécurité était enclenchée. Chris éclata de rire, je jetai le fusil par terre et remontai les marches quatre à quatre en pleurant.

Cet automne-là, il commença à accompagner mon père pour la chasse au cerf, une des rares activités qu'ils arrivaient à faire ensemble sans se disputer. Peut-être la mort qui rôdait leur faisait-elle refréner leurs accès de colère, le sang versé et la chair déchiquetée suffisant à leur rappeler les conséquences d'un acte irréfléchi. Ils partaient avant l'aube et rentraient à la nuit tombée, les lèvres gercées et les cheveux aplatis par la casquette. Ces excursions les métamorphosaient : après, pendant des jours, ils communiquaient sur une fréquence que ni moi ni ma mère ne réussissions à capter. Le fait d'être si manifestement exclu renforçait la sensation grandissante que j'avais de ne pas être à ma place.

En regardant Eric extirper un coffret en bois d'une des plus hautes étagères de la bibliothèque, je ressentis le même malaise que toutes ces années auparavant, quand j'avais cru être sur le point de faire un trou dans le mur de la cave.

– Voilà, dit-il.

En loupe d'érable foncée, ce coffret aurait pu contenir n'importe quoi : des papillons, des cartes à jouer, un kit de chimie. Le loquet brillait.

– Ouvre.

L'intérieur était doublé de velours vert, comme celui sous le socle de mon demi-Nietzsche, mais plus délicat et soyeux. Le revolver lui-même avait un canon étroit qui dépassait du barillet tel un os protubérant. Estampillé à la base de la crosse se trouvait un emblème trop usé pour être identifié.

– Je ne sais pas s'il marche encore, dit Eric. Il est super-vieux.

Je caressai le velours du bout des doigts, puis, avec un frisson de transgression, sortis le revolver de son étui.

Nous sommes des *Homo faber* – des êtres humains fabriquant et utilisant des outils –, et chaque outil que nous créons possède une finalité naturelle. Quand la finalité d'un objet spécifique est si clairement singulière, on éprouve un besoin presque irrépressible de s'en servir dans le but affiché. Tout comme les livres sont faits pour être lus et les gâteaux pour être mangés, les revolvers sont faits pour tirer, et bien que des années se fussent écoulées depuis la dernière fois que j'en avais eu un dans la main, la sensation du métal fit naître en moi une terrible pulsion destructrice. Troublé, je replaçai l'arme dans le coffret et le rendis à Eric, reculant aussitôt de quelques pas.

– Tu as vu ça ?

Il me montrait l'emblème, dont il effleurait le tracé.

– *SS*, dit-il.

Je le dévisageai.

– Son père était un très haut gradé de l'armée autrichienne.

– C'était un fabricant d'instruments de musique.

– Oui. Et aussi de mines terrestres, ajouta-t-il en ricanant. Comment tu crois qu'ils sont devenus si riches ? Avec les pianos ?

Je ne répondis pas.

– Désolé de te gâcher le tableau.

– Mais elle n'y est pour rien. Elle était enfant.

– Ouais, fit-il. Si tu veux.

Silence.

– Tu as volé quelque chose à ces filles ? demandai-je.

Il me fixa du regard.

– Celle que tu as… celle avec le…, bredouillai-je en désignant mon abdomen. Elle était furieuse après toi parce que tu lui aurais volé des trucs.

Il continua à me dévisager un moment, puis retourna vers la bibliothèque. Afin de remettre le coffret à sa place, il dut se hisser sur la pointe des pieds.

– Ah bon, elle a dit ça ?

– Oui.

– Et qu'est-ce qu'elle a dit que je lui avais volé ?

– Je ne sais pas. Mais elle était furax.

Il rit.

– Ah ouais ?

– Je suis sérieux. Elle a failli me tordre le cou.

– Ben, écoute, déclara-t-il en se retournant, je ne vois pas de quoi elle parle.

Je me tus.

– Sa chambre était dans un bordel pas possible, reprit-il. Je ne sais pas ce qu'elle cherchait, mais c'est sans doute par terre quelque part.

Il jeta un coup d'œil à l'horloge.

– Elle ne va pas descendre bientôt, hein ?

Je secouai la tête.

– Tu lui diras que je suis passé.

J'opinai du chef.

– T'en fais pas pour moi, je connais le chemin.

Cette nuit-là, je rêvai d'une clairière dans la forêt. À travers les feuillages, je percevais du mouvement et j'avais peur, ne sachant si j'étais le chasseur ou la proie.

CHAPITRE 14

La réaction d'Alma à la nouvelle de la visite d'Eric fut d'une étonnante froideur :

– Il est évidemment venu pour son argent, dit-elle. Merci de l'avoir tenu à distance pendant que je me reposais. À l'avenir, je vous laisserai toujours un chèque d'avance. Vous n'aurez qu'à le lui donner tout de suite, afin de vous épargner toute obligation de supporter sa compagnie.

– Je n'ai fait que lui offrir une part de gâteau.

– Et maintenant il ne nous en reste plus pour le thé de cet après-midi. C'est fort dommage, monsieur Geist.

– Comment ça ?

– Voyez vous-même.

Je soulevai la cloche en plastique : le reste de la *Sachertorte* avait disparu.

– Il y en avait encore plein hier, m'étonnai-je.

– Peut-être l'a-t-il pris quand vous aviez le dos tourné, suggéra-t-elle. Ça lui ressemblerait bien.

J'empoignai l'assiette vide des deux mains.

– Je n'arrive pas à le croire.

– Patience, monsieur Geist. Une vieille dame peut bien survivre un jour sans ses friandises. Et sinon, vous aviez une requête.

Je l'entendais à peine tant je bouillonnais encore.

– Monsieur Geist ?

– Pardon ?

– Vous m'en avez touché un mot il y a quelques jours, dit-elle. Mais nous n'avions pas approfondi la question.

Je m'en souvenais à présent : le coup de fil de ma mère. Je parlai du voyage à Alma, évoquant une réunion de famille sans mentionner la commémoration.

– J'ai dit que je devais d'abord vous demander.

– Bien sûr que vous pouvez y aller. Bien que je me sente obligée de constater que vous ne semblez pas follement enthousiasmé par ce projet.

– En effet.

– Dans ce cas, je vous autorise à vous servir de moi comme excuse si vous voulez vous défiler.

Je marquai une hésitation.

– Il faut vraiment que j'y aille.

– Parfait alors.

– Ce ne sera que pour deux jours.

– Je vous en prie, ne vous pressez pas à cause de moi. Je peux très bien me débrouiller sans vous.

Elle esquissa un demi-sourire avant d'ajouter :

– Vous ne m'aviez jamais parlé de votre famille.

Je haussai les épaules.

– Puis-je vous demander pourquoi ?

– Ne le prenez pas personnellement. C'est juste qu'il n'y a rien à en dire.

– Vous êtes trop modeste.

– Pas du tout. Ils n'ont jamais rencontré Wittgenstein. Ils ne sauraient même pas qui c'est.

– Ils ont fait de vous ce que vous êtes, monsieur Geist.

– Je n'ai jamais compris comment.

Elle attendit que j'en dise plus. Comme je n'en fis rien, elle reprit :

– Évidemment, ça ne me regarde pas.

Elle avait un ton un peu différent. Peut-être était-elle agacée par mes cachotteries alors qu'elle m'avait révélé tant de choses sur elle. Ou peut-être était-elle sincère et ce que je percevais dans sa voix était-il simplement de l'inquiétude. Quoi qu'il en soit, l'instant se dissipa et nous enchaînâmes sur des sujets qui nous étaient plus agréables à tous les deux.

Eric commença à venir régulièrement chercher de l'argent. L'équanimité d'Alma par rapport à cet arrangement me hérissait tant que je me mis à m'éclipser par la porte de service chaque fois que je l'entendais monter les marches du perron. Si je ne m'échappais pas à temps, j'étais invité à venir m'asseoir avec eux, la pire torture qui soit. Je ne disais rien, je comptais les minutes, finissant par inventer une excuse pour retourner dans ma chambre, où je me plaquais un coussin sur les oreilles, alimentant ma propre rage en essayant d'évaluer combien elle avait bien pu lui donner au fil des années. Disons, en moyenne, cent dollars par semaine pendant… dites un chiffre, mettons quinze ans… ça revenait environ à quatre-vingt mille dollars ; une somme exorbitante compte tenu qu'il ne faisait rien d'autre que tendre la main. La femme de ménage et moi, au moins, nous méritions nos gages. Pourquoi diable avait-il besoin d'autant d'argent, sinon pour entretenir une addiction ? Il fallait que ça s'arrête ; ça n'était pas juste ; ça n'était pas bon, ni pour lui, ni pour elle, ni pour personne. Puis je me réprimandais : qui j'étais pour lui dire comment dépenser son argent ? Quel culot, quelle impudence ! Mais, en même temps, en tant que personne qui tenait à elle, je ne pouvais tolérer cet abus flagrant de sa générosité. Si je ne lui disais pas le fond de ma pensée, qui le ferait ?

Et je continuais à débattre ainsi.

Ce qui m'énervait au plus haut point, c'était la façon dont Alma s'animait en sa présence, devenant, en tout cas le temps de ses visites, franchement minaudière. Les flatteries d'Eric sonnaient si visiblement faux que je n'arrivais pas à comprendre comment une femme de son intelligence et de sa finesse pouvait tomber dans le panneau. Je trouvais le spectacle douloureux à regarder. À mesure que les semaines s'écoulaient et que je passais de plus en plus de temps à les observer, je commençai à saisir pourquoi je ne parvenais pas à cerner la personnalité d'Eric : il n'en avait pas. Il réagissait uniquement aux stimuli immédiats, et encore, seulement quand cela allait dans le sens de ses propres désirs. Il voulait obtenir de l'argent d'Alma et, à cette fin, il se remodelait sur mesure. Si elle était d'humeur à flirter, il flirtait avec elle. Si elle avait l'air renfermée, il se montrait doux et prévenant. Le fait qu'il était capable d'adapter son humeur à la sienne si rapidement me prouvait qu'il n'avait aucune substance propre. J'aurais été bien en peine d'en faire autant. J'étais une vraie personne, avec un esprit indépendant ; je n'avais pas ses talents de caméléon. Mais, tout de même, comment faisait-il pour la duper ? Ou plutôt, pourquoi acceptait-elle de se laisser duper ? Je me torturais avec cette question. Je ne cessais de me comparer à lui. J'étais un livre, lui un film. Plus je retournais la métaphore dans ma tête, plus elle me semblait pertinente. Il n'était que surface, j'avais de la profondeur. Il constituait un divertissement passif, j'exigeais rigueur et concentration. J'étais subtil là où il était évident, raffiné là où il était grossier, etc., etc., et encore tout un tas de constatations autocongratulatoires qui ne me réconfortaient pas d'un iota. Parce que je ne pouvais pas nier la façon dont Alma le regardait. Je ne pouvais pas souhaiter qu'il ne revienne pas, et je dus bien finir par admettre à contrecœur que j'avais une fois de plus surestimé ma propre importance et sous-estimé la capacité des gens à s'autoaveugler. Parfois, apparemment, les dames avaient juste envie d'aller au cinéma.

Bien plus troublante cependant était la corrélation entre les visites d'Eric et les crises d'Alma. Dans les quelques heures qui suivaient son départ, elle était terrassée et se retirait dans sa chambre pour le restant de la journée. Le soir, je grimpais l'escalier à pas de loup pour lui déposer un plateau auquel elle ne touchait jamais mais que je continuais obstinément à préparer. Je voyais bien le mal qu'il lui faisait, et c'était suffisant pour me donner envie de lui interdire de remettre les pieds à la maison. Mais ce n'était pas mon rôle et je restais donc impassible, serrant les dents, chaque fois qu'il sonnait à la porte en interrompant notre conversation ou bien qu'il se joignait à nous au pied levé pour dîner. Ils riaient aux éclats et se donnaient des petits coups de coude en partageant des plaisanteries pour initiés pendant que je fulminais en silence jusqu'à ce que, n'y tenant plus, je quitte la pièce en traînant les pieds, m'inventant des rendez-vous. Je marchais des heures d'affilée en marmonnant tout bas, shootant dans des mottes de gazon sur les berges du fleuve Charles. Ou alors je me traînais jusqu'au Science Center, m'asseyais devant un poste Internet et consultais compulsivement ma boîte mail dans laquelle aucun message n'arrivait jamais. Je sondais la Toile pour y dénicher des informations à la fois sur Eric et Alma en pensant que plus j'en saurais sur eux, plus je pourrais les contrôler. Une idée évidemment puérile, et de toute façon ni l'un ni l'autre n'avaient laissé de traces dans le cyberespace. Alma, ça se comprenait. Et Eric sans doute parce qu'il vivait depuis longtemps en marge de la société ordinaire. Le fait que je ne trouvais son nom nulle part indiquait qu'il n'avait jamais fini ses études (si tant est qu'il les avait commencées). Et, à ce que je pouvais voir, il n'avait pas de travail, à part celui de plumer Alma et de me pourrir la vie.

Parfois je venais me planter devant l'immeuble de Yasmina, mon ancien chez-moi, et je l'imaginais à l'intérieur en train d'égoutter des pâtes tout en bavardant au téléphone avec son fiancé, laissant ma haine pour lui se confondre avec celle que j'éprouvais pour Eric, deux jalousies jumelles entremêlées se nourrissant l'une l'autre de façon exponentielle, faisant monter mon sentiment de contrariété et finissant par me plonger dans une telle agitation qu'une fois rentré je n'étais plus en état de rien faire que de rester allongé sur mon lit dans le noir à fixer le plafond en poussant des soupirs d'exaspération.

– Patience, monsieur Geist.

Patience pour quoi ? Qu'est-ce que j'étais censé attendre ? Il m'était impossible de ne pas détester Eric, surtout maintenant que l'été s'abattait sur nous comme un couvercle et que les crises d'Alma augmentaient à la fois en fréquence et en gravité. Elle avait besoin de *moins* le voir, pas plus. Pourtant il continuait à venir, et elle à le recevoir, tout ça pour s'écrouler de douleur après son départ, chèque en main.

J'avais fini par arrêter d'appeler le Dr Cargill, dont les consignes étaient toujours les mêmes : laisser Alma tranquille, ne pas paniquer, ça passerait tout seul. Je commençais à douter du bien-fondé de cette approche. Certes, cela s'était déjà produit et vérifié des dizaines de fois. Mais comment être sûr que, cette fois-là, les symptômes ne lui seraient pas fatals ? Et s'il devait lui arriver autre chose, quelque chose d'imprévisible, un infarctus ou une chute dans la baignoire ? On pouvait s'attendre à tout.

Juin céda la place à juillet ; juillet à août. Alma était hagarde, passant le plus clair de son temps dans sa chambre et me laissant libre de mes journées. J'aurais pu faire ce que je voulais. Aller voir les matchs de base-ball à Fenway. Courir dans le parc de Fresh Pond. Regarder le campus lézarder et me rincer l'œil avec les étudiantes de la session d'été. J'aurais pu me comporter comme quelqu'un de ma génération, un jeune homme normal dans la fleur de l'âge. Mais je m'y refusais. Du matin au soir, j'errais dans la maison en attendant qu'Alma réapparaisse et me demande de reprendre nos conversations, ne rêvant que de retrouver ce rythme de vie que j'avais tant aimé et que je sentais s'effriter, s'effriter. Je laissai filer toute la belle saison sans y prendre garde et la nuit, pendant mes insomnies, quand je l'entendais faire les cent pas au-dessus de moi, j'enrageais qu'elle ne soit pas capable de ravaler sa fierté au moins assez pour accepter que je vienne lui tenir compagnie. À sa place, je n'aurais pas voulu rester tout seul. Mais peut-être était-ce là mon problème : je ne pouvais imaginer que ce que *moi* j'aurais voulu. Pour elle, il était plus important de ne jamais être vue dans un état dégradé que d'avoir de la compagnie. Je faisais de mon mieux pour admettre cette réalité. Elle n'avait pas envie que j'aie pitié d'elle et je m'y efforçais. Je ne sais pas à quel point j'y parvenais, mais au moins j'essayais.

Un jour, je n'y tins plus. Je décachetai à la vapeur l'enveloppe qu'elle m'avait laissée pour Eric et fus choqué de découvrir que le chèque n'était pas d'un montant de cent dollars, mais cinq fois plus. Choqué… et furieux. Parce que, au fil des années, ça représentait une fortune, parce qu'il ne manquait jamais de donner l'impression qu'il frôlait la misère, parce que c'était beaucoup plus que ce qu'elle me payait, autant que mon cadeau d'anniversaire. Il me fallut faire preuve d'un sang-froid considérable pour ne pas déchirer le chèque en mille morceaux sur-le-champ. Je ne le fis pas car, malgré le plaisir que cela m'aurait procuré, ça n'aurait été qu'une solution ponctuelle à un problème chronique. Non, ce qu'il fallait en l'occurrence était une réelle action, une action durable. Un jour viendrait – c'était un de mes fantasmes récurrents – où je le défierais les yeux dans les yeux. Parfois ces fantasmes consistaient en de simples remontrances de ma part. Parfois ils devenaient plus violents : je le giflais, je l'attrapais par le paletot et le jetais dehors, la trace de ma semelle imprimée sur son postérieur, comme dans un dessin animé. Ils finissaient toujours par Alma qui fondait en larmes en reconnaissant que j'avais raison, qu'il fallait qu'elle lui coupe les vivres une fois pour toutes, que j'étais son protecteur, son ange gardien, qu'elle n'y serait jamais arrivée sans moi, merci monsieur Geist, merci, merci.

– Quelle synchronisation ! s'exclama Eric.

Je le rejoignis en haut des marches du perron. J'étais sorti faire un tour pendant que Daciana s'occupait du ménage, et ma chemise était trempée rien que d'avoir marché jusqu'à la Business School de l'autre côté du fleuve et retour. La Subaru n'était plus dans l'allée.

– J'ai frappé, dit-il. J'étais à deux doigts de repartir.

Je lui demandai de m'attendre dehors pendant que j'irais chercher son chèque, puis je montai dans la bibliothèque où j'avais rangé l'enveloppe sur une des étagères. Au moment où je l'attrapais, mon œil fut attiré par l'éclat du loquet sur le coffret du revolver.

– Je peux te poser une question ?

Je ne l'avais pas entendu arriver derrière moi. Un frisson me parcourut l'échine et je me retournai, le chèque entre les doigts.

– Quoi ?

– Tout va bien, là ?

– Comment ça ?

– Là, je veux dire. Entre toi et moi.

– Pourquoi ça n'irait pas ?

– Je sais pas, mec. J'ai l'impression que tu ne m'aimes pas beaucoup.

– Je ne vois pas ce qui te fait penser ça.

– Parce que chaque fois que je viens, on dirait que tu as envie de m'étriper.

Il sourit avant d'ajouter :

– C'est bon, je rigole. Écoute, je voulais te dire un truc. Je trouve que c'est génial, tout ce que tu fais pour ma tante. C'est super qu'elle ait quelqu'un comme toi. Je le ferais moi-même si je pouvais.

Je ne répondis pas.

– Mais à part ça, sérieux, j'ai envie que tout soit cool entre nous. Tout est cool ?

– Bien sûr.

– Oh là là, mec, qu'est-ce que tu mens mal !

Je me sentis rougir.

– Je n'ai rien contre toi, affirmai-je.

– Ce qui veut dire que tu n'as rien pour non plus.

– Je n'ai pas dit ça.

– Donc tu veux dire qu'en fait tu m'aimes bien ?

– Je…, hésitai-je en le regardant d'un air égal. Je n'ai pas d'avis.

Il fit des yeux exorbités, puis éclata de rire, un rire étrangement artificiel, comme ceux enregistrés dans les séries télévisées.

– Tu pourrais faire moins de bruit, s'il te plaît ? dis-je.

– Tu es drôle. Tu sais ça ? Tu me fais mourir de rire.

– S'il te plaît. Elle dort.

– Ouais, rétorqua-t-il, toujours hilare. Pardon.

Le silence retomba. Je lui remis le chèque.

– Hé, merci.

Maintenant qu'il avait eu sa récompense, je m'attendais à ce qu'il s'en aille, mais il restait planté là avec un grand sourire aux lèvres.

– Tu voulais autre chose ? demandai-je.

– Non, non, mec. Tout va bien. Mais, euh, écoute. Tu n'as pas faim ? Parce que moi, je crève la dalle. Tu ne veux pas qu'on aille déjeuner quelque part ?

Pour tout dire, j'étais moi-même affamé, mais je ne comptais pas le lui faire savoir. Je haussai les épaules.

– Allez, viens. Je t'invite. En guise de remerciement.

Pendant les dix minutes qu'il nous fallut pour marcher jusqu'à Central Square, je dus me demander ce que je faisais là une bonne centaine de fois. La seule réponse que je trouvais était : *pour Alma*. Pour Alma, je supporterais sa compagnie. Pour Alma, je l'éloignerais de la maison.

– Et voilà, dit-il en me tenant la porte d'un pub irlandais.

À cette heure-là, les rares clients présents me faisaient penser à mon père : des hommes de la classe ouvrière dont les postures voûtées en disaient long sur ces vies où le seul réconfort avait été celui d'un fauteuil moelleux. Des haut-parleurs suintait une musique stridente et agressive mais, à faible volume, l'impression générale était que le chanteur voulait anéantir la société… tendrement.

Après avoir pris place sur une banquette, nous passâmes commande et Eric mena la conversation, me demandant où j'étais né, comment j'étais arrivé à Harvard, où j'habitais avant de rencontrer Alma, comment je l'avais rencontrée, etc. Depuis qu'il avait commencé à nous rendre visite, j'avais fait de mon mieux pour éviter de lui parler. D'une certaine manière, je m'étais piégé moi-même en acceptant ce déjeuner car il avait désormais tout loisir de me poser des questions sans que cela ressemble à un interrogatoire, questions auxquelles je pouvais difficilement refuser de répondre sans passer pour un con. Les effets combinés des conventions sociales et du charisme agissent comme un puissant sérum de vérité : je savais ce qui était en train de se jouer, pourtant je me retrouvais à dévoiler de moi plus que j'aurais dû. Plus que j'avais jamais raconté à Alma. Nous n'en étions pas encore arrivés à la mort de mon frère lorsque notre commande fut servie, et j'étais bien content d'avoir quelque chose à me mettre dans la bouche. J'attendis qu'il ait luimême attaqué son hamburger avant d'essayer de reprendre les rênes.

– Et toi, tu fais quoi ? demandai-je.

Il s'arrêta à mi-bouchée.

– Moi ?

– Oui.

– Ben, comment ça ?

– Dans la vie.

– Comme boulot, tu veux dire ?

– Si c'est ça la réponse.

– Ah, d'accord. Ben, tu sais, je fais des petits trucs par-ci, par-là.

– Quel genre de trucs ?

– Des affaires. Je ne peux pas trop en parler.

– Ça m'a l'air top secret, dis donc.

– Je n'ai pas envie que ça me porte la poisse, tu comprends ? Je fais ce que j'ai à faire. On en est tous là, pas vrai ? Toi aussi, tu fais ce que tu peux. Y a qu'à te regarder.

Je reposai mon hamburger.

– C'est-à-dire ?

– Je dis juste que tu as trouvé ton truc. Tu es à ta place.

Je ne réagis pas.

– Je suis content que tu sois là. Comme je te disais, je le ferais moi-même si je pouvais. C'est pas… tu vois, quoi. J'ai vécu avec elle, ça ne collait pas trop. Mais elle a besoin de quelqu'un à ses côtés et, franchement, mec, je suis content que ce soit toi.

– Merci.

– Parce que tu as l'air très attaché à elle, non ?

– Bien sûr.

– C'est clair. Ça se voit. Moi aussi, je suis attaché à elle. Tu sais ? Mais je me fais tout le temps du souci. Ce truc qu'elle a… Ne me dis pas que ça ne t'inquiète pas.

Je ne répondis rien.

– Non ?

– Si.

– Ben voilà. Évidemment que ça t'inquiète si tu tiens à elle. Parce que bon, c'est à se demander si elle ira mieux un jour.

Il marqua une pause.

– Qu'est-ce que tu en penses ?

– De quoi ?

– Elle va mieux ou pas ?

– Non.

– Pire en fait, hein ?

Silence.

– C'est difficile à dire, finis-je par répondre.

– Ben, tu vois, si tu me demandes mon avis, ces derniers temps c'est largement pire que tout ce que j'ai vu jusque-là, et je la connais depuis un moment. C'est genre deux ou trois fois par semaine maintenant, non ?

– Pas toujours.

– Mais parfois.

J'opinai du chef.

– C'est du délire, mec. Ça n'a jamais été à ce point quand je vivais avec elle.

– Possible.

– Si je te le dis. Même de ton point de vue, maintenant tu dois avoir assez de recul pour voir que ça ne s'améliore pas.

Je le lui concédai.

– Ouais, fit-il. À ce stade, on est sûrement les deux personnes qui la connaissent le mieux au monde. Alors qu'est-ce que t'en penses ?

– Qu'est-ce que tu veux que je pense ? Je pense que c'est terrible.

– Nan, c'est pas ce que je veux dire. Je veux dire, d'après toi, elle est heureuse ?

J'avais envie de hurler que oui, bien sûr qu'elle était heureuse, bien sûr. Elle m'avait, après tout. Mais pouvais-je l'affirmer en toute honnêteté ? Pour ma plus grande honte, j'étais forcé d'admettre que, depuis tout le temps que je connaissais Alma, je n'avais jamais songé à me poser cette question. À quoi mesure-t-on le bonheur ? Peut-on le quantifier ? La tentative utilitaire de le faire est à présent considérée comme risible. Énumérer les signaux secondaires alors : elle souriait encore quand nous discutions (bien que, ces jours-ci, quand nous arrivait-il de discuter ?) ; elle mangeait toujours son chocolat (mais quand lui arrivait-il d'avoir faim ?). Ces comportements signifiaient-ils quelque chose ? Étaient-ils des artefacts ? Où résidait la vraie preuve ? Je repensai à notre toute première conversation, qui avait commencé par la question de savoir s'il valait mieux être heureux ou intelligent. À l'époque, le fait d'opposer ces deux concepts m'avait paru parfaitement rationnel. Mais là, alors que j'entendais cette fureur tranquille en bruit de fond, la serveuse disant au barman d'aller se faire foutre, les clients grommelant dans leurs bières, je me demandai si le bonheur que je croyais avoir apporté à Alma n'était pas juste la pâle projection de celui qu'elle m'avait donné.

– Je ne sais pas, dis-je.

– Si tu ne sais pas, c'est que la réponse est non.

Je me tus.

– Et puis attends. Si ça empire ? Tu as bien dû y penser, non ?

– Je ne l'espère pas.

– Évidemment. Je veux dire, bien sûr, j'aimerais pouvoir y changer quelque chose. Mais c'est se bercer d'illusions. Alors je ne sais pas. S'il n'y a aucune chance que ça s'améliore un jour, et qu'au contraire *ça empire*, comme ça semble malheureusement être le cas, qu'est-ce qu'on fait ? Je veux dire, comment on fait pour vivre avec ça ?

– Je n'en sais rien.

– Moi non plus. J'en sais foutre rien. Personne ne le sait. Tu vois ? Peut-être qu'il n'y a pas de réponse.

– Peut-être pas.

– Ouais. Peut-être.

Il examina ses ongles avant d'ajouter :

– Je ne peux pas me mettre à ta place, mais puisque tu tiens à elle, comme moi je tiens à elle, je parie que toi aussi tu y as déjà pensé. Parfois je me demande si ce ne serait pas mieux qu'elle… je veux dire, si ça ne vaudrait pas mieux pour elle de… *pfffuit*. Tu vois ?

Je me surpris en train de hocher la tête et m'arrêtai aussitôt. Qu'est-ce que j'étais censé voir exactement ?

– Pour son propre bien, précisa-t-il.

Ce que je lus dans ses yeux me glaça le sang.

– Tout va bien, les garçons ? vint vérifier la serveuse.

– Parfait, lui sourit Eric.

– Si vous revoulez une bière, criez.

– OK, merci.

Elle s'éloigna. Quand il se remit à parler, je l'entendis comme à travers des grésillements.

– Écoute, dit-il, quoi qu'il lui arrive, et il finira bien par lui arriver quelque chose un jour, pour son propre bien il faut espérer que ce soit le plus tôt possible. Elle souffre. Tôt ou tard, il lui arrivera quelque chose. C'est peut-être pénible d'y penser, ça nous met peut-être mal à l'aise, mais c'est un fait. C'est la vie. Tu vois ce que je veux dire ? Je sais ce que tu te dis. « Regarde dans quel état elle est. Même si on ne fait rien et qu'on attend les bras croisés, combien de temps ça peut encore durer ? Elle a déjà… quoi ? Quatre-vingts ? Quatre-vingt-deux ? »

– Quatre-vingt-six, murmurai-je, bien qu'en y repensant rétrospectivement je me demande si les mots ont réellement quitté ma bouche ou si je n'ai fait que le corriger dans ma tête.

Quoi qu'il en soit, il continua sa démonstration, d'une voix douce, lisse, hypnotique :

– Et tu aurais raison de te dire ça, tu aurais raison. Alors laisse-moi te raconter autre chose, quelque chose que tu ne sais sans doute pas et qui relève de l'histoire familiale. Il va falloir que tu me croies sur parole si je te dis qu'elle pourrait bien tenir comme ça encore très, très longtemps. C'est un truc de famille. Plus longtemps que personne ne le souhaiterait, elle la première. Je veux dire, tu es loin d'être idiot. Sers-toi de ton imagination deux secondes. Qu'est-ce que ce serait pour elle si ça continuait comme ça pendant encore, je ne sais pas, quinze ans ? Là, tout à coup, ça devient beaucoup moins simple.

– Ah bon ?

– Au jour le jour, pour nous, qu'est-ce que ça veut dire ? Je crois, et c'est juste mon opinion, mais je pense qu'elle est fondée sur des faits… je crois que *nous*, je veux dire toi, moi et elle, devons nous concentrer sur le présent. Sur ce qui est en train de se passer *maintenant*. Et, en gros, ça se résume à une question d'équilibre des forces. D'ailleurs, si tu veux mon avis, je ne trouve pas que ce soit une mauvaise chose. C'est très bien comme ça. Toi, tu es sur place. Tu es avec elle. Tu es celui qu'elle voit tous les jours. Si un malheur arrive, c'est toi qui pourras dire ce qui s'est passé. La façon dont ça peut tourner tient beaucoup à ce que tu décides. Et donc, cela étant, ce qui peut arriver dépend vraiment de toi. Et je vais te dire encore une chose. Ma grand-mère n'est plus là, mon père et ma mère ne sont plus là. Donc, pour elle, c'est tout, tu comprends ? Il n'y a que moi. Pourquoi j'aurais besoin d'une maison ? Je n'en ai pas besoin. Parce que bon, s'il arrive quelque chose, en toute logique ça devrait être ma maison, d'accord. Mais selon la façon dont ça tourne, ça pourrait aussi être la tienne si tu voulais.

« Mais tu sais quoi ? J'ai l'impression que ce n'est pas quelque chose avec lequel tu te sens complètement à l'aise. Je le vois bien. Aucun problème. C'est normal. Sans doute que tu n'y avais jamais vraiment réfléchi jusque-là, et en tout cas pas sous cet angle. Alors laisse-moi te donner quelques angles différents sous lesquels y repenser. Il ne s'agit pas de le voir pour toi et moi. Il s'agit de savoir ce qui vaut mieux pour elle. Il s'agit de sa dignité. Tu l'as dit toi-même : elle ne s'améliore pas. Elle souffre de plus en plus. C'est pour ça que je dis qu'on doit voir ça selon sa perspective à elle. Est-ce qu'elle est heureuse ? C'est clair, tu l'as dit toi-même : non. Elle n'est pas heureuse. Est-ce que c'est normal ? Hein ? Dis-moi. Est-ce que c'est normal pour quelqu'un de devoir se réveiller tous les jours et d'avoir à supporter une telle souffrance ? Bien sûr que non. Je veux dire, ce serait déjà anormal pour n'importe qui, mais elle, c'est le genre de personne pour qui c'est particulièrement difficile, beaucoup plus que pour le commun des mortels. Je le sais. Et *tu* le sais. Toi non plus, tu n'es pas le commun des mortels, alors mets-toi à sa place deux secondes et demande-toi : "Est-ce que c'est vraiment ce que je veux ?" Et dis-moi ce que tu répondrais.

Il se recula contre le dossier de la banquette.

– Je t'écoute, reprit-il. Dis-moi.

– Tu m'excuses une minute ? rétorquai-je.

Il me fit un signe de la main : *Vas-y.*

Je partis m'enfermer dans les toilettes et restai un long moment debout à me masser le torse. Avais-je bien entendu ? Est-ce qu'il m'avait vraiment proposé la maison ? Conspiré avec moi autour d'un cheeseburger ? Impossible. Je savais très bien ce qu'il avait dit. Il l'avait dit sans le dire.

Qu'est-ce qu'il espérait au juste ?

Que je fasse les comptes ?

Que ça se solde à son avantage ?

Le monde était surréaliste, les carreaux du sol flottaient, la cuvette me souriait d'un air menaçant.

Je me mis une gifle.

La serveuse avait pris ma place sur la banquette. Alors que j'approchais, elle glissa un bout de papier sur la table en direction d'Eric et se leva en rajustant sa jupe.

– À plus tard, dit-elle.

– OK, lui répondit-il.

Et à moi :

– Tout va bien ?

Je fis demi-tour pour me diriger vers la porte.

– Attends ! s'écria-t-il en brandissant la note.

Dans un réflexe, je sortis de mon portefeuille un billet de vingt dollars.

– Merci, dit-il en me l'arrachant des mains et en le posant sur la table. Tu n'étais pas obligé.

Groggy, je débouchai sur le trottoir dans le soleil éblouissant de l'été. Je n'avais jamais eu l'intention de payer pour lui, et pourtant, sans même m'en rendre compte, je l'avais fait.

– Pas besoin de me chercher ces jours-ci, dit Eric alors que nous nous tenions à l'angle de Massachusetts Avenue et Prospect Street. J'ai des trucs à faire, mais je repasserai. En attendant, réfléchis-y, et la prochaine fois que tu la vois souffrir comme ça, pense à ce que je t'ai dit.

Il sourit, me donna une tape sur l'épaule et marcha vers l'entrée du métro. À travers des vapeurs chatoyantes de gaz d'échappement, je le vis s'enfoncer sous terre.

CHAPITRE 15

Jamais je n'aurais souhaité à Alma une de ses crises, bien sûr, mais je dois admettre que, ce jour-là, je fus soulagé de ne pas la croiser en rentrant. M'asseoir en face d'elle et bavarder comme si de rien n'était, la regarder dans les yeux... je ne m'en serais pas senti capable. Pendant plusieurs heures, je tournai en rond dans la bibliothèque en essayant de démêler les fils de ce qui venait de se passer.

Prévenir la police. Ce fut ma première réaction. Mais pour lui dire quoi ? Eric ne m'avait rien demandé de faire, ou pas vraiment. Il avait décrit un ensemble de circonstances – une vieille dame malade, une fortune à la clé –, et libre à moi d'en tirer mes propres conclusions. Même si ses intentions ne laissaient pas de place au doute, chaque fois que j'essayais de mettre le doigt sur quelque chose d'explicite de sa part, je faisais chou blanc. Beaucoup de ce qu'il avait dit ne reposait pas sur des mots mais des expressions du visage, des silences, une prosodie ; en tournant autour du pot il s'était fait comprendre avec beaucoup plus de force que s'il en était venu droit au but. Je me rendis compte que c'était un vrai philosophe continental, son discours un chef-d'œuvre de sous-texte dramatique.

Était-ce un crime de parler de ces choses-là ? Ne pas aller rapporter cette conversation à la police me rendait-il complice de ce qu'il pourrait faire par la suite ? Étais-je légalement responsable ? Moralement ? Je m'imaginai entrer dans un commissariat (dans mon esprit ça ressemblait à une bibliothèque publique, mais avec des flingues et des gangsters), m'avancer vers la réception et leur livrer, sans que personne m'ait rien demandé, une confession. Comment verraient-ils ça de l'extérieur ? Tout simplement ainsi : j'avais accepté d'aider Eric avant de me dégonfler. Je ne savais pas pourquoi il m'avait choisi moi, mais les flics penseraient sans doute qu'il avait une bonne raison ; en attirant leur attention, je deviendrais suspect d'un crime qui n'avait pas encore été commis, qui ne le serait peut-être jamais et dont l'idée même ne serait peut-être jamais connue de personne à part nous deux. Il pourrait facilement prétendre que c'était moi qui l'avais approché, ou qu'il ne s'était rien passé du tout. Ce serait crier au loup… contre moi-même. Non, la police n'était pas une bonne idée. Mais qui restait-il alors ? Alma ? Au mieux, elle me jugerait incohérent ; plus vraisemblablement, cinglé. Le ou les mêmes problèmes se posaient si je choisissais d'en parler à son médecin ou à un de mes amis. C'était peut-être la garantie d'Eric : savoir que, si je cherchais de l'aide ailleurs, soit j'éveillerais les soupçons sur moi-même, soit je passerais pour un fou. Que prévoyait-il pour la suite, alors ? De nouvelles tentatives pour m'amadouer ? Si ça ne marchait pas, des menaces ? Des intimidations physiques ? Ou bien il se trouverait un autre complice et je deviendrais l'homme qui en savait trop.

La prochaine fois que tu la vois souffrir comme ça, pense à ce que je t'ai dit.

Qu'est-ce qui pouvait chez moi lui laisser croire que je serais d'accord pour envisager une chose pareille ? Pensait-il réussir à me convaincre ? Ou bien que je n'avais pas besoin d'être convaincu ? Je songeai à toutes les fois où, assis à côté de lui, je l'avais regardé minauder avec Alma. Lui avais-je donné mon feu vert ? Un coup d'œil mal interprété ? M'avait-il souri en hochant la tête et en avais-je fait autant en retour ? Qu'avais-je donc pu faire pour susciter ça ? Depuis combien de temps avait-il cette idée en tête ? Depuis notre première rencontre ? Depuis la soirée à Arlington ? Et ça aussi, était-ce calculé ? Les filles étaient-elles dans le coup ? La scène du lendemain matin avait-elle été planifiée dans un but précis ? Mais là, en effet, je devenais cinglé.

Le pire, c'était la façon dont il avait présenté les choses, comme un acte de compassion. Une flèche pour viser mes points faibles, ou bien le voyait-il vraiment ainsi ? Avait-il dû prendre sur lui ou avait-ce été facile ? Cette idée gouttait-elle dans son crâne comme les suintements dans une grotte, dissolvant la roche du soubassement de sa conscience ? Ou bien n'avait-il jamais eu de conscience du tout ?

Et moi ?

Savait-il ce qu'il faisait en me mettant cette idée dans la tête ?

Nous avons tous des pensées que nous préférerions ne pas avoir. Même en sachant que jamais je ne verrais les choses comme lui, je ne pouvais m'empêcher de repenser à ce qu'il avait dit. Comment faire autrement ? Je ne pouvais pas effacer ses paroles. De façon perverse, c'était même le contraire : plus j'essayais de les museler, plus elles aboyaient fort. Donc j'y pensais, soit. J'y pensai cette nuit-là quand je l'entendis clopiner au-dessus de ma chambre, que je voulus aller l'aider, mais que je me retins de peur de la vexer. J'y pensai toute la semaine suivante, quand le thermomètre grimpa en flèche, que son état s'aggrava et que je dus une fois de plus appeler le médecin, pour m'entendre dire une fois de plus qu'on ne pouvait rien y faire. Alors bien sûr que j'y pensais ; comme un ver, l'idée s'était creusé un tunnel jusqu'à ma conscience, et j'y pensai à nouveau lorsqu'on sonna à la porte et que je le trouvai sur le perron, me lançant un clin d'œil ; j'y pensai quand je lui tendis l'enveloppe avec son chèque ; j'y pensai quand je claquai la porte derrière lui et que je courus à la bibliothèque me réfugier dans un livre.

Je commençai à y penser tout le temps.

Parce qu'on ne pouvait pas prétendre que cette idée n'eût aucun avantage. Vouloir alléger les souffrances de quelqu'un, ça pouvait se défendre, non ? D'ailleurs c'est bien ce que font les médecins : ils « soulagent » les gens. Ils leur prescrivent des médicaments qui permettent le divorce entre l'esprit et la réalité, des analgésiques qui endorment le corps peu à peu. Une mort plus lente, mais est-ce si différent ? Bien sûr, je n'étais pas médecin. Bien sûr, je n'avais aucun mandat pour agir dans un sens ou dans l'autre. Mais quand une personne est à l'article de la mort, comme c'était clairement le cas d'Alma, la distinction entre ce que fait la morphine et ce qu'Eric voulait que je fasse veut-elle dire quelque chose ? Était-ce une question d'échelle ? De sémantique ? Et si elle m'avait demandé de l'aider à se suicider ? Illégal, peut-être. Mais immoral ? À qui ça profitait de la maintenir en vie si elle ne tenait plus à la vie ? Nietzsche nous enseigne qu'on doit pouvoir mourir avec fierté quand il n'est plus possible de vivre avec fierté, et s'il y avait bien quelqu'un de fier, c'était Alma. Elle ne voulait pas que j'aie pitié d'elle, mais, vu les circonstances, je ne pouvais pas faire autrement. Alors, si – et j'insiste sur le « si » – si elle m'avait demandé de l'aider à mettre fin à ses jours, je n'aurais pas hésité. À vrai dire, je me serais senti moralement tenu de le faire. Maintenant, il est certain que ce n'était pas la même chose d'agir de façon préventive. En me le demandant elle-même, elle devenait la personne agissante au lieu de celle sur qui on agissait, l'agent au lieu de la victime. Or, élément crucial, elle ne me l'avait pas demandé. Tout cela était purement théorique, et l'idée même absurde. Mais, comme l'écrivait Bertrand Russell : « Quiconque veut devenir philosophe doit apprendre à ne pas se laisser effrayer par les absurdités. »

Si bien que, quand, quelques semaines plus tard, elle arrêta de regarder ses feuilletons en se plaignant que le vrombissement de la télévision lui donnait la nausée, j'y pensai.

Lorsque je l'entendis régurgiter ma *Sachertorte*, j'y pensai encore.

Je pensais, je pensais, je pensais.

Il était possible (à peine, mais c'était suffisant) que ce soit en effet ce qu'elle voulait, mais qu'elle soit trop fière pour demander de l'aide. Tout ce que je savais d'elle (et je la connaissais bien, non ? mieux que quiconque) me portait à croire qu'elle n'était pas du genre à admettre ses faiblesses. Elle n'appelait jamais le médecin ; c'était moi qui m'en chargeais. Elle ne m'avait jamais demandé de lui monter à manger dans sa chambre ; j'avais pris l'initiative de moi-même en sachant qu'elle était trop fatiguée pour descendre. Elle ne m'avait jamais rien demandé de tout ça, et elle ne l'aurait jamais fait ; elle était au-dessus de ces choses-là… mais elle m'était pourtant reconnaissante de les faire à sa place. C'est ça, l'amour : savoir anticiper les besoins de l'autre, lui procurer ce qu'il ne peut ou ne veut pas demander.

Autre exercice de pensée : au bout du compte, elle finirait par mourir d'une cause ou d'une autre, et si j'étais encore dans les parages quand ça arriverait, que ce soit dans un, cinq ou dix ans, je me retrouverais à la rue. (Dix ans ? Est-ce que j'avais vraiment l'intention de rester là aussi longtemps ? Jusqu'à mes quarante ans ? Mais tout ça était théorique…) À ce stade, Eric n'aurait plus aucune raison de me donner la maison alors qu'il pourrait la vendre une fortune et que je n'aurais rien fait pour lui. D'un autre côté, si elle lui laissait la maison, à lui, et qu'il me la donnait… C'était répugnant, bien sûr, mais l'idée était là. J'avais un esprit souple, et même si je n'aurais jamais – *jamais* – mis ces théories en pratique, c'était dans ma nature de poser des questions, d'explorer des abstractions, d'envisager des possibles. On pouvait défendre le raisonnement – un raisonnement fictif, mais un raisonnement tout de même – selon lequel, en agissant maintenant, je ne faisais que me garantir un avenir en me permettant un jour de me consacrer de nouveau à mon mémoire dans la paix et la tranquillité, chose qu'Alma elle-même m'avait encouragé à faire. Elle croyait en moi. Elle me le répétait souvent. Dans un certain sens, ce serait une manière d'exaucer ses vœux. Je pourrais rester vivre dans la maison le temps de terminer ma thèse – voire après –, ou la vendre et m'acheter autre chose. Je n'avais jamais été propriétaire. Je ne connaissais rien à toute cette paperasse. Comment ça marchait ? Eric pouvait-il simplement me faire don d'une maison ? Est-ce que ça ne paraîtrait pas suspect ? Bien sûr que si ; il faudrait laisser passer un peu de temps avant la donation officielle ; en attendant je n'aurais qu'à louer la maison, ça ne serait pas dur de trouver des candidats, du moment qu'ils payent en liquide.

Le problème était donc que, désormais, ces pensées d'abord inoffensives étaient devenues terriblement précises, terriblement concrètes, et que même si je n'avais rien fait – rien du tout à part m'occuper d'elle et penser –, je me sentais coupable, j'en étais malade, je me déchirais et me tourmentais, j'avais perdu l'appétit, j'avais des brûlures d'estomac, des palpitations, mal à la tête, mal au foie, des insomnies. Et si ces pensées terriblement précises et concrètes étaient déjà suffisamment graves en tant que telles, elles me parurent bien pires quand je compris ce qu'elles disaient du genre de personne que j'étais devenu. Non seulement j'étais le genre de personne à réunir des arguments en faveur du meurtre de quelqu'un qui ne m'avait fait que du bien – de quelqu'un que j'aimais –, mais qui plus est dans le seul but d'un profit matériel. C'était là ce qui m'effrayait le plus. J'étais devenu grassement heureux, grisé par le confort. J'en étais arrivé à considérer comme un dû le fait d'avoir le gîte, le couvert, des livres et de beaux objets ; j'en étais arrivé à posséder ces choses dans mon esprit au point qu'elles n'étaient plus un luxe dont se méfier mais des impératifs à perpétuer. Ce n'était plus une chaise sur laquelle je m'asseyais, c'était *ma* chaise, et si je n'étais pas prêt à tuer pour elle, j'étais prêt à laisser l'idée de sa perte servir de prémisse aux fantasmes les plus ignobles. J'étais impur. J'étais un marchand du temple. Si bien que je m'imposai des pénitences : je me mis à jeûner ; je lisais jusqu'à ce que les lignes se brouillent et que mes yeux me brûlent ; je me brossais les dents à en cracher du sang. Je faisais des exercices de gymnastique jusqu'à l'épuisement. Je dormais à même le sol sans oreiller. Je ne prenais aucun plaisir à ces efforts, tel un homme se complaisant dans son mal de dents. Je voulais être libre. Mais ma convoitise, une fois déclenchée, ne pouvait plus être arrêtée : je désirais.

Je n'avais quasiment revu aucun de mes amis depuis le soir de mon anniversaire. À présent je passais mon temps à les appeler frénétiquement, à organiser des sorties, à les retrouver pour boire des coups ou aller au cinéma, à me lancer dans toutes sortes de bavardages futiles, à me saouler pour ne plus réfléchir ; c'est à ça que sert le vin. Je ne réussissais pourtant pas à trouver la paix et, alors qu'arrivait l'été indien, je recommençai à errer dans les rues, marchant des kilomètres au hasard, suant dans ma veste de sport, noyé de chaleur et de poussière, agressé par le vacarme des marteaux-piqueurs et le fracas des chantiers, trébuchant sur des tas de briques posés en travers du trottoir, le visage souriant d'Eric m'apparaissant au détour d'une vitrine ou d'une tête inconnue ; je tournoyais et m'enfonçais dans les replis de la foule, rongé de culpabilité, hanté par la conscience de mon propre pouvoir, savoir que j'avais la capacité de faire le mal même si je choisissais de ne pas l'exercer. Nul ne peut appuyer sur la détente avant de se rendre compte qu'il possède un revolver et qu'il le serre dans sa main. Et quand il s'en rend compte, il a envie de tirer, car c'est pour ça que les revolvers sont faits.

Et puis je me sentais coupable de me sentir coupable, parce que je n'avais pas le droit de me torturer pour une chose que je n'avais pas faite. Tout ce que j'avais fait, c'était penser. Qu'est-ce qu'il y avait de mal à ça ? Une pensée avait-elle déjà causé du tort à quelqu'un ? Je n'avais aucun contrôle sur les images que mon cerveau décidait de me présenter, si ? Il faut savoir distinguer la théorie de la pratique. Je me répétais la célèbre formule de George Edward Moore prouvant l'existence d'une réalité extérieure : « Voici une main, disait-il en regardant sa paume droite, et en voici une autre. » Je regardais mes mains. Elles étaient propres.

En revanche je ne pouvais rien y faire quand, la nuit, dans mes rêves, je tuais Alma pour de bon. Était-ce ma faute ? Je ne pouvais empêcher les pensées de venir. Je rêvais que je l'étranglais. Que je l'assommais d'un grand coup de matraque. Que je la poignardais avec un couteau de cuisine. Je rêvais que j'étais à cheval, un cheval aux yeux injectés de sang, et que je lui marchais dessus, que je la piétinais à mort. L'animal était massif et fougueux, il soufflait de la buée par les naseaux et ses sabots lui broyaient les os en compote. Je lui fendais le crâne en deux à la hache, son cerveau giclait partout sur le tapis et je m'essuyais les mains sur ma chemise. Je lui enfonçais des bouts de papier au fond de la gorge, je lui remplissais le gosier et son sourire s'élargissait à mesure que la lumière quittait son regard, ses lèvres formant en silence les mots *merci, monsieur Geist.*

– Une chaleur de bête, disait Eric.

– C'est mon neveu ? lança Alma. Dites-lui d'entrer.

Je fis un pas de côté afin de le laisser pénétrer dans le vestibule, après quoi j'allai m'enfermer dans ma chambre. Je m'allongeai sur le lit pour essayer de faire une sieste, mais je tremblais si fort que c'était impossible, et puis de toute façon leurs voix dans la bibliothèque m'empêchaient de dormir. Je m'apprêtais à sortir faire un tour quand Alma toqua à ma porte en me demandant si j'aurais l'obligeance de bien vouloir réchauffer le dîner.

Je m'exécutai, puis m'assis à la table de la cuisine, feignant de me concentrer sur les mots croisés.

– Salut, ça gaze ?

Il se tenait debout devant moi, son corps svelte appuyé contre le chambranle.

– Elle prend un bain, ajouta-t-il. Elle ne va pas tarder à descendre.

Je ne répondis pas.

– Donne-moi une définition, dit-il.

Comme je gardais le silence, il vint s'asseoir en face de moi.

– Hé, j'essaye de faire la conversation, là. C'est pas ce que font les gens bien élevés ?

Il se laissa aller contre le dossier de sa chaise, les mains croisées derrière la tête.

– Allez, donne-m'en une, que j'essaye.

Silence de ma part.

– Tu as pensé à ce que je t'ai dit ?

Toujours rien.

– Tu as bien dû y penser un peu.

Idem.

– Je ne sais pas pourquoi tu es aussi remonté.

– Je ne suis pas remonté.

Silence.

– De toute façon je suis nul à ces trucs, dit-il.

Je ne répondis pas.

– Tu sais, je crois vraiment qu'on devrait en discuter.

– Il n'y a rien à discuter.

– Bien sûr que si.

Je me tus.

– Discutons, reprit-il.

– J'ai prévenu les flics, déclarai-je.

L'espace d'un instant, il blêmit. Puis son fameux sourire.

– Ah ouais ?

J'acquiesçai d'un hochement de tête.

– Et qu'est-ce que tu leur as raconté ?

– Tout ce que tu m'avais dit.

– Qu'est-ce que je t'ai dit ?

– Tu le sais très bien.

– Non.

– Dans ce cas je ne peux rien te dire.

Il sourit à nouveau.

– Je t'ai déjà dit que tu mentais mal.

– Je ne mens pas.

– D'accord, fit-il. Bon, ben, dans ce cas, je suppose qu'on n'a plus qu'à attendre de voir.

– Je suppose, oui.

– Tu supposes bien. Peut-être que tu mens, peut-être que tu ne mens pas. De toute façon, au fond, ça ne change rien. Je veux dire, tu peux aller leur raconter ce que tu veux. Après tout, c'était ton idée.

Je le dévisageai.

– Ben ouais, poursuivit-il. Je veux dire, c'est bien toi qui es venu me trouver, non ? Évidemment que oui. C'est toi qui m'as demandé de passer un accord. Tu m'as réclamé la maison. Alors, bon, s'ils viennent me poser des questions, je vais être obligé de leur dire la vérité. Et la vérité, c'est que j'aime ma tata. Je croyais que toi aussi. Mais bon, voilà, mec. S'ils me demandent ce qui s'est passé, je vais être obligé de leur répéter ce que tu m'as dit.

Même si j'avais essayé de me préparer pour ce moment, je me sentais pourtant complètement pris de court.

– Leur répéter quoi ?

– Plein de choses.

– Comme quoi ?

– Oh, tu le sais très bien.

– Non.

– Réfléchis, ça te reviendra.

Silence.

– Et tu espères comme ça me faire changer d'avis ? demandai-je.

– J'en sais rien, mec. Peut-être. Tout ce que je sais, c'est que tu mens très mal. Alors en fait tu peux considérer que je suis en train de te laisser une deuxième chance.

Je ne dis rien.

– C'est comme tu veux, reprit-il. Mais n'oublie pas que, si j'ai des inquiétudes, je serai peut-être obligé d'aller à la police le premier. Je n'ai pas envie d'en arriver là, mais qu'est-ce que tu veux ? C'est l'un ou l'autre. Hé, voilà la plus belle !

– Bonsoir, lança Alma, les cheveux encore mouillés. On passe à table ?

– Avec plaisir, rétorqua Eric. Je meurs de faim.

– Il m'épuise.

Alma s'enfonça dans le canapé en laissant échapper un gémissement. Je me tenais debout près du vestibule, où je venais de raccompagner Eric. Il m'avait de nouveau lancé un clin d'œil en sortant et j'en avais encore des palpitations mentales.

Dis-lui.

Ce serait tellement simple.

Vas-y, parle.

Sers-toi des mots.

– Vous m'avez désobéi, dit-elle.

Je la dévisageai.

– Vos chaussures.

Je baissai les yeux vers mes mocassins, franchement fatigués.

– C'est regrettable, monsieur Geist. Je vous demande une seule chose avant de mourir. Je vous ai donné cet argent dans un but précis. Vous pensiez que j'allais oublier ?

– Je suis…

Dis-lui.

– Je suis encore à la recherche du bon modèle.

– Eh bien, dépêchez-vous de le trouver, sans quoi je vous prendrai pour un ingrat, répliqua-t-elle en changeant de position, visiblement incommodée. Pardonnez-moi, mais vous m'avez l'air un peu anxieux aujourd'hui.

Dis-lui.

Je haussai les épaules.

– J'imagine que c'est la perspective de rentrer chez vos parents bientôt.

J'avais complètement oublié mes projets de voyage.

– Je ne suis pas obligé d'y aller, répondis-je. Je peux encore annuler.

Elle haussa les sourcils.

Dis-lui.

– Je n'ai pas envie d'y aller, repris-je. Ça va me déprimer.

– Un peu d'angoisse n'a jamais fait de mal à l'âme.

– Mais qui va s'occuper de vous ?

– Comme je vous l'ai déjà fait remarquer, je me suis très bien débrouillée sans vous pendant des années, je saurai m'accommoder de votre absence temporaire. Le Dr Cargill doit passer lundi. J'imagine pouvoir survivre d'ici là.

Dis-lui.

– Mais s'il vous arrivait quelque chose ?

– Et que voulez-vous qu'il m'arrive ?

Dis-lui maintenant.

– N'importe quoi, je ne sais pas.

– Vous pourriez me protéger de l'Apocalypse, c'est ça ?

– Je...

– On annonce un ouragan ?

– Je ne peux pas partir tant que vous êtes... dans cet état.

Elle fronça les sourcils.

– Je vous ferai la grâce de ne pas relever pour cette fois, dit-elle.

– Eh bien, vous avez tort. Soyons honnêtes. N'est-ce pas ce que vous attendez de moi ? De l'honnêteté ? Alors voilà, je suis honnête, et honnêtement je me fais du souci pour vous. Vous êtes malade.

– Ne me dites pas que vous considérez ça comme une nouveauté.

– Vous savez quoi ? Je vais téléphoner pour annuler. C'est loin, et je ne suis pas d'humeur à prendre l'avion. Je vais appeler ma mère tout de suite.

– Il n'en est pas question.

– Je vous assure, ça ne pose aucun problème.

– À vous peut-être, mais à moi si.

Dis-lui.

– Mais je n'ai pas envie d'y aller.

– Balivernes.

– Madame Spielmann...

– Monsieur Geist. Pourquoi tant d'obstination ?

– Je me fais du *souci.*

– Sans aucun motif rationnel.

– Vous n'en savez rien.

Ce n'était pas un exercice de logique, un simple point de débat perdu ou gagné. C'était la réalité, avec des conséquences réelles, et je sentais que je commençais à perdre la tête, que ma voix montait de plus en plus dans les aigus.

– Vous ne savez pas ce qui est rationnel ou pas, continuai-je.

– Jusqu'à preuve du contraire, je pense pouvoir me fier à mon propre esprit critique, je vous remercie.

– Mais… non. Écoutez. Écoutez : vous ne savez pas.

– Et puis-je vous demander ce qu'il y a à savoir ?

Dis-lui.

– Je… Je ne peux pas vous l'expliquer.

– Essayez.

– Je *ne peux pas.*

– Dans ce cas, je ne vois pas comment vous comptez l'emporter dans cette discussion.

Notre passe d'armes dura encore le temps de quelques répliques, pendant lesquelles je devins de plus en plus véhément, jusqu'à ce que je finisse par tout déballer, tout ce qu'Eric m'avait raconté au pub. Je bredouillai de bout en bout et terminai hors d'haleine, attendant sa réaction dûment horrifiée. Mais elle se contenta de dire :

– Ah.

– C'est tout ?

– Monsieur Geist, votre inquiétude me touche. Et je conçois que vous ayez vécu ces derniers temps sous une forte pression. Cependant je ne vois pas en quoi rien de cela devrait affecter vos projets de voyage. À supposer que mon neveu soit réellement capable d'une chose pareille…

– Je ne fais que vous répéter ce qu'il m'a dit.

– Vous m'avez mal comprise, reprit-elle avec un sourire. Moralement, il en est peut-être capable. Mais il est bien trop incompétent pour le mettre en pratique.

– Ce n'est pas une blague.

– Ne vous en faites pas, monsieur Geist. Je serai armée.

– C'est *sérieux.*

– Mais tout à fait.

Plus je m'agitais, moins elle avait l'air de me prendre au sérieux, justement. Le fait de ne réussir à m'exprimer que sous la forme d'une colère impuissante me frustrait au plus haut point et me rendait encore plus irascible et énervé.

– Mais enfin, bon sang…

– Imaginons que vous ayez raison, dit-elle. Que me proposez-vous de faire ?

– D'appeler la police.

– *Ach*, monsieur Geist, soyez raisonnable.

– *Vous*, soyez raisonnable.

– Permettez-moi de vous faire remarquer que, si Eric a en effet l'intention de me nuire, il serait peu judicieux de sa part de le faire maintenant, après vous avoir montré ses cartes. À sa place, je rongerais mon frein en regrettant d'avoir malencontreusement jeté mon dévolu sur un complice qui, contre toute attente, s'est avéré avoir des scrupules.

Elle sourit à nouveau avant d'ajouter :

– Une des profondes limites de mon neveu est de croire tout le monde à son image.

Je n'arrivais pas à comprendre qu'elle puisse rester aussi placide.

– Je ne partirai pas avant que vous ayez appelé la police. Et, même alors, je ne suis pas sûr de partir.

– Dans ce cas, qu'est-ce que je gagne à obtempérer ?

– Vous ne pouvez pas m'empêcher d'appeler, moi.

– Je le peux. C'est ma maison, et mon téléphone.

– Eh bien j'appellerai d'ailleurs.

– Non. Mon neveu n'a pas besoin de nouveaux ennuis avec la police, juste…

– *Nouveaux ?*

– … juste au moment où…

– Qu'est-ce que ça signifie, « nouveaux » ?

– Simplement que je n'ai pas envie de le voir subir un interrogatoire dans une affaire qui, inévitablement, se soldera par beaucoup de bruit pour rien.

– C'est de votre sécurité qu'il s'agit.

– Je vous assure que vos craintes sont infondées.

– Vous ne sav…

– Si, dit-elle, et je serais profondément offusquée que vous me désobéissiez. Eric peut parfois être difficile, mais il ne représente aucun danger pour moi.

– Je ne partirai pas.

– Et vous n'allez plus quitter la maison jusqu'à la fin de vos jours ?

– Si je le dois.

– Monsieur Geist.

– Madame Spielmann.

– Vous allez partir, monsieur Geist.

– Je ne…

– Vous allez le faire, car si vous continuez à discuter, je vous renvoie.

– Avec tout le respect que je vous dois…

– Il suffit, coupa-t-elle. Vous *allez* partir, et vous allez cesser *immédiatement* de discuter, sans quoi j'appelle la police et c'est *vous* que je fais embarquer.

Silence.

– Compris ?

J'étais trop choqué pour répondre autrement que par un hochement de tête.

– L'affaire est close, dit-elle.

Elle se posa une main sur le front ; son corps sembla se recroqueviller un peu plus. Je voyais combien cette discussion lui avait coûté et je m'en voulais terriblement d'avoir haussé le ton. Je commençai à m'excuser, mais elle secoua la tête.

– Je vous en prie, restons-en là. Je suis fatiguée et j'aimerais monter me reposer, s'il vous plaît.

C'était sa façon de solliciter de l'aide. Je la pris par le bras et nous avançâmes jusqu'à l'escalier. Avec une lenteur infinie.

– Ça va ? demandai-je.

– Allons, monsieur Geist. Ne m'obligez pas à répondre à cette question.

Tandis que nous montions les trois premières marches, je la sentais de plus en plus faible, s'agrippant de plus en plus à moi pour tenir debout. À mi-chemin, elle s'arrêta, pantelante.

– Peut-être que je ferais mieux de rester ici un petit peu, dit-elle.

– Vous permettez ? risquai-je, non sans hésitation.

Elle détourna les yeux. Puis, à ma grande surprise, elle acquiesça.

Son corps me semblait comme un fétu de paille et, alors que je la soulevais, un bras sous ses genoux et l'autre autour de ses épaules, sa tête roula contre moi et ses cheveux se détachèrent, voilant son visage. Au-delà de son parfum, je sentais son odeur à elle, de ses huit décennies, les effluves entremêlés d'une vie entière d'activité, de pensée, de mouvement, de joie et de chagrin, puis, sur la fin, une dernière note amère. Je n'ai pas honte de dire qu'à cet instant j'aurais voulu qu'elle s'éteigne ici même.

Je n'étais jamais entré dans sa chambre. Comme j'en franchissais le seuil, je fus enveloppé par une version plus concentrée de cette même odeur. Je la portai jusqu'à son lit, lui ôtai ses chaussures et remontai la couverture sur elle.

– Merci, murmura-t-elle d'une voix frêle. Vous êtes adorable.

Je lui indiquai que je serais en bas si elle avait besoin de quelque chose.

– Joseph…

– Oui, madame Spielmann.

Elle ne répondit pas ; elle dormait déjà. C'était la première fois qu'elle m'appelait par mon prénom et je restai là un moment à veiller sur elle.

CHAPITRE 16

Au bout du compte, je finis par y aller. Avais-je vraiment le choix ? J'avais peur de ce qu'Eric pourrait dire à la police, et la véhémence d'Alma, quoique incompréhensible, était irréfutable. J'étais bien obligé de croire qu'elle avait raison, que j'étais paranoïaque et que, si je ne l'étais pas, Eric ne serait pas stupide au point de passer à l'acte maintenant. On s'imagine rarement que le pire va vraiment arriver.

Avant de partir, je lui renouvelai mes excuses.

Elle me répondit par un clin d'œil indulgent.

– Les amis se doivent d'être honnêtes l'un envers l'autre, n'est-ce pas ?

Je lui promis de lui passer un coup de fil dès que j'aurais atterri.

– Ne vous occupez pas de moi, dit-elle. Oubliez-moi un peu.

– Vous savez bien que je n'y arriverai pas.

– Faites de votre mieux, monsieur Geist. Amusez-vous. Comme dit le proverbe, on ne vit qu'une fois.

Le père Fred m'attendait aux bagages.

– Bienvenue chez toi, dit-il.

Je ne l'avais pas revu depuis des années et, entre-temps, il avait pris un petit coup de vieux : le visage ridé, les sourcils couleur de lichen. Nous nous étreignîmes et je sentis ses os à travers son manteau.

– J'aurais pu prendre un taxi, protestai-je.

– Ta mère m'a prévenu. C'est pour ça que je suis là.

J'avais oublié à quel point il conduisait comme un dingue. Nous prîmes l'autoroute à près de cent cinquante kilomètres-heure, ce qui nous laissa environ quarante-cinq minutes pour bavarder. Je lui demandai des nouvelles de la paroisse, de ses proches. Quand nous abordâmes le sujet de la commémoration, il fit preuve de son tact habituel, jamais un mot de travers, même s'il était clair que ma mère l'avait lessivé.

– C'est une aubaine, dit-il, ne serait-ce que parce que ça t'a fait venir. J'avais peur de ne pas te revoir avant mon départ.

– Alors, comme ça, répliquai-je, la Californie ?

Il opina du chef.

– Pourquoi la Californie ?

– L'an prochain, à la même époque, une charmante école catholique près de Santa Barbara aura besoin d'un nouveau directeur. Je ferai aussi un peu d'enseignement. Ils ont un parc avec une oliveraie. J'y suis allé en visite et, pour mon plus grand plaisir, le climat m'a rappelé celui de Rome.

– Ça m'a l'air fantastique.

– Joseph, grommela-t-il, tu n'as jamais su mentir.

Quelle que fût la rancune que j'avais pu ressentir en apprenant la nouvelle, elle s'était dissipée depuis, et certainement quand j'avais franchi la porte des arrivées et que je l'avais découvert là qui m'attendait. Mon désir de le cantonner ici ad vitam aeternam était égoïste – et vain, qui plus est –, et j'avais sincèrement envie d'être content pour lui. Je m'efforçai de montrer un peu plus d'enthousiasme.

– Ça ne sera plus pareil sans vous, dis-je.

– Oh, je n'en suis pas si sûr. S'il y a bien une chose que j'ai apprise au fil des années, c'est qu'un prêtre ne pourra jamais surestimer sa propre insignifiance.

– Et Mater Dei ?

– C'est le père Martin qui me remplacera. Tu as dû le rencontrer, j'imagine.

Je me souvenais d'un curé qui avait des taches de rousseur et des capacités d'analyse très limitées.

– Une ou deux fois.

– Il est très apprécié, comme tu le sais sans doute. Presque toutes les paroisses de la région connaissent une baisse de fréquentation depuis cinq ans. La nôtre est l'une des rares exceptions et c'est à lui qu'on le doit. Il a une formation en informatique. Il nous a fait un site Internet, tu imagines ! Maintenant j'ai même une adresse mail.

– Je ne savais pas. Je vous aurais écrit.

– J'ai toujours eu un téléphone.

– Mea culpa.

– En tout cas je suis parfaitement serein de laisser la communauté entre ses mains. En pratique, c'est déjà le cas. Ce dont l'Église a besoin en ce moment, c'est de sang neuf, de gens capables de restaurer une partie de la confiance qui a été perdue. J'ai passé des années merveilleuses ici, maintenant est venue l'heure du changement. Tout ça fait partie de Son plan. Je sais que tu ne crois pas qu'il y a un plan, mais un jour tu verras.

– Vous croyez ?

– Oui. Mais, quoi qu'il en soit, je suis sûr que Dieu apprécie le fait que tu Lui aies consacré une bonne partie de tes pensées.

Il sourit et mit son clignotant.

– Même si au final tu t'es trompé dans tes conclusions, ajouta-t-il.

Alors que nous quittions l'autoroute, une pluie fine se mit à tomber. Nous arrivâmes à l'endroit où mon frère avait eu son accident. Le père Fred se rangea sur le bas-côté et coupa le moteur. Des ombres mouillées striaient l'intérieur de la voiture.

– Je viens ici de temps en temps pour méditer, dit-il.

– La vue n'est pas terrible.

– Non. Mais ça m'aide à ne pas oublier.

Je ne dis rien.

– Cet endroit va me manquer, reprit-il.

– Moi jamais.

– Un jour si, tu verras.

Il redémarra.

– Un jour, répéta-t-il.

La cérémonie eut lieu l'après-midi même dans la salle paroissiale. La photo susmentionnée de Chris trônait sur un chevalet près de l'entrée. Prise pendant son année de seconde, elle le représentait dans toute sa gloire et sa fraîcheur. Il y avait aussi un livre d'or. Je m'assis vers l'avant pour ne pas avoir à parler aux gens à mesure qu'ils arrivaient.

L'assistance était beaucoup plus nombreuse que ce à quoi je m'attendais, près d'une quarantaine de personnes, des femmes et des enfants accompagnant des hommes que mon frère avait connus jeunes. Le père Fred parla en premier, se remémorant avec émotion la messe d'enterrement de Chris. Puis vinrent les amis d'école, qui racontèrent des histoires sur l'ado qu'ils avaient gardé en mémoire et les bons moments qu'ils avaient partagés ensemble ; des histoires censées être drôles mais dont la plupart sonnaient comme des élégies à l'adolescence. Comme me l'avait décrit ma mère, tout le monde avait changé, et rarement en mieux. Tommy Snell était en effet aussi chauve que son père ; de même que Kevin Connar, qui avait en plus une bedaine de la taille et de la forme d'un tas de compost. J'entendis quelqu'un murmurer qu'il allait se faire poser un anneau gastrique.

L'amie de ma mère Rita Green récita un extrait du poème *À un athlète mort trop jeune* d'Alfred Edward Housman. J'en fus impressionné jusqu'à ce que je comprenne que c'était le père Fred qui avait choisi tous les textes. Puis elle présenta, de la part du club de couture, un chèque en soutien de l'hôpital pour enfants, ainsi qu'une petite broderie représentant un phare qui, expliqua-t-elle, symbolisait la présence dans nos vies des êtres chers disparus.

Je jetai un coup d'œil à mon père. Lui aussi, il avait vieilli. Ce n'était plus le tyran fort comme un bœuf de mes souvenirs, mais un homme flasque, ramolli, terne. Il m'avait à peine adressé la parole depuis que j'étais rentré, à peine parlé tout court. Je me demandais ce qu'il pensait de tous ces gens qui défilaient devant lui pour évoquer son fils mort, qui célébraient la nostalgie de ce qui avait été et ne serait plus. S'il y percevait une accusation, il n'en laissa rien paraître. Parfois je l'enviais : il menait une vie libre de toute introspection, et par conséquent bien plus paisible que celle que je pourrais jamais avoir.

La cérémonie prit fin et je dis à ma mère que je la retrouverais à la maison. Je demandai au père Fred de me conduire jusqu'au cimetière, où je pourrais rendre hommage à mon frère en privé, avec mes propres mots, ou bien en silence si je préférais.

Debout dans la cuisine, une main plaquée sur l'oreille pour masquer le brouhaha de la réception, j'essayai d'appeler Alma à plusieurs reprises ce soir-là. Personne ne décrochait jamais, et chaque fois je retournais au salon un peu plus tendu. À neuf heures, il ne restait plus qu'une poignée de gens massés autour d'un plateau de crudités et d'une sauce à l'oignon. Tommy Snell fit de son mieux pour m'entraîner dans une discussion sur les semelles orthopédiques. Je lui rétorquai que j'étais content de le voir et m'éclipsai de nouveau à la cuisine, où je restai assis tout seul à la table en m'efforçant de réfléchir à la façon de lui venir en aide à distance. Selon toute vraisemblance, elle ne répondait pas parce qu'elle était en proie à une de ses crises. Ce qui, si pénible fût-ce à imaginer, était largement préférable à l'alternative. Je songeai à appeler Drew pour lui demander de passer. Mais elle ne le connaissait pas et, de plus, si elle était couchée, elle ne répondrait pas à la sonnette davantage qu'au téléphone.

– Bon, à la prochaine.

Le père Fred se tenait dans l'embrasure de la porte, une main levée.

Alors que je le raccompagnais, nous traversâmes le salon, désormais désert à l'exception de ma mère qui ramassait les assiettes en papier pour les jeter dans un grand sac-poubelle. Le prêtre l'embrassa sur la joue.

– C'était une belle cérémonie, dit-elle. Merci.

– Merci à vous d'y avoir pensé, répondit-il.

Elle esquissa un sourire timide.

– Je n'arrête jamais de penser à lui.

– Ce n'est pas grave, rétorqua le père Fred, vous avez le droit de penser autant que vous voulez.

Les sauterelles avaient démarré leur raffut nocturne. Le père Fred était désolé, mais il avait une réunion le lendemain matin qui l'empêcherait de m'emmener à l'aéroport. Je le remerciai et lui souhaitai bonne chance pour la suite.

– J'ai une adresse mail maintenant, dit-il. Plus d'excuses.

Je le regardai s'éloigner tout en débattant de savoir si je devais essayer de rappeler Alma une dernière fois. Il était près de dix heures du soir, onze à Cambridge. Je lui avais laissé le numéro de chez mes parents… ce qui lui ferait une belle jambe s'il lui était arrivé quelque chose de grave. Je tentai de me persuader que j'étais en train de m'affoler pour rien, et j'avais à peine commencé à y croire qu'un grand fracas à l'intérieur de la maison me fit remonter l'allée en courant.

Ma mère était debout au milieu du salon. Elle avait les yeux secs, et la seule façon de se rendre compte qu'elle pleurait était d'observer son ventre, qui se tordait de spasmes tandis qu'elle regardait mon père essayer de renverser le vaisselier. Il avait eu plus de succès avec une table basse en verre qui se résumait désormais à un socle circulaire en faux cuivre et une mer de tessons brisés. Le vaisselier ne cédait pas si facilement. Haut de près de deux mètres cinquante et chargé de porcelaine, il se soulevait de quelques centimètres avant que mon père ne lâche prise et que le meuble ne retombe violemment au sol, manquant ses orteils de justesse. Le fait qu'il avait besoin d'y mettre tant d'efforts et d'acharnement en disait long : au temps de sa splendeur, il aurait déjà réglé son compte au vaisselier pour passer à autre chose. Mais à présent il suait à grosses gouttes, plié en deux, le dos arc-bouté, poussant des grognements porcins.

Et riant. Il riait comme un dément. Ce sens de l'humour diabolique qu'il avait était intimement lié à sa vitalité physique. Les deux choses s'étaient atténuées avec l'âge et, à le voir peiner, couiner et glousser, je compris ce qu'il tâchait d'accomplir : une résurrection à travers un acte de destruction.

– Papa, dis-je.

Il m'ignora. Ma mère me regarda d'un air suppliant, mais je ne savais pas si elle voulait que je continue ou que je me taise.

– Papa. Arrête.

Il grogna, glissa, faillit tomber, se rétablit, se remit à pousser.

Je l'attrapai par le bras ; il se dégagea brusquement et se tourna vers moi, un sourire en coin, son corps exhalant des bouffées de puanteur brunâtre.

– Joey, dit ma mère.

– Va te coucher, répondis-je.

– Tu danses ? proposa mon père.

Et il me tomba dans les bras. De près, l'odeur était encore pire.

– *Voulez-vous danser, grand-mère ?* se mit-il à chanter.

Je m'efforçai de le retenir.

– Danse, espèce de petit merdeux.

– Je ne suis pas petit, rétorquai-je.

– Oh, mon Dieu, murmura ma mère, les poings recroquevillés sur la bouche.

– *Voulez-vous valser, grand-père ?*

– Viens. On monte.

– Oh, mon Dieu.

– *Tout comme au bon vieux temps. Quand vous aviez vingt ans.*

– Allez, bouge-toi, dis-je en luttant contre lui.

– Je n'ai pas fini, répliqua mon père.

– Tu as parfaitement fini.

– Merdeux.

Même si je l'avais dépassé en taille depuis des années, c'était la première mise en application concrète de notre différentiel physique. Il n'avait d'autre choix que me suivre en titubant alors que je l'entraînais vers l'escalier.

– Je vais te botter le cul, me lança-t-il.

– D'accord.

– Tu crois que tu peux faire le malin avec moi ?

Je lui plaquai les bras le long du corps tandis que nous tanguions enlacés vers le fond du couloir.

– Putain. Lâche-moi.

– On y est presque.

– Lâche-moi, bordel.

Nous atteignîmes le bas des marches. Je le libérai et il s'effondra au sol, se tenant la tête en gémissant.

– Je ne peux pas te porter dans l'escalier, l'avertis-je.

Il s'arrêta de gémir et me regarda avec un grand sourire.

– Je sais, dit-il.

Je n'étais pas sûr de ce qu'il voulait dire par là, mais ça m'énerva et me blessa. Je sentis la moutarde me monter au nez.

– Fais comme tu veux, répliquai-je. Ça m'est égal.

– On dirait mon père, lâcha-t-il.

Je ne connaissais pas mon grand-père paternel – je ne l'avais jamais vu, pas même en photo –, si bien que je ne pouvais juger de la véracité de cette comparaison. Je me préparai à ce qui allait venir ensuite. La révélation d'un secret quelconque, d'un élément clé de l'histoire familiale qui expliquerait peut-être, sans nécessairement le justifier, comment nous en étions tous arrivés là.

– C'était un vrai connard, conclut mon père.

Je lui tournai le dos et m'éloignai.

Ma mère était à genoux dans le salon en train de ramasser les morceaux de verre sur la moquette, les mains mouchetées de sang. Je lui annonçai que je partais.

– Mais ton avion n'est que demain matin.

Je haussai les épaules.

– Tu vas dormir à l'aéroport ?

– Possible.

Silence.

– Et moi alors ? demanda-t-elle.

Je la dévisageai.

– Je n'ai pas de réponse, dis-je.

Elle laissa échapper un sanglot avant de se remettre au travail.

Je commandai un taxi, rassemblai mes affaires et partis sans dire au revoir.

J'embarquai pour le premier segment de mon vol retour le corps tout courbatu d'avoir dormi dans un fauteuil en plastique. Il n'y avait aucune cabine téléphonique en état de marche dans le terminal, mais je réussis à appeler Alma lors de mon escale à Cincinnati. Pas de réponse. Pendant que je composais le numéro de Drew, j'entendis l'appel à embarquer pour mon second vol et dus raccrocher.

En temps normal j'aurais pris le métro, mais j'étais si nerveux que je m'offris le luxe d'un deuxième taxi. Le tunnel Ted Williams, puis Storrow Drive le long du fleuve, en passant sous le graffiti désormais obsolète déplorant la « malédiction » des Red Sox. Qu'allaient devenir les supporters des Sox maintenant qu'ils n'avaient plus de quoi se lamenter ? se demandait le chauffeur.

– Ils se trouveront une nouvelle cause de lamentation, répondit-il lui-même. Les gens trouvent toujours.

Pas d'humeur à papoter, je lui laissai un généreux pourboire, gravissant d'un seul bond les marches du perron et appelant Alma sitôt dans le vestibule.

Silence.

La porte de sa chambre était fermée. Je résistai à l'envie de toquer en me disant que, si j'avais besoin de la voir, c'était uniquement pour me rassurer moi-même. Histoire de me changer les idées, je mis une lessive en route. En retraversant la cuisine, je m'arrêtai pour me couper une part de *Sachertorte* ; constatant qu'elle n'était plus très fraîche et qu'il ne restait plus de chantilly, je me promis d'aller faire des courses. Je rinçai mon assiette, l'essuyai. Il me paraissait impossible qu'il se soit écoulé seulement vingt minutes depuis mon retour. J'attendis la fin de la machine, transférai mes vêtements dans le sèche-linge et sortis faire un tour, dont je revins une heure et demie plus tard, sacs de provisions à la main, au bord de l'implosion. Je laissai les courses dans l'entrée et montai à l'étage. Je toquai. Silence. Je retoquai, tournai la poignée. Sa chambre était plongée dans le noir, volets baissés, une odeur de renfermé, et je vis sa silhouette recourbée dans le lit, effleurée par un rayon de lumière du couloir. Elle avait une position bizarre, un bras surhaussé par l'oreiller et qui se dressait en l'air comme une branche ou un mât, la tête tournée de sorte que je la voyais de dos, des mèches de soie blanche en bataille, et je sus instantanément que quelque chose n'allait pas, et j'accourus en me cognant le tibia contre le lit, une blessure que je ne remarquerais que plus tard dans la nuit, ou plutôt le lendemain matin, quand je me rendrais compte que je m'étais profondément ouvert la jambe. Tout ça, ce serait après. Pour l'instant je la retournai. Sa chemise de nuit était maculée de vomi séché, elle avait les lèvres entrouvertes comme si elle respirait encore et pourtant non, alors je lui tâtai le poignet et je me dis que je ferais mieux d'appeler une ambulance, que je n'étais pas équipé pour prendre des décisions. J'appelai une ambulance. Puis je restai assis par terre, sa main dans la mienne, et bien que mon esprit fût conscient du bruit de la sirène qui se rapprochait et de la sonnette dans l'entrée, j'étais incapable de me lever ou de bouger et, croyez-moi ou pas, ils furent obligés de défoncer la porte, deux charmants jeunes hommes en uniforme bleu qui me demandèrent d'aller les attendre en bas pendant qu'ils confirmaient ce que je savais déjà.

Mon cher Joseph,

Je vous prie de m'excuser pour les tourments que je vous aurai sans doute causés. Afin de vous épargner toute charge supplémentaire, j'ai envoyé une lettre à mon avocat qui prendra les dispositions nécessaires.

Pour vous distraire, je vous laisse ici un exemplaire de ma thèse. Elle n'a aucune valeur particulière si ce n'est comme un simple jeu de l'esprit. Lisez-la avec indulgence.

Sachez que ce que je fais, je le fais librement. Vous, plus que tout autre, devriez le comprendre.

Avec mon éternelle affection,

Alma.

CHAPITRE 17

Je ne peux pas dire, comme on l'entend parfois, que les moments qui suivirent se déroulèrent dans une sorte de brouillard. Au contraire : le temps se mit à tourner au ralenti, chaque seconde étirée comme un Carambar, si bien que le souvenir que j'ai de ces quelques heures est d'une douloureuse précision. Peut-être que c'est ça que signifie en fait l'expression « c'était comme dans un brouillard », car j'ai du mal à me remémorer cette nuit-là sans me sentir submergé, comme si mon cerveau ne pouvait gérer la quantité d'informations compressées dans chaque photogramme, préférant capituler et se mettre en veille. La lucidité exige d'être capable de trier et d'éliminer les éléments parasites. Quand je repense à la première partie de la soirée, je ne vois pas un enchaînement d'événements fluides, mais des milliers et des milliers d'images juxtaposées sans lien : une traînée amibienne sur la table du salon, les pulsations du gyrophare de l'ambulance, la secousse de l'aiguille des minutes sur la pendule de la cheminée chaque fois que le temps avançait officiellement. Je vois la maison vide, puis l'instant d'après pleine de monde. J'entends qu'on me parle, qu'on me pose des questions, qu'on me dit de me détendre, d'être patient, qu'on me trimbale de pièce en pièce. Des portables qui sonnent. Des rires rauques de trois heures du matin. Le bleu éblouissant d'un flash. De l'eau dans un verre, dans ma main, dans ma gorge. Ma jambe qui saigne. Est-ce que j'ai besoin d'aller à l'hôpital ? Non, merci.

Au bout d'un moment j'ai fini par atterrir dans la bibliothèque, dans un des deux fauteuils bergères, en face d'un policier en uniforme ; vision déroutante puisque c'était Alma que je m'étais habitué à voir à cette place. Il ne disait rien, moi non plus, et nous restâmes assis là comme une paire de gargouilles jusqu'à ce que la porte s'ouvre et qu'apparaisse un homme au visage de basset. Il s'avança d'un pas dans la pièce avant de manifester une réaction à son contenu.

– Jésus Marie, dit-il, les yeux écarquillés.

Puis, se ressaisissant, il s'éclaircit la voix et indiqua au policier qu'il pouvait nous laisser.

– Inspecteur Zitelli, annonça-t-il en s'asseyant à sa place. J'ai cru comprendre que vous étiez assez secoué.

Je ne répondis pas.

– Vous ne voulez pas aller à l'hôpital ?

Je fis non de la tête.

– Et votre jambe ?

J'examinai la tache de sang sur mon pantalon.

– Ça n'a pas l'air génial, dit-il.

– Ça va.

Il me dévisagea un moment.

– Bien, reprit-il en ouvrant son carnet. Commençons par le commencement.

Contraint à la fois par un certain sens du devoir et par son autorité, je me résolus à répondre à ses questions et, ce faisant, mon cerveau retrouva peu à peu sa vitesse de fonctionnement normale. Ce qui n'était pas une bonne chose. L'état de choc a une raison d'être importante, il sert de tampon entre la psyché et une réalité qu'elle n'est pas prête à affronter, un processus similaire à celui d'une articulation blessée qui se remplit de fluide. Ça peut paraître effrayant quand le genou de quelqu'un double de volume, mais c'est la façon qu'a le corps d'éviter des dégâts supplémentaires. Suite à la mort d'Alma, mon esprit avait réagi de manière analogue, et voir cet œdème dégonfler de force – comme si on mettait des glaçons sur mes émotions – était particulièrement pénible.

– Donc vous êtes le factotum.

– En quelque sorte.

– C'est-à-dire ?

Je lui racontai la petite annonce.

– Elle devait se sentir à l'aise avec vous pour vous laisser vivre ici.

– On était proches.

– Proches comment ?

Je le regardai sans rien dire.

– Votre relation était-elle de nature sexuelle ?

– Pardon ?

– Mme Spielmann et vous étiez-vous…

– Non. Non. Bien sûr que non.

– D'accord.

– Je ne peux même pas croire que vous vous posiez la question.

– C'est juste une question, rien de plus. Vous y avez répondu, c'est parfait.

Silence.

– Avait-elle jamais évoqué la possibilité d'en finir ?

Je secouai la tête.

– Était-elle déprimée ?

Silence.

– Je crois, répondis-je. Je ne sais pas.

– Mais vous avez dit qu'elle était malade, n'est-ce pas ?

– Elle souffrait terriblement. Demandez à son médecin, elle pourra vous en dire plus que moi. Paulette Cargill. Il y a son numéro dans la cuisine.

Il prenait des notes.

– Racontez-moi ce qui s'est passé quand vous êtes rentré.

Je racontai.

– Vous avez lu le mot qu'elle a laissé ?

J'opinai du chef.

Il revint quelques pages en arrière.

– « Sachez que ce que je fais, je le fais librement. Vous, plus que tout autre, devriez le comprendre », lut-il.

Silence.

– C'est quelque chose dont nous parlions souvent, dis-je.

– Le suicide ?

– Le libre arbitre.

– Hun-hun, fit-il.

Silence.

– Vous avez quelque chose à ajouter ? demanda-t-il.

– Comment se fait-il que vous n'ayez pas alerté la police avant ?

– Il disait qu'il prétendrait que c'était mon idée.

– C'est vrai ?

Je me raidis.

– Non.

– D'accord.

– Absolument pas.

– Du calme.

– Et, franchement, je trouve insultant que…

– Calmez-vous.

– J'étais là pour *m'occuper* d'elle. Je lui préparais à manger, je passais des heures…

– Ce ne sont que des questions.

– D'accord, peut-être, mais je n'aime pas ce que vos questions insinuent.

– Elles n'insinuent rien du tout. Je demande, c'est tout.

– Et je vous réponds, non ?

– Parfait. Dans ce cas, on fait tous les deux notre boulot.

Silence.

– Continuez, dit-il.

Silence.

– Alma non plus ne voulait pas que je prévienne la police.

– Pourquoi ?

– Je ne sais pas. Pour le protéger, j'imagine.

– De ?

– Il a déjà eu des ennuis avec la police par le passé.

– Raison de plus pour prévenir quelqu'un.

– C'est exactement ce que je lui ai dit.

– Mais ?…

– Elle ne le prenait pas au sérieux.

– Alors que vous, si.

Je marquai une pause.

– C'est difficile à dire.

Le policier haussa les sourcils.

– Si vous l'entendiez, vous comprendriez.

– Redites-moi pourquoi vous vous étiez absenté.

– J'étais chez mes parents pour une réunion de famille. Je vous l'ai dit. Vous pouvez appeler qui vous voulez, on était au moins cinquante. Appelez la paroisse. Le père Fred Hammond. Ou mes parents.

– Mm-hmm.

– Écoutez, c'est à lui que vous devriez parler. Lui. Eric. Pas moi. Si quelqu'un s'en est pris à Alma, c'est lui le responsable.

– C'est votre opinion ? Que quelqu'un s'en est pris à elle ?

– Je n'en sais rien. Comment voulez-vous que je le sache ? Je n'en sais rien. Je dis « si ».

– D'accord, très bien. Donc vous ne savez pas s'il lui est arrivé quelque chose. Mais si c'est le cas, ce n'est pas vous, c'est ça ?

– C'est ça.

– Et ce n'était pas votre idée, cette chose qui lui est ou ne lui est pas arrivée.

– Exact.

– Très bien, parfait. Je suis content qu'on ait éclairci ce point, dit-il en se frottant le nez. Maintenant, revenons en arrière une seconde. Parce que d'abord j'arrive et vous me dites qu'elle souffrait…

– C'est la vérité.

– Elle souffrait, elle était déprimée, elle laisse un mot. Très bien. Mais ensuite vous voulez me faire croire qu'il l'a tuée…

– Je ne veux rien vous faire croire du tout, je…

– Alors c'est l'un ou c'est l'autre ?

– Je n'en sais rien.

– Vous devez bien avoir une idée.

– Non. J'énonce juste des hypothèses. Je… S'il vous plaît, c'est déjà assez difficile comme ça.

Il leva les deux mains.

– Je ne fais que répéter ce que vous avez dit.

– Ce n'est pas ce que j'ai dit. J'ai dit que c'était une piste à envisager. Écoutez, j'essaye seulement de vous aider.

– Et je vous en suis reconnaissant, vraiment. Maintenant, imaginons que j'aille lui parler…

– Ah oui ?

– Ah oui quoi ?

– Vous allez lui parler ?

– Ça dépend.

– De quoi ?

– De plein de choses. Mais disons que j'y aille. À votre avis, qu'est-ce qu'il va me dire ?

– … Que c'était mon idée.

– Quoi ?

– Ce qui s'est passé.

– Mais vous ne savez pas ce qui s'est passé.

– Est-ce que ce n'est pas justement le but de l'opération ? De savoir ce qui s'est réellement passé ?

Le policier me regarda fixement.

– Ça m'a l'air drôlement important pour vous.

– Je…

– Je vous trouve très tendu.

– C'est important pour moi. Bien sûr que c'est important pour moi. Je tiens à elle. Et non, je ne suis pas tendu. Enfin, je veux dire, oui, je suis tendu, mais je ne suis pas… je ne suis pas *tendu.*

– D'accord.

– Je veux dire, vous aussi, vous seriez dans cet état si vous deviez endurer ça.

– Endurer quoi ?

– Un interrogatoire.

– C'est ce que vous pensez que nous sommes en train de faire ?

– Pourquoi, ce n'est pas ça ?

– Imaginons une chose, reprit-il. Imaginons, pour les besoins de la discussion, qu'il ne s'est *rien* passé…

Et nous continuâmes à tourner en rond comme ça pendant deux heures, deux heures de petits jeux ontologiques épuisants, jusqu'à ce que je finisse par plonger la tête entre mes mains.

– On peut faire une pause, s'il vous plaît ?

– Bien sûr.

Il en profita pour flâner dans la pièce en regardant ici ou là.

– Jolie collection, commenta-t-il.

C'est alors que quelque chose me revint.

– Et la thèse, où est-elle passée ?

– Pardon ?

– Sa thèse. Elle me l'avait laissée sur le lit. Avec le mot.

– Ah, ça. Je vais devoir y jeter un œil.

Je me redressai d'un coup.

– Pourquoi ?

– J'aimerais regarder ça de plus près.

– C'est à moi qu'elle l'a laissée.

– Ne vous en faites pas, vous la récupérerez.

– Quand ?

– Quand on aura fini avec.

– C'est un mémoire de philosophie, rien de plus.

– Dans ce cas je devrais pouvoir vous la rendre très vite.

En continuant à pinailler avec lui, je ne faisais qu'attirer un peu plus l'attention sur moi. Mais je trouvais grotesque qu'ils confisquent une thèse universitaire vieille de cinquante ans comme pièce à conviction.

– Mais c'est en allemand, insistai-je.

Il haussa les épaules et reprit sa déambulation jusqu'à arriver devant la cheminée. Là, il s'arrêta net.

– C'est Nietzsche, on dirait.

Dès que je me retrouvai enfin seul, je montai à l'étage. Ils avaient laissé sa chambre en désordre. Le soleil levant révélait la forme de son corps encore visible sur les draps.

CHAPITRE 18

Puis le brouillard s'abattit.

Pendant des jours, je ne fis rien. Je ne rangeais pas. Je ne lisais pas. Le peu que je mangeais sortait tout droit de boîtes de conserve. Aux nuits hachées succédaient des matins englués d'un terrifiant silence dont je laissais s'écouler une heure ou plus avant de me résoudre à sortir du lit. Les sacs de courses étaient restés intacts dans le vestibule, pile à l'endroit où je les avais posés, jusqu'à ce que l'odeur empeste le salon et que je les mette aux ordures. J'évitais la bibliothèque, j'évitais presque toute la maison, en particulier le premier étage, passant la journée dans ma chambre sans me laver, sans penser à rien, faisant les cent pas en attendant qu'elle m'appelle pour notre séance de conversation, le souvenir du week-end tournant en boucle à l'infini dans ma tête, obsédant. Jamais le poids de l'ignorance ne me fut plus douloureux que pendant ces jours-là. Je ne savais pas ce qu'était devenu son corps, où elle serait inhumée, quand la cérémonie aurait lieu. Je ne savais pas si j'allais devoir déménager. Je ne savais pas comment garder l'électricité, payer la facture d'eau, quoi faire du courrier. Je ne savais pas si la police considérait la mort d'Alma comme un suicide ou comme un homicide. Je ne savais pas s'ils avaient parlé à Eric, et si oui, quelle avait été sa réaction. Je n'arrêtais pas de ressortir la carte de visite de Zitelli, donc les coins étaient émoussés par mon inquiétude. Je résistais à l'envie de l'appeler, sachant que tout ce que je dirais aurait le pouvoir de m'incriminer, que mon angoisse serait prise à tort pour de la culpabilité, que mon impatience de voir la justice triompher passerait pour une tentative de rejeter la faute sur un autre. Il fallait à tout prix que j'arrive à garder mon calme le plus longtemps possible, si bien que j'étais condamné à rester là sans rien faire, sans personne à qui parler, confronté au silence, ce silence accusateur. Quelle que serait la conclusion officielle de l'enquête, en définitive la cause de son décès n'était-elle pas mon absence ? D'une certaine façon, n'avais-je pas laissé faire ? J'avais un tas d'options à ma portée, j'aurais pu rester, appeler Drew, appeler les secours, mais je n'avais rien fait de tout ça, une passivité équivalant, dans mon cerveau fiévreux, à une action. Je l'avais laissée seule, et elle était morte.

Ce que je fais, je le fais librement.

Les existentialistes considèrent le suicide comme le plus grand problème philosophique au monde. Si une personne est libre, de quel droit pouvons-nous l'empêcher de se donner la mort ? Camus, Sartre, Nietzsche… ils apportent tous des réponses, dont aucune ne m'était d'une quelconque aide en l'occurrence.

Vous, plus que tout autre, devriez le comprendre.

Peut-être avait-elle voulu soulager ma conscience. Dans ce cas, elle s'était trompée. Il m'était impossible de ne pas me voir comme le public, et même le moteur, de son dernier acte.

Je fus réveillé, bien trop tôt, par un raffut invraisemblable.

Dans le couloir, Daciana oscillait d'avant en arrière, passant l'aspirateur.

– Excusez-moi.

Elle ne réagit pas.

Je débranchai la prise.

– Pourrrquoi, massieur ? Moi fairrre ménache.

Aussi patiemment que possible, je lui expliquai ce qui s'était passé. Comme elle ne semblait pas comprendre, je me répétai. Morte, lui dis-je.

Cette fois, elle avait compris. Elle se mit à battre des mains et à se composer une expression d'angoisse toute slave. J'avais envie de la gifler. J'avais déjà suffisamment à faire avec mon propre chagrin ; le sien, en comparaison, paraissait vulgaire et mélodramatique.

– Mme Alma, couina-t-elle. Ooohhh.

J'étais planté devant elle en pyjama.

– Ooohhh. Ooohhh.

– Je suis désolé, dis-je.

– Ooohhh.

– C'est terrible, je sais. Écoutez…

Brusquement, elle s'arrêta de pleurer et me regarda.

– Je fais ménache de vous.

– De moi ? Non. Non, je…

– S'il vous plaît, seulement trrravail.

– Je ne peux pas…

Elle jeta les bras au ciel.

– Massieur. Ohhhh. Massieur.

– Vous ne pouvez pas continuer à travailler ici. Je n'ai pas de quoi vous payer.

– Oui, d'accorrd.

– Vous ne m'avez pas compris.

– Trrès bon trravail.

– Je n'en doute pas, mais…

– Trrois années, dit-elle. Un, deux, trrois.

– C'est bien possible, mais…

Elle rebrancha la prise et remit l'aspirateur en marche.

– Éteignez ça, s'il vous plaît.

Elle fredonnait sa mélopée.

– Éteignez. Mais bon sang, vous allez…

J'arrachai de nouveau la prise.

Sans se laisser démonter, elle fila au bout du couloir et disparut dans la cuisine.

– Attendez une seconde. Attendez.

Elle était en train de laver la vaisselle sale que j'avais négligée. Je jetai un regard alentour : des mouches, des miettes, des bocaux ouverts, le plan de travail graisseux et répugnant. Un vrai cauchemar.

– Je vous propose une chose, lançai-je. Vous pouvez travailler encore aujourd'hui, mais après ça y est.

– Oui, je trravaille.

– D'accord. Mais écoutez-moi. Arrêtez ce… Fermez l'eau, s'il vous plaît. S'il vous plaît ? Merci. Pour commencer, je ne vais pas rester là encore très longtemps. Si vous voulez continuer à travailler, il faudra voir ça avec les prochains occupants. Donc aujourd'hui d'accord, mais c'est tout. Après ça y est. Compris ?

Elle acquiesça et se remit à fredonner.

– Et ensuite, je ne veux pas que vous touchiez à sa chambre. N'y allez pas. Vous m'avez compris ? Pas la chambre.

– Oui, massieur.

– La chambre du haut. Vous n'y allez pas.

– Oui, moi ménache.

– Non !

Je l'agrippai par le poignet et l'entraînai à l'étage.

– Pas ménage.

Elle parut décontenancée.

– Non, répétai-je. D'accord ?

– Vous patrron.

Je retournai me coucher en me couvrant la tête d'un oreiller.

Cinq heures plus tard, elle revint me voir.

– Fini, massieur.

– Vous n'avez pas touché à la chambre du haut, hein ?

– Oui, massieur, non.

Ne sachant ce qu'elle voulait dire par là, je tendis un doigt vers le plafond.

– Oui ?

– Non.

– Non ?

– Non, confirma-t-elle.

– Non. Parfait. D'accord. Très bien. Et donc… Combien elle vous payait ?

J'attendis une seconde.

– *Argent*, insistai-je. Combien d'argent ?

Elle détourna les yeux, se gratta le cou.

– Cent.

– C'est ce qu'elle vous payait ?

– D'accorrd, quatrre-vangt-cinq.

Maintenant je comprenais : elle essayait de s'augmenter d'office.

– Quarante-cinq, rétorquai-je.

– Quatrre-vangts.

– Cinquante.

– Soixante-quanze.

– Cinquante-cinq.

Elle émit un grognement lugubre, façon Wookiee dans *Star Wars*.

J'ouvris mon portefeuille, en sortis trois billets de vingt et les lui tendis. Après une brève hésitation, elle me les arracha des mains et les fourra dans son soutien-gorge. Dans son petit sourire narquois je perçus une lueur de haine. À moins que ce ne fût du respect ? Peut-être l'avais-je impressionnée par ma ténacité.

– Je viendrre semaine prrochaine, dit-elle.

– Non. Fini. Terminé.

Elle se pencha pour ramasser son panier.

– À biantôt.

Au bout du fil, la femme se présenta comme l'assistante d'un certain Charles Palatine, l'avocat d'Alma. M. Palatine aurait voulu me rencontrer en personne, si possible dès le lendemain. Je pris rendez-vous pour quatorze heures et me mis en quête d'une tenue adéquate. Comme je m'attendais à ce que cette entrevue se conclue par un mandat d'expulsion en bonne et due forme, j'espérais, décemment vêtu, pouvoir plaider en faveur d'un délai supplémentaire. Hélas, les choses étant ce qu'elles avaient toujours été, le mieux que je pus trouver fut un pantalon kaki taché d'encre et un blazer.

Je ne sais pas pourquoi je m'étais imaginé que ma garde-robe se serait spontanément améliorée. J'étalai les vêtements sur mon lit, puis contemplai mes chaussures. *C'est regrettable, monsieur Geist. Je vous demande une seule chose avant de mourir.* Je me souvins du pétillement de malice dans ses yeux, de son intonation provocatrice. Je compris qu'elle s'était moquée de moi en connaissance de cause. Elle savait ce qui se préparait. Évidemment. Elle avait planifié son coup en fonction de mon voyage, insistant pour que je parte, affirmant qu'Eric ne représentait aucun danger. Et, en effet, que pouvait-il lui faire si elle le faisait la première ?

La question restait donc de savoir si oui ou non elle l'avait fait.

Je pris une douche, m'habillai et sortis faire du shopping.

Il y avait sur Brattle Street une boutique pour hommes chic devant laquelle j'étais passé un nombre incalculable de fois sans y entrer. À présent je m'arrêtai pour jeter un œil dans la vitrine. Des mannequins sans tête enveloppés de tweed annonçaient la nouvelle saison. Contre le mur du fond étaient alignées des paires de chaussures, noir brillant ou caramel mou, présentées comme des pâtisseries. Une sonnette tinta lorsque je poussai la porte, et un vendeur aux cheveux blancs vêtu d'un élégant costume prince de galles s'avança pour m'accueillir.

Il mesura ma pointure et revint avec plusieurs boîtes.

– Celles-ci vous dureront toute la vie, m'assura-t-il.

Le cuir était raide, neuf, revêche. Je lui demandai s'il n'avait pas quelque chose de moins protocolaire.

Il me sortit une paire qui avait l'air plus souple.

– Des Mephisto. Fabuleuses. Vous les essayez une fois et vous ne pouvez plus vous en passer. Attendez, je vais voir si j'ai votre taille.

Resté seul, je commençai à me sentir mal à l'aise. Je n'avais plus de source de revenus régulière, et l'achat de nouvelles chaussures me semblait moins important que, par exemple, un endroit où dormir. Je supposais qu'Alma n'aurait pas vu d'objection au fait que je réaffecte les fonds de mon anniversaire pour ne pas finir SDF. Et l'idée que me faire un cadeau à moi-même était une façon de l'honorer… Je trouvais ça franchement obscène. Avant que le vendeur ait le temps de revenir, je rechaussai mes mocassins et filai.

Le ciel s'assombrissait quand je m'arrêtai à l'épicerie du coin pour faire quelques courses. Je franchis la dernière centaine de mètres jusqu'au numéro 49 sous une véritable mousson, me réfugiant dans le vestibule où je marquai une pause, dégoulinant, pour attendre son fantôme.

Silence.

Dans la cuisine j'allumai la radio et – toujours dans mes vêtements trempés – je me lançai dans la préparation d'une nouvelle *Sachertorte.* Tremblant, claquant des dents sur un tempo violent et arythmique, je m'agitais frénétiquement, comme un robot, semant un bazar pas possible, couvert de cacao, de sucre et de farine, faisant tinter le fouet contre le bord du saladier, reposant bruyamment le pot de confiture sur le plan de travail, claquant les tiroirs, les portes des placards, du frigo. Tout pour échapper au silence. Comme ça ne suffisait toujours pas, je trouvai une fréquence qui passait du rock et me mis à brailler en chœur alors que je ne connaissais pas les paroles. Pourtant il y avait encore du silence, il fuyait par les interstices entre les notes, se répandait par terre comme de l'eau sale échappée d'un barrage, bientôt il m'arrivait aux chevilles, aux genoux, et il continua à monter jusqu'à la taille, la poitrine, jusqu'à ce que je me noie dans le silence ; alors je tournai le volume à fond, tripotant le bouton pour obtenir un raz de marée assourdissant de néant. Je laissai le robinet couler à plein jet. J'ouvris le four et y engouffrai le gâteau sans ménagement, la pâte débordant du moule et grésillant vivement en touchant les parois métalliques brûlantes. J'attrapai un torchon pour me sécher les cheveux, me frotter les joues jusqu'au sang, puis je me l'enfonçai dans les oreilles pour essayer de combler le silence avec du silence et du bruit tout en respirant l'odeur douce-amère du chocolat brûlé.

Palatine & Palatine LLC occupait le dernier étage d'une tour sur Batterymarch Street. J'arrivai un peu en avance et on me conduisit dans une pièce caractérisée par un bureau en cuir géant. Derrière lui se trouvait un fauteuil en cuir géant, et encore derrière une baie vitrée avec une vue spectaculaire sur le port de Boston, qui lui-même abritait toutes sortes de choses : bouteilles en plastique, cadavres et ce qu'il restait des célèbres caisses de thé jetées par-dessus bord quelque deux siècles plus tôt. Si Jésus avait marché sur ces eaux-là, personne n'aurait cillé.

Aux murs et dans les vitrines, tout sentait l'argent et le bon goût, et je commençais à regretter d'avoir voulu me mettre sur mon trente-et-un, sentiment qui ne fit qu'empirer lorsque l'avocat lui-même arriva dans un costume taillé sur mesure. Rondelet, bossu, ronflant comme un moteur hors-bord, il entra en clopinant et se hissa dans le fauteuil, passant sa main mouchetée de taches brunes dans sa chevelure en brosse clairsemée tout en me toisant de la tête aux pieds.

– Le fameux Joseph Geist, dit-il.

Je m'efforçai de sourire.

– Fameux pour qui ?

Il ne répondit pas. Attrapant le premier dossier sur le haut d'une pile, il l'ouvrit, en sortit un document de plusieurs pages agrafées, déplia une paire de lunettes et se mit à contempler le texte en silence jusqu'à me donner l'impression que j'allais passer en jugement.

– Comment ça se passe pour l'enterrement ? demandai-je.

Il me regarda par-dessus le bord de ses lunettes.

– Excusez-moi, bredouillai-je, je… je ne connais pas la procédure habituelle dans ce genre de situation.

Palatine referma le dossier.

– Il n'y aura pas d'enterrement.

– Pardon ?

– Elle a laissé des instructions très claires : pas de cérémonie, pas d'office religieux.

– Mais elle ne va pas être enterrée ?

– Dès que l'autopsie sera finie.

– Et quand…

– Je n'en sais rien. Le légiste est complètement débordé, et qui plus est incompétent. Ça peut prendre des mois.

– Et en attendant, hésitai-je, perturbé… elle reste là comme ça ?

– Pour le moment, oui.

– Ah. D'accord… Quand l'enterrement finira par avoir lieu, j'aimerais être présent.

Il pinça les lèvres.

– Je dirai à Nancy de vous prévenir.

– Je vous remercie.

Il se replongea dans sa lecture.

– Je lui ai dit que ça ne se faisait pas de n'avoir aucune forme de cérémonie. Je le lui ai dit plusieurs fois. Mais bon, elle n'a jamais rien écouté de ce que je lui disais.

Je me tus.

– Elle pouvait être vraiment têtue, reprit-il en levant les yeux vers moi. Mais je suis sûr que vous vous en êtes rendu compte.

Je ne répondis pas.

– Après trente ans, je ne me fatiguais plus à essayer d'argumenter. Avec elle, c'était toujours perdu d'avance. Quand elle m'a parlé de vous par exemple. Pour être honnête, je trouvais que c'était une idée grotesque.

Il me sourit avant d'ajouter :

– On ne connaît même pas votre passif en matière de solvabilité.

J'ouvris la bouche mais me ravisai. Il se laissa aller contre le dossier de son fauteuil.

– Dites-moi : de quoi parliez-vous, tous les deux, pendant vos petites discussions philosophiques ?

Silence.

– Du libre arbitre, principalement, finis-je par dire.

– Sous quel angle ?

– Savoir si ça existe ou pas.

– Et à quelle conclusion étiez-vous parvenus ?

– Aucune. Ce n'était pas ce genre de conversation.

– Quel genre ?

– Le genre qui se termine par une conclusion.

Il laissa échapper un petit ricanement.

– En tout cas, maintenant c'est fini.

Je ne dis rien. Il soupira, se frotta le visage.

– Pardon, reprit-il. Toute cette affaire est tellement triste.

J'opinai du chef.

– En principe, j'aurais dû faire ça par courrier, mais vu la nature de ses instructions, j'ai pensé que ce serait mieux qu'on se rencontre en personne.

Il fit glisser le dossier vers moi.

– Voyez vous-même.

Je l'ouvris. À l'intérieur se trouvait le testament d'Alma. Je dévisageai l'avocat sans comprendre.

– Allez-y, dit-il.

Les premières sections étaient techniques, invalidant de précédents testaments et codicilles, ordonnant le paiement de taxes, etc. La répartition de la succession commençait par diverses donations à des associations caritatives luttant contre l'illettrisme, ainsi qu'à un centre culturel autrichien. Le Dr Cargill devait pouvoir choisir un bijou dans le coffret à l'étage. Les paragraphes centraux faisaient référence à plusieurs fonds en fidéicommis préexistants dont le bénéficiaire était Eric Alan Banks, chacun lui étant attribué selon des conditions que je jugeai toutes plus ou moins irréalisables. L'un d'entre eux reposait – de façon totalement absurde à mes yeux – sur sa capacité à obtenir un diplôme universitaire. Un autre contenait les sommes nécessaires à couvrir les frais de scolarité. Le seul et unique fonds auquel je pouvais imaginer qu'il réussisse un jour à avoir accès était celui qui prévoyait de quoi lui payer les honoraires d'un avocat dans l'hypothèse où il serait accusé d'un crime passible d'une peine de prison de cinq ans ou plus. Ça me faisait presque de la peine pour lui ; en lisant ce testament, on avait l'impression qu'Alma se moquait de lui. Mais, cela dit, rien de tout ça ne me concernait jusqu'à ce que, tout à coup, si.

> Section IX
>
> A. À Joseph Geist, qui fut pour moi un compagnon des plus agréables et dévoués, je laisse ma maison, son contenu et tous les biens non mentionnés par ailleurs

dans les paragraphes précédents, pourvu qu'il remplisse les conditions suivantes :
(1) il devra terminer son mémoire de thèse ;
(2) ce mémoire devra être présenté à et accepté par la faculté de philosophie de l'université d'Harvard ;
(3) il devra obtenir de l'université d'Harvard un diplôme de docteur en philosophie ;
(4) les trois conditions susdites devront être remplies dans les vingt-quatre mois suivant la date de mon décès, durée pendant laquelle il sera autorisé à vivre dans la maison et à utiliser les sommes spécifiées à la section IX, paragraphe E.
B. Sitôt ces conditions remplies, il deviendra immédiatement propriétaire des biens spécifiés à la section IX, paragraphe A.
C. Dans l'éventualité où l'une des conditions spécifiées à la section IX, paragraphe A, ne serait pas remplie, ou ne serait pas remplie dans le délai spécifié à la section IX, paragraphe A, alinéa 4, les biens spécifiés à la section IX, paragraphe A, seraient distribués à parts égales aux parties spécifiées à la section VI, paragraphes C-K.

Elle m'avait laissé un budget de vingt mille dollars.

Un long silence brumeux s'ensuivit.

– Eric est au courant ? demandai-je.

– Pas encore.

– Quand est-ce qu'il le sera ?

– J'aurais voulu qu'il soit là aujourd'hui, mais il était retenu ailleurs.

– Où ?

– Je ne peux pas vous le dire.

– Il est en prison ?

Palatine ne répondit pas.

Au loin résonna la sirène d'un remorqueur.

– Je dois vous dire que j'ai fait de mon mieux pour la dissuader, reprit-il. Ce genre de petits jeux ne mène jamais qu'à des conflits.

Je restai muet.

– Nancy fera parvenir des copies de tout ça à votre avocat.

– Je n'ai pas d'avocat, dis-je.

– Eh bien, vous feriez mieux d'en trouver un, rétorqua-t-il en se levant. Je vous souhaite une bonne journée.

Je devais avoir l'air d'un de ces employés de bureau soucieux chez Kafka, luttant pour maintenir en ordre mon énorme pile de paperasse tandis que la rame de métro cahotait et bringuebalait. En plus du testament lui-même, on m'avait remis une foultitude d'autres documents, un contrat de cautionnement, une déclaration sous serment de non-appartenance à l'armée et, plus important, un an de relevés de comptes provenant de quinze banques différentes aux États-Unis, en Autriche et en Suisse. Je les feuilletai rapidement pour faire le total en vitesse : en plus de la maison et des objets de collection, elle m'avait laissé deux millions de dollars en actions, en titres et en liquide.

J'étais si hébété que je faillis rater ma station, bondissant au moment où le signal sonore retentissait. Je me pris le pied contre le rebord du quai et trébuchai, envoyant tout valser. J'atterris par terre, agitant les bras pour rattraper des feuilles dans tous les sens, conscient que les gens faisaient une grande embardée pour m'éviter en passant.

Je m'arrêtai dans un drugstore pour demander des sacs en plastique. À cause du poids, les poignées me tailladaient les paumes et j'avais le bout des doigts violet et engourdi en arrivant chez Drew.

Je sonnai à l'interphone.

– Allô ?

– C'est moi.

– Ah, ça va ?

– Ouvre, s'il te plaît.

Il se montra d'une merveilleuse hospitalité, ne me posant aucune question alors que j'entrais et que je m'installais sur son canapé, où je restai, sacs de paperasse posés à mes pieds, tout l'après-midi.

– Je vais prendre une douche vite fait, annonça-t-il.

– Alma est morte.

Il grimaça.

– Ah, merde.

– Elle m'a tout légué. Elle m'a laissé la maison.

– Tu plaisantes ?

Je secouai la tête.

– Putain…

Puis, après un temps :

– Comment c'est arrivé ?

Je ne répondis pas.

– Ça va ?

– Je ne peux pas retourner là-bas.

– Pourquoi ?

– Parce que je ne peux pas.

– Joseph…

– *Non.*

– D'accord, d'accord. Pardon.

Un silence.

Il se leva.

– Il faut que j'aille bosser.

Je ne dis rien.

– Il y a du chinois au congélo.

J'opinai du chef.

– Ça va aller ?

– Je ne sais pas, répondis-je.

Il hésita un moment, puis quitta la pièce. J'entendis l'eau couler. Je renversai la tête en arrière et fermai les yeux.

Je passai les quelques jours suivants à broyer du noir dans l'appartement et à faire du ménage, exercice futile s'il en était. À peine avais-je fini de laver la cuisine et de ranger les DVD par ordre alphabétique que Drew rentrait, me félicitait pour mon travail et l'anéantissait aussitôt, cinq heures de boulot évaporées en cinq minutes. Il était d'ailleurs intéressant de constater qu'il remettait tout exactement là où je l'avais trouvé : cette tasse sale précise sur cette chaise précise, le demi-rouleau de scotch par terre sous le bureau. Même lui, il avait un système, apparemment.

Je ne peux pas dire qu'il avait une approche psychologique du deuil très nuancée, mais il faisait de nets efforts pour essayer de me remonter le moral.

– Tu ne t'es jamais dit, me lança-t-il un soir alors qu'il pianotait furieusement sur son ordinateur, qu'un des rares endroits sur terre où on ne peut pas commander sur Amazon est justement le cœur même de l'Amazonie ?

Je ne répondis pas.

– Tu sais, à un moment tu vas bien devoir accepter que c'était sa volonté.

Je roulai sur le canapé pour lui tourner le dos.

– D'accord, dit-il. Juste un truc… Arrête de faire le ménage, OK ?

J'espérais au moins qu'Alma s'en payait une bonne tranche en voyant ça. J'espérais qu'elle se fendait la poire. Si elle avait voulu me récompenser de ma compagnie, si elle croyait pouvoir ainsi m'encourager au travail, elle aurait pu trouver mieux. J'avais devant moi la possibilité de ce dont rêvait tout intellectuel fauché – l'autonomie financière –, pourtant je n'éprouvais ni soulagement ni gratitude, mais culpabilité et impuissance.

Vingt mille dollars, ça peut sembler beaucoup, sauf que jusque-là je ne payais ni les charges ni la nourriture. Si j'étais obligé de prendre un petit boulot, cela annihilerait de fait mes vingt-quatre mois de temps prétendument libre… Pourquoi vingt-quatre ? De son point de vue, je n'avais besoin que d'un déclic pour m'y remettre. Une année n'aurait pas suffi, trois n'auraient fait que m'inciter à traîner davantage… Deux ans donc, ce qui signifiait qu'il me fallait viser un premier jet en juin pour pouvoir consacrer l'été aux révisions et la prochaine année universitaire à boucler tout ce dont j'aurais besoin en vue de la soutenance et du diplôme… Toutes ces variables me donnaient la migraine. L'avocat avait raison. Rien de bon ne pourrait sortir de ça, surtout une fois qu'Eric serait au courant. Combien de ces vingt mille dollars allais-je devoir dépenser pour me sentir en sécurité ? Il faudrait que je fasse installer une alarme. Que je change les serrures, que je sécurise les fenêtres… Ça finissait par faire une somme.

Maintenant, il aurait été facile de me dépêtrer de tout ça. Il me suffisait d'échouer à remplir les conditions d'Alma et l'héritage me passerait sous le nez, me laissant au même point où j'en étais avant. Mais ça ne me paraissait pas bien non plus. Parce que Drew n'avait pas tort : les gens avaient le droit de faire ce qu'ils voulaient de leur argent. Pouvais-je, en toute bonne conscience, renier ses dernières volontés ?

Je vous demande une seule chose avant de mourir.

Je laissai un mot de remerciement, rassemblai mes papiers et marchai jusqu'à la maison.

La maison ?

Ma maison.

Pourvu, bien entendu, que je fasse mon travail.

La notion de propriété est une chose extrêmement bizarre. Je reconnais qu'elle est fondamentale à la société et tout ça, mais, quand on y réfléchit de plus près, ça se met à ressembler étrangement à du vaudou. Les philosophes politiques ont versé beaucoup d'encre pour essayer de déterminer ce qui fait que les biens d'une personne lui appartiennent. Pour ne citer qu'un exemple célèbre : Locke écrit que nous acquérons la propriété d'une chose quand nous y mêlons notre labeur ; en cultivant un lopin de terre, mettons. (Ce qui amena Robert Nozick à se demander trois siècles plus tard : « Si je possède une boîte de jus de tomate et que je la vide dans la mer de sorte que ses molécules s'y diffusent uniformément, doit-on en conclure que la mer m'appartient ou que j'ai bêtement gaspillé mon jus de tomate ? ») Parmi toutes les explications de ce concourt à établir la propriété – le consensus général, la force physique ou politique, un reçu, etc. –, aucune ne semblait correspondre à ma situation présente. La maison, son contenu et tous les biens non mentionnés par ailleurs avaient été transférés en ma possession sans que je les aie réclamés, payés, ni même que j'y aie consenti.

Craignant de pénétrer à l'intérieur, je posai mes sacs sur le trottoir et restai planté là pour essayer de m'accoutumer à l'idée que cette chose, si grosse, si victorienne, si incroyablement vieillotte, était… allait être… pouvait devenir… mienne.

Ma maison.

Une formulation étrange, qui m'allait mal, un costume cinq fois trop grand. Je tentai de nouveau à voix haute :

– Ma maison.

Oh, Eric serait furieux, c'est sûr.

Mais on ne lui demandait pas son avis.

C'était le choix d'Alma. Ce qu'elle faisait, elle le faisait librement. En sa mémoire, j'avais l'obligation envers elle de me faire violence. Refuser d'essayer serait le comble de l'irrespect.

– Ma maison.

Et puis, de toute façon, pourquoi tant de culpabilité ? Je savais pourquoi : parce que j'avais précisément imaginé ce scénario. Je m'étais rendu fou à force de l'imaginer. Dans sa version originelle, le fantasme supposait que je fasse du mal à Alma, ce qui déclenchait de la culpabilité. Mais en réalité je ne lui avais fait aucun mal. Il y a un monde entre la passivité et l'action. Ce n'était pas logique, cette manie que j'avais de me persécuter. Alma ne vivait que dans la recherche incessante de la vérité, et la vérité était qu'avoir fait des cauchemars ne me rendait coupable de rien. Ce qu'elle avait fait, elle l'avait fait librement.

– Ma maison.

Mieux. Plus naturel. Encore loin d'être parfait néanmoins, si bien que je me forçai à le répéter encore et encore, l'ajustant un peu par ici, le resserrant un peu par là, l'enjolivant de diverses inflexions, me faisant la conversation à moi-même : « Ma maison a un toit en bardeaux », « Ma maison a de hauts pignons », « Ma maison est blanche », « Ma maison a plus de cent ans ». La répétition me rendit bientôt les mots familiers, puis dénués de sens et enfin presque comiques.

– Ma maison, dis-je. La mienne.

Le concept était-il désormais à ma taille ? Pas encore. Pas tout à fait. On était loin du compte. Mais je me sentais grandir, et lui rapetisser. Regarde, lève les yeux, elle est là : *ma maison.* Ma maison avait une pelouse, un porche, une allée dallée, un treillis battu par les vents, une boîte aux lettres et un petit machin pour planter un drapeau, peint en blanc pour être assorti au reste. C'était ma maison, et tout ça, ses composants. Combien de fois Alma s'était-elle moquée de mon aversion pour les petits détails de la vie ? Je m'habillais comme un clochard, mon seul péché mignon était des œufs brouillés et du pain grillé au dîner, et par son dernier geste elle cherchait à me faire changer d'avis. Ne lui devais-je pas au moins d'y consacrer tous mes efforts ? N'était-ce pas puéril de ma part de piquer un caprice ? Autour de moi le pays s'écroulait, un peu partout de braves gens travailleurs perdaient leur toit, et moi j'avais le culot de dire non merci, je ne peux pas accepter *une maison.* Mais qu'est-ce qui me prenait ? C'était une maison, bon sang. *Une maison. La mienne. Ma maison.* Et pas seulement *ma maison* mais aussi tout ce qu'il y avait dedans. Pour la première fois de ma vie, je possédais des *choses,* des tas de choses. *Ma maison, son contenu et tous les biens non mentionnés par ailleurs.* De l'argent, des objets d'art, des meubles. J'allais devenir riche. *Un compagnon des plus agréables et dévoués,* voilà ce que j'avais été. Elle voulait que tout me revienne. Pouvais-je lui désobéir ? Bien sûr que non. Je me sentais peut-être coupable, d'accord, mais ce serait encore pire si je la trahissais, et, en y réfléchissant sous cet angle, je m'aperçus que non seulement Eric n'avait droit à rien, mais que j'avais l'obligation éthique de faire en sorte que les biens qu'elle m'avait confiés, c'est-à-dire *mes* biens, ne tombent pas entre ses mains. Elle était plus sage encore que ce que j'avais cru. C'était sa façon à elle de rendre la justice. De lui donner une leçon. Elle l'avait toujours vu pour ce qu'il était, une sangsue, et elle comptait bien le lui faire savoir. Il avait profité d'elle de son vivant sans jamais se rendre compte ce faisant qu'il se privait d'une générosité future bien plus large. Il était donc de mon *devoir* de prendre possession des lieux, de me les approprier et de le tenir à l'écart. Et pour y parvenir je devais bâillonner toute culpabilité, la ranger quelque part où je n'y toucherais plus, être un homme et accepter ce qui me revenait, et c'est ainsi, le cœur battant de fierté, la tête pleine de vertige, que je grimpai les marches de *mon perron,* que je tournai la clé dans *ma serrure* pour ouvrir *ma porte,* que je déposai *mes sacs* contenant *mes documents* dans *mon vestibule* et que je pris un moment pour admirer comme jamais auparavant *mon salon, ma pendule* sur *ma cheminée* et *mes canapés rose clair.* Il n'y avait nul fantôme ici. Rien que *mes perruches de Caroline* qui criaient, *ma marine* qui grondait. Il ne m'avait pas fallu longtemps pour m'y habituer, pas vrai ? Non, en effet. Mon désir, couvé dans la douleur pendant des mois, à présent s'accélérait, se contractait, se montrait enfin au grand jour, braillant pour réclamer mon attention pleine et entière. *À moi.* À moi, me répétais-je en longeant *mon couloir* jusqu'à *ma chambre* – toutes les pièces étaient *à moi* désormais –, et je pris sur *mon bureau* un stylo et une feuille de papier, tous les deux *à moi,* pour me mettre à noter tout ce que je voyais. *Ma fenêtre à petits carreaux* avec *ma scène de chasse en miniature. Ma véranda. Mes fauteuils en rotin. Mon jardin* avec *ma pelouse* et *mon cognassier* en train de jaunir. *Mes oreillers, mes couvertures, mon lit,* pas juste un lit dans lequel je dormais et qui appartenait à quelqu'un d'autre, mais un lit qui était vraiment *à moi.* Je notai tout, puis passai dans *mon salon de musique,* où je fis la liste de *mes vases,* de *mon électrophone* et de *mon pupitre* sur lequel était posée *ma partition* de l'*Humoresque n° 6 en sol mineur* de Sibelius. Sur l'accoudoir de *mon fauteuil marquise* était pliée *ma grosse couverture en laine,* par terre se trouvait *mon violon* et dans *mon placard grillagé ma collection de 33-tours de musique classique.* Le linge, les cintres en bois de cèdre, les boules de naphtaline, les rideaux de douche, la vaisselle, les verres, le frigo, le four, et encore je n'avais pas comptabilisé la bibliothèque. *À moi.* J'arpentai mon royaume en long et en large, ouvrant les volets, laissant entrer le soleil oublié, pensant à l'homme que j'étais avant, à celui que j'étais maintenant et à ce qui avait changé. Parce que je ne me sentais plus le même. Le changement se produit-il d'un coup, en un basculement soudain, ou bien est-il la somme d'une série infinie d'événements, chacun minuscule pris séparément, mais irrépressibles une fois ajoutés les uns aux autres ? Qui met les boules de billard en mouvement ? Et je pensai aussi à la forme de son corps dans les draps, une forme qui épousait celle de la fissure dans mon cœur. Je pensai à tout ce que j'avais pleuré pour elle, comme ça ne m'était arrivé pour personne depuis mon frère, et au bien que je lui avais fait ; elle m'avait dit que j'étais adorable, elle m'avait appelé par mon prénom. Et s'ils devaient devenir miens, pour de vrai, cette maison, son contenu et tous les biens non mentionnés par ailleurs dans les paragraphes précédents, alors je ne pouvais pas avoir peur d'une pièce. Il n'y avait nul fantôme ici. Je me demandai ce qu'elle aurait fait à ma place et je sus la réponse, alors je pris un rouleau de sacs-poubelles sous l'évier de la cuisine – à moi, tous les deux – et je montai à l'étage dans sa chambre, dans *ma chambre*. Ce n'était plus elle qui vivait ici mais moi. C'était un fait. Il fallait l'accepter. J'avais son exemple comme modèle à suivre : pas de sentimentalisme, pas d'autoflagellation apitoyée, mais la *vérité*, ce que nous avions toujours recherché ensemble, côte à côte dans notre voyage intime. Et quelle était la vérité ? Que je pouvais dormir dans ce grand lit si j'en avais envie. Je le pouvais et je le ferais. Je déménagerais dans cette chambre qui deviendrait la mienne. Je ne serais plus relégué au fond de la maison comme un locataire. J'allumai les lumières et remontai les stores. Ça sentait mauvais. Mais il n'y avait nul fantôme ici. J'arrachai la couverture, défis les draps et les empilai au pied du lit. Des taches ocre s'étaient infiltrées jusqu'au surmatelas – du vomi ? du sang ? de l'urine ? *À moi*, ça aussi. *À moi* de décider si ça me dégoûtait et si je préférais m'en débarrasser, *à moi* d'en faire ce que bon me semblait. Il y avait de la poussière partout. J'enlevai aussi le surmatelas. Je vidai les placards et les tiroirs de la commode : des pulls, des jupes, des chaussettes, des pantalons, des chemisiers, une multitude humiliante de sous-vêtements. J'en fis de grands tas que je fourrai ensuite dans les sacs-poubelles et je les descendis dans la buanderie. J'hésitais à tout laver ou tout sortir sur le trottoir. Je les laissai là pour le moment. C'était mon droit, en tant que propriétaire. Car il n'y avait nul fantôme ici. Et s'il y en avait, ils m'appartenaient aussi.

Je pris la clé de ma maison, fermai ma porte d'entrée et descendis mon allée sans savoir où mes pas me portaient mais acceptant de me laisser guider.

– Vous avez choisi le bon jour, dit le vendeur. On vient juste de les mettre en solde.

Je m'assis sur un petit banc en velours. Il mesura à nouveau ma pointure et revint avec deux boîtes en carton.

– Les noires classiques sont une valeur sûre, même si les grenat sont très belles aussi. Pour porter tous les jours, vous ne pouvez pas vous tromper. Évidemment, vous n'êtes pas obligé de choisir entre les deux.

Je jetai un œil aux étiquettes : trois cent quatre-vingt-dix dollars la paire, plus la TVA. Une somme exorbitante pour des chaussures.

Mais elle m'avait donné des instructions. Et j'étais millionnaire.

– Une petite signature, s'il vous plaît… En vous remerciant.

Il me tendit les deux sacs.

– Vous voilà un homme Mephisto, à présent.

CHAPITRE 19

Je choisis cet avocat-là parce que son cabinet n'était pas trop loin à pied et aussi parce que Davis Solomon faisait partie de ces gens qui possèdent deux prénoms – ou deux noms de famille, selon la manière dont vous voyez ça –, le genre de choses qui m'a toujours fasciné, un peu comme les paradoxes logiques ou les illusions d'optique fondées sur la perception figure-fond. Il me prit quatre cent vingt-cinq dollars pour une première consultation, au cours de laquelle il me conseilla, sans la moindre ironie, de ne pas commencer à dilapider mes économies. Même dans les meilleures circonstances, le tribunal des successions du comté de Middlesex Sud travaillait à un rythme d'escargot.

Je lui demandai ce qui pouvait se passer si Eric contestait le testament.

– Il faudrait qu'il montre que vous avez exercé un abus d'influence sur Mme Spielmann, c'est-à-dire à la fois qu'elle était manipulable et que vous l'avez en effet manipulée. C'est difficile à prouver. Par le passé, des gens ont essayé d'utiliser le suicide lui-même comme argument démontrant que le défunt, par définition, n'avait pas toute sa tête. Mais c'est à lui que revient la charge de la preuve. Ce qui, notez bien, ne l'empêche pas de tout faire pour vous compliquer la vie. Il y a ceux qui font traîner. Les femmes surtout. En restant prudent, je dirais que vous en avez encore pour un an une fois que toutes les conditions seront réunies.

J'avais plutôt imaginé quelque chose comme pour les grands gagnants des jeux télévisés : Charles Palatine qui serait venu sonner à ma porte afin de me remettre un chèque en carton géant d'un mètre sur trois.

– Et on ne peut rien faire pour accélérer le processus ?

Solomon haussa les épaules. Il avait des épaules massives, des épaules de golem, et son mouvement faisait penser à une montagne qui se soulève.

– Si vous voulez avoir l'impression d'être productif, vous pouvez rassembler des preuves de votre relation avec elle. Ça pourra s'avérer utile au cas où il décide d'attaquer. Des photos de vous deux, ou des lettres. Ce genre de choses. Tout ce qui peut prouver que c'était sincère, et pas intéressé.

Il avait l'air de penser qu'Alma et moi avions fait des virées ensemble.

– Je n'ai pas de photos.

– Quelqu'un qui vous connaissait tous les deux et qui pourrait témoigner que vous étiez proches.

La seule personne qui me vint à l'esprit était le Dr Cargill.

– Voilà, parfait. Sinon on attend de voir. Et, pendant ce temps, vous devriez peut-être vous mettre au boulot sur cette thèse.

Le lendemain matin, je fus réveillé par un fredonnement.

– C'est pas vrai ! m'exclamai-je en sortant sur le palier. Je vous avais pourtant dit de…

Daciana poussa un cri, lâcha son aspirateur et courut s'enfermer dans la salle de télévision. Je me rendis compte que je ne l'avais pas prévenue que je m'installais dans la chambre de l'étage.

– Ouvrez, dis-je en tambourinant. Daciana !

Gémissements et mélopée funèbre.

– Ouvrez cette porte.

– Oh non, oh non.

Il me fallut dix bonnes minutes pour la convaincre que je n'étais pas un revenant. Quand elle finit par sortir, je lui expliquai :

– Écoutez, je vous avais dit la dernière fois que…

– D'accorrd, massieur, rétorqua-t-elle en se ruant dans le couloir pour se remettre à passer l'aspirateur.

Je la regardai pendant une minute avant de renoncer et de descendre.

Mon intention était de reprendre mon mémoire où il en était pour essayer d'en sauver le maximum. À quoi cela aurait-il servi de recommencer de zéro quand j'avais déjà tellement de matière ? Le ventre rempli de thé, j'allai récupérer les huit cents pages et me barricader dans la bibliothèque, où je passai la journée entière à lire (à part une heure où Daciana m'avait chassé pour « fairre ménache livrres »). N'ayant plus touché à mon manuscrit depuis près d'un an, je pouvais l'aborder avec une objectivité nouvelle, et ce que j'y trouvai me perturba. C'était comme si on m'avait fait remonter le temps, forcé à me confronter à mon ancien moi, un moi dont la vanité, l'immaturité et l'impatience suintaient à chaque page. J'écrivais quatre mots là où un seul aurait suffi. Je me complaisais dans les références extratextuelles. De longs passages n'avaient rien à faire là, qui consistaient entièrement en digressions, elles-mêmes découlant d'une digression antérieure… qui elle-même provenait d'un troisième niveau de digression. Une sorte de *Finnegans Wake* augmenté d'une bibliographie.

– Fini, massieur.

Les yeux secs, je la vis debout dans l'embrasure de la porte, le corsage auréolé de sueur.

Je reposai mon manuscrit, sortis mon portefeuille et en tirai soixante dollars.

– C'est la dernière fois, insistai-je. Vous comprenez ?

– D'accorrd, massieur, répondit-elle en fourrant les billets dans son soutien-gorge avant de se pencher pour ramasser son panier de produits ménagers. À biantôt.

J'étais bien placé pour savoir à quelle vitesse deux ans pouvaient filer. Alors que je recommençais tout juste à me battre contre l'angoisse de la page blanche – démolissant l'après-midi ce que j'avais construit le matin –, je sentis les premiers picotements de ce qui n'allait pas tarder à devenir une panique sourde permanente. Relire mon mémoire m'avait sapé le moral, serrant le robinet jusqu'à ce que plus rien n'arrive à en sortir. À la place, j'occupais mon temps à des préliminaires bidon. Je compilai une nouvelle liste de lectures. Je sortis acheter un grand tableau blanc sur lequel je me mis à dessiner des diagrammes élaborés, réseaux conceptuels qui représentaient avant tout les toiles d'araignée encombrant mon propre cerveau. Songeant que j'allais avoir besoin d'un accès à des ressources plus récentes, j'appelai la compagnie de téléphone pour me faire installer une connexion Internet, ce qui eut bien sûr pour unique effet de me fournir de nouvelles distractions. Chose effrayante, je semblais avoir perdu la capacité à me concentrer plus de quelques minutes d'affilée. Je tapais un peu, me levais, m'étirais, tournais en rond, allais me chercher un verre d'eau, lisais deux ou trois paragraphes d'un livre qui n'avait rien à voir, me rasseyais, tapais encore un peu, me lamentais, effaçais tout ce que j'avais écrit, regardais les gros titres de la presse, consultais les prévisions météo… Au bout du compte j'atterrissais sur la page Wikipédia des Pointer Sisters, où j'étais arrivé je ne sais comment depuis celle sur les structures de Kripke. Cherchant désespérément l'inspiration, je me remémorais mes conversations avec Alma. Toutes ces longues et merveilleuses heures de discussions… Elles voletaient à la périphérie de ma mémoire, comme pour me provoquer, disparaissant dès que je me tournais pour les attraper. Si seulement j'avais pensé à enregistrer nos séances… Et quand je finissais par réussir à mettre le doigt sur une idée, je la trouvais creuse, bougeant encore à peine, presque morte, créature délicate que j'avais écrabouillée dans ma hâte. Le côté décousu qui avait fait le sel de nos joutes oratoires rendait impossible de les retranscrire sous forme d'une argumentation viable. Ce n'était pas le genre de conversations que nous avions, le genre qui se termine par une conclusion. Cela aurait nui à notre objectif, qui était de penser, d'explorer sans aucune contrainte. Pourtant voilà qu'elle exigeait que je me plie à un délai. Folie ! Perversion ! J'étais furieux contre elle ; puis, aussitôt, contrit et ingrat ; puis paralysé et déprimé… Mais rien de tout ça ne m'aidait à écrire.

J'avais une excuse, cela dit, et une bonne. Mon mémoire de thèse n'était que le premier de deux obstacles. L'autre étant Eric. Peut-être était-ce là ce qui m'empêchait de me concentrer : j'étais préoccupé par la perspective d'un procès. L'avis de succession devrait être publié dans la presse, diffusé auprès des parties intéressées, puis renvoyé au tribunal, après quoi Eric perdrait son droit d'objection. Jusque-là, en conclus-je, je ne pouvais pas espérer avoir la présence d'esprit nécessaire à un travail créatif.

C'est ainsi que j'arrivai au mois de novembre sans avoir rien produit.

– Tu sais ce que tu devrais faire ? me suggéra Drew, debout au milieu de la bibliothèque, les bras levés au ciel comme un aiguilleur. Organiser une grande fête.

Je manquai de m'étouffer.

– Sérieux. C'est une maison géniale pour une fête. Je t'assure, elle dégage un truc très classe.

Il se laissa tomber dans un des fauteuils en poussant un grand soupir d'aise.

– La vache, qu'est-ce qu'on est bien… Comment ça se fait que tu ne m'aies jamais invité avant ?

– Elle aimait le calme, répondis-je.

Ce qui n'était qu'un demi-mensonge. Alma ne m'avait jamais interdit de recevoir ; je n'avais simplement pas pris la peine de le lui demander, préférant la garder jalousement pour moi tout seul. Maintenant qu'elle n'était plus là, je me sentais obligé de révéler l'endroit où je m'étais caché si longtemps. Et aussi, il faut bien l'admettre, de frimer un peu.

– Tu n'as qu'à faire simple, reprit Drew. Vin et fromage. Ou tu sais quoi ? Une soirée poker. Whisky, cigares… On pourrait se mettre à la grande table en bas.

– C'est la table de la salle à manger.

– Et alors ?

– Elle est ancienne.

– Et alors ?

– Ce n'est pas une table de jeu.

– Elle a les dimensions parfaites. Il ne lui manque qu'une feutrine.

– Non.

– D'accord, dit-il en faisant tourner le globe. Préviens-moi si tu changes d'avis.

Daciana passa dans le couloir en fredonnant. Drew m'interrogea du regard.

– La femme de ménage.

– On s'embourgeoise, dis donc !

– Arrête.

– Y a de la promotion dans l'air !

– Tu ne comprends pas. Je lui ai demandé de ne plus venir, mais elle continue quand même.

– C'est… Je ne sais pas ce que c'est. Zarb.

– Tu l'as dit.

– Pourquoi tu ne la vires pas ?

– Si tu crois que je n'ai pas essayé.

Il éclata de rire.

– Ce n'est pas drôle. Elle me rend dingue.

– Ça ne doit quand même pas être le bout du monde de virer quelqu'un.

– Tu n'as pas idée à quel point elle est têtue.

– Ne la paye plus.

– J'ai essayé aussi.

– Et ?

– Elle s'est mise à pleurer.

Nous nous tûmes un moment pour l'écouter fredonner.

– Au moins elle a une jolie voix, commenta Drew.

– Ça ne vaut pas soixante dollars par semaine.

Nous l'écoutâmes encore.

– Trente, conclut-il. Maxi.

– Si je fais une fête, tu crois que Yasmina viendra ? Une fête normale, je veux dire, pas une soirée poker.

– Tu es conscient que le but d'une fête est de rencontrer d'autres nanas.

– Je ne connais pas d'autres nanas.

– Moi si.

– Je pense que ça lui ferait plaisir de voir la maison.

– Écoute, si tu es toujours obsédé…

– Je ne suis pas obsédé.

– … tu n'as qu'à lui dire de passer. Tu n'as pas besoin d'un prétexte.

– Ce n'est pas un prétexte. Elle trouvera ça moins louche si c'est toi qui l'invites.

Il haussa les épaules.

– Je peux toujours essayer, dit-il.

– Attends, je n'ai pas encore dit oui. Je parle en théorie, là.

– Ouais, ben, c'est bien ton problème. Que de la gueule.

Huit semaines s'étaient écoulées depuis la mort d'Alma et je commençais à craindre que Palatine n'ait « omis » de me convier à l'enterrement. Quand sa secrétaire finit par m'appeler, elle me répéta deux fois qu'aucun invité ne serait admis.

Cimetière de Mount Auburn, immobile et brumeux. J'étais seul d'un côté de la tombe. En face de moi, le Dr Cargill s'agrippait au bras de son mari et un Charles Palatine impassible s'appuyait sur une canne. Il n'y avait pas trace d'Eric.

En raison de l'importance historique du lieu, aucun engin mécanique n'était autorisé dans l'enceinte du cimetière et il fallut trente minutes à quatre hommes équipés de pelles pour faire le boulot à la main. Personne ne parlait. Je trouvais tout cet épisode profondément décevant, et qui plus est socialement ingérable. Ne voulant pas fixer mon regard sur le cercueil (trop inconvenant) ni sur les autres présents (trop déprimant), je le laissais vagabonder sur les pelouses argentées hérissées de pierres tombales, des familles entières de brahmanes bostoniens couvertes de mousse et oubliées. Un groupe d'ornithologues amateurs apparut au sommet d'une colline, les jumelles braquées sur quelque lointaine branche, s'arrêtant un moment pour se concerter avant de repartir à l'unisson, telle une volée d'oiseaux, le long d'un sentier humide tapissé de feuilles orange et jaunes. Palatine s'ébroua. Il avait l'air d'avoir un rhume, la peau à vif autour de ses narines à force de se moucher. Je n'arrêtais pas de penser à la cérémonie funéraire de mon frère, à la fois l'originale et la plus récente. Un phare symbolisant la présence dans nos vies des êtres chers disparus : débile. Débile et tellement prévisible. Et mièvre. Mais ça, est-ce que c'était mieux ? Cette banalité matinale et pluvieuse ? Je jetai un coup d'œil au Dr Cargill de l'autre côté de la tombe et la vis détourner le regard. Était-elle en train de m'observer ? Je m'en tortillai de gêne dans mes nouvelles chaussures. C'était la première occasion que j'avais de les porter en public. La pluie m'avait fait hésiter, j'avais failli les troquer contre mes vieux mocassins. Mais Alma m'avait exprimé une seule demande avant de mourir et j'avais décidé de continuer à exaucer ses vœux, optant pour les noires en songeant qu'elle aurait approuvé ce choix car elles étaient conformes à la solennité du moment et par ailleurs s'accordaient magnifiquement au nouveau manteau que j'avais acheté en son honneur également.

La dernière pelletée de terre retomba. Palatine s'éloigna en clopinant.

Je fis le tour de la tombe pour présenter mes condoléances au Dr Cargill. Elle pinça légèrement les lèvres en me voyant approcher.

– Je vous souhaite du courage dans cette épreuve, dis-je.

Elle opina du chef.

– À vous aussi.

Il y eut un instant de silence, puis son mari me tendit la main.

– Ron Cargill.

Je me présentai à mon tour.

– Quel bel endroit ! commentai-je. Dommage qu'elle n'ait pas souhaité de cérémonie.

– C'est ce qu'elle voulait, rétorqua le docteur.

– Oui… Quand même, ç'aurait été bien de pouvoir dire quelques mots.

Elle hocha la tête, rangea son mouchoir dans sa poche.

– Bon, eh bien, bonne journée, dit-elle.

– Merci, vous aussi. Mais, euh… Je ne sais pas si vous êtes au courant, mais elle vous a laissé un bijou.

Silence.

– C'est ce qu'on m'a dit.

– Ah, fis-je. Donc j'imagine que vous avez dû voir le…

– En effet.

Je me sentis comme un idiot. Je n'avais pas dit ça pour me vanter, mais comment aurait-elle pu le prendre autrement ? J'étais là à me prélasser au sommet d'une fortune tandis que quinze années de visites à domicile ne lui avaient valu qu'une babiole. Cependant je trouvais sa froideur déplacée. C'était Alma qui en avait décidé ainsi, pas moi.

– Est-ce qu'il y avait un bijou en particulier que vous admiriez ? demandai-je.

Silence.

– Je ne peux pas dire que j'y ai beaucoup réfléchi.

– Il y a toutes sortes de choses.

Je savais que j'aurais mieux fait de me taire, mais je continuais à parler et à m'enfoncer, m'enfoncer ; plus je parlais, plus je m'enfonçais.

– Passez quand vous voulez, vous pourrez en choisir un. Ou alors, je ne sais pas, est-ce que vous voulez venir voir ?

Elle me dévisagea.

– Maintenant ?

– Non, non, non, bien sûr que non, pas maintenant. Quand ça vous arrange.

Silence.

– Vous savez quoi ? reprit-elle. On n'a qu'à régler ça tout de suite.

Le trajet en voiture jusqu'à la maison me parut atrocement long.

– Numéro 49, indiquai-je au mari. C'est tout au bout de la rue.

– Il sait où c'est, répliqua le Dr Cargill.

À l'étage, elle se figea sur le seuil de la chambre. Je devinai aussitôt ses pensées : j'avais éradiqué toute trace d'Alma.

– Par ici, dis-je en m'avançant d'un pas trop empressé vers la commode.

Il y avait des bagues, des bracelets, de très fins colliers en or et en platine ; des boucles d'oreilles en saphir et un pendentif assorti ; des perles d'Australie ; une broche en rubis en forme de perroquet… Je n'en avais jamais vu aucun porté par Alma. Tandis que le Dr Cargill effleurait des doigts ces trésors, je me surpris à espérer qu'elle choisisse le moins cher. Après tout, il me reviendrait de vendre ceux qu'elle n'aurait pas pris, et j'avais décidé que vingt mille dollars ne feraient décidément pas l'affaire. J'avais des factures à payer ; des frais de recherche. Je songeais à m'acheter un ordinateur de bureau. Devoir se plier en deux devant un minuscule écran de portable allait très bien tant que vous deviez vous tenir prêt à déménager d'une minute à l'autre, mais ça ne convenait pas à un propriétaire. Et toutes ces choses ne poussaient pas aux arbres, n'est-ce pas ?

En même temps, je regrettais la façon dont je m'étais comporté au cimetière. J'aurais peut-être besoin du Dr Cargill comme témoin de moralité en cas de procès.

– N'hésitez pas à en prendre plus d'un, suggérai-je.

Elle pinça de nouveau les lèvres.

– Merci.

– Vous voulez boire quelque chose ?

– Ça ira, merci.

– Votre mari peut-être ?

Nous avions laissé Ron Cargill au salon.

– Je ne crois pas, non.

– Très bien, dis-je en la regardant, soulagé, reposer un lourd bracelet en or. Je ne m'y connais pas tellement en bijoux.

Elle me dévisagea.

– Pourquoi vous vous y connaîtriez ? demanda-t-elle.

Soudain, une pensée terrifiante me traversa l'esprit : le changement que j'avais senti s'opérer en moi le jour de mon emménagement, lorsque j'avais pris possession de ma maison… elle devait le voir sur moi, il s'était répandu sur mon corps comme une éruption de boutons. Je voulus parler mais n'y parvins pas.

Elle se remit à fouiner, présentant une paire de boucles d'oreilles à ses tempes pour se regarder dans la glace.

– La police m'a téléphoné, déclara-t-elle.

– … Ah bon ?

Elle opina du chef.

– Ils m'ont interrogée sur vos relations avec Alma.

Silence.

– Hmm, fis-je.

Silence.

– Je leur ai dit que vous étiez très attachés l'un à l'autre.

– … En effet.

Elle reposa les boucles d'oreilles.

– À l'évidence, dit-elle.

Elle recula d'un pas et croisa les bras avant d'ajouter :

– Je ne veux rien prendre.

– Quelque chose ne va pas ?

– Non, c'est juste que je ne veux rien.

– Bon. Mais… D'accord, mais le fait est qu'elle voulait que vous ayez quelque chose.

– Ça ne signifie pas que je doive accepter.

– Je comprends, mais… Tenez.

Je ramassai la broche en forme de perroquet.

– Que diriez-vous de ça ? Ou bien, ou bien… d'accord, mais… mais ce n'est pas obligatoirement un bijou.

Je m'entendais, j'avais l'air d'un fou.

– À proprement parler, si, d'accord, c'est censé venir de là, c'est ce qu'elle a indiqué. Mais s'il y a un livre ou une œuvre d'art… ça ne me dérange pas que vous fassiez un tour pour voir… Je veux dire, elle tenait à ce que vous preniez quelque chose. Elle vous était très reconnaissante et elle avait envie que vous preniez quelque chose. C'est comme vous voulez, bien sûr, mais dans l'esprit de son testament ça me semblerait bien, enfin je trouve, que vous… Je veux dire, il n'y a rien qui vous plaise ?

Silence.

– Vous n'avez qu'à choisir quelque chose et me l'envoyer, répondit-elle.

– Je, euh… Oui, je peux faire ça. Mais bon, vous n'avez pas une préf…

– Non.

– D'accord. D'accord. Très bien. Si vous êtes sûre que…

– Je suis sûre.

– Parfait. D'accord. Même si, comme je vous disais, hé hé, je n'y connais pas grand-chose en bijoux, alors vous ne m'en voudrez pas si je choisis une pièce qui ne vous plaît pas.

– Ça m'est égal. Je veux juste ne plus avoir à y penser.

– Bon. Bon. D'accord.

– Je vais peut-être y aller, dit-elle en désignant la porte d'un mouvement du pouce.

En bas, son mari était en train d'examiner la lithographie d'Audubon.

– Ça y est ?

– Ça y est.

En écoutant leur voiture s'éloigner, je me promis mentalement de lui envoyer plus d'une pièce. Deux ou trois parmi les plus belles, ou bien une demi-douzaine des moins onéreuses… Évidemment qu'elle était chamboulée. Nous l'étions tous : l'image d'Alma disparaissant sous terre était encore fraîche dans nos esprits. Je songeai également au choc d'apprendre le suicide d'une personne après avoir consacré tant d'années à la soigner. Moi aussi, j'étais en colère, pourtant je connaissais Alma depuis même pas un quinzième de ce temps. Mais j'avais surmonté ma pudeur mal placée, et le Dr Cargill finirait par en faire autant. Elle serait contente de ce que je lui enverrais. Mais oui, c'étaient de très beaux bijoux, tous d'un goût exquis.

D'un autre côté, j'avais peur qu'elle puisse prendre mon offrande pour ce qu'elle était : un pot-de-vin. Mais je ne pouvais pas retirer les phrases maladroites que j'avais eues et j'avais besoin qu'elle soit dans mon camp. C'était la mieux placée pour témoigner de mon amour pour Alma. Le fait que j'aie à le prouver – devant un tribunal, la police ou n'importe qui – était dégradant. Mais je m'efforçai de me rappeler que tout ça n'était plus une question d'amour. Désormais c'était une question d'argent et je ne pouvais plus faire confiance à personne.

CHAPITRE 20

La première neige arriva tôt, deux jours après Thanksgiving, bien qu'elle ne tînt pas, dégoulinant des toits en ruisselets grisâtres. Au coin de la rue, une gouttière bouchée avait inondé le trottoir, faisant du trajet jusqu'à l'épicerie une corvée gadouilleuse et dégueulasse. Seul avec mes pensées, à bout de forces, je me frottai les yeux et fixai mon écran d'ordinateur. Y a-t-il gouffre plus abyssal que la page blanche ? Rien de plus menaçant qu'un curseur clignotant, son lent battement comme une marche funèbre ?

La sonnette de l'entrée me fournit une opportune distraction. J'écartai légèrement le rideau de la fenêtre pour voir Eric debout sur le perron, se balançant d'un pied sur l'autre. Il avait les lèvres bleues, le manteau vibrant de soubresauts, et je pris un plaisir honteux à constater que la vie ne l'avait pas très bien traité dernièrement. Il avait l'air hagard, en état de sous-nutrition, le moral en berne, la pomme d'Adam saillante, tandis que sa main ne cessait de jaillir pour venir toucher une profonde entaille mal cicatrisée qui luisait au-dessus de son œil gauche. Si mon entrevue avec Palatine m'avait encore laissé quelques doutes quant au sort récent d'Eric, ils étaient à présent dissipés : il ne me semblait pas exagéré d'imaginer qu'il avait fait de la prison, et d'ailleurs il avait probablement mérité les mauvais traitements qu'il avait pu y subir. Il paraissait radicalement transformé et je souris en le voyant lutter pour se tenir chaud.

Je me souvins alors que je ne l'avais pas revu depuis le jour où il avait menacé de me dénoncer à la police. S'il s'était fait coffrer peu de temps après, il ne pouvait pas avoir tué Alma. Il n'y avait aucune raison particulière de le penser ; il avait très bien pu rester en liberté jusqu'à récemment. Mais si en effet il avait passé ces deux mois entiers à l'ombre – comme je le suspectais, sinon comment expliquer sa totale disparition ? –, alors cela ferait du suicide d'Alma ni plus ni moins que ça : un suicide. Apparemment, Eric avait raté sa chance, sans doute pas pour la première fois de sa vie. Il avait fallu son initiative à elle et ma négligence à moi pour exaucer ses rêves à sa place. Repenser à ma négligence réveilla en moi un sentiment de complicité passive, donc de culpabilité, donc encore une fois de colère. C'étaient des émotions dont je pensais m'être débarrassé. Je ne méritais pas de les éprouver à nouveau ; j'avais des choses plus importantes à faire. Je mis la chaîne de sécurité et entrebâillai la porte.

– Salut, dit-il, il faut que je te parle.

– Je t'écoute.

– Arrête, mec, laisse-moi entrer. Il fait genre moins trente, dehors.

Moi, bien confortablement au chaud dans mon héritage, tandis qu'il était planté là tel un indigent… J'arrêtai ma main qui était en train de se déplacer inconsciemment vers la chaîne.

– Qu'est-ce qu'il y a ? demandai-je.

– Je ne peux pas entrer ?

Je secouai la tête.

– Pourquoi ?

– Parce que je n'en ai pas envie.

– Écoute, mec, tu n'es pas obligé de te comporter comme ça.

– Estime-toi heureux que j'accepte de te parler tout court. En principe tu devrais t'adresser à mon avocat.

– Putain, mais tu vas te calmer ?

– Je vais partir, maintenant.

– Attends.

J'attendis.

– Laisse-moi juste entrer cinq minutes.

– Au revoir, rétorquai-je en fermant la porte.

Quelques instants plus tard, il tambourinait à la porte de service. Comme ça ne donnait rien, il fit le tour par le jardin. Finalement, le téléphone se mit à sonner.

Je décrochai.

– Dégage ou j'appelle les flics.

– Hé ! Hé ! Hé ! Du calme. Je veux juste te parler, d'accord ?

– On n'a rien à se dire.

– Bien sûr que si. Allez, viens, je me les gèle ici. C'est important.

– Si c'est si important, arrête de perdre ton temps et va au but.

– Qu'est-ce que tu crois que je vais te faire ? Te buter ?

– Qu'est-ce que j'en sais ?

– Arrête, mec. Tu déconnes ou quoi ?

Je ne répondis pas.

– Merde, putain, fit-il en reniflant. Je peux au moins avoir un café ou quelque chose ?

– Je n'ai pas de café.

– Du thé alors.

– Au revoir, Eric.

– Attends, attends, attends, attends… Bon, d'accord, écoute. Je vais te montrer, d'accord ? Viens dans l'entrée.

Et il raccrocha.

Je me voyais trop bien ouvrir la porte et me retrouver nez à nez avec le canon d'un fusil. Je préférai donc monter dans la salle de télévision, qui surplombait le perron. Il avait pris la pose, l'air impatient, les poches de son manteau retournées.

J'ouvris la fenêtre, ce qui lui fit lever les yeux.

Il agita la doublure de ses poches.

– Tu vois ?

– Enlève ton manteau, dis-je.

– Il fait *froid*, mec.

– Enlève-le ou j'appelle les flics.

Il marmonna quelque chose d'inaudible.

– Qu'est-ce que tu dis ?

– Rien. Rien. Voilà.

Il ôta son manteau et le secoua en l'air.

– C'est bon ? Allez, viens maintenant.

Je lui ordonnai d'enlever sa chemise.

– Oh, putain, ça commence à bien faire !

– Vas-y.

Il s'exécuta en grinçant des dents. Il était émacié, la peau d'un blanc cireux. Il pivota sur lui-même comme un mannequin dans un défilé de mode – j'aperçus ses tatouages : la tête de cerf et la kalachnikov –, puis serra son torse dans ses bras pour se protéger du froid, tremblant violemment.

– Merde, mon pote, je vais mourir congelé.

Une partie de moi avait envie de fermer la fenêtre et de faire demi-tour. Qu'il tambourine tant qu'il voudrait, je l'ignorerais. Qu'il comprenne un peu à qui il avait affaire. Je n'étais pas un homme qu'on pouvait prendre à la légère, ça non, ho ho, j'étais un homme à la tête d'une fortune, et j'avais plus de patience que lui. J'étais plus sage, plus fort, plus valeureux, et il n'aurait qu'à apprendre à se débrouiller tout seul, pour une fois. Une autre partie de moi cependant – maintenant je peux l'avouer – se délectait de pouvoir l'humilier. Après tout ce qu'il avait fait, il méritait bien une petite leçon.

– Ton pantalon, dis-je.

Il retourna ses poches.

– Enlève-le.

– Quoi ?

– Enlève ton pantalon.

– Ici ? Tu déconnes, mec ?

– Très bien.

Je refermai la fenêtre et disparus de sa vue.

En bas, il se mit à brailler. Je comptai jusqu'à dix avant de revenir à la fenêtre.

– D'accord, dit-il. Tu as gagné, OK ?

Il défit sa braguette et laissa son pantalon tomber à ses chevilles, révélant un vieux caleçon à motif camouflage. Il avait les jambes imberbes et, bien que je fusse trop loin pour en être sûr, elles avaient l'air mouchetées de petites taches brunes.

– Maintenant ouvre cette putain de porte ! hurla-t-il.

Je fermai la fenêtre et descendis. Il s'avança sur le perron en titubant, rassemblant ses habits tant bien que mal, et laissa échapper un cri de surprise lorsque la porte buta sur la chaîne de sécurité.

– *Putain,* mec ! lança-t-il en donnant un coup de pied dedans. Tu avais dit que tu me laisserais entrer.

– Je n'ai jamais dit ça.

Il me jeta un regard haineux.

– Tu es vraiment un gros connard, tu sais ça ?

Je fis mine de refermer la porte.

– *Attends.*

Silence.

– Excuse-toi, dis-je.

Silence.

– Je m'excuse.

– Maintenant dis-moi ce que tu as à dire et va-t'en.

Je vis sa mâchoire se serrer alors qu'il s'efforçait de garder son calme.

– D'accord… D'accord. Écoute. J'ai bien réfléchi. Je te propose un marché.

Il marqua une pause.

– Qu'est-ce que tu en penses ?

– Je n'ai pas d'opinion. Tu n'as encore rien dit.

– Oui, oui, bien sûr, oui, j'y viens. Voilà, j'ai passé beaucoup de temps à cogiter là-dessus. Comme je te l'ai déjà dit, je n'ai pas besoin de la maison. En ce qui me concerne, tu peux la prendre.

– Je suis déjà propriétaire de la maison. Je n'ai pas besoin que tu me la donnes.

– Je sais. D'accord, je sais. Mais… Je veux dire. Je te dis juste que ça ne me dérange pas. Je ne la veux pas. Je ne vais même pas essayer de la réclamer.

– Génial.

– D'accord, mais, bon, si tu prends la maison, je devrais pouvoir aussi prendre quelque chose. Ce ne serait que justice.

Je ne dis rien.

– Pas vrai ?

– Qu'est-ce que tu veux, Eric ?

– Donc, si tu prends la maison, et… N'oublions pas que c'est une grande maison. Avec des tonnes de trucs dedans. Donc, je disais, je trouve que ce serait normal que je prenne l'argent.

– L'argent.

Il opina du chef.

– Tu veux dire *tout* l'argent ?

Nouveau hochement de tête.

Cette fois j'éclatai franchement de rire.

– Tu es complètement dingue.

– Ce serait justice.

– Et qu'est-ce qui te fait dire ça ?

– Rien que la maison, ça doit déjà faire deux millions. Plus toutes ses affaires. Les livres, je ne sais même pas combien ça peut valoir.

– Je ne compte pas vendre les livres.

– Ouais, mais tu pourrais si tu voulais.

– Je ne veux pas.

– Bon, c'est comme tu voudras. C'est ton choix.

– En effet.

– Mais il y a encore plein d'autres trucs, je le sais pertinemment. Donc, en gros, tu vas très bien t'en tirer, et puis de toute façon tu n'en as pas besoin autant que moi. Ou sinon… écoute. Je suis prêt à faire un deal. Et si on disait ça ? Tu es prêt ? OK, voilà. Disons que je t'en donne la moitié.

– Que *tu* m'en donnes la moitié ?

– C'est super-équitable.

– Certainement pas. C'est même loin d'être équitable. Que les choses soient bien claires : ce n'est pas à toi de redistribuer ci ou ça. L'argent est à moi, Eric. Voilà ton point de départ si tu veux négocier.

– Et quoi alors ? Moi, j'ai rien ? C'est ça que tu es en train de me dire ? J'ai rien ?

– Si, elle t'a laissé quelque chose. C'est dans son testament. Tu l'as lu ?

– Comment tu veux que je fasse tous ces trucs qu'elle me demande ? Je ne peux pas, mec, tu le sais très bien.

– Eh bien, c'est fort dommage.

– J'ai des *difficultés* d'apprentissage.

– C'est ce que tu m'as dit.

– Ouais, alors tu pourrais m'aider. Parce que c'est pas juste et tu le sais.

– Elle trouvait ça juste.

– Tu ne sais pas de quoi tu parles.

Il avait l'air épuisé, tout à coup. Son visage prit une mine adoucie de circonstance. Du grand cinéma.

– Elle m'a pourri la vie, reprit-il.

– Elle te battait, c'est ça ?

– Exactement.

– Je ne te crois pas.

– Elle…

– Et même si je te croyais, ça n'a rien à voir avec moi, ni avec la maison ou l'argent.

– Je suis fauché.

– Désolé de l'apprendre.

– Ça ne veut rien dire pour toi ?

– Ça veut dire que tu aurais dû dépenser ce qu'elle te donnait avec un peu plus de parcimonie.

– Pourquoi tu me fais ça ? Qu'est-ce que je t'ai fait ?

– Je te fais quoi, Eric ?

– Tu prends *tout*.

– Je ne *prends* rien. Elle me l'a *donné*. Et, franchement, après ce que tu as essayé de faire, revenir ici demander l'aumône, c'est quand même gonflé.

– Je ne sais pas de quoi tu parles, bordel.

– Tu sais très bien ce que tu as fait.

– Non. Je ne sais pas.

– Eh ben, c'est ton problème.

Silence.

– Ne prends pas froid, dis-je en commençant à refermer la porte.

– Et ta thèse, ça avance ? me lança-t-il.

Je claquai la porte et poussai le verrou.

Si ça avançait ? Non, pas terrible, bien sûr. Pas cet après-midi-là, ni le suivant. J'avais trois pages d'une nouvelle ébauche que j'étais en train de relire quand le téléphone sonna. Je le laissai s'époumoner dans le vide une douzaine de fois. Il s'arrêta. Il y eut un bref silence. Puis il recommença. Je fermai mon ordinateur et marchai jusqu'à la cuisine.

– Allô ?

Silence.

Je raccrochai.

Je repris le couloir en direction du bureau.

Téléphone.

Je revins à la cuisine.

– Eric ?

Silence.

– Va te faire foutre, dis-je avant de raccrocher.

Au bout de la troisième fois, je débranchai le combiné.

Ça dura plusieurs jours d'affilée. Je devais lui reconnaître une certaine ténacité : dès que je rebranchais l'appareil, il se mettait à sonner. Je décrochais rarement, et quand ça m'arrivait, il n'y avait jamais rien au bout du fil. J'avais du mal à comprendre ce qu'il espérait obtenir par là ; dans le cas où j'échouais à terminer ma thèse, il n'avait quand même droit à rien. Je suppose que la rancune était une motivation suffisante.

J'appelai la compagnie de téléphone. Quelqu'un à Bangalore m'expliqua qu'il était impossible de bloquer un numéro en particulier, me suggérant plutôt de prendre une nouvelle ligne sur liste rouge. Ce que je fis, et les appels cessèrent instantanément.

À la place, cependant, se produisit quelque chose de beaucoup plus troublant. Je commençai à avoir l'impression d'être observé.

À quoi je le sentais, je n'aurais su le dire. Je ne vis jamais Eric, ni d'ailleurs personne d'autre. Imperceptible, obsédante, capable de survenir aux moments les plus inattendus – quand j'étais sous la douche, ou bien debout au comptoir d'une bijouterie pendant que le vendeur estimait le contenu du coffret à bijoux d'Alma –, cette sensation ne me quittait plus. Je fis le tour de la maison pour fermer les volets, restaurant l'atmosphère sépulcrale qu'Alma y avait entretenue. Mais je le sentais toujours : un œil invisible, tremblotant. Je me rendis au bureau de poste pour expédier ses cadeaux au Dr Cargill et, en sortant, alors que je posais un pied sur le trottoir, je le sentis à nouveau. Tel un dément, je me mis à pivoter sur place, agitant les bras dans tous les sens, manquant de renverser un cycliste. Il n'y avait personne, rien d'anormal, mais je rentrai à la maison d'un pas vif, accélérant le rythme à mi-chemin, c'était peut-être derrière moi, planant comme un magma gélatineux, injecté de sang, obscène, omniscient, omnipotent, je courais à présent, mes chaussures neuves glissant sur le bitume. Avant d'entrer dans la maison, je vérifiai des yeux le périmètre alentour et, une fois dans la cuisine, je me versai un grand verre d'eau. Les sensations ne devraient avoir aucun poids face aux faits. Je m'ébrouai un bon coup, bus un autre verre et entrepris de commencer à cuisiner pour ma fête.

Je ne savais pas trop quel intitulé lui donner. On était encore à dix jours de Noël. Drew disait qu'on s'en foutait pas mal, du moment qu'il y avait de quoi picoler. Je passai la soirée à courir partout, remplissant les verres, remerciant les gens pour leurs cadeaux de crémaillère, faisant la conversation à droite, à gauche, et admettant que oui, ça faisait vraiment trop longtemps qu'on ne s'était pas vus.

– On dirait que tu avais enfin trouvé ton âme sœur, répondaient-ils quand je leur parlais d'Alma.

Je souriais.

– Ça devait être merveilleux d'avoir quelqu'un comme ça dans ta vie.

En effet.

– C'est *toi* qui as fait ce gâteau ?

Eh oui.

Yasmina n'arriva jamais et, alors que l'heure tournait et que les autres invités – que je considérais comme du remplissage – commençaient à partir, je fis mentalement une croix sur toute cette soirée.

– Je te l'avais dit, me lança Drew sur le perron. La classe.

Dépité, je me réfugiai dans la cuisine, allumai la radio, roulai mes manches et plongeai les mains dans l'eau savonneuse brûlante. Quelle idée nulle, cette fête ! J'en voulais à Drew de m'avoir entraîné là-dedans. Tandis que je frottais comme un fou pour nettoyer de la confiture séchée, il me traversa l'esprit qu'il n'avait peut-être jamais invité Yasmina, prenant cette initiative de lui-même pour me libérer. J'écrabouillai l'éponge dans mon poing ; de la mousse coula sur mon poignet et par terre. Plus de mondanités, désormais. Je m'enfermerais dans ma retraite pour finir le boulot, puis je ramasserais ma fortune et entamerais une nouvelle vie, une vie qui n'aurait rien à voir avec Harvard ni aucun de ces gens… J'étais tellement immergé dans mon autoapitoiement que je faillis ne pas entendre la sonnette. Pensant que c'était quelqu'un qui revenait chercher des mitaines oubliées, je m'essuyai les mains et marchai jusqu'au vestibule. C'était Yasmina.

Silence.

– Je peux entrer ? demanda-t-elle. Il fait un peu froid.

Je lui pris son manteau et la conduisis à la cuisine, où je lui coupai une part de *Sachertorte.*

– Merci, dit-elle.

– Tu n'es pas venue avec Pete ?

– Il est à New York.

– Une autre fois alors.

Elle hocha la tête.

– Jolies chaussures.

– Elles sont grenat.

– Où sont passés tes mocassins ?

– Je les ai jetés.

– Ça alors, Joseph Geist, je n'aurais jamais cru.

Je la regardai mâcher.

– Je ne pensais pas que tu viendrais.

– Ouais, je sais. Moi non plus, dit-elle en se léchant un peu de chantilly sur le pouce. Il paraît que tu fais partie de l'aristocratie foncière, maintenant.

– Faut croire.

– Félicitations.

J'opinai du chef.

– Et alors ? demanda-t-elle. Tu me fais visiter ou quoi ?

– C'est son père qui a fabriqué ce violon.

– Ouah. C'est vrai ?

– Il était fabricant d'instruments de musique.

– Il est splendide... Pourquoi tu laisses tous les rideaux fermés ? Il fait un peu sombre, non ?

– C'est la nuit.

– Mais quand même... Tu vois ? C'est beaucoup mieux.

Je refermai le rideau.

– Je préfère comme ça.

– Ça ne m'étonne pas de toi.

Dans le bureau, elle repéra mon manuscrit, un tas de feuilles empilées de guingois et hérissées de Post-It inutiles.

– Tu t'es remis à écrire ?

– En quelque sorte.

– Je suis contente de l'apprendre.

– Merci... Regarde : le motif sur le chapeau du type reproduit exactement le pelage du chevreuil.

Elle laissa échapper un petit cri d'admiration.

– Ça te plaît ? demandai-je.

– J'adore. C'est exactement mon style.

– Je sais.

– Chaque fois que je rentre chez mes parents pour les préparatifs du mariage, ma mère veut absolument me faire visiter des maisons. Tous ces palais persans..., soupira-t-elle en frissonnant. Tu sais ? Des piliers et des piliers.

J'esquissai un sourire.

– Eh ben, conclut-elle. C'est magnifique. Lugubre et hanté... juste ce qu'il te faut. Même si je pense que tu devrais suivre mon conseil et faire entrer un peu plus de lumière du jour.

– Il y a encore une chose que tu n'as pas vue.

– Elle t'a laissé une voiture.

– Mieux que ça.

La réaction de Yasmina dans la bibliothèque me rappela quelque chose que j'avais oublié chez elle : son enthousiasme, la petite fille derrière la femme du monde. Cela faisait longtemps que je ne l'avais pas vue si émerveillée, poussant des oh et des ah alors qu'elle effleurait tout de ses doigts délicats.

– Oh, mon Dieu, répétait-elle sans cesse. Oh, mon Dieu, Joseph. C'est complètement fou. Sérieusement, tu te rends compte à quel point c'est fou ?

– Je me suis habitué, maintenant ça me paraît normal.

– C'est tout sauf normal. Oh, mon Dieu. C'est une vraie Tiffany ?

Elle se mit à examiner la lampe.

– Est-ce que tu as la moindre idée de ce que ça vaut ? Oh, mon Dieu. Qu'est-ce qu'il y a d'autre ?

Je lui montrai quelques-unes des éditions originales. L'espace d'un instant, elle resta éberluée. Puis, sur un ton pro :

– Tu devrais faire évaluer tout ça par un expert.

– Je ne compte rien vendre.

– Tu devrais quand même savoir combien ça vaut. Ne serait-ce que pour des questions d'assurance.

Elle s'arrêta devant le mur de photographies.

– C'est elle là ? Avec les rubans ?

– Oui.

– Oh, mon Dieu, qu'est-ce qu'elle était mignonne ! Regarde-moi *cette robe.* Elle avait un cheval ?

– Ça ne me surprendrait pas. Elle était d'une famille aisée.

– Euh… *ouais* ! Et… ah, évidemment, dit-elle en ramassant le demi-Nietzsche. J'étais sûre que tu trouverais une façon de tout gâcher dans une pièce aussi raffinée.

– Alma trouvait qu'il faisait bien ici. C'était son idée.

– Alors là, je ne te crois pas.

– C'est ce qu'elle disait.

Elle reposa la statue.

– Quand est-ce que tu vas finir par comprendre que les femmes disent tout et n'importe quoi ?

Je souris.

– Elle doit te manquer, reprit-elle.

J'opinai du chef.

– J'aurais adoré que tu la rencontres.

– Moi aussi.

Silence. Elle blêmit.

– Qu'est-ce qu'il y a ?

Elle secoua la tête, partit à l'autre bout de la pièce.

– Mina.

Son diminutif m'était venu sans y penser, et je me préparai aux représailles. Mais non.

– C'est un très beau tapis, commenta-t-elle en s'accroupissant pour le caresser de la main. Il doit valoir une fortune. Qu'est-ce qui se passe en cas d'incendie ? Tu y as déjà pensé ?

– Je…

– Il faut que tu apprennes à gérer ces choses-là. Tu dois prendre soin de ce que tu as.

– Yasmina. Qu'est-ce qui ne va pas ?

– Rien. D'accord ? Arrête. Il n'y a rien, je suis stressée, c'est tout.

– Par quoi ?

– Des tas de choses. Les mariages, c'est stressant.

Elle se releva, se dirigea vers un fauteuil, puis se ravisa et s'assit en tailleur sur le tapis, plongeant ses doigts dans le profond duvet.

– C'est vraiment un très beau tapis. Crois-moi, je m'y connais.

Je ne dis rien.

– Il y a ceux qui veulent ci, ceux qui veulent ça, reprit-elle. Ceux qui ne mangent pas de ci, ceux qui ne mangent que de ça. Ma mère… oh, mon Dieu. Et la sienne est encore pire. Tu les mets toutes les deux ensemble…

Elle mima une explosion.

Silence.

– Raconte, dis-je.

– Il vaut mieux que tu ne saches pas.

– Si… Raconte.

Silence.

– D'accord.

Parmi tous les détails sordides, il y avait : une dispute pour savoir laquelle des deux familles réussirait à imposer son rabbin ; le scandale des demoiselles d'honneur (les sœurs de Pedram refusaient de porter la robe bustier que Yasmina avait choisie) ; la question non résolue du plat principal (bœuf, poulet, ou un duo).

– Ça paraît délirant quand j'en parle, conclut-elle.

– Non.

– Si. D'ailleurs *c'est* délirant. C'est de la pure *folie.* Moi aussi, j'ai envie d'un beau mariage, mais je n'en suis qu'au premier essayage de ma robe et tout prend déjà des proportions dingues. Même si tu es la reine d'Angleterre, je ne vois aucune raison au monde d'investir autant d'énergie dans une seule journée.

– Ce qui veut dire que vous avez fixé une date.

– Le 23 juin.

– C'est plus tôt que prévu, non ?

Elle acquiesça d'un hochement de tête.

– Bon, eh ben, j'espère que tout se passera pour le mieux.

– Tu m'as l'air d'y croire, ça fait peur.

– Sinon il y a toujours Las Vegas.

– Tu fais exprès de ne pas comprendre ou quoi ? C'est un événement communautaire. Ça n'a rien à voir avec moi. Et puis Pedram tient beaucoup à l'idée d'un grand mariage. C'est lui le plus excité de tous. Il ne pense qu'à ça, ça vire à l'obsession. Je croyais que c'étaient seulement les femmes qui se mettaient dans des états pareils, mais apparemment non.

– Apparemment.

– Qu'est-ce que tu insinues par là ?

– Rien, j'ai juste répété ce que tu disais : « apparemment ».

– Pas la peine de prendre tes grands airs.

– Mina…

– Genre : tu savais dès le début que je finirais comme ça.

– Je n'ai jamais dit ça. Je ne l'ai même jamais pensé.

– Bien sûr que si.

– Je ne veux qu'une chose, c'est que tu sois heureuse.

– Eh ben je ne le suis pas. Voilà. Je ne suis pas heureuse. Tu es content ?

– Je…

– Je ne supporte plus tout ça. Ni eux, ni rien. J'ai envie de sauter dans le premier avion. Et merde. Tu n'as pas un Kleenex, s'il te plaît ?

J'attrapai la boîte sur le guéridon et m'agenouillai devant elle.

– Pardon, dit-elle, c'est très gênant.

– Il n'y a pas de quoi être gênée.

Elle éclata de rire, s'essuya les yeux, enveloppa le premier mouchoir dans un second.

– D'accord. Mes parents ont déjà avancé soixante-dix mille dollars d'arrhes. Je ne veux même pas savoir combien ça aura coûté au total. On a une liste de trois cents invités, et encore, c'est seulement notre côté… Je ne sais pas quoi faire. Je ne sais pas ce que je *peux* faire.

– C'est ta vie.

– Non. C'est la mienne, mais aussi la sienne, celle de mes parents, de ses parents, de nos grands-parents… Tout le monde s'investit à fond. Pour ma mère, ça a l'air d'être le but ultime de son existence. Je ne peux plus rien y faire, maintenant.

– On a toujours le choix.

– Ça y est, tu recommences.

– Quoi ?

– À parler par aphorismes.

– C'est ton mariage. L'union entre deux êtres. Pas une paire de chaussures.

Elle secoua la tête.

– Comme j'aimerais qu'ils t'entendent !

– Je peux les appeler, si tu veux. Donne-moi leur numéro.

– Ils vont te hurler dessus en persan, c'est tout. « Qui c'est, çui-là ? Pour qui il se prend ? »

Elle rit avec des sanglots dans la gorge.

– Enfin, bref, reprit-elle. Au moins il y en a un de nous deux qui est heureux.

– Toi aussi, tu devrais l'être.

– Je ferai avec.

– Tu mérites mieux que ça. Tu mérites d'être heureuse sans réserve. Tu…

Elle se remit à pleurer.

Je lui demandai pardon.

– Ce n'est pas grave, murmura-t-elle.

Elle s'essuya le visage. Puis, avec à peine l'ombre d'une hésitation, elle tendit le bras et m'attira vers elle.

Si je considérais la bibliothèque comme un endroit sacré – ce qui était le cas –, j'aurais dû me sentir honteux de la profaner. Pas du tout. Je me sentais formidablement bien. Je me sentais en paix, savourant la douceur du tapis sur mon dos nu. Yasmina était blottie contre moi. Son maquillage avait coulé partout, elle avait les cheveux en bataille, et la sensation de l'avoir ainsi près de moi me faisait revenir en mémoire le souvenir de dimanches matin paisibles, quand je me réveillais de bonne heure, sa peau luisante et sombre contre le blanc immaculé des draps, une main impeccablement vernie jaillissant à intervalles réguliers pour reporter la sonnerie du réveil de rappel en rappel, comédie muette qui pouvait durer pendant toute une heure. Elle passait un temps infini à traquer les poils sur son corps, qu'elle décolorait ou épilait : la nuque, les avant-bras, le creux des reins. En toute honnêteté, je la préférais au naturel. Elle me donnait l'impression d'une petite chose sauvage que j'avais réussi à apprivoiser.

Elle se rassit et entreprit de rassembler ses vêtements.

– Mina.

Elle me tourna le dos pour remettre son soutien-gorge.

– Mina. Parle-moi.

– Qu'est-ce que tu veux que je te dise ? Je vais me marier.

– Tu es sûre ?

Elle m'ignora.

– Mina…

– S'il te plaît, arrête. Je me sens déjà assez mal comme ça.

– Attends, dis-je en me redressant à mon tour. On peut discuter.

– Je suis fiancée.

– À quelqu'un que tu n'aimes pas.

– Ce n'est pas une raison.

– Qu'est-ce que je peux faire pour te convaincre ?

– Tu ne peux pas. Même toi.

Comme elle refusait que je la raccompagne à pied, je lui commandai un taxi que nous sortîmes attendre ensemble sur le perron. Il faisait froid dehors, la lune était cachée. Derrière moi, je sentais la masse imposante de la maison, ma maison. Voir Yasmina s'extasier dessus m'avait procuré une joie immense.

– Il va bientôt neiger, dit-elle.

Son taxi arriva au bout de la rue.

– C'est toi qui choisis, rétorquai-je. Ne l'oublie pas.

– D'accord, Confucius.

Je restai un moment assis sur les marches en espérant qu'elle ferait demi-tour. Mais il était deux heures du matin et elle se levait le lendemain. Elle avait des décisions à prendre. Même moi, je ne pouvais pas la convaincre. J'avais plaidé ma cause du mieux possible, maintenant il ne me restait plus qu'à attendre. Je me relevai pour rentrer.

À quinze mètres de là, sur le trottoir d'en face, la pénombre bougea. Un point orange incandescent perça la nuit noire – une cigarette – et disparut.

CHAPITRE 21

Cambridge se vida pendant les fêtes. Drew partit pour un tournoi de poker à Reno. Yasmina s'envola pour Los Angeles, où sa famille donnait une deuxième grande fête de fiançailles en l'honneur de Pedram et elle. Je restai calfeutré chez moi, commandant à manger à l'épicerie-traiteur du coin, surfant sur Internet, tapant et effaçant, un pas en avant, douze pas en arrière. Sentant que j'allais devoir prendre des mesures plus drastiques, je téléphonai à l'inspecteur Zitelli.

– Pas vraiment, répondit-il quand je lui demandai s'il pouvait me tenir au courant des développements de l'enquête.

– L'autopsie doit être finie, insistai-je. Ils ont restitué le corps.

– Elle est finie.

Le verdict concluait à un arrêt cardiaque provoqué par une surdose volontaire d'un cocktail de médicaments.

– Et Eric, alors ?

– Quoi, Eric ?

– Vous n'êtes pas allé lui parler ?

– Écoutez, me rétorqua-t-il. Là, c'est moi qui suis aux manettes. Pas vous. Maintenant, vous pouvez choisir d'être un atout ou un boulet. Comme vous voudrez.

Je lui présentai mes excuses.

– Vous allez être obligé de me croire sur parole, d'accord ? Mais d'après les informations dont nous disposons jusqu'ici, il paraît assez clair que Mme Spielmann s'est donné la mort.

Je ne dis rien. Je songeai à ses dernières heures solitaires sur cette terre.

– Je sais que ce n'est pas facile à accepter, reprit-il. Si ça peut vous consoler, j'ai bien conscience que vous teniez beaucoup à elle.

Le ton de sa voix, pas complètement sincère, me fit dresser les antennes. J'avais envie de raccrocher, mais je n'avais pas encore posé ma deuxième question. En voulant enchaîner avec le plus de naturel possible, je me retrouvai à bégayer comme un acteur débutant :

– Euh… merci. C'est très gen… merci. Mais, euh, inspecteur ? Encore une… Pardon. Encore une chose, par rapport à sa thèse. La thèse. Vous pensez que je pourrai la récupérer bientôt ?

Je marquai une pause avant d'ajouter :

– C'est que j'en ai besoin, vous comprenez. Pour mes recherches.

Un bref silence.

– J'avance aussi vite que possible, répliqua-t-il.

– Bien sûr. C'est juste que c'est assez important, alors si l'affaire est bouclée…

– Je n'ai pas dit ça.

– Mais, euh, vous avez dit que ça paraissait clair.

– J'ai dit que ça paraissait *assez* clair.

Il fallait lui reconnaître au moins une chose : il avait l'art de couper les cheveux en quatre.

– Une estimation à la louche alors ? demandai-je.

Un plus long silence.

– Ça dépend essentiellement de la date à laquelle la traductrice me l'aura rendue.

– Vous… Vous la faites traduire ?

– Mon allemand est un peu rouillé.

Je m'enfonçai un poing dans le front.

– Je vois. Et, euh… Je peux peut-être vous aider pour ça, suggérai-je.

– C'est gentil à vous de proposer, mais on a déjà quelqu'un sur le coup.

– Bon. S'il y a quoi que ce soit d'autre…

– C'est noté, dit-il. Joyeuses fêtes !

Le lendemain, je retournai à la boutique pour hommes. Le vendeur me reconnut, vint me serrer la main et me faire la conversation. Sur ses conseils, je me choisis une paire de boutons de manchette en or comme cadeau de Noël à moi-même, lequel entraîna en sus l'achat d'une chemise à poignets mousquetaire. Je ne peux pas dire qu'ils m'apportèrent l'un et l'autre de grande révélation philosophique, mais ils me donnaient assez fière allure et, debout devant le miroir de la cabine d'essayage, j'éprouvai une certaine satisfaction, comme si j'avais cousu cette chemise moi-même. La consommation peut servir de succédané à la production, n'est-ce pas ? J'étais entré dans cette boutique sans rien et en ressortis chargé de présents : la chemise et les boutons de manchette, certes, mais aussi un pantalon et une magnifique sacoche à bandoulière caramel en peau d'agneau ultra-souple. Plus une deuxième chemise. Afin d'agrémenter ses deux paires de chaussures, l'homme élégant se doit de posséder au minimum une chemise blanche et une bleue. Et une troisième rose. J'ai toujours aimé le rose.

J'étais si bien disposé que je m'arrêtai également dans une boutique pour femmes afin d'acheter un cadeau à Yasmina. Parmi tout le choix disponible, un pendentif en rubis serti dans de l'or jaune avait clairement ma préférence. J'hésitai un instant en voyant le prix – deux mille six cents dollars –, mais je me rappelai qu'il fallait battre le fer tant qu'il était chaud, et dans le pire des cas je pourrais toujours puiser dans le coffret à bijoux d'Alma pour y trouver de nouvelles choses à vendre. Je fis emballer le pendentif, signai la petite carte d'un « Affectueusement, Confucius » et l'envoyai à l'adresse de ses parents.

Le 24 décembre, après le coup de fil de rigueur à ma mère, je transférai mon dîner des barquettes en alu à mon assiette, me servis un verre de champagne et apportai le tout sur un plateau dans la salle à manger, où j'avais dressé la table pour la première fois, geste que je trouvais parfaitement approprié à une occasion festive.

Le 27 décembre, Yasmina me téléphona.

– À quoi tu joues ?

– Pardon ?

– Tu ne peux pas faire ça.

– Joyeuse Hanoukka, dis-je.

– Tu ne peux pas, Joseph.

– Si ça ne te plaît pas, je peux le changer.

– Ce n'est pas la question de savoir si ça me plaît ou pas.

– Mais ça te plaît ?

– Je suis sérieuse. Qu'est-ce que je suis censée faire de ça ?

– Le porter.

– Oh, arrête.

– Prends-le comme un geste amical.

– C'est ça, oui.

– Tu penses que c'est un geste inamical ?

– Je pense que je suis *fiancée.*

– C'est juste un début. Avant que tu sois certaine.

– Chut, arrête, maintenant ça suffit.

– J'essaye de te reconquérir en te couvrant d'or et de pierres précieuses. Je ne sais pas, j'ai l'impression que ça marche.

– Pas du tout.

– Donc ça ne te plaît pas.

– Bien sûr que si. C'est magnifique.

– Alors ça marche.

– Joseph…

Elle marqua une pause et poursuivit un ton plus bas :

– Merde. Il faut que j'y aille.

– Attends.

– Je te rappelle plus tard.

– Mina…

Elle raccrocha. Je souris, puis ouvris la porte du frigo pour finir ce qui restait de champagne.

Cette nuit-là, je rêvai d'Alma.

Nous discutions dans un centre commercial géant, un peu comme un Wal-Mart mais en beaucoup plus grand, avec des rayonnages tellement hauts qu'on aurait dit qu'ils ployaient vers l'intérieur, remplis à ras bord de toutes sortes d'articles bariolés, équipements de sport, produits ménagers, jouets pour enfants, tous disproportionnés et dans des couleurs fluo atomiques. Nous poussions un caddie bringuebalant qui faisait deux fois ma taille, attrapant tout ce qui nous tombait sous la main. Mais le chariot ne se remplissait jamais. Nous continuions à nous servir sur les étalages, les vibrations du caddie étaient de plus en plus fortes, un monstrueux gargouillis gastro-intestinal comme dans une course de stock-cars. Je lui demandais d'attendre ; j'avais besoin de faire une pause ; je n'en pouvais plus. Mais elle continuait sans moi et je lui criais d'arrêter, juste une seconde de silence et de répit. Elle s'éloignait en poussant le chariot vers le bout de l'allée et je savais que si je ne la rattrapais pas tout de suite, je n'y arriverais plus. Je cherchais autour de moi quelque chose à lui jeter, pas sur elle mais suffisamment près pour attirer son attention et lui faire comprendre que j'étais à la traîne. Je tombais sur une soucoupe en porcelaine et j'hésitais : ce n'est pas bien de jeter une soucoupe, on ne peut pas se balader comme ça et détruire des soucoupes sans aucune raison. Au loin devant moi, elle s'était engagée dans le virage. C'était maintenant ou jamais. Alors je pris mon élan et je lançai la soucoupe. Elle s'envola, rebondissant contre les rayonnages, semant le chaos partout où elle frappait, caisses et produits valsant dans tous les sens, plastiques et cartons dans des couleurs vert antigel et orange de cône de chantier, une pluie d'articles sous laquelle j'étais enseveli tandis qu'Alma disparaissait de ma vue.

Cinq heures trente-trois, un bruit de verre brisé.

Les yeux grands ouverts. Le torse picotant de sueur. Dehors, un matin charbonneux : le jardin, le cognassier dénudé, la clôture ouverte, et là autre chose, un rai de lumière au ras de la pelouse ayant pour origine une pièce du rez-de-chaussée, ayant pour origine la bibliothèque. Il y avait quelqu'un dans la maison, je savais qui c'était, il était là.

J'attrapai mon peignoir de bain, pris un tisonnier dans la cheminée et descendis l'escalier à pas de loup. Un courant d'air glacé me guida jusqu'à la chambre du fond, mon ancienne chambre, où je vis le carreau sur lequel était peinte la scène de chasse brisé en mille morceaux. Je me baissai pour toucher un des plus gros éclats. Le chapeau du chasseur. À moins que ce ne fût le pelage du chevreuil ? Je n'aurais su le dire. Ils étaient désormais indiscernables, de la beauté réduite à néant. Je pivotai en position accroupie, tremblant de rage.

Je m'attendais à ce qu'il se lève d'un bond en me voyant entrer dans la bibliothèque, mais il resta assis tranquillement au milieu du tapis, entouré de pages froissées, de couvertures déchirées, de reliures arrachées ; on aurait dit un chercheur fou. Il avait mis par terre, et détruit, le contenu d'une bonne dizaine d'étagères.

– Lève-toi, dis-je.

Sa main bougea sous un livre ouvert en deux et surgit, tenant le revolver d'Alma.

– Non, répondit-il. C'est toi qui t'assois.

Il est intéressant de voir le nombre de calculs que votre cerveau exécute en un instant comme celui-là. La distance jusqu'à lui ; la distance jusqu'à la porte ; le poids du tisonnier dans ma main ; la probabilité que le revolver soit chargé, multipliée par la probabilité qu'il marche encore. Les chiffres bruissaient et cliquetaient dans ma tête, mais aucune solution ne me vint. Je m'assis dans un des fauteuils bergères.

– Pose ça par terre.

Je posai le tisonnier.

– Donne-le-moi.

J'obéis.

– Parfait, dit-il. Maintenant on va pouvoir discuter.

Je ne dis rien.

– Je ne trouve pas le chéquier.

– Je l'ai jeté.

Il plissa le front.

– Pourquoi ?

– Ça ne servait plus à rien. Il était à son nom.

– Alors qu'est-ce que je fais là ? demanda-t-il en me fixant du regard.

Je ne jugeai pas que ça méritait une réponse.

– Bon, fit-il. Ça fait chier.

Silence de ma part.

– Il fait vraiment froid ici, tu sais ?

Nouveau silence.

– Vraiment froid, répéta-t-il. Elle a toujours aimé vivre dans un frigo. À l'époque, je me baladais avec quinze couches superposées. Tu te rends compte ? Mais elle s'en foutait.

Silence encore.

– Je sais bien que c'était à cause de son truc, patati, patata. Mais un minimum de décence humaine, non ? C'est ça le problème avec les gens comme vous.

Silence toujours.

– Déshabille-toi, dit-il.

Je ne bougeai pas.

Il pointa le revolver sur mon torse.

Je me levai et ôtai mon peignoir.

Silence.

Il attendait.

J'enlevai mon pantalon de pyjama.

– C'est pas fini, insista-t-il.

Je me mis entièrement nu devant lui.

– Tu as froid ?

Je ne répondis pas.

Il regarda mes parties génitales.

– Tu as l'air d'avoir froid, dit-il en riant. Assieds-toi.

– Tu peux prendre les bijoux, proposai-je.

– Et toi, tu peux aller te faire foutre.

Silence.

Je m'assis. Contre ma peau, le revêtement du fauteuil grattait comme du sable.

– Allez, on n'a qu'à discuter un peu.

Au bout d'un moment, je rétorquai :

– De quoi tu veux qu'on discute ?

– Je ne sais pas. Voyons voir…

Il réfléchit.

– J'ai une idée. Par exemple : est-ce que ça t'est déjà arrivé de penser à elle en te branlant ?

Je ne dis rien.

– Oui ou non ?

– Tu me dégoûtes.

Il éclata de rire.

– Elle avait honte de toi, repris-je.

– Peut-être.

– Tu es un raté.

– Peut-être. Mais je sais pas, mec, en même temps, regarde-nous. À ton avis, c'est lequel le raté ?

Je me tus.

– Dis : « Tu as raison, Eric. »

Je gardai le silence.

– Dis-le.

– Tu as raison.

– « Tu as raison, Eric. »

– Tu as raison, Eric.

– « Vous avez raison, chef. »

– Vous avez raison, chef.

– Dis : « Je suis une sombre merde. »

– … Je suis une sombre merde.

– Plus fort, s'il te plaît.

– Je suis une sombre merde.

– Dis : « Je suis un sale con. »

– Je suis un sale con.

– « Qui pense à des vieillardes mortes quand il se branle. »

Je ne dis rien.

– Dommage, tu t'en sortais bien.

Comme je ne disais toujours rien, il s'approcha de moi et me colla le canon de son revolver sous le menton, ce qui me provoqua un haut-le-cœur.

– *Parle.*

Je n'y arrivais pas. Il enfonça le revolver un peu plus et je manquai de m'étouffer, alors il sourit, et ce faisant sa tête bascula légèrement en arrière, comme celle d'Alma quand quelque chose l'amusait, je sentis le revolver se relâcher et mon corps bondit du fauteuil et je me jetai sur lui, nu, enflammé, glissant de sueur, moi l'homme fort, deux fois plus grand que lui à tel point qu'il sembla disparaître sous moi, projetant des jets de salive brûlants et ses bras contre mon torse tels des câbles électriques arrachés se cabrant dans tous les sens au milieu d'une route. *Clic*, entendis-je. *Clic, clic, clic,* comme une machine à écrire cassée. Il avait mal calculé son coup, alors à la place il se servit du revolver pour me cogner, il me cogna à la tempe deux fois de suite, puis deux fois encore, et le monde se mit à refluer comme la marée descendante, puis à mousser comme la marée montante, et il réussit à me grimper dessus, me rouant de coups au visage tandis que je tâtonnais pour essayer d'attraper le tisonnier, mes doigts se refermant sans cesse sur du papier, des poignées et des poignées de feuilles froissées en boule, et la crosse du revolver s'abattit violemment contre ma colonne vertébrale, le son creux du métal sur la peau et les os. Il allait me tuer. C'est ce que je parvins à identifier. Mon cerveau le formula. Il me dit : *Il va te tuer.* Avant d'ajouter : *Sauf si tu te lèves.* Je me levai. Il était en train de m'asséner de grands coups en prenant le plus d'élan possible, et c'est en partie grâce à son manque de précision que je réussis à me mettre debout, reculant en titubant pour m'éloigner de lui à travers les piles de livres éparpillées, glissant sur un océan de papier. Il se rua vers moi. Je tendis en avant mes longs bras de paysan, l'empoignai par la manche et utilisai son propre élan pour le projeter en direction de la cheminée. Il était si maigre et léger que dans mon imagination (car c'était forcément mon imagination, cela n'avait pas pu se produire réellement) je vis ses pieds quitter le sol et, l'espace d'un instant, il devint une créature gracieuse, une créature volante. Sa tête tournoya comme la lanière d'un fouet au bout de son corps et s'écrasa contre la tablette de la cheminée. Alors je le lâchai, il chancela sur ses pieds, l'air aussi ivre qu'après la soirée que nous avions passée dans ce bar, tous les deux ensemble. Nous n'avions rien en commun. Nous n'aurions pas pu être plus différents, songeai-je en m'emparant de l'objet le plus proche, qui s'avéra être la demi-tête de Nietzsche.

Vous avez sans doute déjà vu Nietzsche. Si ce n'est pas le cas, laissez-moi vous le décrire. La seule partie de lui qui compte, bien entendu, est sa moustache, qui sur ses premières photos ressemble à une moustache standard du dix-neuvième siècle, épaisse comme un cigare, noire comme la fumée, vaguement pubienne. Une personne normale aurait pu s'en tenir là, s'en occuper, la peigner et la cantonner aux limites de la convention, mais Nietzsche était bien sûr tout sauf normal, aussi continua-t-il à la laisser pousser et, autour de la quarantaine, elle avait commencé à se retrousser aux extrémités, comme des ailes, ou une sorte de signe de ponctuation inconnu au bataillon. Tout le monde prétend comprendre Nietzsche, mais peu le comprennent vraiment. J'ai toujours pensé qu'on pouvait établir une corrélation entre son basculement dans la folie et la croissance de sa moustache. Un bon sujet de recherche, peut-être pas pour un philosophe mais pour un historien des idées doté du sens de l'humour. Nietzsche sombra dans la démence à l'âge de quarante-cinq ans. Personne ne sait exactement ce qui en fut la cause, mais la légende dit qu'il vit un homme fouetter un cheval et qu'il perdit la tête. Cette histoire est presque sûrement apocryphe. Il passa les onze dernières années de sa vie enfermé dans un asile. Les deux dernières, il ne disait plus un mot. Pendant cette période, sa moustache – devenue entre-temps une chose terrifiante – lui mangeait entièrement le visage, et l'on peut choisir de la regarder (insoumise, impénétrable) comme l'expression la plus précise de ses dernières pensées. Il faut la voir, la moustache de Nietzsche ; sculptée dans du fer, elle ressemble à un demi-chapeau de champignon. Coupé en deux, ce demi-chapeau devient un quart de chapeau, pointu au bout, comme une hache. Eric ne dit rien quand je l'assommai avec. Il y eut un bruit de coquille d'œuf et il s'écroula au sol. Je repensai à lui en train de menacer Alma, de me menacer, moi, de me calomnier, de la rendre malade, de débarquer ici, de s'immiscer dans ma vie, de me faire peur, de casser mon carreau, de me voler mes mots et de les remplacer par les siens qui étaient stupides, immondes et inintelligents. Rectification : je ne pensai pas toutes ces choses, mais je les vis grouiller sous mes yeux et je les écrabouillai une par une pour faire le ménage, je fis le ménage de vingt années dans ma tête. Il n'y avait nul besoin de mots. Eric avait cessé depuis longtemps d'émettre aucun son, tout comme son crâne, qui était mou et sans résistance quand je le frappai une dernière fois.

Vous pourriez plaider la légitime défense, mais regardez. Regardez le tapis, le parquet autour de la cheminée. Regardez les livres. Inutile de regarder la chose en elle-même, inerte ; le visage qui n'en est plus un ; les cheveux coagulés et dégoulinants. Inutile de voir ça pour comprendre ce qui s'est passé ici. La pièce à elle seule raconte toute l'histoire. Regardez ce qui s'est passé : les balafres écarlates, tribales, la façon dont vos mains tremblent – d'horreur, certes, mais aussi de jubilation. Et n'importe qui le verrait aussi bien que vous. Vous aviez toutes les raisons du monde pour faire ce que vous avez fait. Et donc demandez-vous, allez-y : qui vous croira ?

Ce que vous êtes devenu en ces quelques instants vous sidère. Vous vous prétendez un penseur, mais l'espace d'un court moment vous n'étiez plus que physique, votre force et votre furie aussi choquantes qu'elles étaient manifestes. Ayant beaucoup lu, vous savez ce qui s'est passé au sens physiologique : les glandes qui se contractent, les hormones qui jaillissent, le réseau neuronal en panique régissant la réaction combat-fuite ; vous avez connaissance, en théorie, de phénomènes culturels analogues, la fureur sacrée des guerriers-fauves de la mythologie nordique, les débordements des orgies bachiques, les débauches de violence aztèques et la glossolalie des pentecôtistes, pour ne citer que quelques exemples de folie spirituelle dont les adeptes prétendent, dans leur délire, qu'elle leur procure des flashs de dévotion et de surhumanité, phénomènes parfaitement décrits et disséqués dans les annales de sociologie, de psychologie, d'histoire, d'archéologie, d'anthropologie et dans l'étude comparée des religions, où des armées d'érudits on ne peut plus sérieux ont expliqué par des tartines de prose quand, pourquoi et comment les gens se mettaient dans des états d'excitation pareils, tout en tirant des conclusions sur les implications plus vastes de tels comportements sur l'inné et l'acquis, la culture, etc. Vous avez lu. Vous avez cerné ces idées sur le papier, mais jamais en trois dimensions ; et maintenant que c'est le cas, vous êtes totalement présent, fourmillant de sensations, si éveillé, alerte et sensible à la réalité qu'il vous est incroyablement douloureux juste de vous tenir là, vivant. Le jaune des lampes est le plus jaune imaginable. L'air piquant et visqueux comme de l'eau de mer. Votre ventre gronde d'une faim proche de l'extase sexuelle. Vous êtes présent. Vous avez agi. Qui vous croira, quand vous-même vous n'y croyez pas ?

Le corps couvert de plaies, vous n'avez mal nulle part. Vous remettez vos vêtements, comme une vieille mue abandonnée. Il y a des livres partout, partout détruits. C'est lui qui a fait ça. Vous vous tournez vers lui dans un élan de haine et vous voyez de nouveau ce qu'il est devenu, le cratère gris qui fixe la cheminée, sans yeux ; votre estomac se cabre et vous vous précipitez aux toilettes juste à temps. Quand c'est fini, le silence retombe avec un sifflement strident qui vous force à plonger la tête entre vos genoux, et vous restez comme ça un long moment, d'abord pour décider ce qu'il faut faire, puis pour vous y préparer mentalement, après quoi vous vous relevez en essuyant un filet de bave sur votre menton, et dès que l'eau s'arrête de couler, vous l'entendez : une mélopée tsigane lugubre, une chanson d'amour et de mort. Elle est à l'heure, comme d'habitude, et elle se dirige vers la bibliothèque, par laquelle elle commence toujours désormais, à votre demande, de façon à ne pas vous réveiller là-haut.

Vous sortez dans le couloir et, par la porte grande ouverte, vous voyez : la poitrine qui se soulève, la tache de vin au-dessus des lèvres, la jupe en jean défraîchie, le tablier éternellement souillé, le corsage beaucoup trop décolleté pour une femme de son âge. Dans ses cheveux, un peigne en plastique imitation écaille de tortue. Elle est à contre-jour dans la lueur de l'aube, une lumière dont l'épaisseur, la texture et les propriétés réfractives uniques la font paraître comme sertie dans du verre, tel un colifichet en suspens dans un presse-papiers, qui contemple fixement le sol et le bazar que vous avez mis, elle n'a jamais vu autant de bazar de sa vie. De sa bouche bovine s'échappe un son surnaturel, qui démarre dans les graves et monte progressivement dans les aigus jusqu'à atteindre une certaine note qu'elle se met alors à expirer, expirer, expirer comme un piston haletant, quelque part dans un étrange triangle vocalique entre *u*, *o* et *e*, s'approchant de ce qu'on appellerait techniquement la voyelle mi-ouverte centrale arrondie, un terme que vous connaissez parce que vous avez suivi plusieurs cours de linguistique. *Ueoww*, en agitant ses grosses mains devant son gros visage stupide. *Ueohh ueohh ueooowww.* Bien qu'épouvantable, ce son a une utilité très nette : celle de vous faire prendre conscience de ce qui est en train de se passer là, tout de suite, en cet instant, dans cet endroit précis.

Vous dites son nom.

Elle vous regarde, et son visage a l'air de s'engloutir en lui-même. Elle est au comble du dégoût. C'est l'Amérique. Elle vous prenait pour un brave homme. Elle vous appelait « patron ». Mais qu'est-ce que vous êtes à présent, sinon un sauvage barbouillé de crasse avec un bon niveau de vocabulaire ? Et elle continue à faire ce son. Vous redites son nom et avancez d'un pas vers elle, et cette fois elle laisse échapper un cri en bonne et due forme, une longue aria dodécaphonique de pure terreur. Avant ça, vous n'aviez jamais vraiment compris ce qu'on entendait par « à vous glacer le sang ». Parce que le son qu'elle produit vous donne en effet l'impression que vos entrailles sont en train de se congeler, et pour la troisième fois vous répétez son nom, mais il n'y a pas moyen de la raisonner, elle se précipite vers vous en hurlant et en brandissant le tisonnier comme une lance. Vous reculez, trébuchez sur son aspirateur abandonné, atterrissez sur le coccyx, et vous essayez de l'agripper par la cheville alors qu'elle vous dépasse en courant. Il y a cinq mètres de couloir et tout ce que vous demandez, c'est qu'elle s'arrête de crier juste le temps de lui expliquer la situation, alors vous la pourchassez dans le salon en répétant son nom. Le tisonnier s'abat dans votre direction et vous réussissez à l'intercepter grâce à des réflexes dont vous ignoriez l'existence, vous tirez un grand coup dessus et elle se retrouve tout près de vous, alors votre bras l'empoigne par la taille comme si vous vouliez danser la valse avec elle, et tous les deux vous roulez au sol sur le parquet du salon, renversant au passage un ou deux lampadaires en cuivre. Elle sent le détergent et la camomille. Quel spectacle on doit donner ! vous songez. D'un certain côté, ça doit être assez cocasse. Si seulement elle voulait bien se taire. C'est tout ce que vous demandez. Que vont penser les voisins ? Vous pouvez lui expliquer exactement ce qui s'est passé et pourquoi, mais d'abord il faut qu'elle *la boucle.* Vous lui arrachez le tisonnier des mains et le lancez le plus loin possible tout en vous efforçant de la maintenir par les épaules pour pouvoir la regarder dans les yeux et lui ordonner de se calmer, mais elle ne vous écoute plus, ah ça non, elle a sa propre idée en tête maintenant et elle refuse de vous laisser la parole ne serait-ce que le temps de lui donner votre version, et quand vous lui mettez une main sur la bouche, pas pour lui faire du mal mais juste pour bloquer temporairement ce son qui vous rend fou de terreur, elle vous mord à vous faire monter les larmes tandis que ses ongles mal taillés vous lacèrent le visage ; ma parole, mais elle veut vous arracher les yeux. Qu'est-ce qui lui prend ? Rien de tout ça ne la concerne et vous n'avez pas besoin qu'elle se sente concernée, vous avez juste besoin qu'elle s'arrête de crier tout de suite, c'est un besoin plus grand que le soleil. Vous lui attrapez les bras, vous les plaquez au sol et vous vous accrochez à elle comme si c'était un bœuf. Elle a l'avantage de l'agressivité, elle est prête à tout essayer, toutes les sales petites ruses du répertoire. Vous avez l'avantage de la taille. C'est quelque chose que vous avez toujours eu : la masse. Un genou sur son torse, l'autre, et la voilà assujettie, se débattant faiblement, martelant le parquet de ses talons. Écoutez-moi. Vous tentez de lui expliquer, tentez de la convaincre par des mots, écoutez-moi, écoutez. Écoutez. Mais regardez-la, maintenant. Elle grimace. Une partie de vous reconnaît que vous devez sans doute lui faire mal. Est-ce une décision ou quelque chose qui se produit ? Quelque chose que vous faites ou qui se fait tout seul ? Qui est l'agent, quel est le verbe ? Parce que vous ne bougez pas du tout, vous restez exactement où vous êtes, et ses yeux s'écarquillent et vous comprenez ce qui est en train de lui arriver… à moins que vous n'ayez déjà compris avant, quand vous avez choisi de rester là, en place, avec vos genoux qui appuient comme deux enclumes sur son cœur cinquantenaire. Elle fait un bruit comme un fer à repasser qui relâche de la vapeur, son regard devient tout blanc et sa tête retombe en arrière, exposant sa gorge, et vous restez là encore un moment avant de vous relever et de vous retrouver à nouveau face au silence, avec un problème de plus sur les bras.

Ça aussi maintenant ?

C'est absurde.

Ça ne peut pas être vrai.

Mais voici une main.

Et en voici une autre.

Toutes les excuses que vous pouviez avoir avant se sont désormais évanouies. Le choix est binaire.

Continuer.

Ou arrêter.

Vous avez tellement peur.

Regardez en arrière et le passé se télescope jusqu'à cet instant précis ; regardez en avant et le futur est clair. Vous n'êtes pas encore prêt à vous poser des questions. Vous aurez besoin d'étudier le contexte, de fournir un cadre théorique ; et tout ça va devoir attendre, car l'abstrait cède à présent le pas au très concret.

C'est un tel labeur de la traîner jusqu'à la bibliothèque que vous vous bloquez le dos, et c'est par la seule force de votre volonté que vous arrivez au bout. Vous l'allongez sur le tapis à côté de lui et vous secouez vos bras et vos jambes pour vous assouplir.

Vous allez chercher du matériel. Elle a laissé le reste de ses produits dans le vestibule. Une bouteille d'ammoniaque, un bidon de solvant. Dans la cuisine, vous remplissez un seau que vous pendez au creux de votre bras et vous vous coincez une serpillière sous l'aisselle. Vous prenez quelques sacs-poubelles. Des éponges.

Sans parler des livres, c'est le tapis qui a le plus souffert. Les taches ont vite séché, formant d'innombrables petites boules dures et quelques marques de la taille d'un palet de hockey, des fibres noires coagulées ensemble comme par cautérisation. Le Sopalin se déchiquette, inutile. Ce qu'il vous faut, c'est un bon vieux chiffon traditionnel. Vous enlevez votre peignoir. Il pue l'effort et la peur, et vous en trempez un coin dans le seau, dont entre-temps l'eau a tiédi et s'est couverte d'écume, à la surface de laquelle flottent toutes sortes de petits grumeaux noirs non identifiables. L'envie de vomir vous saisit par vagues. Vous avez mal à la gorge à force de haut-le-cœur. Vous avez mal au plexus solaire. Vos yeux veulent toujours se poser sur le visage défiguré, alors, pour les en empêcher, vous regardez vers le bas, seulement vers le bas. Vous essorez le bord du peignoir et vous vous remettez au boulot, à frotter. Ça ne marche pas vraiment, si ? Vous n'en savez rien. Votre vision est floue, on verra plus tard. L'idée vous effleure que les taches ont peut-être traversé jusqu'au parquet. Affolé, vous soulevez un coin et passez la main sur les lattes. Propres. Sèches. N'oubliez pas que c'est un beau tapis, très beau, de qualité supérieure, avec des poils suffisamment épais pour absorber vos péchés. Vous reposez le coin et vous reprenez en y mettant toute votre énergie.

Oh, mais alors les livres… Beaucoup ne peuvent être sauvés. Vous tentez de les essuyer, mais évidemment cela ne marche pas ; ça a imbibé le vieux papier, imprégnant le texte en profondeur. Des marques sur le frontispice se répercutent jusqu'au troisième chapitre. Voir ça vous tord le cœur comme un fil barbelé. Certains que vous avez lus, d'autres que vous vous étiez promis de lire. Et d'autres encore que vous n'aviez jamais songé à ouvrir, et c'est seulement maintenant, au moment de devoir vous en séparer, que vous appréciez leur valeur. Courageusement, vous réinsérez les pages, restaurez les coins arrachés, remplissez les housses mortuaires.

La soie verte a l'air indemne, ce qui est une bonne chose car vous doutez que vous auriez pu arranger ça, et des dégâts ne serait-ce que sur quelques centimètres carrés vous auraient obligé à arracher le panneau entier, or il y en a trois : deux du sol au plafond de part et d'autre de la cheminée et un troisième au-dessus de la tablette. Vous auriez peut-être dû tout jeter et repeindre.

La lampe, Tiffany ou pas, est intacte.

Dehors, les geais bleus crient *gare, gare, gare, au voleur, au voleur, au voleur.*

Vous passez de longues minutes à examiner les fauteuils bergères. Leur revêtement est si foncé que vous pourriez presque les laisser comme ça. Mais deux précautions valent mieux qu'une. Vous vous penchez pour soulever les coussins et, au passage, vous apercevez le visage qui n'en est plus un.

Vite, à genoux au-dessus du seau. Quelques instants plus tard, le sentiment se dissipe et vous vous redressez, épuisé, hagard. Sans le regarder, vous recouvrez le haut de son corps d'un sac-poubelle.

Vous passez l'aspirateur.

Vous portez tout jusqu'à la buanderie, vous videz le seau dans le grand évier en plastique, vous vous déshabillez et vous mettez vos vêtements irrécupérables dans un sac-poubelle.

À l'étage, vous passez sous une douche brûlante. Le filet qui s'écoule est rose. Vous vous frottez jusqu'au sang avec un gant de toilette, vous montez encore la température jusqu'à ce que les balafres sur votre corps soient complètement blanchies. Alors vous coupez l'eau et vous restez debout au milieu d'une colonne de vapeur, fourmillant de détermination, réfléchissant à la suite.

Se sécher, s'oindre, s'habiller. À part les entailles sur votre corps, qui piquent mais ne vous inquiètent pas beaucoup, elle vous a aussi laissé une marque au visage, trois profondes griffures en dents de scie juste sous votre œil droit. Vous attrapez une boîte de pansements, mais finalement vous hésitez. Qu'est-ce qui se remarque le plus : une blessure ou un sparadrap ? Dommage que vous n'ayez pas de maquillage. Mais cela fait longtemps que vous vous êtes débarrassé de ce qu'il y avait dans son vanity-case. C'est votre vanity-case désormais, et qu'est-ce qu'un homme adulte pourrait bien faire avec du maquillage ? On ne pense jamais avoir besoin de quelque chose avant d'en avoir besoin, c'est la vérité. Vous mettez des pansements et redescendez.

La situation exige un bon thé, que vous préparez avec deux sachets, d'énormes cuillerées de sucre et le jus d'un citron entier. Vous faites une liste, que vous relisez plusieurs fois de suite. Aujourd'hui, vous appareillez pour un long voyage – vous ne distinguez déjà plus le rivage – et vous êtes obsédé par la crainte d'avoir négligé un détail fatal.

Continuez.

Allez.

Elle a ses clés dans la poche de son tablier.

À votre grande surprise, le break Subaru démarre au quart de tour. Vous descendez l'allée tout doucement. Ça fait un bail que vous n'avez pas touché un volant et les automobilistes de Boston sont connus pour leur agressivité. Un ami de la fac ayant grandi dans le coin vous a raconté un jour qu'il avait appris à faire les créneaux en reculant jusqu'à ce qu'il cogne le pare-chocs de la voiture derrière lui. Il appelait ça « un petit bisou ». À ses yeux c'était parfaitement normal. Vous y repensez alors que vous tournez dans le quartier en décrivant des cercles de plus en plus larges à la recherche d'une place qui ne soit ni payante, ni démesurément étroite, ni à autorisation limitée. Peut-être que vous devriez la mettre au parking. Mais ce n'est pas une bonne idée : ils auront une trace de votre entrée et de votre sortie. Impossible. Vous continuez à chercher jusqu'à plus d'un kilomètre à la ronde, et vous finissez par trouver une place qui vous convient. Vous lisez attentivement le panneau et vous partez, en priant un Dieu auquel vous avez cessé de croire depuis des années.

Première étape, un distributeur de billets où vous retirez plusieurs centaines de dollars en liquide. Vous n'êtes pas très rassuré : c'est l'une des nombreuses failles potentielles de votre plan, mais vous n'avez pas le choix. Vous essayez d'éviter de regarder en direction de la caméra qui se trouve derrière le petit miroir, tout en vous demandant si éviter la caméra risque de paraître plus suspect que la fixer carrément ou, encore mieux, faire comme si vous vous fichiez pas mal d'être filmé ou pas et que vous n'y aviez même pas réfléchi. Afin d'avoir l'air détendu, vous sifflotez. Est-ce que les caméras des distributeurs enregistrent aussi le son ? L'appareil met un temps fou et fait un bruit exaspéré, comme s'il devait carrément imprimer les billets lui-même, et brusquement vous prenez conscience des pansements sur votre visage. Vous avez l'impression de sentir la colle qui les retient. En théorie c'est impossible, vu que ce sont des pansements non adhésifs et que la seule façon de sentir quelque chose, ce serait s'ils bougeaient contre votre peau. Mais le poids est là, on dirait une sangsue géante. Vous mourez d'envie de les enlever, mais bien entendu vous ne pouvez pas et c'est un enfer de rester impassible. Vous prenez votre argent, votre reçu, vous partez, et là vous arrachez les pansements et les jetez dans le caniveau, écœuré par votre propre sottise.

Étape suivante, une quincaillerie. Vous achetez une pelle. Ça vous coûte vingt-quatre dollars et quatre-vingt-dix-sept cents hors taxes. Vous êtes tenté de prendre d'autres articles, mais vous avez décidé que la stratégie à suivre était de disséminer votre activité dans une large zone. La caissière, une jolie fille prénommée GRETA, trouve qu'on dirait qu'il va neiger. Vous hochez la tête avec un sourire mais ne dites rien car vous ne voulez pas marquer sa mémoire. Aussitôt vous craignez en ne répondant pas de passer pour un muet bizarroïde et donc de marquer sa mémoire, alors vous rétorquez un truc du genre « Quelle surprise ! ». Et, bien que vous n'ayez pas cherché à être drôle, elle se met à rire avec la nette intention de flirter. Vous suivez du regard les mouvements de ses yeux, mais ils ne se posent jamais sur les griffures de votre visage et vous êtes un peu soulagé. Peut-être avez-vous l'air plus normal que vous le croyez. Si ça se trouve, elles ne sont pas aussi voyantes que vous l'imaginez ; si ça se trouve, vous souffrez d'une distorsion dans la perception de vous-même, ce phénomène qui fait que les anorexiques se voient grosses ou que les adolescents pensent que le bouton sur leur menton, pas plus grand qu'une tête d'épingle, leur a avalé toute la figure. Cela dit, peut-être qu'elle essaye juste d'être polie ; c'est mal élevé de fixer les gens. Peut-être que ses yeux se sont posés là dès le début (traquant l'imperfection, comme ils ont souvent tendance à le faire) avant de se détourner quand sa bonne éducation a pris le relais. Quoique, si c'est vraiment ça qui s'est passé, si vraiment elle a *vu* les coupures et que ça l'a interloquée, est-ce qu'elle pourrait être là à sourire et à plaisanter avec vous d'une façon aussi naturelle et détendue, etc., etc., et tout ce yoyo émotionnel mène la vie dure à votre cœur, qui doit sans cesse changer de braquet. Vous payez, vous la remerciez et sortez.

Vous ne tenez pas à ce qu'on vous voie vous balader avec une pelle à la main, ce qui dans le centre-ville de Cambridge aurait l'air d'un accessoire de théâtre, alors vous repassez chez vous en vous arrêtant en chemin pour acheter du fond de teint. Vous laissez la pelle dans la bibliothèque, puis vous allez dans la salle de bains pour vous appliquer le maquillage sous l'œil droit. Ça pique en pénétrant dans la peau. Ce n'est pas du travail de professionnel, mais ça fera l'affaire pour l'instant.

Près du bar à vin où vous avez fêté votre anniversaire, il y a une librairie spécialisée dans les livres de voyage. Elle est d'une exhaustivité désopilante. La seule fois où vous y avez jamais acheté quelque chose, c'était avant de partir en Allemagne. Le choix auquel vous aviez alors été confronté vous avait paralysé : toutes sortes de guides, conçus pour des voyageurs de toutes catégories culturelles et socio-économiques. Des pseudo-récits branchés pour routards. Des guides huppés de la haute couture à Berlin-Est. Vous aviez opté pour un des moins chers, dans une collection rédigée par des étudiants étrangers et actualisée chaque année par une fournée toute fraîche d'agents de terrain candides qui juraient qu'on ne les y reprendrait plus après avoir chopé dans une auberge de jeunesse croate ce que leur médecin, une fois de retour à la maison, qualifierait de pire cas de gale de sa carrière. Vous le savez parce que, à une époque, vous aviez ce genre d'étudiants comme élèves et qu'ils vous racontaient. Vous aviez avec eux des relations franches et ouvertes. Vous teniez vos heures de permanence dans un café et il y avait toujours quelqu'un qui passait, pas forcément pour poser des questions mais au moins pour bavarder. Les filles de deuxième année en pinçaient pour vous. Vos cours étaient convoités. Pendant trois ans, vous avez enseigné les TD « Introduction à la logique » et « Kant et l'idéal des Lumières » ; une fois vous aviez même proposé un séminaire sur l'indécision. C'était l'intitulé que vous aviez suggéré : « De l'indécision ». Votre soi-disant directrice de thèse vous l'avait refusé, affirmant qu'en réalité vous cherchiez simplement à résoudre vos propres blocages devant un public captif. Les cartes de la Nouvelle-Angleterre occupent un rayon entier. Vous en trouvez une qui se déplie pour atteindre la taille d'une table de pique-nique, détaillant toutes les routes jusqu'à la frontière canadienne. Vous payez les treize dollars quatre-vingt-quinze plus taxes, et oui, s'il vous plaît, un sac serait le bienvenu.

Le magasin de fournitures de bureau vend des cartons de cent litres à deux dollars vingt-neuf l'unité hors taxes. Vous évaluez la place à l'arrière du break et vous en achetez six. C'est un cauchemar à transporter : six cartons aplatis ainsi qu'un rouleau de gros scotch transparent et un marqueur noir. La seule façon d'y arriver est de les plaquer contre vos côtes en marchant, à condition de faire de tout petits pas en traînant les pieds pour ne pas laisser glisser les cartons, dont la surface semble avoir été enduite d'une finition un peu cireuse. Vous mettez une éternité à rentrer chez vous. Sans compter que vous avez aussi la carte (dans un sac en kraft de luxe avec des poignées en papier torsadé et le logo de la boutique artistiquement émoussé imprimé sur le côté). Toutes ces transactions en liquide vous ont alourdi les poches de petite monnaie. Vous arrivez à la maison hors d'haleine, d'humeur massacrante. Mais il faut continuer.

Vous prenez le bus qui traverse le fleuve pour vous rendre dans un magasin de camping. Sur le mur du fond est présentée une gamme pléthorique de chaussures de randonnée. Un jeune homme élancé vient vous dispenser ses conseils. Du lourd, commente-t-il quand vous lui dites que vous partez pour une rando dans le Grand Nord. Il vous vend votre troisième paire de chaussures neuves de l'année, ainsi qu'un pantalon de ski, des gants high-tech, une parka, un sac à dos robuste et une boîte de sachets en plastique qui produisent de la chaleur quand on les tord. C'est pour mettre dans les gants, explique-t-il.

Le total s'élève à environ mille trois cents dollars. Vous lui tendez votre carte de crédit, mais elle est refusée. Vous avez dépassé votre plafond. Vous l'avez dépassé en achetant des chemises, un pantalon, des boutons de manchette et un pendentif en rubis, alors vous demandez au jeune homme de vous garder vos achats et vous sortez à la recherche d'un autre distributeur.

Le premier sur lequel vous tombez ne vous autorise à retirer que cinq cents dollars à la fois. Qu'à cela ne tienne, vous n'aurez qu'à le faire trois fois. Mais, là encore, la machine vous arrête dans votre élan : vous avez atteint votre plafond quotidien. Vous ressentez des picotements désagréables. Qu'entend-on par « plafond quotidien » ? Une journée calendaire, de minuit à minuit, ou une tranche de vingt-quatre heures, ce qui signifie que vous allez devoir attendre jusqu'au matin ? Dans un cas comme dans l'autre, vous ne pouvez pas vous le permettre. Vous allez devoir faire une étape imprévue à la banque.

La dame derrière la réception d'un salon de manucure vous indique une agence de votre banque à quelques rues de là. Vous y foncez tête baissée et vous tombez sur ce qui ressemble à la farandole d'un thé dansant dans une maison de retraite. Il y a un seul guichet ouvert. Vous réprimez des bêlements d'impatience et, quand arrive enfin votre tour, la caissière vous demande si vous voulez ça en chèque de banque, et vous répondez non, en liquide, s'il vous plaît, des coupures de vingt. Du coup elle vous dévisage de façon insistante et vous vous demandez si elle ne va pas appeler la police ou appuyer sur le bouton de l'alarme silencieuse. Puis vous vous rendez compte qu'elle est simplement agacée de devoir compter autant de billets. Ce qui est franchement déplacé de sa part : c'est une banque, distribuer de l'argent est leur métier. Si vous étiez dans une autre disposition et moins pressé par le temps, vous exigeriez de voir le directeur.

De retour au magasin de camping, le jeune homme vous a déjà tout emballé, prêt à emporter, ce qui vous semble une remarquable marque de confiance de sa part. Vous lui dites qu'à la réflexion, finalement, vous n'avez pas besoin de ces chauffe-mains. Ça marche super-bien, dit-il. Vous n'en doutez pas, mais non merci. Il hausse les épaules et les repêche au fond du sac, ce qui vous fait gagner seize dollars quatre-vingt-dix. Il n'y a pas de petites économies. Il ouvre de grands yeux quand vous sortez votre liasse de billets.

Près de l'immeuble où vous avez brièvement habité avec des nymphomanes se trouve un magasin d'articles pour la maison bon marché. Le vendeur vous encourage à prendre quelque chose de plus chaud que les trois couettes légères que vous avez choisies. Elles ne protègent pas vraiment du froid, dit-il. Ça ira, vous lui répondez.

Vous allez faire vos dernières courses dans une deuxième quincaillerie. Vous remplissez un panier avec les objets suivants : un allume-feu liquide pour barbecue, des allumettes, une boîte de gants chirurgicaux en latex, dix rouleaux de ruban adhésif gris renforcé, des sacs-poubelles, un énorme pack de lingettes pour bébé et une grande bouteille de soda surcaféiné. Pour la façade, vous y ajoutez un magazine de pêche. Le total se monte à soixante et un dollars quatre-vingt-cinq hors taxes. Vous aimeriez bien payer en écoulant une partie de votre abondante monnaie, mais obliger les gens à compter des centimes n'est pas la meilleure façon de passer incognito.

Dehors, il s'est mis à neiger, de gros flocons comme des dragées.

Une fois rentré chez vous, vous restez un moment dans le vestibule à vous épousseter. Vous fermez les yeux en essayant d'imaginer les imprévus possibles. La vanité de l'exercice vous apparaît vite : il y en a une infinité. Vous pourriez passer la journée à en inventer de nouveaux. Alors autant accepter d'emblée qu'il y a un risque que ça tourne mal, parce que si vous n'êtes pas prêt à l'accepter, c'est que vous n'êtes pas vraiment prêt à continuer. Et vous devez continuer. Il est seize heures. Vous montez dans votre chambre, fermez les volets et réglez votre réveil pour dix-neuf heures. Vous vous couchez tout habillé et sombrez dans un sommeil sans rêves.

Vous vous réveillez affamé. Vous n'avez rien mangé depuis le petit déjeuner, et c'était seulement du thé. À présent vous descendez à la cuisine et avalez tout ce qui vous tombe sous la main. Vous vous refaites une tasse de thé afin de prendre des forces pour ce qui va suivre.

Dans la bibliothèque, l'air est devenu fétide. (Est-ce possible ? Ça va si vite ?) Vous commencez par leur vider les poches. Lui a une clé de maison, une carte postale publicitaire pour un groupe de rock, une carte d'identité portant une adresse à Quincy, dans la banlieue de Boston, une fiche de liberté conditionnelle, un téléphone et un peu de monnaie. Son téléphone à elle est vermillon et tout écaillé. Vous le mettez de côté et vous ajoutez ses trente et un dollars aux seize précédents, fourrant les billets dans votre poche arrière. Il n'y a pas de petites économies. Son portefeuille contient des coupons de réduction, un permis de conduire, une carte de bibliothèque, ce qui vous sidère. Sans aucune raison, d'ailleurs, car pourquoi ne lirait-elle pas ? (Parce que vous ne pouvez pas vous permettre de la considérer autrement que comme un objet.) Elle vit, vivait, à Roxbury. Vous ne le saviez pas. Vous vous forcez à l'oublier aussitôt.

Sa jupe se retrousse tandis que vous la traînez un peu plus loin. Des cuisses couleur de suif, une culotte de supermarché dont dépasse une légère frange grise. Une fois déplacée, vous lui redonnez une allure décente.

Vous étalez par terre une des couettes. Lui étant plus maigre, il bouge plus facilement, même si dans la manœuvre le sac-poubelle glisse, exposant ce que vous ne supportez toujours pas de voir ; et, l'espace d'un instant, vous ne pouvez plus continuer. Mais il le faut. Vous le positionnez parallèlement au petit côté de la couette, à environ quatre cinquièmes de la longueur. Accroupi, la tête détournée et les lèvres hermétiquement serrées, vous repliez sur lui le bout de la couette. Puis vous le faites rouler. C'est difficile. Il n'est pas très coopératif. Un poids mort, ha ha ha. L'odeur est impossible à décrire, n'essayez même pas. Vous vous maudissez de ne pas avoir pensé à acheter un masque chirurgical. Vous allez devoir reprendre une douche quand vous aurez fini. Il n'arrête pas de dévier sur le côté, si bien qu'à la fin, au lieu d'un nem bien régulier, vous avez formé une sorte de cône. Vous vous relevez et recommencez à zéro. Et encore une fois. Voilà. Ça devrait aller.

Maintenant vous l'entourez de ruban adhésif à tout va, sans aucun style, et vous obtenez quelque chose qui s'apparente à un cocon argenté ou, plus exactement, à une chrysalide.

Vous déballez une deuxième couette et répétez l'opération avec elle.

Elle est nettement plus épaisse que lui. Ce manque de symétrie vous chagrine. Néanmoins vous contemplez vos deux chrysalides comme des œuvres d'art. Une vision vous traverse l'esprit : elles éclosent, deux nouvelles créatures nées de la matière décomposée dont ils étaient jadis constitués, ailées, splendides, aériennes, prenant leur envol vers le ciel et emportant vos soucis avec elles.

Alors que vous êtes en train de rêvasser, le téléphone vermillon se met à sonner dans une explosion de trompettes. Vous vous ressaisissez et regardez l'écran : ANDREI. Son mari ? Fils ? Maquereau ? Qui sait ? Vous attendez que ça s'arrête, puis vous consultez les appels en absence.

Il y en a six.

Ça vous inquiète. A-t-elle mentionné le nom de l'homme qui la paye soixante dollars pour fairrre ménache ? (Connaît-elle seulement votre nom ?) Son planning est-il noté quelque part ? Dans un lieu accessible ? Comme vous ne pouvez pas répondre à ces questions ni espérer altérer les réalités qu'impliqueraient ces réponses, vous les mettez de côté pour vous concentrer sur ce que vous êtes en mesure de contrôler. Vous éteignez leurs deux téléphones.

Vingt-deux heures trente-deux, vous êtes en retard. Heureusement que vous n'avez dormi que trois heures et pas quatre ou cinq. Vous avez eu besoin de ce temps-là. Votre constante activité vous a empêché de prendre pleinement conscience de ce que vous avez fait ; d'ailleurs vous n'avez pas non plus tellement envisagé l'alternative, qui se présente soudain à vous alors que vous allez dans la cuisine pour assembler les cartons de déménagement : le téléphone. Regardez-le. Il est encore possible de décrocher et de faire le numéro. Vraiment ? Non. Plus maintenant. Ou peut-être qu'ils comprendraient, si vous leur expliquiez l'expression de son visage, la pression du revolver sur votre gorge. D'accord, le revolver n'était pas chargé, mais il aurait pu se jeter sur vous par-derrière et vous étrangler, ou bien… ou bien… ou bien par exemple il aurait pu, *lui*, vous frapper avec le serre-livres. Ou le tisonnier. Tout était possible, et vous savez parler, vous avez toujours su parler ; décrochez le téléphone ; ce serait tellement plus simple, non ? Ça vous éviterait tous ces efforts, ça vous libérerait de tant de fardeaux. Alors que, sinon, votre nuit ne fait que commencer.

Continuez.

Deux par deux, vous portez les cartons assemblés jusqu'à la bibliothèque, où vous les remplissez de livres détruits, pas jusqu'à ras bord, mais suffisamment pour qu'ils ne valdinguent pas dans tous les sens ou ne paraissent pas étonnamment légers si quelqu'un s'avisait de les soulever. Non que ça risque de se produire. Pourquoi cela se produirait-il ? Vous êtes obligé de vous persuader que non. Après avoir fermé les cartons avec le scotch transparent, vous écrivez sur chacun LIVRES SALON ou LIVRES CHAMBRE au marqueur.

Vous courez au petit trot dans les rues sous la neige fine.

La voiture se trouve pile où vous l'avez laissée, et votre cœur se fige : un PV. Comment est-ce possible ? Vous aviez pourtant vérifié les panneaux. Vous aviez *lu attentivement la notice.* Vous vous apercevez alors que ce n'est pas un PV, mais une pub pour un bar à tapas. Furieux, vous la déchirez en mille morceaux en vous jurant de ne jamais, jamais aller y manger.

Pour quelqu'un qui gagne sa vie en faisant le ménage, sa voiture est un effroyable bordel. Sous l'auvent d'une station-service, entouré par des rideaux de neige, vous la débarrassez de toutes ses affaires personnelles : des canettes de soda pas ouvertes, des journaux tachés. Avec un peu de gymnastique vous parvenez à abaisser la deuxième rangée de sièges, ce qui laisse toute la partie arrière du break vide et plate. Vous faites le plein d'essence et achetez au passage deux désodorisants Arbre magique senteur des pins.

Malgré votre œuvre géniale de momification, la puanteur dans la bibliothèque semble avoir empiré. Vous avez un haut-le-cœur en vous accroupissant près d'elle. Vous glissez vos mains sous le boudin. Vous avez du mal à trouver une prise car partout le scotch est extrêmement lisse et tendu. C'est de votre faute pour avoir été si méticuleux. Ce qu'il vous faut, c'est une poignée. Vous en confectionnez une à l'aide de ruban adhésif renforcé en vous inspirant de celles en papier torsadé du sac de la librairie. Avec précaution, vous la soulevez – elle ploie un peu, mais moins que vous l'auriez cru – et vous secouez un bon coup pour tester la solidité du paquet : ça tient.

Allez.

Une grande inspiration et vous ouvrez la porte de la bibliothèque pour la traîner dans le couloir, puis dans le salon, à nouveau dans le couloir, à travers la cuisine et dans la buanderie, avec un petit coup de pouce du lino. Ensuite vous sortez par la porte de service, vous dévalez une à une les marches en bois gelées avec un bruit sourd et vous la lâchez dans la neige, *flouffff.* Les doigts gourds, vous cherchez au fond de votre poche les clés de la Subaru et ouvrez le coffre. Assis sur le pare-chocs, vous vous penchez afin d'attraper la poignée et vous vous cabrez en arrière pour tenter de vous engouffrer dans l'habitacle, le cou et le corps tout tordus, vous êtes foutrement trop grand mais vous y arrivez, vous la hissez à mi-hauteur et, une fois qu'elle est déjà bien engagée et stable, vous sortez prudemment par la portière passager et vous vous dépêchez de faire le tour pour finir de la pousser par les pieds. Jamais vous ne vous seriez douté de la difficulté que ça représente. Elle refuse de bouger comme vous voulez ; elle est lourde et rigide. Vous baissez le capot du coffre sans le fermer et retournez vous occuper de la deuxième fournée.

Avec lui tout roule comme dans du beurre jusqu'à ce que vous atteigniez les marches extérieures, que la poignée craque et que vous dégringoliez dans la neige cul par-dessus tête. Pas le temps de réparer ; vous vous rétablissez tant bien que mal et vous le tirez à bras-le-corps jusqu'au bas des marches, puis vous vous accroupissez et vous glissez vos mains sous lui ; le froid vous brûle les doigts, vos lombaires chantent la tyrolienne et vous vous relevez en titubant. Le coffre est fermé. Vous n'auriez pas pu le laisser *ouvert*, bon sang ? Vous êtes donc obligé de le reposer. Une fois le capot levé, vous vous accroupissez de nouveau et recommencez, ignorant la douleur. Vous arrivez à le faire entrer de traviole, mais ce n'est pas le moment de vous tracasser avec des questions esthétiques ; vous êtes là au grand air et vous jetez un coup d'œil aux fenêtres des maisons environnantes, miraculeusement pas encore allumées. Vous retournez en courant dans la bibliothèque chercher la troisième couette. Elle suffit à les recouvrir entièrement, avec de la marge sur les bords, même si à vos yeux ce qu'il y a dessous paraît plus qu'évident. Afin de résoudre ce problème, vous rentrez prendre les oreillers dans la chambre du bas. Ils conviennent parfaitement pour combler les vides, égalisant les deux masses en un seul volume uniforme, un peu comme un matelas pneumatique. Pourquoi vous transporteriez un matelas pneumatique gonflé ? Aucune idée. Si on vous interroge, vous prétendrez que vous aviez besoin d'un rembourrage pour caler les cartons de livres que vous comptez poser par-dessus, sans quoi ils auraient bringuebalé partout, abîmant leur contenu. Vous vous répétez mentalement cette explication.

Le premier carton rentre, bien qu'il ait fallu forcer un peu le passage, et vous vous rendez compte que, si vous remplissez tout l'arrière, vous ne verrez plus rien dans le rétroviseur. C'est déjà assez embêtant en temps normal, mais en l'occurrence ça peut s'avérer une erreur fatale. Revoyant fiévreusement vos plans, vous rentrez collecter tous les sacs en plastique de votre longue journée de shopping. Assis en tailleur au milieu de la cuisine, vous vous emparez d'un couteau à viande pour éventrer tous vos jolis cartons et transférer les livres dans des sacs, en faisant deux nœuds à chaque poignée pour être sûr qu'ils ne se renversent pas. Vous utilisez les dix-neuf sacs en votre possession – à l'exclusion de celui en kraft qui contient toujours la carte – et vous les transportez jusqu'à la voiture pour les répartir sur la couette. Ah, voilà ! Là, ça ressemble vraiment à un déménagement artisanal, exactement l'impression recherchée. Vous vous félicitez intérieurement pour ce beau boulot.

Il va quand même falloir que vous fassiez quelque chose pour le tapis.

Mais pas maintenant. L'horloge de la gazinière indique une heure dix du matin. Vous reprenez une douche, enfilez votre nouvelle tenue polaire et préparez une besace avec des vêtements de rechange, dont une paire de chaussures toutes neuves encore dans leur pochette en tissu.

La pelle. Le sachet avec la carte, auquel vous ajoutez leurs téléphones portables et papiers d'identité respectifs. Le liquide barbecue et les allumettes. Les sacs-poubelles. Le sac à dos. La bouteille de soda. Le magazine de pêche (pourquoi pas ?). Une lampe torche. Le couteau, ça peut être une bonne idée. Vous mettez votre onzième paire de gants chirurgicaux de la journée et commencez à charger la voiture. Le vent arrache des paquets de neige aux branches. Vous remontez la fermeture de votre parka. La pelle se glisse sous le bord de la couette, la poubelle dans le fond, tout le reste par terre au pied du siège passager. Prêt pour l'aventure, vous prenez le volant et la route vers le nord.

Assez vite, vous jetez un coup d'œil au compteur et constatez avec étonnement que l'aiguille frise les cent trente. Ce qui est idiot, vu les conditions de circulation. Sans parler du risque de se faire arrêter pour excès de vitesse. Alors vous décidez de vous surveiller, si bien que le voyage s'éternise. Les fréquences radio émergent et se noient successivement, toutes diffusent des programmes spéciaux fêtes. Une cassette dépasse à moitié de l'autoradio. Non sans hésitation, vous la poussez à l'intérieur, mais ce qui s'échappe alors des enceintes vous fait dresser les cheveux sur la tête, une mélodie qu'elle chantonnait tout le temps. Vous éjectez la cassette et la balancez par la fenêtre. Vous allez devoir supporter le silence. Ce n'est pas l'habitude qui vous manque.

Le rythme caoutchouteux des essuie-glaces.

De minuscules explosions de neige.

On dirait que les désodorisants ne font qu'empirer l'odeur, attirant l'attention sur ce qu'ils sont censés cacher. Vous les jetez aussi. Mais vous ne pouvez pas conduire avec cette puanteur qui s'accumule ainsi, alors vous baissez une des vitres arrière de deux centimètres. De l'air froid s'engouffre dans votre dos dans un bruit de tornade. Ça vous tient en éveil, et l'odeur s'atténue jusqu'à un niveau supportable.

Heureusement, c'est une voiture à quatre roues motrices, un détail auquel vous n'aviez pas pensé à l'avance. Pour le coup, vous avez été sauvé par la chance, ou le destin.

La I-95 continue jusqu'à la province canadienne du Nouveau-Brunswick, mais vous n'allez pas si loin, vous vous arrêtez dans la banlieue nord de Portland pour acheter à manger et faire le plein. La station-service scintille de guirlandes. Dans les toilettes, vous enlevez la batterie d'un des deux téléphones portables, vous la fourrez dans votre poche et jetez l'appareil à la poubelle.

Le caissier porte un bonnet de père Noël tout mou et un air de désespoir existentiel. Vous rachetez un soda vert. Autant de caféine ne doit pas être très bon pour la santé. C'est sûr que l'effet n'est pas des plus agréables. Vous essayez de ne pas paraître trop nerveux en sortant vos billets de vingt. Rien que pour l'essence, vous allez en avoir pour plusieurs centaines de dollars aller-retour, et il vous vient à l'esprit que les criminels, comme tout un chacun, doivent sentir la récente hausse des prix à la pompe. Tout le monde morfle quand les temps sont durs, même les salauds. Vous ricanez presque, là, au milieu de la supérette, en imaginant les mafiosi se plaindre de la diminution de leurs marges de profit.

Avant de quitter la ville, vous déposez les sacs-poubelles dans une contre-allée.

Seul sur la route, sans rien d'autre à faire que regarder la neige se précipiter sur votre pare-brise, vous enfouissez, ou écartez, ou du moins suspendez l'idée assourdissante que vous aussi, vous faites partie des salauds.

Pendant un moment vous longez la côte, traversant une série de petites villes pittoresques dont les maisons en bois toutes décorées convoquent des images de pêcheurs de homards au visage rougeaud et de femmes potelées et joviales assis au coin du feu à siroter du lait de poule et à s'échanger des cadeaux, rassasiés de bonne chère. En bifurquant vers l'intérieur des terres, vous passez un panneau indiquant que vous pénétrez dans le comté de Kennebec, 117 114 habitants. Au cours des deux dernières heures, vous n'avez vu que trois autres véhicules, tous roulant en sens inverse. Vous jetez la batterie du téléphone par la fenêtre, elle rebondit sur le bitume.

Plus au nord, une route étroite qui se débobine à travers la forêt. Le soleil s'est mis à darder ses rayons ; la surface gelée des étangs miroite faiblement. Ce n'est pas grave, vous l'avez anticipé. Votre destination est un endroit suffisamment reculé pour que vous n'ayez pas à vous soucier d'agir en plein jour. Vous consultez la carte et tournez vers l'ouest. La forêt se referme autour de vous comme une main. Vous arrêtez la voiture, sortez sur le bas-côté et balayez les arbres de votre torche, votre respiration s'envolant vers le ciel en grands ballons blancs.

La neige est profonde, accueillante.

Vous auriez dû vous payer les chaufferettes.

Vous accrochez la pelle à votre sac à dos tout neuf, serrez les lacets de vos chaussures. Vous enfilez les gants high-tech par-dessus vos gants en latex. Vous ouvrez le coffre et poussez les livres sur les côtés.

Vous avez quelques doutes sur la solidité de sa poignée à elle. Au pied levé, vous décidez de vous servir de la couette supplémentaire comme d'une sorte de civière ou de luge pour la traîner au sol.

Cette idée se révèle un fiasco spectaculaire. Après avoir dégringolé au bas du remblai (beaucoup plus abrupt qu'il y paraissait, sans compter que vous atterrissez malencontreusement sur la poignée de la pelle), vous êtes obligé de perdre un temps fou à la désensevelir et à la repositionner. Même là, elle ne tient pas droite. La couette est de plus en plus lourde, commence à se déchirer. Ça ne marchera jamais. Vous vous êtes surestimé. Vous regrimpez le talus tant bien que mal avec la couette foutue et la troquez contre un couteau.

Elle s'est enlisée dans la poudreuse. Agenouillé à côté d'elle, vous découpez dans le scotch des fentes assez larges pour réussir à y glisser vos mains gantées. Vous vous cambrez en arrière et vous reculez en tirant. Ça vient. Lentement, mais ça vient. OK, parfait, cette fois on progresse. Vous avez mal aux doigts, au dos, mais au moins vous avancez, et ça suffit à vous donner la force de vous enfoncer entre les arbres, creusant derrière vous un sillon que n'importe qui pourrait suivre. Vingt mètres. Votre pantalon de ski fait un bruit de froufrou. Quarante mètres. Des chouettes ululent. Soixante mètres. L'intrication complexe des branches transforme le ciel en une immense rosace grise. Vous respirez l'odeur des conifères, d'épais bosquets de pins blancs d'Amérique. Beaucoup mieux que vos désodorisants de voiture. Dommage que vous ne puissiez pas abattre un de ces grands gaillards et le suspendre à votre rétroviseur. Il y a moins de neige au sol à présent, la plupart est restée accrochée dans les branchages en grosses mottes comme des fleurs de coton. Des aiguilles rousses par terre. Des plaques de verglas. Vous glissez, vous vous rattrapez et vous continuez. *Frrrtt frrrtt.* Quatre-vingts mètres. C'est comme ça qu'on surnomme le Maine, non ? L'État du Pin. Votre institutrice de primaire, Mme Yawkey, vous faisait apprendre par cœur en géographie les capitales des États, les fleurs, etc. Histoire de détourner votre esprit de la difficulté de la tâche à accomplir, vous vous récitez mentalement les surnoms dont vous vous souvenez. Massachusetts : l'État de la Baie. Vermont : l'État des Montagnes vertes. *Frrrtt frrrtt.* Cent mètres. Cent cinquante. Le seul sans le mot « État » dans son surnom est le Nouveau-Mexique : la Terre de l'Enchantement. Vous vous concentrez sur les endroits chauds. Floride : l'État ensoleillé. Californie : l'État doré. Hawaï : l'État aloha. Deux cents. Après l'Arizona – l'État du Grand Canyon –, vous la posez, vous reprenez votre souffle (l'air que vous inspirez est tranchant, propre, électrique), puis vous détachez votre pelle et vous vous mettez à creuser.

Sauf que vous n'y arrivez pas. Le sol est gelé. Vous vous heurtez à quelque chose qui ressemble à de la roche, et pour la première fois de toute la journée, la nuit et encore la journée, la rage vous envahit au point que vous ne pouvez plus la contenir. Avec un mugissement bestial, vous plantez de toutes vos forces la pelle dans la terre, qui se fendille en petits fragments. Vous recommencez plusieurs fois de suite, mais rien. Ça vous prendrait des heures de déblayer ne serait-ce que quelques dizaines de centimètres. Il vous faudrait une pioche, mais comme vous n'en avez pas, vous allez devoir la laisser là ou bien retraverser avec elle toute la forêt, toute la neige, remonter le talus, et cette simple perspective vous donne envie d'abandonner. Vous cherchez des yeux une solution de secours et elle vous apparaît, littéralement, dans un rayon de lumière : là, un tronc creux couché. Vous y allez. Vous le testez en vous mettant à genoux et en rampant dedans jusqu'à la taille. Oui, ça va marcher. Vous la traînez jusque-là, vous coupez le ruban adhésif, avec l'idée (non prouvée mais intuitive) qu'elle se décomposera plus vite comme ça. Vous déroulez la couette et elle est là, ni remodelée ni ailée mais la même qu'avant, peut-être un peu plus grise.

Vous avez dépassé depuis longtemps l'envie de vomir, mais, en glissant vos bras sous ses aisselles, vous avez un moment un peu dur. Pendant que vous la tirez tant bien que mal vers le tronc, vous sentez son odeur de mort, vous palpez sa glaise à travers vos gants. Finalement, vous n'en avez peut-être pas encore tout à fait fini avec la nausée. Vous faites entrer sa tête avant de continuer à la pousser par les jambes, petit bout par petit bout, avec ses genoux qui se plient un peu, comme rouillés, et ça avance lentement, tellement lentement, jusqu'à ce qu'enfin vous ayez réussi à l'enfourner jusqu'à la taille et que ça suffise, ça suffit, *stop*, vous entassez des morceaux d'écorce, des brindilles, des pommes de pin, des pierres et de la neige sur ce qui dépasse en priant pour qu'un charognard vienne vite s'occuper d'elle, et vous courez.

Vous courez, trébuchant, aspiré par la neige, ne voulant qu'une seule chose : vous éloigner d'elle. De la glace dans vos chaussettes et le long de vos manches jusqu'à vos aisselles, froide et cinglante, mais vous continuez à courir, courir, vous escaladez le remblai à quatre pattes et vous vous affalez dans la voiture, saisi de froid et de terreur, calmez-vous. Tout va bien. Calmez-vous. Vous avez trop chaud, en fait. Vos doigts vous désobéissent alors que vous essayez de descendre la fermeture de votre parka, qui est couverte de crasse provenant soit du sol, soit de quelque part sur son corps. Vous avez l'impression de sentir son odeur de mort. Elle s'accroche à vous, il faut que vous enleviez votre veste. Enlevez-la. Enlevez-la. Calmez-vous. Votre tee-shirt est trempé. Vous voyez à peine la route. Le pare-brise est complètement embué. Vous n'y voyez rien. Calmez-vous. Calmez-vous. Regardez l'horloge. Regardez. Il est sept heures du matin. Vous avez encore beaucoup à faire. Calmez-vous. Calmez-vous. Calmez-vous et faites démarrer la voiture. Faites démarrer la voiture. Allez-y, démarrez. Allez. Maintenant, faites-le maintenant. Démarrez la voiture. Roulez. Partez. Bougez.

Bougez.

Cent cinquante kilomètres avant la frontière canadienne apparaît un panneau signalant un restoroute. Le parking est rempli de semi-remorques. En dépit de votre apparence que vous estimez cradingue, vous n'attirez en entrant que des regards désinvoltes. En balayant des yeux la clientèle, vous comprenez pourquoi : ce sont tous des gars de la montagne et des camionneurs au long cours. À part les serveuses, il n'y a qu'une femme – plutôt robuste selon les standards féminins – assise toute seule au comptoir, ses épaules tendues indiquant qu'elle a conscience de n'être ici pas grand-chose d'autre qu'un objet de curiosité. Vous êtes le seul à ne pas porter la moustache ou la barbe. Quelqu'un d'autre ici a-t-il lu les œuvres complètes de Platon ? Sans trop d'hésitation, vous vous attribuez l'exclusivité du titre.

Le menu est bilingue anglais-français. Après avoir passé commande, vous ouvrez devant vous le magazine de pêche et lisez l'article sur « Les sept clés de la réussite avec la truite arc-en-ciel » en sirotant votre café. Vous mangez des œufs au bacon et des toasts, reprenez du café, puis finissez par vous lever pour aller vider vos boyaux dans des WC dégueulasses et glaciaux. En sortant des toilettes, vous jetez le deuxième téléphone portable à la poubelle et gardez la batterie sur vous.

Un paysage plat, sans vent, lunaire. Le soleil bas à l'horizon. La route mal goudronnée, verglacée, orientée nord-ouest/sud-est ; à votre connaissance, elle ne figure même pas sur la carte. Au sud, une plaine gelée ; au-delà, la ligne ondulante de la cime des arbres.

La neige couvrant la plaine s'est muée en glace, un avantage et un inconvénient à la fois. D'un côté, il glisse tout seul. De l'autre, vous aussi, vos pieds dérapant constamment façon Charlie Chaplin. Vous enfoncez bien les talons. À quoi vous servent ces chaussures de randonnée ? Il vous aurait fallu des crampons. Une erreur. Vous persévérez. Vous tirez. La Subaru commence à rapetisser au loin. Quelle distance avez-vous parcourue ? Pas assez. Le plus dur est presque passé. Vous devriez y arriver. Vous allez y arriver. Continuez. Allez. Mettez-y toutes vos forces. *Frrrtt frrrtt*, fait votre pantalon sur un 4/4 immuable. *J'ai travaillé sur la voie ferrée toute la sainte journée. J'ai travaillé sur la voie ferrée parce que je m'ennuyais.* Qui aurait l'idée de travailler sur une voie ferrée parce qu'il s'ennuie ? Est-ce qu'on peut vraiment appeler ça un loisir ? Ce n'est pas comme la broderie ou le tennis, quelque chose qu'on choisit par désœuvrement. Des quantités de gens sont morts en construisant la première ligne de chemin de fer transcontinentale, parmi lesquels de nombreux ouvriers chinois importés pour l'occasion, tués par les hivers trop rudes ou les explosions accidentelles. Il n'y a pas de quoi en rire. Toutes ces vieilles chansons traditionnelles n'ont aucun sens. Vous avez déjà vu un cerf regarder par la fenêtre ? Et ouvrir à un lapin qui frappe à sa porte ? Continuez. Un jour vous avez assisté en auditeur libre à un cours sur les chants folkloriques et leur rapport à l'inconscient. Le prof était con comme un manche. Vous auriez dû faire des études de droit. Les arbres ne sont plus très loin à présent. Continuez à tirer. Les fentes dans le scotch s'élargissent ; si vous tirez plus fort, elles risquent de se déchirer. Rien ne sert de courir. Ça aussi, c'est n'importe quoi, non ? Tout comme l'idée qu'un bien mal acquis ne profite jamais. Parce que vous n'en profitez pas, vous, peut-être ? Ha ha ha. Il y a vingt-quatre heures, il n'était pas si lourd. Vous avez des ampoules aux doigts. Les tendons de vos poignets sont au bord du claquage. Personne ne pourrait endurer ce que vous endurez. Vous êtes un surhomme. Vous pensez à Nietzsche et à son injonction de refaire le monde chacun à son image. Vous pensez à sa moustache. Il n'aurait pas détonné dans ce resto-route, ha ha ha. Continuez. *Frrrtt frrrtt.* Davyyyyyyy, Davy Crockett. L'homme qui n'a jamais peur.

Après avoir atteint les arbres, vous continuez à marcher à reculons jusqu'à ce que la lumière change, puis change encore, et vous levez les yeux pour vous apercevoir que vous êtes arrivé dans une clairière. Au-dessus de votre tête, les cimes se dressent comme une couronne, comme les parois d'un puits sans fond. Vous avez déjà vu cet endroit quelque part. Vous l'avez vu en rêve, vous l'avez vu peint sur un morceau de verre. Maintenant il se dévoile à vous, *alètheia.* Vous regardez autour de vous et vous vous interrogez.

Où est le chevreuil ?

Où est le chasseur ?

Lequel des deux êtes-vous ?

Vous le faites flamber.

La fumée s'élève entre les arbres.

Votre soulagement est instantané. Le pèlerinage est accompli, l'offrande monte vers le ciel, et vous pourriez vous mettre nu et courir dans la neige en chantant des psaumes.

Mais rien n'est jamais aussi simple, n'est-ce pas ?

Car il brûle pendant quelques minutes, puis, en un clin d'œil, il s'éteint.

Ça sent le cochon grillé ; vous retenez votre respiration tandis que vous l'aspergez de nouveau de liquide allume-feu. Afin d'accélérer le processus, vous y ajoutez quelques poignées de brindilles et de feuilles sèches. Vous craquez une allumette et ça repart.

Cette fois il brûle un peu plus longtemps avant de s'éteindre.

La troisième tentative épuise la fin du bidon et dure un quart d'heure. Vous songez à l'abandonner ici quand vous entendez des pas qui s'approchent.

Pas la peine de courir. Vous empoignez la pelle et attendez. Qui que ce soit, il ou elle a commis une erreur en décidant de venir se promener dans les bois cet après-midi. Silence. Silence. Vous vous déplacez en demi-cercle autour de la source du bruit et vous apercevez, à trente mètres de là, un loup solitaire et décharné.

Il vous adresse un grand sourire hirsute.

Salut, dit-il.

Vous ramassez la couette chiffonnée et reculez. De loin, vous le voyez sortir furtivement du sous-bois et ramper vers le tas fumant, puis renifler les restes d'un air intéressé.

Et dans le silence qui s'ensuit ? Vous êtes seul dans le noir et la neige. Et dans ce silence ? Quand il ne vous reste plus que neuf heures de route et de bruit blanc ? Vous faites ce que vous avez parfaitement réussi à éviter jusque-là : vous pensez. Vos pensées ont été refoulées assez longtemps comme ça, elles n'attendront pas davantage. Elles sont impatientes, elles veulent entrer, elles sont prêtes à dégonder la porte. Vous pensez à son crâne enfoncé. À sa mélopée funèbre. Vous pensez à ce que vous avez fait automatiquement, à la façon dont vous avez su quoi faire. Qui êtes-vous ? C'est vous qui vous êtes métamorphosé, vous qui avez éclos de la chrysalide. Et si tel est le cas, si aujourd'hui un processus a atteint son point culminant, alors ce doit être vrai que ce processus a commencé il y a un moment.

Au retour, vous vous arrêtez à mi-chemin dans un fast-food. Vos vêtements puent la fumée, avec une légère note de poils brûlés. Les gens vous regardent. Vous avalez votre sandwich en quatrième vitesse et jetez la batterie du deuxième téléphone à la poubelle en même temps que votre cornet de frites intact.

Juste avant la frontière de l'État, vous vous garez sur une aire de repos. Un auvent en béton abrite quatre distributeurs de boissons. Vous en faites le tour et, là où le sol est jonché de canettes et d'emballages, vous lancez la pelle le plus loin possible dans le noir.

À vingt-trois heures trente, vous pénétrez sur le parking d'un centre commercial à Candia, New Hampshire, une banlieue de la ville de Manchester. Vous tournez un peu jusqu'à trouver ce que vous cherchiez : un quai de déchargement avec plusieurs bennes alignées. Un panneau interdit aux personnes non autorisées d'y jeter des ordures. Toute violation fera l'objet de poursuites. Vous soulevez le couvercle d'une des bennes et y déversez le contenu des dix-neuf sacs de livres, puis vous faites une grosse boule avec les sacs vides que vous placez, ainsi que les trois couettes, dans la benne voisine.

À une heure et quart du matin, vous arrivez à Roxbury et vous trouvez une place dans une ruelle à environ un kilomètre et demi de chez elle. En temps normal vous devriez avoir peur – c'est un des quartiers les plus dangereux de Boston –, mais ce soir vous êtes dans un état d'indifférence rêveuse. Vous ramassez la besace contenant vos vêtements propres ainsi que les autres affaires qui vous appartiennent, qui désormais tiennent toutes dans le sac à dos. Vous essuyez l'habitacle de la voiture avec des lingettes pour bébé. Ça vous prend un moment, mais c'est toujours mieux que penser. Vous redressez la deuxième rangée de sièges et enfermez les clés à l'intérieur.

Quatre cents mètres plus loin, vous trouvez une station-service avec des toilettes extérieures. Vous enlevez vos habits enfumés, que vous fourrez dans la besace. Vous repartez avec la besace et le sac à dos, et vous traversez au hasard un quartier résidentiel où les gens ont sorti leurs ordures pour le ramassage. Vous jetez la besace dans une poubelle au bout d'une rue. Quelques rues plus tard, vous faites pareil avec le sac à dos. Vous vous palpez le corps. Vous n'avez plus sur vous que vos clés, votre portefeuille et les gants high-tech. Vous les enlevez. Vous enlevez les gants en latex dessous. Vous les jetez un par un tout en marchant vers le nord, en direction du fleuve, en direction du pont. Il n'y a pas de taxis. Le métro est fermé. Vous faites cinq kilomètres et demi à pied jusqu'à Cambridge. Il est quatre heures trente du matin. Vous montez les marches du perron. Le quartier est calme. Les fenêtres sont éteintes. Vous n'avez pas dormi depuis presque quarante-huit heures, sans compter votre sieste. Vous entrez. Refermez la porte. Bienvenue à la maison.

CHAPITRE 22

Je me réveillai le lendemain matin comme avec la gueule de bois, ce qui est compréhensible vu que l'alcool et la caféine ont tous deux pour effet de provoquer une déshydratation, et qu'à cause de l'énorme quantité de cette dernière que j'avais ingurgitée j'avais eu du mal à m'endormir, même après les deux jours les plus éreintants de ma vie. Le peu de sommeil que j'avais réussi à trouver avait été fragmentaire et agité de cauchemars. Dans certains, je faisais les mêmes choses que celles que je venais de faire : rouler dans le noir ou marcher dans la neige jusqu'aux cuisses. Mais, pour la plupart, ces rêves ne décrivaient aucune activité particulièrement pénible, pas plus qu'ils ne possédaient de forme narrative distincte. Ils consistaient plutôt en des images fixes ou de brèves séquences où j'étais toujours le seul être vivant ; des rêves silencieux, fracturés, à la fois ordinaires et menaçants. J'étais debout dans une salle de classe remplie de dizaines de pupitres inoccupés. Un vent très fort se levait. Des piles de papiers tourbillonnaient autour de moi, je ne voyais plus rien, et quand mon champ de vision s'éclaircissait, j'étais devant le casier métallique de mon lycée en train de regarder les photos scotchées à l'intérieur de la porte. J'avais la très nette sensation d'être en retard pour un cours, mais avant d'aller où que ce soit je voulais voir ces photos. Je n'y arrivais pas : elles étaient trop floues. Je n'arrêtais pas de plisser les yeux et de me rapprocher, tout en sachant que j'étais en train de perdre du temps, que j'aggravais mon retard, alors je commençais à battre des mains et je me transformais : j'étais devenu un nourrisson qui gigotait sur le linoléum froid, nu, hurlant en silence, rouge tomate, ma bouche édentée comme un trou béant et humide, et je fus réveillé par mes propres cris tout à fait audibles, cambré, haletant, les draps en bataille, l'oreiller arraché de sa taie, le cerveau engourdi de terreur, un sentiment qui persista bien plus longtemps que la normale, tout ce qui m'entourait étant nimbé d'un halo d'irréalité. Histoire de me ressaisir, j'essayai de me lever et de marcher un peu en me forçant à me concentrer sur la fermeté du sol sous mes pieds, mais je fus pris de vertige et je finis recroquevillé sous une couverture au bas de mon lit, égrenant le compte à rebours jusqu'à l'aube en me balançant d'avant en arrière.

Mon premier coup d'œil à la bibliothèque me fit l'effet d'une douche froide : de longues traînées de sang étaient encore visibles autour de la cheminée. Les étagères vides trahissaient les livres manquants. Plusieurs cadres de photos pendaient de guingois, et l'un d'eux était même fendu au milieu. À mes yeux, le tapis présentait le plus gros défi, dans la mesure où je n'avais plus de voiture. Je décrochai le cadre brisé (Alma et sa sœur à la plage), mon malaise redoublant de seconde en seconde. Avais-je été aussi peu soigneux ? Pendant mon voyage, je m'étais dit que si quelqu'un venait à entrer dans la pièce, il y verrait – au pire – les vestiges d'une fête un peu trop animée. Si j'avais été aveuglé au point de ne pas remarquer ce que j'avais sous le nez, quels autres problèmes moins flagrants avaient pu m'échapper ? Combien de détails négligés ? L'air ambiant puait la mort, j'avais envie de retourner me coucher. C'était, à y réfléchir, la seule réponse possible : dormir, continuer à dormir jusqu'à ce que je me réveille dans un autre pays, à cent ans d'ici. Il y avait tout bonnement trop de sujets d'inquiétude, un désastre planant au-dessus de ma tête pour l'éternité, et brusquement je compris, dans une sorte de prophétie, ce que je ne tarderais pas à pouvoir constater de première main, à savoir que la vie telle que je la connaissais était finie et que, tant que je serais conscient, je n'aurais plus jamais la paix.

Le fait d'ouvrir la fenêtre aida à dissiper l'odeur, et j'appréciai le froid vivifiant pendant que je rassemblais un nouvel arsenal de produits de nettoyage. Je découpai plusieurs vieilles serviettes de toilette d'Alma et me remis à frotter, m'attaquant aux lattes exposées en cercles concentriques serrés, des gouttes de sueur se formant à mon front avant de suivre l'arête de mon nez, puis de pendouiller chatouilleusement au bout et de finir par se détacher et s'écraser au sol. Chaque fois que je pensais avoir éliminé une des taches de sang, j'approchais mon visage tout près, je plissais les yeux et je la voyais encore, filigrane fantôme rose pâle ou fines stries rouges soulignant la jonction entre deux lattes, à peine visibles à l'œil nu mais dans ma tête aussi criardes qu'une enseigne au néon. Allais-je devoir revernir le parquet ? Le changer carrément ? Une vision glaçante m'apparut : le sang, tel de l'acide, rongeant la maison jusqu'à ses fondations et ne me laissant d'autre choix que de faire démolir toute la bibliothèque… Et si ça ne suffisait pas ? Si la terre elle-même conservait les traces de ce qui s'était produit au-dessus ? Quoi alors ? La retourner de fond en comble ? Balancer du napalm ? La couler sous cinq mètres de béton ? Que pouvais-je faire pour me sentir en sécurité une fois pour toutes ?

Alors que je pivotais pour tremper mon chiffon dans le seau, je posai ma main libre sur quelque chose de grumeleux. En baissant les yeux, je découvris une grosse tache de sang au centre de laquelle poussait un bouquet tout rêche de cheveux humains.

Je me relevai, marchai calmement jusqu'aux toilettes et vomis.

À quatorze heures, je transférai trois sacs-poubelles ventrus jusqu'à la porte de service.

Bien que le Science Center fût désert, tout le monde étant parti pour les vacances de Noël, je me sentais quand même nerveux cet après-midi-là, debout devant un poste Internet, en tapant « nettoyer taches de sang sur un tapis » dans Google (j'avais lu un peu trop d'articles sur des hommes dont les femmes avaient disparu et dont l'historique de navigation se révélait par la suite contenir des recherches comme « poison indétectable » ou « comment se débarrasser d'un corps » pour imaginer faire ça de chez moi). Les suggestions allaient d'une entreprise de ménage professionnelle à ce qui fut mon choix en définitive : une recette à base d'eau, de sel et d'eau oxygénée.

Cela se révéla plus efficace que je l'aurais imaginé. Le sang partait en emportant une petite quantité de couleur avec lui. On ne pouvait qu'admirer la sagesse collective de milliards d'êtres humains réunis, pour la plupart stupides pris individuellement. Tellement efficace, à vrai dire, que je commençai à me demander si j'aurais réellement besoin de jeter le tapis au bout du compte. Il était si beau, et personne ne pourrait dire ce qui s'était passé pour qu'il ait ainsi perdu son éclat. Vraiment ? N'oublions pas que j'avais pris la route en pensant que le reste de la bibliothèque ne posait aucun problème.

Mon mal de dos se réveilla brusquement alors que je poussais tous les meubles vers les bords de la pièce. Le globe, les fauteuils bergères, un pied du secrétaire soulevé pour libérer un coin. Suant à grosses gouttes, j'ouvris la fenêtre encore plus grand et entrepris de rouler le tapis, après quoi je l'attachai avec du gros scotch et le traînai dans le couloir. Tous ces poils, ça finit par faire lourd : il ne devait pas peser loin de cinquante kilos. Ainsi dénudée, la bibliothèque paraissait étonnamment vide, et je me rendis compte que j'allais devoir trouver de quoi le remplacer. Le tapis du salon de musique était beaucoup trop petit. Je ne pouvais pas non plus prendre celui de la salle à manger, car sa disparition se traduirait de même par un vide manifeste. N'ayant pas le choix, je montai dans ma chambre.

Je vous épargnerai les acrobaties consistant à extraire d'une seule main un tapis persan de sous un lit deux places. Cela me prit plus de temps que je l'aurais cru et conduisit mon dos à un boycott pur et simple. Et lorsque je déroulai enfin le nouveau tapis dans la bibliothèque, ça ne collait pas, ses bleus et ses violets intenses jurant avec la soie verte autour de la cheminée, le rouge des boiseries. Perturbé, je tirai néanmoins le tapis abîmé jusqu'à mon bureau, où je le fourrai vaguement sous le lit en attendant de m'en débarrasser. Puis, plié en deux de douleur, je remis en place les meubles de la bibliothèque, fermai la fenêtre et allai prendre de l'ibuprofène.

Et il me fallut encore des jours de travail. J'abandonnai l'aspirateur de Daciana dans une contre-allée. Je déposai le lampadaire en cuivre cassé sur le parking d'un supermarché. Je récurai les couloirs, la cuisine, la buanderie ; des seaux et des seaux d'eau y passèrent, des litres de détergent. Dans le salon, accroupi avec un tube d'enduit de rebouchage, je réparai un accroc dans le plâtre que j'avais causé en lançant le tisonnier. Je lavai les tapis de bain à la machine, remplis le frigo de victuailles que j'étais incapable d'avaler. De nombreux magasins étaient fermés pendant les fêtes : je fus obligé d'aller jusqu'à Brookline pour trouver un encadreur ouvert, à qui je confiai la photo à réparer. Je fis venir un tapissier qui me proposa de refaire les deux fauteuils bergères dans un tissu similaire à l'original pour un montant de mille trois cents dollars. J'acceptai son devis et il les emporta. Je mesurai la place laissée par les livres manquants et me rendis dans une librairie d'occasion qui vendait des bouquins au mètre, où je demandai à l'employé de me sortir tout ce qu'ils avaient en allemand. Le vitrier qui vint pour changer le carreau cassé me dit qu'il ne pouvait pas reproduire la miniature peinte. Personne ne le pouvait ; c'était une chose unique en son genre, une véritable œuvre d'art. Une fois détruit, c'était perdu à jamais.

Ces tâches, bien que pénibles, coûteuses et chronophages, étaient pour moi une bouée de sauvetage. Sans elles, je me serais sans doute effondré. Plus je m'occupais de menus détails, plus il m'était facile de ne pas penser à ce que j'avais fait, ou à ce qui risquait de m'arriver. Mieux valait établir des listes.

Il ne serait pas tout à fait juste de dire que j'étais terrassé par la peur, car aucun de ces mots ne saurait rendre avec précision le chambardement de ces premiers jours. Ni « terrassé », qui implique une certaine soudaineté, une dévastation dont la puissance repose au moins en partie sur sa fulgurance, alors que la mienne montait lentement : une sensation grondante, comme un gargouillis intestinal qui enflait régulièrement et promettait d'empirer, d'empirer, d'empirer… Ni « peur » non plus, car ce que j'éprouvais était plutôt un bouquet d'émotions variées, chacune colorant et déterminant les autres, un peu à la façon dont plusieurs symptômes constituent ensemble une seule et unique maladie. Il y avait un sentiment de détachement, et autre chose que je ne saurais décrire autrement que comme une nausée mentale. La menace d'une explosion déplacée était omniprésente, le désir de hurler ou d'éclater de rire se jetant contre la digue de mon esprit alors que je me tenais impatiemment devant un caissier que je regardais se tromper en comptant ma monnaie. Souvent, je me sentais extérieur à mon propre corps et je me surprenais à contempler ma main en me demandant comment elle était arrivée là, puis ce qui m'avait poussé à agir ainsi, puis en m'interrogeant sur cette interrogation elle-même, à savoir est-ce que je voyais clair ou est-ce que j'étais en train de perdre la tête, etc., etc., une autoanalyse épuisante et récursive qui ne me menait nulle part sinon encore plus profondément dans ma propre tête, précisément l'endroit dont j'avais le plus besoin de m'échapper. Partout où j'allais, j'étais conscient de l'impression que je donnais : rêveur, fuyant, prompt à sursauter pour un oui, pour un non, inutilement brusque. Et le fait de le savoir augmentait ma sensibilité aux réactions des gens, me rendant encore plus fuyant et encore plus brusque. Je les sentais me dévisager, tout le monde scrutant mes yeux, rougis par les vapeurs des produits ménagers ; mes mains, fripées, gercées, tremblantes. Scrutant ma joue droite tuméfiée : le signe que j'étais coupable, coupable, ma propre marque de Caïn. Je commençais mes journées en m'appliquant une épaisse couche de fond de teint dès le réveil, au cas où quelqu'un passerait. Je n'attendais personne, mais on n'est jamais trop prudent. Le maquillage irritait les plaies, du coup je les grattais, du coup elles se rouvraient... du coup j'étais encore plus gêné par mon apparence... du coup je rentrais chez moi à toutes jambes pour remettre du fond de teint avant que quelqu'un d'autre ne puisse me voir, me soupçonner, me dénoncer.

Peut-on vivre comme ça ? Déstabilisé par la moindre interaction, tenu par le fil le plus mince qui soit, et qui s'effiloche à vue d'œil. Peut-on vivre comme ça sans devenir fou ?

Je bondissais de mon lit aux premières lueurs de l'aube, fuyant des rêves indescriptibles.

Six jours après que j'étais revenu d'avoir tué deux personnes et fait disparaître leurs corps dans les forêts de la Nouvelle-Angleterre, on sonna à ma porte. Je passai à la salle de bains pour vérifier mon apparence, ajoutai un peu de fond de teint, lissai ma chemise et allai ouvrir à un inspecteur Zitelli souriant. Derrière lui se tenait un autre homme, également policier d'après sa mine et son maintien. Le teint terreux, avec des bouclettes rousses et un petit nez busqué, c'était le prototype de l'Irlandais de souche, bien que sa très grande taille – il faisait presque dix centimètres de plus que moi – suggérât un ancêtre scandinave. Il me fixait du regard d'une façon des plus troublantes, ses yeux s'attardant sur le pâté coagulé sur ma pommette droite.

– Désolé de vous déranger comme ça, commença Zitelli.

De la poche de son manteau dépassait une enveloppe kraft roulée, d'une épaisseur inquiétante.

– Je vous présente l'inspecteur Connearney. Vous avez deux minutes ?

Je retrouvai ma voix :

– Euh, oui. Je vous en prie. Entrez.

Ils se plantèrent au milieu du salon comme deux flics savent le faire.

Je leur demandai s'ils voulaient boire ou manger quelque chose.

Zitelli faisait claquer l'enveloppe contre sa paume ouverte.

– Un café, ce serait super, dit-il.

Ayant proposé ça un peu en l'air, je dus leur expliquer que je n'avais pas de cafetière. Peut-être un thé à la place ? Zitelli me fit non merci de la main, mais son collègue répondit « Avec plaisir », toujours sans me lâcher des yeux, comme si je lui devais de l'argent. Je leur dis de se mettre à l'aise et quittai la pièce en marchant le plus lentement possible.

Les mains moites, j'ouvris un placard de la cuisine et attrapai une tasse… qui m'échappa et s'écrasa par terre. Je m'agenouillai pour ramasser les morceaux à la va-vite. Un mandat d'arrêt. Voilà ce qu'il avait dans cette enveloppe. Ma fin rédigée noir sur blanc. Sans doute, mais il devait y avoir plus, beaucoup plus, pour que ce soit aussi épais. Une série de dépositions peut-être, faites par Charles Palatine et le Dr Cargill, attestant mon peu de morale, mon avarice et ma futilité. Ou bien des récits de témoins oculaires pour chacun de mes achats effectués les 28 et 29 décembre, des chaussures de randonnée aux couettes en passant par les œufs brouillés à la cendre de cigarette au snack-bar Jean-Luc. Des photos de filature me montrant agrippé à mon volant sur la I-95, penché pour recouvrir de feuilles son corps à elle, approchant une allumette vers le poignet fumant de sa chemise à lui. Des analyses ADN de la peau retrouvée sous ses ongles, ma peau, qu'elle avait arrachée dans sa lutte. Au salon, les deux policiers étaient en train de discuter. De moi, bien entendu, spéculant sur la façon dont je réagirais quand ils me signifieraient mon arrestation, prévoyant de me maîtriser si je résistais. Qui me tiendrait les bras, qui les jambes. Qui me lirait mes droits. Est-ce qu'ils me passeraient les menottes ? Ou bien ce serait civilisé, avec des boissons fraîches et un cordial échange de bons mots avant de tous se rendre au poste ensemble ? Je leur avais facilité la tâche, pas vrai, en étant aussi imprudent ? Je jetai un coup d'œil en direction de la buanderie : je pouvais très bien m'éclipser par la porte de service. Partir en courant et courir jusqu'à ce que je me libère de cet enfer glacial. Je pouvais refaire ma vie dans une petite ville. Je pouvais rentrer… peut-être pas chez mes parents, mais pas trop loin, trouver un boulot au SMIC et changer de nom. Mais où ? Et comment ? Je n'appartenais à aucun réseau clandestin. Je n'avais pas de « contacts ». Tout ce que j'avais fait jusque-là n'était que de l'improvisation, dont j'avais tiré la substance et la logique des films que j'avais vus. Dans la vraie vie, ça ne marchait pas comme ça. Dans la vraie vie, les flics vous retrouvaient. Nul doute qu'ils avaient tout prévu et dressé une barricade au bout de la contre-allée. Je ne pouvais pas m'enfuir, pas maintenant. J'allais devoir les affronter. Ce qui me semblait tout aussi insurmontable. Ces deux hommes représentaient le premier véritable contact humain que j'avais eu en plus d'une semaine et, sachant ce que je savais, je ne pensais pas être capable de me contrôler en leur présence. Ils étaient la Loi. J'avais l'impression d'avoir ma culpabilité tatouée sur le front ; elle *était* tatouée sur mon front. J'avais besoin de fond de teint. J'entendis Zitelli rire et je manquai de m'étouffer, choqué par ce qui m'apparaissait comme une provocation déplacée dans le climat ambiant. Je pensais qu'il fallait que j'arrête de penser. Qu'il fallait agir. Plus je perdais de temps à soupeser mes options, moins j'en avais. L'horloge de la gazinière produisait un tic-tac incroyablement sonore, une quantité démesurée de minutes s'écoulait ; je devais mettre l'eau à chauffer. Ils m'attendaient ; ils trouveraient ça louche ; personne ne prend aussi longtemps pour faire une tasse de thé. Je posai la bouilloire sur la plaque et restai penché dessus, l'implorant de se dépêcher.

– Il y a un dicton pour ça, vous savez.

Connearney se tenait dans l'embrasure de la porte, sa tête frôlant le linteau.

– Alors, qu'est-ce que j'ai comme choix ? demanda-t-il.

– Euh ?…, répondis-je.

Il me passa devant pour atteindre la pyramide de boîtes de thé empilées sur le plan de travail et attrapa celle au sommet.

– « Explosion de sureau », lut-il en m'interrogeant du regard.

– Fruité, commentai-je.

Il reposa la boîte.

– Vous ne m'avez pas reconnu, hein ?

Je dus admettre que non.

– Je vous donne un indice, d'accord ? Pour qu'une action soit moralement bonne, il ne suffit pas qu'elle soit conforme à la loi morale, il faut encore qu'elle soit accomplie en vue de cette loi.

Il sourit.

– Ça ne vous dit rien ? reprit-il.

Zitelli nous rejoignit.

– C'est ici que ça se passe, à ce que je vois.

– Euh…, fis-je.

– Alors, langue au chat ? me relança Connearney.

J'opinai du chef.

– Kant et l'idéal des Lumières. Vous étiez mon prof de TD, dit-il en me pointant du doigt, avant d'ajouter, à l'intention de Zitelli : C'était mon prof de TD.

– C'est quoi, un TD ? demanda Zitelli.

– Ce que les gens comme vous appellent un TP.

– Les gens comme nous ?

– La populace.

– Ce mec… Dix-sept ans dans la police et je n'ai jamais vu un petit con aussi effronté.

– Ha ha, fis-je.

– Ça ne vous revient toujours pas ? me lança Connearney.

– Qu… euh, c'était quand ?

– Premier semestre de mon année de maîtrise. Donc automne 2002.

– Je… Je suis désolé. J'ai eu beaucoup d'étudiants au fil des années, et…

– Vous bilez pas, coupa Zitelli. C'est pas comme s'il était particulièrement mémorable, un géant irlandais rouquin avec un tout petit pénis.

Connearney éclata de rire.

– Ha ha ha, l'imitai-je.

– C'était un bon prof ? s'informa Zitelli.

– Ouais, approuva Connearney. Il était super. Toute la classe était super. C'est triste ce qui est arrivé à Melitsky, vous êtes au courant ?

– Oui, dis-je.

Puis, sentant qu'il en attendait davantage :

– Vous étiez étudiant en philosophie ?

– En sciences sociales.

– C'est pas le truc où on étudie des cartes de géo ? demanda Zitelli.

– Pas à Harvard.

– Ahhhh, rétorqua Zitelli, exxxcuse-moi.

– Ha ha, fis-je. Ha ha ha.

Zitelli demanda à son collègue si je lui avais mis un A.

– B+, rectifia Connearney.

Il me sourit.

La bouilloire se mit à hurler.

De retour au salon, Zitelli me tendit l'enveloppe en kraft. L'espace d'un instant, je ne bougeai pas, comme si, en refusant de l'accepter, je pouvais échapper à ce que son contenu me réservait. Je finis par la prendre et en soulever le rabat. À l'intérieur se trouvait une photocopie de la thèse d'Alma.

– Je vous rendrai l'original aussitôt que je pourrai, précisa Zitelli. Je me suis dit qu'en attendant ça vous serait toujours utile.

– … Merci.

– De rien. Encore désolé d'avoir débarqué sans prévenir. On était dans le quartier et je sais que ça va vous paraître bizarre, mais je me demandais, enfin, si ça ne vous embête pas trop : peut-être que vous pourriez faire visiter la bibliothèque à mon petit camarade ? C'est le genre de trucs qui l'intéresse. Ça vous ennuie ? Juste un petit tour en vitesse.

– Par ici, dis-je.

J'avais revérifié chaque centimètre carré une bonne douzaine de fois. Je n'avais aucune véritable raison de croire que les deux hommes étaient là pour autre chose que jouer les curieux. Je fis de mon mieux – et j'y parvins, me semble-t-il – afin de dégager une insouciance de maître des lieux. Pourtant je n'ai jamais été aussi terrorisé de ma vie que durant ces vingt-cinq minutes. Curieusement, ce qui rendait la situation aussi éprouvante pour les nerfs était aussi ce qui me permit de maintenir un vernis de sang-froid : l'incongruité de voir deux inspecteurs de la Crim flâner dans une pièce qui avait si récemment servi de morgue improvisée était, en un sens, d'une infinie drôlerie, et je ne cessais de réprimer un début de fou rire.

– La vache ! s'exclama Connearney, son pied de géant pile à l'endroit où la tête de Daciana s'était trouvée.

Debout près du globe, je le faisais tourner négligemment.

– Oui, c'est un bel objet, acquiesçai-je.

– Je veux, ouais !

Zitelli me lança un regard comme pour dire : *Ce type, vraiment...*

Je lui souris, attendant ses remarques sur l'échange de tapis, les fauteuils disparus...

– Où est passé votre ami ? demanda-t-il.

Le plancher s'ouvrit sous mes pieds. Fini de jouer. Cette visite de la bibliothèque n'était en fait qu'un prétexte, à présent le couperet tombait. *Votre ami.* Ha ha ha. Connearney faisait toujours semblant de baguenauder, mais je savais qu'il était prêt à me tacler si j'essayais de m'enfuir. Ça allait se passer ici et maintenant, et je ne pourrais rien faire d'autre que me rendre.

– Mon ami, répétai-je.

– Vous savez, répondit Zitelli en se barrant la lèvre supérieure de son index.

Silence.

– Ma copine m'a demandé de l'enlever, dis-je. Il lui file les chocottes.

– De quoi vous parlez ? s'enquit Connearney.

– De Nietzsche, murmurai-je.

– Ahhh, fit-il avant d'ajouter en fermant les yeux : « La pitié fait presque un effet risible chez l'homme qui cherche la connaissance, de même que de fines mains chez un cyclope. »

– Vous, les anciens d'Harvard, commenta Zitelli avec un grand sourire. Tous des têtes de nœud.

Alors que je les raccompagnais à la porte, ils me remercièrent avec effusion, jurant de ne jamais me déranger de nouveau… une promesse que je n'étais pas sûr de pouvoir prendre pour argent comptant.

J'allai récupérer mon demi-Nietzsche derrière les cartons de paperasse dans la penderie de mon bureau, où je l'avais laissé. À mon retour j'avais été trop affolé pour m'occuper de lui, et entre-temps le sang séché s'était transformé en paillettes de rouille. Une grosse tache lui faisait comme un bandeau de pirate sur son œil unique. Je la grattai du bout de l'ongle et mon doigt en revint orange. Le velours vert sous le socle était teint en noir. Je l'arrachai et en fis une boule que je jetai dans les toilettes.

La méthode préférée de Google pour faire partir la rouille sur de la fonte nécessitait du liquide vaisselle et une pomme de terre. Ingrédients que je trouvai sans peine à l'épicerie du coin. Assis à la table de la cuisine, je coupai en deux une des patates, versai un peu de produit vaisselle sur la face blanche et m'en servis pour frotter le serre-livres jusqu'à ce que la chair soit toute noire, la rouille se détachant peu à peu. Je tranchai la partie souillée et renouvelai l'opération. Les policiers étaient venus et repartis sans dire un mot, mais je n'étais pas dupe. Quelque chose se tramait. Forcément. Une fois que vous avez commencé à penser que le monde extérieur peut signifier votre fin, non seulement vous vous habituez à cette idée, mais vous apprenez à vous en nourrir. Vous vous repaissez de votre propre peur. Et quand il n'y en a plus, vous turbinez encore pour pouvoir continuer à vous repaître. Je coupai une nouvelle tranche noircie. Mon ami, l'avait appelé l'inspecteur. Mon ami retrouvait ses couleurs.

CHAPITRE 23

Entre le bruit de fond et les sanglots de Yasmina, j'arrivais à peine à comprendre un mot de ce qu'elle disait.

– Tu m'appelles d'où ? lui demandai-je. Tu es à l'aéroport ?

– Je prends un vol de nuit pour Boston. J'arrive à six heures moins vingt du matin.

– Je croyais que tu ne devais pas rentrer avant mercredi.

– J'ai changé mon billet. C'est fini. J'ai parlé de nous à Pedram.

Si elle s'attendait à m'entendre pousser un cri de triomphe, elle allait être déçue. Tout ce que je réussis à dire fut :

– Ah bon ?

– J'ai été obligée. Je ne supportais plus tout ça.

Toujours en pleurs, elle me raconta la fête de fiançailles, des invités jusqu'à ras bord dans un restaurant de Beverly Hills ; des plateaux de melon rutilant, des vases en cristal débordant de grappes de raisin ; Pedram qui lui enfonçait ses ongles dans l'épaule, comme si c'était une petite fille pas sage qu'il fallait garder sous la main. Quand était venu le moment du discours de son futur époux, elle l'avait écouté ne rien dire de ses études, ne rien dire sur elle en tant que personne, se référant uniquement à son éducation impeccable, à sa parfaite lignée familiale et, surtout, à sa beauté.

Elle se moucha.

– Ma sœur m'a trouvée en train de faire une crise de nerfs dans les toilettes.

Assis à la table de la cuisine, je tripotais ma joue blessée. La peau tout autour était tendre, chaude au toucher.

– Je ne sais pas quoi dire.

– Tu ne sais pas quoi *dire* ?

– Ben…

– Tu n'as qu'à dire que tu es désolé.

– Je suis dé…

– Que tu es *content*.

– Je… Oui, c'est juste que, c'est juste que je suis un peu surpris.

– Mais, bon sang, ce n'était pas *calculé* de ma part, dit-elle en haussant la voix pour couvrir le beuglement d'une annonce du haut-parleur.

– Je sais…

– Je n'ai pas fait ça pour m'amuser, figure-toi.

– Je sais. Je suis désolé.

– Merde…

– Je suis désolé.

Elle avait recommencé à pleurer.

– Mina…

– Je pensais que tu serais content.

– Je le suis.

– Tu n'as pas l'air.

– C'est la surprise. Voilà ce que tu entends. Mais, mais… une surprise en bien.

Ma tempe droite s'était mise à tambouriner, la pièce à mousser autour de moi. Je secouai la tête pour essayer de dissiper cette sensation.

– Regarde, poursuivis-je, c'est un peu comme quand quelqu'un surgit de ton gâteau d'anniversaire. C'est surprenant, mais tu es content d'avoir été surpris une fois que le, que le…

Douleur, vertige. Je secouai de nouveau la tête.

– … que le choc initial s'estompe, repris-je. Tu comprends ? Écoute : je suis content. Je n'ai pas l'air content ?

– Non.

– Pourtant c'est moi, content. Vraiment très, très content.

Silence.

– Allô ? dis-je.

– Ouais, fit-elle en se mouchant à nouveau. Ma mère avait déjà compris qu'il se passait un truc quand elle a vu le collier.

J'étais à la fois mal à l'aise et flatté.

– Tu l'as mis ?

– Bien sûr que non, je ne l'ai pas mis. Elle a fouillé dans mes tiroirs.

– Tu plaisantes.

– Non.

– C'est ridicule.

– Comme tu dis.

– Tu es une adulte.

– Ça ne l'a jamais arrêtée. Je ne vois pas pourquoi ça t'étonne, je t'avais déjà dit comment elle fonctionnait.

Je balançais ma tête d'avant en arrière un peu machinalement.

– Oui… peut-être.

– Enfin bref, finalement elle avait raison, non ? J'avais quelque chose à cacher, et elle l'a trouvé.

Quelque part dans tout ça je percevais une accusation : je l'avais piégée. Et pourtant elle venait me pleurer sur l'épaule. C'était du grand Yasmina, et beaucoup trop alambiqué pour que j'arrive à y voir clair dans l'immédiat, surtout avec quatre-vingt-dix-huit pour cent de mon cerveau occupés à courir après d'autres paranoïas. Je l'entendais me parler de ses parents.

– Je suis sûr que si tu leur expliquais…, commençai-je.

Elle laissa échapper un petit bruit impatient.

– Tu as entendu ce que je viens de dire ?

– Euh… oui.

– Je suis radiée de la famille. D'accord ? Tu comprends maintenant ? Tu visualises ?

– Je, je suis sûr que ce n'est pas vrai.

– Peu importe si c'est vrai ou pas. Ce qui importe, c'est qu'elle me l'a dit.

Silence.

Une voix grésillante appela les passagers du vol pour Boston.

– Il faut que j'y aille, dit-elle.

– Ça ira mieux quand tu auras dormi, suggérai-je, autant à elle qu'à moi-même.

Elle renifla.

– Ouais, peut-être.

Silence.

– Bon, dis-je. Repose-toi bien, et bon voyage.

– Attends... Joseph ?

Silence.

– Je peux venir dormir chez toi ?

Impossible. Je ne pouvais pas l'avoir ici, pas avec tout ce qu'il me restait encore à nettoyer. Pas quand j'avais les flics qui s'invitaient à l'improviste pour prendre le thé. Pas avec un tapis ensanglanté roulé et fourré dans un coin de mon bureau. Non, c'était impossible ; la seule question était de savoir comment le lui dire sans qu'elle parte au quart de tour.

– S'il te plaît, insista-t-elle. Je ne peux pas rester toute seule.

– Bien sûr, marmonnai-je.

– Merci. Merci beaucoup.

Je lui proposai de venir la chercher à l'aéroport.

– Non, c'est trop tôt, je prendrai un taxi.

– Tu te souviens où c'est ?

– Je crois, oui.

– Numéro 49. La dernière maison.

– Je me souviens.

– Je laisserai la lumière de dehors allumée.

– D'accord. Merci.

Je ne dis rien.

– Je suis désolée que ce soit aussi tôt, reprit-elle.

– Je serai réveillé.

Elle n'avait jamais su voyager léger, Yasmina, et je m'efforçai de ne pas laisser paraître à quel point j'avais mal au dos en montant les marches du perron avec ses valises. Je m'étais à nouveau bloqué la veille au soir. Coincé sans voiture – toutes les agences de location de Boston ferment à vingt et une heures, comme le reste –, j'étais sorti à pied, avec cinquante kilos de tapis avachi posés en travers de la nuque, titubant par moins six degrés ambiants, perdant l'équilibre, tombant et me relevant pour continuer à tituber. J'avais réussi à faire ça sur environ trois kilomètres avant d'arriver dans un terrain vague près du musée de la Science où je m'étais débarrassé de mon fardeau, puis j'étais rentré chez moi en boitant, trempé, glacé, le corps moulu, avec pour seule consolation le fait que l'heure tardive m'avait permis d'avoir très peu de témoins.

– Je suis désolée, répétait sans cesse Yasmina.

Nous étions dans le vestibule en train de nous essuyer les pieds.

Je lui dis d'arrêter d'être désolée.

– Mais je le suis.

– C'est bon.

– Je suis tellement bordélique.

– Mais non.

– Je suis désolée.

– C'est bon.

– Mais c'est vrai.

– C'est bon, Yasmina.

Je déposai ses valises sur le palier. Quand je me retournai, elle s'approchait de moi, une main tendue vers mon visage.

– Tu t'es battu ?

– Ha ha, fis-je en reculant pour l'esquiver. Mais non. Je suis tombé.

– Ça a l'air de faire mal.

– Ça va. Tu dois avoir faim, non ?

Dans la cuisine, elle s'assit en attrapant son bol de thé entre ses doigts pour se réchauffer.

– Tu pourrais fermer la fenêtre ? me demanda-t-elle.

Je m'exécutai.

– Merci. Tu n'as pas froid quand tu laisses ouvert ?

– Ça devient vite la fournaise sinon.

– Je vois ma respiration qui fait de la buée.

Pour ma part, je mourais de chaud, mais je voulais la mettre à l'aise, histoire de masquer le fait que j'étais horriblement mal à l'aise de l'avoir ici. Je lui proposai des tartines.

– C'est bon, ça ira.

– Qu'est-ce qu'on dit ?

– Merci.

J'entrepris de me préparer un petit déjeuner. Je n'avais pas faim, mais il fallait bien que ce soit fait.

– Ma mère m'a laissé un message, dit-elle.

– Et ?

– Ils me coupent les vivres.

Silence.

– C'est horrible, commentai-je.

– Je vais être obligée de rendre mon appart.

Silence. Lourd.

Je souris tant bien que mal et ouvris les bras en signe de bienvenue.

– Tu es sûr ?

– Évidemment.

– Merci, murmura-t-elle en fondant en larmes. Merci beaucoup.

Je tirai sa chaise vers la mienne et la berçai contre moi en la rassurant. Je ne sais pas pourquoi, mais ses pleurs m'angoissaient terriblement.

– Je suis sincère, insista-t-elle. Ce serait tellement facile pour toi de te moquer de moi. Tu es vraiment quelqu'un de bien.

– Chhhh.

– Je te payerai un loyer.

– Ne sois pas ridicule.

– Mais si. Je te ferai à manger. J'apprendrai à cuisiner.

– Arrête. S'il te plaît.

– Je trouverai un autre endroit dès que je pourrai. Je vais commencer à chercher la semaine prochaine…

Je lui caressais les cheveux pour tenter de l'apaiser, mais elle continuait à dire tout et n'importe quoi, à faire des promesses qu'elle ne pourrait jamais tenir, le tout sans cesser de sangloter. Elle me rapporta les atrocités que sa tante lui avait dites. Elle me parla de Pedram : le pauvre, le candide Pedram, qu'elle n'avait jamais voulu faire souffrir, mais qui – d'après sa sœur – ne mangeait plus depuis des jours tant il était déprimé. Elle s'était humiliée en public, elle avait déshonoré le nom de sa famille. Je ne savais pas, je ne pouvais pas savoir ce que c'était, comment les gens parlaient, les rumeurs, l'importance de la réputation. Personne n'oublierait jamais, pas après un tel esclandre, pas après les menaces et les imprécations. Elle serait la risée de la communauté. Elle ne pourrait plus jamais retourner là-bas. J'avais envie de compatir. Vraiment. Je savais qu'elle avait besoin de moi. Mais là, à cet instant, je ne pouvais plus supporter le son de sa voix et j'aurais donné n'importe quoi pour qu'elle se taise. Je lui disais que tout irait bien. Elle continuait à pleurer, à parler. Chut, je disais, chut. Mais il n'y avait rien à faire, quoi que je dise ou que je fasse, et je finis par être obligé de l'embrasser. Pour être honnête, je n'en avais pas très envie, mais c'était le meilleur moyen – le seul en vérité – pour qu'elle arrête de faire du bruit.

La question du libre arbitre est aussi vieille que la philosophie elle-même, et le débat autour aussi féroce qu'il l'était il y a deux mille ans. Et même davantage, peut-être, car tandis que notre monde devient de plus en plus connu, quantifié, mécanisé et contraint – l'emprise de la technologie sur nous plus forte de jour en jour, la science lissant les contours de la réalité –, les gens semblent proportionnellement avides de prouver que les êtres humains sont l'exception à la règle et que nous ne sommes pas préprogrammés mais libres.

En gros, deux choses doivent être vraies pour que nous puissions être considérés comme libres. Il faut que nous soyons les initiateurs de nos propres actions (c'est-à-dire que nous ne pouvons pas simplement être le prochain dans une suite de dominos qui tombent). Et il faut que l'avenir soit « ouvert » (c'est-à-dire que nous devons être à même d'avoir une incidence significative sur son déroulement).

Il s'avère que ces conditions sont liées, et assez difficiles à remplir. Elles se heurtent, violemment, au concept de déterminisme, qui est (là aussi en gros) l'idée selon laquelle il ne peut y avoir qu'un seul avenir physiquement possible. Pourquoi il en serait ainsi n'est pas facile à expliquer, mais nous nous contenterons ici de dire que cette question a revêtu bien des formes au cours des siècles et qu'elle est épineuse au plus haut point. La contradiction évidente entre une déité omnisciente et la liberté de l'homme de lui obéir ou lui désobéir, par exemple, en a éloigné plus d'un de l'Église, ou du moins vers les bancs du fond. Dans leur incarnation moderne, les théories déterministes ont tendance à se fonder sur les lois de la nature comme déterminant, celles-ci étant un sujet de conversation plus confortable que Dieu pour les philosophes, qui sont, dans leur ensemble, une bande d'impies.

En quoi est-il important que nous soyons libres ? Imaginez un monde sans libre arbitre. Dans un tel monde, quiconque serait-il jamais comptable de quoi que ce soit ? Si je ne suis pas la cause de mes actions, il est irrationnel de me tenir pour responsable de leurs conséquences. De là, il semblerait s'ensuivre que deux de nos concepts les plus précieux – le bien et le mal – soient illusoires, et que la seule chose qui nous protège d'une existence prodigieusement vile, d'un enfer chaotique et violent sur terre, soit un vague reste d'aveuglement.

En réaction, certains déclarent qu'en vérité nous ne sommes pas libres et que nous ferions mieux de renoncer totalement à cette idée. Nietzsche, par exemple, qualifie le libre arbitre métaphysique de domaine des « semi-éduqués ». Mais ce type de déterminisme radical est rare. La plupart des auteurs moralistes sont en fait des compatibilistes, reconnaissant la force du déterminisme mais refusant d'abandonner l'idée que nous puissions être libres. Ils veulent en somme le beurre et l'argent du beurre, et la gamme des solutions qu'ils proposent à cette fin va des plus réalistes et rigoureuses aux plus obscures et tirées par les cheveux. Cela donne lieu à de nombreux jeux sémantiques ; à de nombreux chipotages autour du sens des mots « libre », « déterminé », « choisir », « cause ». On peut détecter dans la littérature compatibiliste une forme de désespoir, issu de la crainte que nos propres capacités de raisonnement nous aient condamnés à un monde dans lequel la moralité ne peut être fondée sur des bases stables.

Que le libre arbitre soit réel ou incohérent, cependant, il y a un point incontestable : nous nous *sentons* libres. La sensation d'agir librement fait partie intégrante de notre conscience. Vous pouvez dégainer toutes les objections possibles et imaginables, rien n'y fera. Je lève le bras et j'ai l'impression d'être l'auteur de ce mouvement. J'écris ces mots et ils me semblent sortir du plus profond de moi. Par extension, nous ne pouvons pas nous empêcher de considérer les autres comme responsables. C'est la position du philosophe britannique Peter Frederick Strawson. Imputer des responsabilités, affirme-t-il, fait autant partie de ce qui nous rend humains que marcher debout, et il serait idiot de le nier. Le fait que nous soyons *réellement* libres est moins important que de pouvoir sortir de sa maison sans se faire poignarder à mort. La théorie de Strawson est considérée comme essentielle dans l'histoire du débat sur le libre arbitre, révolutionnaire au temps de sa publication, en 1962, et encore de nos jours d'un pragmatisme irréfutable. Néanmoins elle donne quelque peu l'impression d'une stratégie d'évitement du fait qu'elle écarte la question ontologique fondamentale de savoir si le libre arbitre existe en disant : « Qu'est-ce que ça peut faire ? » Or le présupposé de toute la démarche philosophique est que de telles questions méritent d'être posées. Et même, l'exigent.

C'est à ce stade que mon nouveau mémoire de thèse prenait le relais.

Durant les trois jours entre la visite des deux policiers et le retour de Yasmina, j'avais réussi à produire trente pages de texte, presque toute l'introduction. Avec des progrès aussi rapides, peu m'importait que l'argument soit un tantinet dépassé. (Comment aurait-il pu en être autrement ? Après tout, le premier jet remontait à 1953, c'est-à-dire, cela mérite d'être souligné, neuf ans avant Strawson lui-même.) Ce qui m'importait était de pouvoir avoir terminé au printemps. J'avais même un titre – *Une défense a priori du libre arbitre ontologique* –, que je songeais à raccourcir car il me semblait un peu disgracieux dans sa traduction de l'allemand.

Ce fut une période éprouvante. Il m'était déjà assez difficile de me comporter normalement en présence de Yasmina sans avoir à me demander si elle n'allait pas débouler d'une minute à l'autre dans mon bureau et me prendre la main dans le sac, la thèse d'Alma ouverte sur la table et mon dictionnaire allemand-anglais sur les genoux. Vu que je dormais si mal de toute façon, je pris l'habitude de m'extirper du lit à deux heures du matin, les jambes en compote, le cerveau rugissant comme un feu de cheminée ; je descendais dans mon bureau et me mettais à taper jusqu'à ce que j'entende le plancher craquer au-dessus de ma tête, Yasmina accomplissant ses ablutions matinales. Alors je fermais boutique, préparais le petit déjeuner et me tournais les pouces jusqu'à ce qu'elle parte au travail. Je passais ensuite le reste de la journée à somnoler, travailler et m'alimenter de force, m'interrompant à dix-huit heures pour accueillir son retour avec une fausse effusion de joie et réchauffer des plats préparés de l'épicerie-traiteur du coin.

Je savais qu'elle savait que quelque chose n'allait pas. Je ne restais presque jamais au lit ; j'étais irritable et cassant ; je bâillais constamment et j'avais une mine de plus en plus cadavérique au fil des jours. Les éraflures sous mon œil s'étaient mises à me lancer en permanence, à tel point que je ne le remarquais plus, le rythme de leurs pulsations me devenant aussi imperceptible que les propres battements de mon cœur. J'épongeais la zone et y appliquais du fond de teint ; il fallait quatre pansements pour couvrir les plaies sur toute leur longueur. Pourtant je la sentais qui m'observait avec agacement et lassitude, un peu comme on regarde l'enfant d'un autre se conduire mal, refréné par l'étiquette mais ayant quand même envie d'exprimer sa réprobation. J'avais donc pris le pli de détourner mon visage dès qu'elle entrait dans une pièce. Un jour, elle s'aventura à me demander si j'étais sûr que ça allait, et je lui répondis en aboyant qu'évidemment ça allait, que j'étais extrêmement occupé, soucieux, que j'avais beaucoup de choses à gérer, non ? À son expression choquée je compris que j'avais dû réagir avec une violence disproportionnée et je me mis à faire un effort conscient pour réguler le niveau de ma voix et tourner sept fois ma langue dans ma bouche avant de répondre. Cela dit, ça ne changeait rien, car de ce jour elle ne me posa plus aucune question sur ma santé. J'imagine qu'elle se disait que j'étais sur une bonne lancée – ce qui était le cas, d'une certaine manière – et qu'on pouvait me pardonner certaines sautes d'humeur. On ne peut pas attendre des grands esprits qu'ils se plient aux conventions sociales, tout le monde le sait. Aussi recommença-t-elle à parler toute seule, peut-être dans l'espoir de me distraire de ce qui avait l'air de me troubler si visiblement. Soit ça, soit elle était trop absorbée par ses propres problèmes pour consacrer davantage d'attention aux miens. Je ne pouvais qu'espérer qu'elle continuerait à me laisser tranquille. J'étais terrorisé à l'idée de ce que je dirais face à des questions trop insistantes. En l'état, j'avais déjà du mal à me contrôler. L'envie d'avouer me tiraillait sans relâche, les mots bouillonnant dans mon estomac, remontant vers le fond de ma gorge, prêts à jaillir en jet à la moindre provocation. Je ne me faisais pas confiance, et je me serais senti beaucoup plus en sécurité tout seul.

Mais elle était là, et apparemment pour longtemps. Quelques jours après son retour elle entreprit de négocier la résiliation de son bail, et une semaine plus tard nous empruntions la voiture de Drew pour déménager sa montagne d'affaires, tout sauf les meubles les plus volumineux. La maison, ma maison, autrefois d'une sobriété si raffinée, d'un équilibre si parfait, se remplit de ses possessions. Ses œuvres d'art occupèrent le salon de télévision. Ses vêtements envahirent ma penderie. La cuisine dut accueillir sa machine à expresso, ainsi que les casseroles et les poêles qui avaient été jadis la monnaie d'échange de mon marchandage. Bien qu'elle m'eût assuré qu'elle se débarrasserait de ce dont je ne voulais pas, tout indiquait le contraire. Je me préparais à une offensive sur la décoration.

– Je peux te poser une question ?

Je retournai précipitamment la thèse sur mon bureau et pivotai sur ma chaise de travail.

– Oui ?

– Il me semblait avoir vu un tapis dans la chambre du haut.

– ... En effet.

– Qu'est-ce que tu en as fait ?

– Je l'ai déplacé dans la bibliothèque.

– C'est bien ce que je pensais. Parce que celui de la bibliothèque n'est pas non plus celui dont je me souviens.

– L'ancien, j'ai été obligé de m'en séparer.

– Hein ? Pourquoi ?

– Il, euh... Il avait une brûlure de cigarette. Il y avait un trou.

– C'est arrivé quand ?

– Pendant la fête. Et puis une tache de vin, aussi.

J'écartai les mains pour lui en mimer la grosseur.

– Je ne m'en souviens pas.

– C'est juste que tu as dû oublier.

– Peut-être, mais je ne vois toujours pas pourquoi tu étais obligé de le jeter. Ce sont des choses qui se réparent, et c'était un tapis magnifique. Il n'y avait pas aussi une paire de fauteuils ?

– Je n'avais pas envie de me casser la tête. Et puis je ne l'ai pas jeté, je l'ai vendu.

– Les fauteuils aussi ?

– Non, eux, je les ai donnés à nettoyer.

– Je ne comprends pas pourquoi tu veux bien prendre la peine pour eux, mais pas...

– Écoute, je suis en plein boulot là.

– Ah. Pardon.

Et elle ferma la porte.

Quelques soirs plus tard, elle m'intercepta sur le chemin de la cuisine.

– Je peux te parler d'un truc, deux minutes ?

– … D'accord.

Elle me conduisit au salon.

– C'est les rideaux.

– Les rideaux ?

– Je t'ai déjà dit que cette pièce manquait de lumière. Je veux dire, franchement. C'est impossible que tu la préfères comme ça.

– Ça ne me dérange pas.

– On dirait une crypte. Je me crève les yeux, à force.

– Je ne sais pas quoi te dire. Va lire ailleurs.

– Où ?

– Dans la cuisine. Là-haut. Je n'en sais rien. Achète une lampe. Je vais t'en acheter une.

– La lumière n'est pas le seul problème, il fait un froid de canard ici. Regarde-moi ça, dit-elle en tirant sur son écharpe. On est *en intérieur*.

– C'est pour ça que j'ai mis le chauffage dans le salon télé.

– Je ne peux pas passer ma vie là-haut.

– Je ne sais vraiment pas quoi te dire. Le système est vieux ; c'était comme ça quand j'ai emménagé.

– Est-ce que je peux au moins faire venir quelqu'un pour avoir un devis ?

– Ce n'est pas quelque chose dans lequel j'ai envie de mettre de l'argent.

– Ça ne coûte rien de demander un devis.

– À quoi ça sert de demander un devis si je sais que…

– Mais tu n'en sais rien. C'est pour ça que tu as besoin d'un devis.

– Je *sais* que…

– Ne te fâche pas, s'il te plaît.

– Je ne me fâche pas.

– D'accord, dit-elle. Mais franchement…

Silence.

– Quoi ? dis-je.

– Est-ce qu'on peut finir de parler des rideaux ?

– Je croyais qu'on avait fini.

– Je te demande juste de m'écouter. Ça ne coûtera pas plus de deux ou trois cents dollars. Réfléchis : tu ne trouves pas que ce serait mieux que d'être tout le temps dans le noir ? J'ai vu dans une boutique une sorte de toile de lin écrue…

– Laisse tomber, d'accord ?

– Je n'arrive pas à comprendre pourquoi tu…

– Je n'ai pas envie que les gens puissent voir à l'intérieur.

– Quels gens ?

– N'importe qui.

– Joseph. Sérieusement, tu crois vraiment que… Mais, mais… attends. Voilà, tu es encore fâché.

– Je ne suis pas fâché.

– Je vois bien que tu es fâché.

– Mina.

Je me plaquai un poing sur la bouche, et une veine de feu courut brièvement le long de ma tempe.

– Je ne veux p… Je ne peux pas m'occuper de ça maintenant. J'ai du travail, je ne me sens pas au mieux de ma…

– Qu'est-ce qui ne va pas ?

– Rien. Rien ne va pas. Maintenant, si tu veux bien m'excuser…

– Joseph…

Je fermai ma porte à clé et restai assis immobile à mon bureau en écoutant le bruit de ses pas qui se retiraient à l'étage.

Où voulait-elle en venir ? Pourquoi cet interrogatoire ? Pourquoi toutes ces questions sur les fauteuils, le tapis ? Savait-elle quelque chose ? Essayait-elle de me coincer ? Je m'enjoignis de rester rationnel : elle voulait juste marquer son territoire. Mais si elle insistait, je finirais sans doute par craquer. Je n'avais jamais été doué pour ce que les gens appellent « parler de tout et de rien », et en l'occurrence ça se ressentait cruellement. Si elle continuait à me harceler… L'espace d'un instant, je pensai à mettre un terme à notre relation. Mais comment l'aurais-je pu ? Après tant de mois, j'avais réussi à la reconquérir. J'avais ce que je voulais. J'étais censé être heureux. Et reconnaissant. Et puis elle m'avait entretenu pendant deux ans sans jamais me poser de questions. Pourtant j'étais là à envisager de la mettre dehors. Après ce qu'elle venait d'endurer, ce qu'elle avait sacrifié… pour moi.

Tout compte fait, songeai-je, ce serait plus facile pour nous deux si elle prenait elle-même la décision de partir.

J'aperçus mon reflet dans la vitre. La zone sous mon œil était rubiconde, luisante, comme si j'avais dormi trop longtemps dans la même position.

CHAPITRE 24

– Ravie de vous revoir parmi nous, lança Linda Neiman.

– Merci.

Sans la moindre discrétion, elle lorgna mon visage pendant trois ou quatre bonnes secondes avant de m'inviter à m'asseoir et de faire rouler son fauteuil jusqu'à la cafetière.

– Un café ?

– S'il vous plaît.

Pendant qu'elle avait le dos tourné, je desserrai le col de ma chemise (encore une bouffée de chaleur) et tâtai ma joue pour m'assurer que la compresse de gaze n'avait pas glissé. Elle était toujours là, ce qui voulait dire ou bien qu'elle lorgnait le pansement lui-même, ou que la rougeur s'était propagée au-delà, ce qui me paraissait difficilement possible en l'espace d'une heure depuis que je l'avais mis. Dans un cas comme dans l'autre, je la trouvais gonflée de me fixer si ostensiblement. Elle qu'on avait dû fixer toute sa vie. Je ne le lui dis pas, cependant. J'en avais envie, mais je me retins. Je lui souris et lui répondis qu'un nuage de lait serait parfait, merci.

Tandis qu'elle finissait de préparer nos deux cafés, nous papotions des dernières nouvelles du département. Je songeai avec amusement que j'avais jadis été assis sur cette même chaise à me faire étriller par cette même femme qui à présent posait devant moi une tasse aux armes de l'université d'Harvard, me faisait passer une coupelle de biscuits aux amandes et aux graines de fenouil, et me demandait si j'avais entendu parler du colloque sur Anscombe qui se tiendrait très prochainement.

– Techniquement, bien sûr, vous n'êtes toujours pas réinscrit. Mais je ne me sentirai pas forcément obligée d'appeler la police du campus.

– Vous êtes trop aimable.

– C'est quelque chose dont on ne m'a jamais accusée, rétorqua-t-elle en souriant avant de poser la main sur une liasse de feuilles imprimées. Bien. Parlons franc. C'est vraiment de vous ?

– Absolument, répondis-je.

– Parce qu'en le lisant je ne peux pas m'empêcher de me demander si quelqu'un est venu remplacer le Joseph que je connaissais par un robot qui bouge et parle comme lui mais qui sait vaguement écrire.

Essayer de rendre la voix d'Alma avait été un vrai défi. Elle avait une légèreté, une musicalité et un enjouement qui rappelaient sa voix dans la vraie vie et qui n'avaient rien à voir avec le magma turbide que j'avais passé des années à pondre. Pour venir à bout de la traduction, j'avais aussi dû surmonter une sorte d'état brumeux envahissant dont je n'arrivais à m'extraire que quelques minutes à la fois, et au prix d'un effort de concentration extrême. C'était d'ailleurs ce que je faisais présentement, m'appliquant à paraître alerte et nonchalant plutôt qu'épuisé et anxieux.

– Les gens changent, dis-je simplement.

– Eh bien, je vais vous le dire tout net : peut-être que je m'étais trompée sur vous.

Je fis un geste conciliant.

– Je dois reconnaître que certaines parties de l'argumentation me semblent un peu datées, comme le passage sur la philosophie de l'action. Beaucoup d'eau a coulé sous les ponts depuis le milieu du vingtième siècle. Mais je suis quand même curieuse de voir où vous allez en venir.

Même si j'avais déjà fini de traduire presque tout le deuxième chapitre en attendant qu'elle ait lu le premier, je ne voulais pas lui donner l'impression d'avancer trop facilement sur cette nouvelle mouture. Je lui indiquai que je pourrais lui remettre la section suivante à la mi-février.

– J'ai hâte de voir ça, dit-elle.

Je voulus savoir s'il était encore temps de m'inscrire pour passer ma soutenance au printemps.

– Ne mettons pas la charrue avant les bœufs. Une page après l'autre, hein ? répondit-elle en levant sa tasse de café en guise de toast. Pour l'instant je suis déjà contente de constater qu'il y a encore certaines choses qui m'échappent dans l'univers.

Ma relative bonne humeur fut anéantie cet après-midi-là quand, en rentrant chez moi, je trouvai un inconnu posté sur le perron.

Trapu, la peau lisse et cireuse et de gros cernes sous les yeux, il présentait un mélange étonnant de jeunesse et d'usure. Une écharpe marron râpée dépassait du col de sa veste en nylon trop grande ; il avait un bipeur à la ceinture.

– Je peux vous aider ? proposai-je.

Il me dévisagea pendant un temps interminable avant de demander à parler à Mme Spielmann. Il avait un ton de robot, impression renforcée par la couleur de ses yeux : un vert-de-gris métallique.

– Elle est décédée, dis-je avant d'ajouter : C'est moi qui vis ici maintenant.

Il hocha la tête.

La compresse de gaze sur ma joue me semblait gigantesque ; j'avais du mal à ne pas détourner le visage.

– Je peux faire quelque chose pour vous ? repris-je.

Il descendit les quelques marches à ma rencontre, un bout de papier à la main.

C'était une photo de Daciana, fanée et toute plissée. Je fus frappé de constater que, plus jeune, elle n'était pas totalement dépourvue de charme. Un peu une bouche de cheval, mais loin du bloc de viande que j'avais connu. Je posai ma sacoche en agneau par terre, feignant d'examiner l'image bien plus longtemps que nécessaire, pas assez néanmoins pour pouvoir explorer toutes les branches d'une arborescence exponentielle de décisions possibles. D'un côté, je pouvais dire que j'étais nouveau ici et que par conséquent je n'avais jamais rencontré Daciana. Ce qui aurait l'intérêt d'étouffer tout problème dans l'œuf, mais aussi le potentiel de se retourner contre moi. Si, par exemple, elle avait parlé de son nouvel employeur. Me faire prendre en flagrant délit de mensonge préventif risquait de soulever toutes sortes de questions qui sans ça ne me seraient peut-être jamais posées. D'un autre côté, je pouvais admettre que je connaissais effectivement Daciana mais que (a) je ne l'avais pas vue depuis un moment (un mensonge moins accablant que prétendre ne pas la connaître du tout), ou que (b) je l'avais vue le jour où elle était venue travailler et je l'avais payée comme d'habitude avant de la laisser poursuivre son petit bonhomme de chemin. L'avantage de (b) était que cela tenait compte de la possibilité que quelqu'un ait repéré sa voiture dans l'allée ; l'inconvénient, évidemment, était que ça me liait à elle en temps et en lieu. Cela dit, peut-être que je n'avais absolument pas de quoi m'inquiéter. Ce n'était pas la police qui venait toquer à ma porte, mais un quidam. Son fils, supposais-je. Il pouvait avoir le bon âge. Andrei ? Et je compris alors que si c'était son fils, elle était sa mère ; ensemble, ils formaient une famille, que j'avais détruite. Les familles n'étaient pas des abstractions, elles étaient faites de vraies gens ; mais ça n'entrait pas en ligne de compte, ça ne pouvait pas entrer en ligne de compte dans mon présent calcul, si bien que je me réorientai aussitôt vers un axe de réflexion plus constructif. Qui que soit cette personne, ce n'était clairement pas la police. À bien y réfléchir, il était même possible qu'il n'ait pas encore signalé sa disparition. Peut-être qu'il n'habitait pas avec elle et n'avait découvert son absence que récemment, à l'occasion d'une visite. Quel âge avait-il exactement ? Assez vieux pour avoir déjà quitté le nid familial ? Je ne pouvais pas affiner ma première impression sur lui sans lever les yeux de la photo, ce que je ne voulais pas car je le sentais qui attendait ma réponse. Même en imaginant le pire – qu'il vivait bien avec elle et qu'il était conscient de son absence depuis ce fameux matin –, un jeune homme était-il au courant de l'emploi du temps de sa mère dans ses moindres détails ? Quel enfant prête autant d'attention à ses parents ? (Et à quels sacrifices avait-elle dû consentir pour lui offrir une vie décente ici ? Combien de toilettes récurées ? Combien de paniers de linge sale lavés, séchés, repassés, pliés ?) Mieux encore, le fait que c'était précisément lui qui se présentait à ma porte et *pas* des policiers pouvait vouloir dire qu'il était bel et bien allé leur parler, mais qu'ils ne me considéraient pas comme un témoin clé ; par conséquent, je n'avais rien à craindre. D'un autre côté, c'était peut-être seulement le signe de leur incompétence, d'un enquêteur particulièrement lent ou paresseux. Ni la police ni son fils (à supposer que ce soit bien lui) n'avaient a priori de raison de me soupçonner, et si d'une façon ou d'une autre ils se rendaient compte que je leur mentais, cela risquait d'éveiller leur curiosité. D'un autre côté, pourquoi diable aurais-je pu vouloir m'en prendre à Daciana ? Qu'avais-je à y gagner ? C'était une femme de ménage (quelqu'un qui travaillait dur et qui possédait une carte de bibliothèque, l'incarnation moderne du rêve américain). D'un autre côté, si par hasard on découvrait qu'Eric avait également disparu, cela alimenterait l'idée que les gens avaient tendance à se volatiliser autour de moi. D'un autre côté, personne ne m'avait contacté au sujet d'Eric, ce qui pouvait signifier que sa disparition était passée inaperçue (et ça semblait assez logique, vu le genre de type que c'était, le genre de milieux dans lesquels il évoluait sans doute). D'un autre côté, je pouvais quand même lui supposer deux ou trois amis, des losers comme lui ou bien des filles qu'il levait dans des bars et jetait aussitôt, ainsi qu'il l'avait fait lors de cette soirée épouvantable à laquelle je n'avais aucune envie de repenser maintenant. *Aucun homme n'est une île*, songeai-je en me remémorant la célèbre phrase de John Donne, et soudain me revint à l'esprit mon premier coloc à Harvard, un dénommé Norman Slepian, homo et dingue de théâtre, qui insistait pour qu'on dise de lui « elle », parce qu'« aucun homme n'est un *il* », et bien qu'il fût extravagant et inexplicable de penser à lui dans un moment pareil, je ne pus m'empêcher de me demander ce qu'il était devenu. Nos chemins s'étaient séparés après la première année de fac. Mais revenons à nos moutons : Eric avait disparu. Quelqu'un finirait bien par s'en apercevoir. Sans nouvelles de lui, cette personne supposerait-elle qu'il avait quitté la ville ? Préviendrait-elle la police ? Il fallait beaucoup d'imagination pour envisager que quiconque soit en mesure de faire le lien entre Eric et moi, puis entre moi et Daciana ; ce qui s'était passé était davantage le fruit d'un hasard malencontreux que d'un calcul prémédité de ma part. D'un autre côté, j'avais encore tellement d'autres côtés à considérer, et ce garçon – ce mi-homme, mi-garçon – attendait une réponse, et moi j'avançais dans le vide total, en ne m'appuyant que sur des listes de plausibilités, tous ces plus et ces moins étant venus se bousculer dans mon cerveau chauffé à blanc en l'espace de vingt longues secondes. Il devenait urgent que je dise quelque chose.

– Bien sûr, fis-je en lui rendant la photo. Ma femme de ménage.

– C'est ma mère, répondit-il.

L'arborescence de possibilités commença à se désagréger.

– Ah, dis-je. Je ne l'avais pas reconnue tout de suite. C'est une photo qui date de quand ?

– Ça fait trois semaines qu'elle n'est pas rentrée à la maison.

Une nouvelle branche de l'arbre s'effondra.

– Oh, non ! m'exclamai-je. J'espère qu'il ne lui est rien arrivé.

Il se lécha les lèvres. Elles étaient horriblement gercées.

– Est-ce qu'elle est venue travailler cette semaine-là ?

– Quand, vous dites ?

– Il y a environ trois semaines.

Une troisième branche.

– Mince alors. C'est-à-dire que je... je suis désolé de vous l'apprendre, mais en fait j'ai dû me séparer d'elle il y a un petit moment déjà. Je l'ai fait à contrecœur, mais...

– Depuis combien de temps ?

– Pardon ?

– Depuis quand vous l'avez renvoyée ?

– Euh, je ne dirais pas exactement que je l'ai *renv*… Ce n'est pas vraiment ça, c'était plutôt une question de coût, vu la situation économique en ce moment, mais, euh… Peut-être six ou sept semaines.

– Donc elle n'était pas là.

– Quand, redites-moi encore ?

– Il y a trois semaines.

– Ben non, j'imagine que non, du coup, je ne pense pas.

Silence.

– Il y a un problème ? demandai-je.

– On a retrouvé sa voiture.

Et une quatrième.

– Oh, non. Oh, c'est, c'est… Vous avez prévenu la police, j'imagine ?

– Ils la cherchent.

– Mais vous ne savez pas où elle a pu aller ?

– Non. Et vous ?

L'orbite de mon œil droit se mit à palpiter.

– Je ne vois pas comment je le saurais.

– Peut-être qu'elle vous a dit quelque chose la dernière fois qu'elle est venue travailler.

– Je ne crois pas, non. Ou si c'est le cas, j'ai oublié entre-temps.

– D'accord, conclut-il.

Silence.

Son visage luisait et dansait sous mes yeux.

– C'était une très gentille dame, dis-je.

– Elle est peut-être encore en vie.

– Oui, bien sûr. C'est certain. Enfin, je veux dire, j'espère.

Il ne répondit pas.

– Je suis désolé, repris-je. Je ne voulais pas… Pardon. C'est juste que c'est un peu bouleversant à entendre. J'espère qu'elle va bien. Je suis sûr qu'elle va réapparaître. Vous n'avez aucun autre élément ?

– Non.

– Bon. Mais, surtout, n'hésitez pas à me dire si je peux faire quoi que ce soit.

– Je peux prendre votre numéro ?

– Euh, c'est-à-dire… Oui, bien sûr.

Je fouillai dans ma poche et en sortis un vieux ticket d'épicerie.

– Je, euh, je crois que je n'ai pas de…

Il me tendit un stylo.

– Merci.

Je pris appui sur ma cuisse pour écrire.

– Tenez-moi au courant, surtout.

Il ne dit rien.

Je lui remis le ticket, puis levai la main en guise de salut.

– Bon courage.

– Mon stylo, dit-il.

C'était un stylo-bille sans aucune valeur, pas le genre d'objet que les gens tiennent absolument à récupérer. Le fait qu'il me le réclame m'inquiéta. Alors que je le lui rendais, l'ombre d'un sourire traversa furtivement son visage. Elle s'évanouit aussi vite qu'elle était apparue, et il s'éloigna sans se retourner.

– On dirait que ça s'est bien passé.

– Hmm ?

– J'ai dit, on dirait que ça s'est bien passé.

– Que quoi s'est bien passé ?

Yasmina me jeta un coup d'œil par-dessus son épaule.

– Ton rendez-vous avec Linda.

– Ouais, répondis-je tandis que mon cerveau se repassait en boucle le petit sourire qu'il avait eu, la façon dont il s'était allumé et aussitôt éteint, comme une ampoule qui claque. Je crois que ça ne s'est pas trop mal passé.

– Cache ta joie surtout. Ce n'est jamais que l'avenir de ta carrière universitaire qui est en jeu.

Elle remua le ragoût dans la cocotte, remit le couvercle et baissa le feu.

– Il faut que ça mijote encore une demi-heure.

– … D'accord.

– Entre-temps, si tu as faim, j'ai pris du houmous.

– … Merci.

Elle se tourna vers moi, un torchon à la main.

– Chéri ?

– Hmm ?

– Il y a quelque chose qui ne va pas ?

Oui.

– Non.

– Bon. Tu es sûr ?

– Bien sûr, je suis sûr. Je pense juste à tout ce que j'ai à faire.

– Tu as tellement travaillé. Tu dois être épuisé.

– Je suis un peu fatigué, oui.

– Peut-être…, commença-t-elle.

Je la regardai. Elle se mordait la lèvre.

– Quoi ?

– Peut-être que tu devrais aller voir un médecin.

Silence.

– Pour quoi faire ?

– Je ne sais pas, peut-être qu'il pourrait te donner quelque chose pour t'aider à dormir.

– Je dors très bien.

– Cette nuit, tu étais tellement agité que j'ai dû te réveiller.

Je ne répondis pas.

– Tu faisais un cauchemar ?

Silence.

– Je ne me rappelle pas.

– Ça devait être un cauchemar terrible, dit-elle en attrapant un paquet de semoule. Tu marmonnais.

– … Ah oui ?

Elle opina du chef tout en lisant les instructions au dos de la boîte.

– Qu'est-ce que je disais ?

– Rien d'intelligible. Marmonner n'est pas tout à fait le bon mot. Tu fredonnais plutôt.

Les murs de la pièce ployèrent vers l'intérieur, comme si un doigt géant appuyait sur la surface de la réalité.

– Ah bon ? fis-je.

– Hmm-mm.

– Et je fredonnais quoi ?

– Je ne pourrais pas te dire. Ça ne sonnait pas très juste, ajouta-t-elle avec un demi-sourire.

– Je suis désolé.

– Oh, ça ne me dérange pas. J'ai mes boules Quies. Mais avant tu dormais toujours comme une souche.

– C'est sûrement le stress.

– Mon pauvre. Et je ne peux rien faire pour toi ?

Je secouai la tête, qui dans le mouvement me parut soudain énorme, dense, lourde et surtout inondée de chaleur. La pièce – mon champ visuel – ondulait toujours et je me mis à tituber comme un ivrogne.

– Je vais aller m'asseoir au salon, dis-je.

Elle me dévisagea.

– C'est à cause de la gazinière, on étouffe ici.

Sans attendre sa réponse, je me levai, quittai la cuisine et m'affalai sur le canapé, les yeux rivés sur la cheminée éteinte. Elle aurait aussi bien pu ronfler d'une flambée rugissante : j'avais le creux des reins moite, les aisselles également, et je sortis ma chemise de mon pantalon. Mes pieds aussi me paraissaient gonflés, trop gros pour mes chaussures, que j'enlevai, pliant et dépliant les orteils pour les soulager. L'effet de vertige augmentait, et avec lui la sensation terriblement perturbante que mon esprit était en train de migrer progressivement en dehors de mon crâne, si bien que le mécanisme de ma pensée se déroulait à trente centimètres devant moi et que, quand je tournais la tête, ma conscience suivait à retardement, dérivant à la traîne comme une bouée… Afin de libérer la chaleur qui s'accumulait sous ma chemise, je défis le premier bouton, roulai les manches et finis par la retirer carrément, et c'est à cet instant que je me rendis compte que Yasmina m'observait depuis le pas de la porte.

Elle était entourée d'un halo doré et chatoyant.

– Chéri ?

Je la fixai des yeux, fasciné.

– Chéri, tu…

Elle n'avait pas sa voix habituelle.

– … Tu veux boire quelque chose ?

– Je n'ai pas soif.

En le disant, je m'aperçus qu'en réalité j'avais soif ; très soif même, soif comme jamais. Mais je ne voulais rien faire ni rien lui demander qui risque de l'inquiéter davantage. Je voulais qu'on me laisse tranquille, ne pas bouger jusqu'à ce que la pièce s'arrête de tourner.

– Tu devrais retourner voir le ragoût, dis-je. Il ne faudrait pas que ça brûle.

Mes mots résonnaient comme si je parlais dans une boîte de conserve.

– Qu'est-ce qui t'arrive ? rétorqua-t-elle.

– Mais si, ça va.

Silence.

– Ce n'est pas ce que je t'ai demandé.

Je ne répondis pas.

– Tu as l'air…

– J'ai l'air quoi ?

– Rien, fit-elle.

Nouveau silence.

– Je crois que tu devrais aller chez le médecin.

– Je n'irai pas chez le médecin.

– Ça n'a pas l'air de s'améliorer, dit-elle en s'approchant timidement. On dirait que ça s'infecte.

– Tu n'es pas médecin, rétorquai-je.

Je rassemblai mes forces, dressant un rempart contre cette offensive de sa part.

– C'est bien pour ça que je voudrais que tu ailles en voir un.

– Je n'ai pas d'assurance-santé.

– Va à l'infirmerie de la fac.

– Je ne suis pas étudiant d'Harvard.

– Je croyais que Linda avait dit qu'elle te réintégrerait.

– Elle a dit qu'elle allait y penser.

– Tu ne peux pas faire semblant que ça n'existe pas.

– Je ne fais pas semblant. Je laisse cicatriser.

– Mais ça ne cicatrise pas.

Elle était tout près de moi à présent, je sentais la chaleur qui irradiait de son corps. Je me décalai légèrement vers le bout du canapé.

– Tu ne veux pas laisser tomber ? S'il te plaît ? Laisse tomber.

– Il y a un dispensaire gratuit à deux kilomètres d'ici.

– Yasmina…

– Ou bien va aux urgences. Ils sont obligés de te prendre. C'est la loi. Attends, dit-elle en se penchant vers mon visage, laisse-moi regarder.

Elle décolla la compresse et c'était comme si on m'avait jeté un bouquet d'orties à la figure ; je fis un bond de côté et rebondis violemment contre l'accoudoir du canapé, comme retenu par un harnais ; j'atterris sur le bras, me redressai et partis en chancelant dans le couloir.

– *Putain de merde.*

– Mince, oh mince, je suis désolée.

– Je t'ai dit de *laisser* tomber.

– Ça va ?

– Non, ça ne va pas. J'ai *mal.*

– Je ne voulais pas…

Je claquai la porte de la salle de bains derrière moi. Dans le miroir, mon visage était luisant de sueur. Je n'avais pas changé la compresse depuis plusieurs jours et, en en soulevant un coin, je découvris un morceau de chair de la taille de mon pouce incroyablement boursouflé et rouge, si sensible que je dus me mordre la lèvre pour ne pas pleurer alors que j'arrachais le reste du pansement.

– Joseph ?

– Une seconde.

Je voulus me découper une nouvelle bande de gaze, mais je n'arrivais pas à tenir les ciseaux droit et j'avais peur de me les planter dans le poignet. Je les lâchai par terre et déchirai un bout de gaze effiloché. Ça ferait l'affaire.

– Je peux entrer ?

Le sparadrap s'enroulait sur lui-même. J'essayai de le démêler, exaspéré, et il s'entortilla encore plus.

– Ça va ?

– Attends. Une seconde.

Comme je plaçais la nouvelle compresse sur ma joue, j'appuyai par inadvertance sur la zone enflammée et j'eus l'impression qu'une lance m'avait transpercé le crâne. La pièce chavira autour de moi, mais je réussis à rester debout en m'agrippant au lavabo.

La porte s'entrouvrit.

– Joseph…

– *Pas maintenant.*

Silence.

La porte se referma.

Six ibuprofènes gobés cul sec. Ils se coincèrent dans ma gorge, c'était comme avaler du goudron, et alors que je tendais les mains sous le robinet pour boire un peu d'eau, je m'aperçus que mes paumes étaient couvertes de boutons. Mes bras aussi. Et mon torse, mon cou : partout, moucheté rose et blanc. Je bus. La chaleur revint en quelques secondes et, en refermant l'armoire à pharmacie, ce n'est pas moi que je vis dans le miroir, mais lui, son petit sourire.

Bonjour.

Je me ruai dans le couloir en direction de mon bureau, où je m'allongeai sur le lit, suant à grosses gouttes sur la couette jusqu'à ce que j'aie l'impression d'avoir de la lave dans le dos, alors je me levai pour ouvrir la fenêtre en grand, laissant l'air froid de la nuit se déverser sur moi comme la miséricorde même. Je me mis à élaborer des plans, ignorant la voix de Yasmina qui m'appelait pour venir dîner, puis je l'entendis approcher dans le couloir, j'entendis mon nom, je l'entendis s'arrêter dans l'encadrement de la porte.

– Qu'est-ce que tu fais ? demanda-t-elle.

– Je travaille.

– Joseph. Ne reste pas là.

– Je suis très bien ici.

– Tu vas tomber malade.

L'horizon bascula ; je me rattrapai au rebord de la fenêtre. La vache, qu'est-ce qu'il faisait chaud là-dedans !

– Je travaille, Yasmina.

Il s'avéra que je bégayais. C'est mes dents, je songeai, elles claquent. Que je puisse claquer des dents en ayant aussi chaud me paraissait étrange. Tout était étrange. Pourquoi me regardait-elle comme ça ? Je me jetai vers la porte et elle recula d'un bond.

– Attends…

Je rabattis la porte d'un coup, la fermai à clé et m'y adossai, écoutant les battements de mon pouls. De l'autre côté, elle frappait, le toc-toc-toc de ses phalanges rapide, insistant, éloquent. Je déboutonnai mon pantalon et m'en débarrassai. Bon sang, mais il faisait une chaleur infernale, une chaleur à crever. Même l'air du dehors n'y changeait plus rien, alors j'ôtai aussi mon caleçon. Toujours pas mieux. J'étais en feu. J'avais le visage en feu. Et un mal de chien. Une pression incroyable derrière mon œil droit, j'avais envie de me l'arracher. Elle continuait à me parler, ça me rendait fou. Mais pourquoi ne me laissait-elle pas tranquille ? J'avais des soucis dont me soucier, des plans à planifier. Je marchais en rond. Pourquoi était-il venu me trouver ? Il devait bien avoir une raison. Les gens ont des raisons de faire ce qu'ils font ; les raisons sont ce qui nous différencie des autres animaux, elles sont au cœur de nos décisions, qui sont au cœur de notre capacité à choisir, donc de notre liberté. Sans raisons, nous sommes des machines. Était-il une machine ? Il avait l'air d'une machine. Peut-être qu'il était une machine. Mais il avait une photo. C'était sa mère, elle lui avait donné la vie, les machines ne se reproduisaient pas comme ça. À moins qu'elle aussi ne soit une machine. À moins que nous le soyons tous. J'étais un robot qui bougeait et parlait exactement comme moi, mais qui savait vaguement écrire. Il m'avait analysé avec ses yeux-caméra : il avait des instruments de mesure intégrés. Je repensai à son sourire et puis je pensai au stylo. Bien sûr : *le stylo.* Il avait repris le stylo parce qu'il y avait mes empreintes digitales dessus. Il s'était foutu de moi en me demandant de lui noter mon numéro de téléphone : il n'avait pas besoin de mon numéro, il l'avait déjà ; il avait mon numéro et il m'avait piégé. Eh bien, je lui montrerais. Je savais ce que j'allais faire, c'était infaillible. Je l'attendrais.

Je le suivrais, je l'étudierais jusqu'à connaître ses horaires et ses habitudes mieux qu'il les connaissait lui-même, je m'instruirais. Alors je trouverais le bon moment et je ferais en sorte de le réduire au silence, diminuant ainsi le risque global que je courais. La vie est pleine de risques, on ne peut jamais les éliminer totalement, en revanche on peut très bien atténuer les forces contraires, et c'est ce que j'allais faire. Je ferais en sorte de me protéger. Quelque part dans une petite pièce obscure, de petits hommes obscurs tramaient d'obscures conspirations contre moi, et je ne serais pas leur jouet. Il était possible qu'ils aient déjà le stylo en leur possession, mais ce n'était pas un problème insurmontable, car les empreintes digitales sont faites de peau et la peau peut être enlevée. Je posai les mains sur la couverture en laine et me mis à poncer, je n'aurais qu'à faire ça, fine couche après fine couche. Sauf que ça n'avait pas l'air de marcher, alors je parcourus la pièce à quatre pattes à la recherche d'un objet abrasif avec lequel me disculper. Sous le lit, près de la plinthe, je trouvai un bout de verre qui m'avait échappé, un fragment peint en pied-de-poule orange, et à l'aide de son arête la plus longue je commençai à raser méthodiquement la pulpe moelleuse de mon pouce gauche, fine couche après fine couche. Ça ne marchait pas, pas vrai ? J'examinai le résultat. Mon pouce était rouge, mais les stries et les volutes étaient toujours intactes, alors j'explorai la possibilité de carrément trancher une couche parallèle à mon pouce. Ça ne servit qu'à le faire saigner. Je ne sentais rien, les nerfs prévus pour acheminer la douleur étaient tous saturés par les signaux venant de mon visage, aussi je restai là à contempler mon sang avec un grand sourire, à le regarder couler le long de mon poignet jusqu'au creux de mon coude, puis former une petite flaque sur le sol. Je songeai qu'il me restait tellement de planification à faire. J'aurais voulu planifier le plus loin possible, mais j'étais incapable de me concentrer avec tout le bruit qu'elle faisait. Non, mais écoutez-moi ça. Chéri. Je t'en supplie. Qu'est-ce qui t'arrive ? Ouvre-moi, s'il te plaît. J'ai peur. Tu me fais peur. Je t'en supplie. Je t'aime. Je sais que tu m'aimes. Je ne sais pas ce qui se passe. Dis-moi que ça va. Je te laisserai tranquille si tu dis quelque chose. Ne me fais pas ça. Je t'en supplie. Je veux juste que ça s'arrange. Ça va aller. Tu vas guérir. Je te promets. Je peux t'aider. Laisse-moi t'aider. S'il te plaît, ouvre-moi. Ne reste pas enfermé là-dedans. Et bla, et bla, et bla, et bla, et vous ne souhaitez qu'une seule chose, qu'elle s'arrête de parler. Qu'elle se taise. Tais-toi. Vous ne le supportez plus, tais-toi et fous-moi la paix, tais-toi. Écoutez comme elle a peur. Mais ce n'est rien comparé à ce que vous éprouvez. Vous vous sentez capable de n'importe quoi. Vous avez besoin de silence pour pouvoir réfléchir. Vous reposez le morceau de verre, vous vous levez, vous recommencez à marcher en rond en vous couvrant les oreilles pour faire rempart contre elle. Tais-toi. La colère en vous a des dents ; c'est devenu une créature autonome, vous n'êtes que sa coquille d'accueil. Tais-toi, tais-toi, s'il te plaît. Si elle ne se tait pas, vous allez peut-être devoir faire quelque chose. Tais-toi, s'il te plaît. Vous allez peut-être devoir lui défoncer le crâne. Ça ne vous amuserait pas spécialement, mais c'est la seule chose à laquelle vous arrivez à penser pour l'instant. Il fut un temps où vous l'aimiez, mais désormais il n'y a plus que de la peur ; peur, chaleur, douleur et la pression d'un milliard d'étaux, et, debout devant la penderie, vous attrapez votre vieux copain, froid et lourd, sa fraîcheur vous fait un effet délicieux collé à votre peau incandescente, vous le serrez contre vous. Les choses ne se résolvent pas d'elles-mêmes, n'est-ce pas ? *Tais-toi.* Les choses sont ce qu'elles sont jusqu'à ce qu'elles ne soient plus. Vous avez changé encore et encore, vous êtes un être en constante évolution. Qui peut dire quand ces transformations se produisent ? Pensez à votre frère. Était-ce mérité ? Pensez à la maison, à l'argent et aux bijoux, était-ce mérité ? Parfois l'injustice penche en votre faveur, parfois pas. L'univers est mouvant et il vous meut, le futur vous aspire avec une pesanteur inexorable. Vous vous demandez si c'est vrai, si vous allez réellement lui faire du mal, et vous restez là, minuscule, recroquevillé et tremblant, bredouillant dans votre barbe tandis qu'elle tambourine à la porte, agrippant votre copain par le cou, priant pour qu'elle vous laisse tranquille. Vous restez là jusqu'à ce qu'elle renonce avec un coup de pied furieux, vous le lâchez, il tombe par terre avec langueur et vous tombez aussi, par terre. Où vous demeurez, et l'espace d'un instant infinitésimal vous rêvez

rêvez d'un cheval qui se fait fouetter à mort

vous êtes réveillé par le clair de lune éclatant qui pénètre à flots par la fenêtre ouverte, vous êtes nu, avec un poing dans la poitrine, l'aine trempée, et surtout la douleur, qui oblitère la moitié droite du monde, votre cerveau comme une bouteille de champagne secouée et prête à éclater, et alors que vous vous traînez vers la salle de bains, le vertige vous propulse contre la porte. Vous avez le visage épais. Votre joue explose à chaque seconde. Il faut l'enlever. Ça fait mal. Vous devez l'enlever. Vous ne pouvez pas l'entendre, elle est trop loin, mais elle prononce votre nom tandis que vous cherchez l'interrupteur à tâtons. Vous apercevez votre reflet à travers un brouillard unidimensionnel.

– Oh, mon Dieu.

Dans l'encadrement de la porte, les mains à la gorge, elle vous regarde. Rien ne peut plus le dissimuler à présent. Rouge et turgescent, la croupe enflammée d'un animal en rut. Dans votre cou, sous votre mâchoire enflée, l'empreinte sanguinolente de votre pouce.

– Oh, mon Dieu. Mon Dieu. J'appelle une ambulance. Où vas-tu ? Joseph. Tu ne peux pas sortir comme ça. Attends. *Attends.*

Dehors, vous errez tout nu dans la neige. Vous vous attendez à sentir le froid sous vos pieds, mais ce n'est pas si terrible que ça. À vrai dire, ça vous semble presque tiède, une agréable sensation qui crisse comme à la plage. Vous plongez vos doigts dans la neige pour voir si ça peut enlever la texture de vos empreintes digitales, mais non, rien à faire, tant pis, vous continuez à avancer, vous continuez, vous marchez.

Au loin, vous entendez qu'on crie votre nom.

Vous l'ignorez.

Peut-être qu'avec la brique du trottoir ça marchera ? Non plus. Vos mains saignent à nouveau. Ça ne marchera pas. Il faut vous faire aider par des professionnels. Ils arrivent à des choses incroyables avec la chirurgie.

Votre nom encore une fois, plus loin.

Une sirène se met à hurler.

Vous y êtes presque.

L'immense bâtiment de l'hôpital clignote de mille yeux blancs.

Ils se fondent tous en une masse floue.

Une porte coulissante, un tapis de caoutchouc mouillé, une pièce pleine de monde, mesdames et messieurs bonsoir, votre attention s'il vous plaît.

La femme à l'accueil vous voit arriver et, en se levant de sa chaise, prononce dans un murmure le nom du Seigneur.

– La priorité, faire tomber la fièvre.

– D'accord.

– Très franchement, vous n'auriez jamais dû attendre que ça en arrive là.

– Je ne savais pas du tout… oh. Oh, non. Joseph.

Tête dressée.

– Détendez-vous.

– Rallonge-toi, chéri. Il faut que tu te rallonges.

– Détendez-vous.

Vous vous détendez.

Des jours et des nuits.

Des rêves.

La lumière du jour. Le bavardage de la télé.

Le monde a l'air bizarre.

Tout plat.

– Joseph.

Pourquoi c'est comme ça ?

– Ça va. Tout va bien maintenant.

Vous vous touchez le visage.

– Ne tripote pas, s'il te plaît, ils viennent juste de changer ton pansement.

Vous réessayez.

– Arrête, s'il te plaît, ne touche pas.

Toc, toc.

– Entrez, il est réveillé.

– Ah, parfait. Joseph ? Coucou.

Une vague forme à proximité. Une voix familière.

– Calmez-vous. Là… Là. C'est plus confortable, non ?

– Il est encore pas mal dans les vapes.

– Mmm.

– Merci d'être passée.

– Mais je vous en prie. Ne vous en faites pas, ils vont bien s'occuper de lui. Heureusement que vous êtes venus à temps. Ç'aurait pu être mille fois pire. Vous savez, vous avez l'air assez fatiguée, vous aussi. Pourquoi vous ne rentrez pas vous reposer un peu ?

– Je ne veux pas le laisser.

– Parfois il vaut mieux sortir un moment. Aller grignoter quelque chose. Prendre une douche. Ne vous en faites pas pour lui. Il ne va pas s'échapper.

– Merci, docteur Cargill.

– Allez vous reposer.

– Joseph ? Tu as entendu ?

– Vous savez quoi ? Laissez-le dormir.

– D'accord. Merci.

Plus tard :

– C'est gentil à elle de passer te voir. Ce n'est même pas elle qui te suit. Elle a simplement vu ton nom sur le registre.

Plus tard :

– Drew a téléphoné. Il est à Atlantic City. Il rentre demain.

Plus tard :

– Tu aurais pu mourir. Tu te rends compte ? Tu peux être tellement con parfois, une vraie tête de lard, merde.

Plus tard :

– S'il te plaît, arrête de tripoter ce truc. L'infirmière devient dingue. Elle a dit que la prochaine fois elle te ligoterait les poignets.

Plus tard :

– Tu es content maintenant ?

Plus tard :

– Je vais sortir me chercher un café. Tu veux quelque chose ? Tu veux autre chose à la télé ? D'accord.

Seul, vous vous libérez et, debout, vous regardez à travers un verre fumé et partiellement obstrué.

Une ampoule bleue vacille au-dessus du miroir du cabinet de toilette. Vous vous rapprochez. Le quart supérieur droit de votre tête est momifié. Avec vos mains (vous avez toujours vos empreintes digitales, apparemment, vous allez devoir porter plainte), vous trouvez le raccord et vous vous mettez à dérouler le bandage, à vous dévoiler. Ça fait mal. La gaze colle. De la croûte jaune. De la croûte rouge. La lumière de plus en plus pénétrante jusqu'à : l'air froid et sec contre la peau suturée, un visage qui n'est plus le vôtre, changé, le rideau de votre œil baissé et recousu, et l'espace en dessous vacant, vous pouvez crier à présent, ça ne fait rien, maintenant tout est fini, alors allez-y, criez.

CHAPITRE 25

Presque plus personne ne vient me voir ces temps-ci. Même mon compagnon de cellule, condamné pour viol, reçoit plus de visites que moi. Pour être honnête, son frère habite à Marlborough, pas très loin en voiture, alors que pour moi ça suppose un billet d'avion. Mais quand même. La solitude finit par se faire sentir.

En revanche je reçois des lettres. Les quatre cinquièmes proviennent de femmes, dont la plupart ont lu le livre relatant mon affaire criminelle ou vu le documentaire d'une demi-heure qui est passé sur une chaîne du câble au printemps dernier. Un nombre étonnamment élevé de mes correspondantes me croit innocent. Ce qui est assez incompréhensible. J'ai plaidé coupable. Des extraits de mes aveux filmés ont été diffusés à la télé. Et pourtant elles m'écrivent, ces femmes, qu'elles perçoivent en moi de la bonté, que jamais je n'aurais pu faire une chose pareille à moins d'y être conduit par des circonstances extraordinaires. Que j'ai peut-être avoué à tort, poussé par la peur. Un homme est prêt à dire n'importe quoi quand il a peur. C'est une généreuse erreur qu'elles font là, ces femmes : elles ne se rendent pas compte du soulagement que ce fut pour moi de passer aux aveux.

Au départ, personne ne m'a cru, ni Yasmina, ni les infirmières. Elles pensaient que c'était encore mes délires, ou bien l'effet de la morphine. Elles m'ont mis sous sédatifs de force et plusieurs jours se sont écoulés avant que je sois suffisamment calme et qu'on me fasse suffisamment confiance pour m'autoriser à passer un coup de fil. J'ai demandé à parler à Zitelli et puis, comme il n'était pas là, à Connearney.

Mon premier entretien avec lui est celui que tout le monde a vu. Au début, je suis complètement voûté, à peine audible, les mots me viennent difficilement, et on comprend aisément pourquoi les gens ont pu croire que j'avais été contraint aux aveux : je perds le fil, je me rétracte, je me contredis. Mes deuxième, troisième et quatrième entretiens – menés afin de dissiper l'idée que ça puisse être des affabulations – ont également été filmés, mais jamais diffusés. S'ils l'avaient été, je pense que les spectateurs auraient eu de moi une impression fort différente. Ces fois-là, je me tiens bien droit, je parle avec pondération et une grande maîtrise. Le juge qui a prononcé ma condamnation les a qualifiés de glaçants et je serais le premier à admettre qu'il avait raison. La leçon étant qu'il ne faut jamais, jamais croire ce qu'on voit à la télévision.

J'ai passé le dernier tiers de mon hospitalisation dans une chambre isolée, menotté au lit, un policier en faction dans un coin de crainte que je ne tente de me mutiler ou de m'évader. Chaque fois qu'on venait me changer mon pansement ou vider mon pot de chambre, il se levait, prêt à bondir si j'essayais de m'en prendre à l'infirmière. À part ça, notre interaction était minimale. Il ne disait jamais plus de quelques mots à la suite et évitait de croiser mon regard, me donnant ainsi le premier aperçu de ce mélange de pitié et de révulsion qui m'est devenu si familier.

On me dit que Yasmina avait raison : j'aurais pu mourir. La cellulite orbitaire n'est pas une plaisanterie et, en négligeant de nettoyer correctement mes plaies ainsi qu'en réappliquant continuellement du fond de teint dessus, j'avais brillamment réussi d'abord à cultiver, puis à aggraver l'infection. Elle m'a pris un œil ; elle aurait facilement pu se propager jusqu'à mon cerveau ; et je me demande maintenant si, de façon plus ou moins refoulée, je n'étais pas conscient de cette possibilité. Certes, il y a des méthodes de suicide plus efficaces. Mais je suis bien placé pour savoir que les décisions de ce genre sont rarement, peut-être même jamais raisonnées.

Mon cas était relativement simple à juger. Il fallut quand même huit mois avant que le procès ait lieu. Mon avocat prétexta que j'avais d'abord besoin de récupérer. Et puis ils devaient retrouver les corps. Ça leur prit un moment, car je n'étais capable de leur donner que des indications très générales. Grâce à la bonne volonté exemplaire que je mettais à coopérer, je fus libéré sous caution, placé en résidence surveillée et équipé d'un bracelet électronique à la cheville. Ça ne me dérangeait pas. Je consacrai le temps qui me restait à terminer ma thèse, dont je pus envoyer une version définitive à Linda Neiman fin avril.

À ce stade, il n'y avait encore eu aucune couverture médiatique de l'affaire. C'est pourquoi sa réponse me sidéra. Ils ne me laisseraient pas passer ma soutenance, disait-elle, ni maintenant ni jamais.

« Le plagiat n'est pas acceptable », expliquait-elle.

Apparemment, mes aveux avaient réveillé l'intérêt de l'inspecteur Zitelli pour le contenu de la thèse d'Alma. Lassé de sa première traductrice, qui trouvait que la terminologie ésotérique du mémoire lui demandait un peu trop de boulot, il avait contacté le département de langues et littératures germaniques de l'université d'Harvard. On le renvoya vers le directeur de l'école doctorale, qui le renvoya à son tour vers le département de philosophie. À un moment ou un autre mon nom avait dû sortir car, en très peu de temps, l'original avait atterri sur le bureau de Linda. Il lui avait suffi d'un coup d'œil à la première page pour appeler l'inspecteur Zitelli afin de l'informer qu'une version complète en anglais existait déjà.

Le cinquième restant de mon courrier émane de tout un tas de gens très disparates. Des chrétiens qui prient pour mon âme. Des scénaristes qui me proposent leur collaboration. Après les femmes, le deuxième groupe démographique par ordre d'importance est celui de garçons adolescents persuadés que j'ai voulu, par mes actions, exprimer une forme de prise de position philosophique. Où ils sont allés chercher ça, je n'en ai aucune idée. En tout cas je n'ai jamais rien dit qui aille dans ce sens, ni pendant le procès ni depuis. Pourtant ces jeunes gens m'écrivent de longues lettres intimes dans lesquelles ils déversent toute leur noirceur, me racontant leurs fantasmes les plus violents – et si celles que je reçois sont de cet acabit, j'ai peine à me figurer ce que les censeurs de la prison doivent confisquer – et insistant sur le fait que je me sous-estime quand je dis que mon affaire est simplement une histoire de cupidité qui a mal tourné.

Les médias non plus ne veulent pas se contenter de cette explication. Cherchant quelque chose de juteux dans lequel planter leurs crocs, ils se sont délectés de mon CV, si bien que, quand mon nom apparaît dans la presse (cela arrive encore et, en général, il y a toujours un de mes fans pour m'envoyer l'article), l'expression « ancien prof à Harvard et condamné pour meurtre » y est souvent accolée. Les premières fois, j'ai écrit aux journaux en question pour leur demander de publier un *erratum.* Personne n'ayant jamais accusé réception de mes courriers, j'ai fini par laisser tomber. Qu'à cela ne tienne, je serai donc un ancien professeur d'Harvard. Je n'ose imaginer à quel point ça doit irriter Linda.

Nous n'avons pas accès à des ordinateurs ici, mais un jeune homme de Walla Walla a pris le temps de m'imprimer trente pages tirées de son site Internet, sur lequel je figure en bonne place aux côtés de criminels aussi célèbres que Leopold et Loeb, Robert Chambers, Ted Kaczynski et du secrétaire à la Défense Robert McNamara, lequel aurait de quoi légitimement prendre ombrage d'avoir été admis dans notre petit club.

Mais le plus stupéfiant reste les demandes en mariage. J'en ai reçu cinq à ce jour. Je suis condamné à la prison à vie sans aucune chance de libération anticipée. Je n'ai jamais exprimé le moindre intérêt pour le mariage. Je suis défiguré, pas de façon rédhibitoire mais assez pour qu'on ne m'accepte sans doute jamais dans aucun concours de beauté inter-prisons. Peut-être ces femmes trouvent-elles que mon bandeau sur l'œil me donne un petit air bêcheur de pirate. Qui sait ? J'ai cessé d'essayer de comprendre ce qui pousse les gens à désirer une chose plutôt qu'une autre.

On pourrait penser que de telles missives proviennent exclusivement de cinglées. Il n'en est rien. De toutes mes prétendantes, trois paraissaient effroyablement saines d'esprit. L'une d'elles a même joint une photo d'elle en toge et toque noires lors de sa remise de diplôme.

Sinead, du Colorado : tu m'as l'air très gentil et je te souhaite bien du bonheur.

Je ne réponds jamais à personne. Ça ne change rien. Les gens continuent à écrire. La vérité, c'est qu'eux aussi se sentent seuls, et que je constitue le réceptacle idéal de leurs propres peurs et frustrations, au même titre qu'un personnage de fiction ou le héros d'un mythe.

Mon compagnon de cellule s'appelle William. Il y a six ans, il a violé une vieille dame de quatre-vingt-deux ans qui est morte des suites de ses blessures. Quand je l'ai connu, il était renfermé, quasiment muet. Il a fallu des mois avant que nous ayons des conversations de plus de deux ou trois répliques d'affilée. C'est de le voir si nerveux en ma présence qui m'a fait prendre conscience que mon visage balafré et ma stature imposante me tenaient lieu d'assurance-vie. William, lui, fait un mètre soixante-cinq.

À un moment, il a décidé que je ne représentais aucun danger et les mots ont commencé à venir, d'abord prudemment, puis torrentiellement, une autobiographie décousue que j'ai finalement réussi à reconstituer après l'avoir entendue quatre ou cinq fois. Ses parents étaient tous les deux alcooliques et lui faisaient subir de constantes violences physiques et sexuelles ; il a passé sa vie à faire des allers-retours en prison depuis l'âge de douze ans, après avoir volé une voiture. Quand il parle de ses crimes, ce sont moins les remords que les désagréments consécutifs qui ont l'air de le déranger, au point que je me demande s'il a la moindre idée de pourquoi il est là.

Un jour il m'a dit que nous étions tous mauvais, au fond. Mon premier réflexe aurait été de lui répondre que c'était absurde, qu'il y avait aussi forcément des gens bien. Je me suis ravisé. Si ça peut le soulager de croire qu'il est juste un type comme un autre qui a eu la malchance de se faire pincer, de quel droit je l'en priverais ?

Parmi ses nombreuses déficiences, William souffre d'une dyslexie terriblement handicapante. En prison, la plupart des gens lisent beaucoup, sous une forme ou une autre. Rien que l'espace de mes six premiers mois, j'ai avalé plus de cent bouquins, alors que lui, pendant tout ce temps, je ne l'ai jamais vu ouvrir ne serait-ce qu'une BD. Parfois il ramassait le livre que je venais de finir et contemplait la couverture d'un air intimidé.

En une de ces occasions – le livre en question était *Le Procès*, que je n'avais pas relu depuis le lycée –, il me demanda de but en blanc de quoi ça parlait. Je le lui racontai en résumé et, à mesure de mon récit, je voyais son visage revêtir un lustre de ravissement. Il m'interrompait, me réclamait des détails, me posait des questions sur la vie des personnages auxquelles je ne pouvais pas répondre. Sa curiosité m'amusait et, sans réfléchir, je lui suggérai de le lire lui-même si ça l'intéressait autant.

Les mots n'étaient pas encore sortis de ma bouche que je les regrettais déjà, et je me ressaisis, m'apprêtant à une violente réaction de sa part.

Au lieu de ça, il me demanda de l'aide.

Vous avez déjà essayé d'apprendre à lire à quelqu'un ? Si oui, c'était très probablement un enfant, dont le cerveau était plastique, vorace. Nous avons tendance à considérer comme une évidence notre aptitude à extraire un sens d'une page d'écriture, alors qu'en fait ce n'est rien de moins qu'un miracle, et si nous n'apprenions pas à l'exercer à un âge où l'on croit encore à la magie, le taux de réussite serait dérisoire.

William avait quarante-sept ans quand j'ai commencé à lui enseigner la lecture. Nous ne fûmes pas obligés de tout reprendre à zéro ; il savait déjà écrire son nom et il connaissait l'alphabet. En revanche il était incapable d'assembler des lettres pour former des mots. J'ai beaucoup réfléchi à la façon d'aborder le problème, mais toutes les techniques que j'essayais échouaient les unes après les autres, en dépit de mes approches pédagogiques de pointe. À la fin nous n'avons pu faire autrement que de recourir à la force : je passais de longues heures à le matraquer de fiches cartonnées pour l'aider à mémoriser par cœur la forme individuelle de chaque mot, de sorte qu'« oiseau » devenait une entité en soi, « pomme » aussi, etc., etc. Concrètement, nous transformions l'anglais en une langue à idéogrammes, tel le chinois. Il est notoirement difficile pour les Occidentaux d'apprendre ce genre de systèmes car nous sommes entraînés à penser les mots comme divisibles. C'est pourquoi, finalement, le fait que William connaissait l'alphabet s'avéra davantage un handicap qu'un atout.

Nous avons travaillé ensemble pendant près de deux ans et, pour mon trente-quatrième anniversaire, il m'a offert une lettre qu'il avait écrite lui-même, sans que je l'aide ni même que je sois au courant. Elle décrivait notre cellule. Bien que son style fût répétitif et son sujet hélas un peu trop familier (dans la lignée du singe de Nabokov), elle recelait pourtant une sorte de poésie brute et, surtout, ne comportait aucune faute d'orthographe. Je l'ai accrochée près de la fenêtre. C'est la première chose que je vois quand je me réveille le matin.

Mon activité principale est de tenir la bibliothèque de la prison. Officiellement, il y a un employé payé par l'administration carcérale qui s'en occupe, mais c'est un boulot qui n'a pas un très bon taux de maintien et j'ai déjà dû former trois nouveaux initiés, dont le dernier en date est un diplômé fraîchement sorti d'Harvard. Il s'appelle Adam et il a une licence en littérature yiddish. Comme moi, il vient d'un trou paumé au milieu de nulle part et, malgré tous mes efforts en sens inverse – on apprend vite à éviter les sentiments –, nous avons noué une relation. Il n'a jamais caché la véritable motivation de sa présence ici : il souhaite rassembler la matière pour un livre. Dernièrement, il m'a demandé de jeter un œil à la lettre qu'il comptait adresser à quelques agents littéraires. Elle était bien écrite, quoique un peu cérébrale. Il y citait Foucault et faisait référence à « l'intériorité de la prison en tant qu'espace social ». Je lui ai dit que tout ça était bien joli, mais qu'à mon avis il ferait mieux d'adopter une tactique plus narrative. Il faut que tu te vendes, lui ai-je expliqué. Il m'a répondu qu'il allait y penser.

C'est lui qui le premier m'a suggéré de mettre en place un cours, même s'il lui a fallu un bon bout de temps avant de me convaincre. À part mon scepticisme – somme toute légitime : pourquoi une bande de criminels aurait envie de parler de philosophie ? –, j'avais un motif d'inquiétude bien plus élémentaire. À ce stade, je ne m'étais encore fait aucun ami. Je savais qu'on me prenait pour quelqu'un de distant. De là, il n'y a qu'un pas pour devenir un objet de railleries, et puis un pas encore plus court pour devenir une proie.

Mais l'ennui est un puissant catalyseur. S'il peut réussir à nous faire faire des choses comme sauter à l'élastique ou se shooter à l'héroïne, il est sans doute en mesure de me propulser devant une classe. J'avais décidé de commencer par une introduction générale : qu'est-ce que la philosophie, et pourquoi est-ce important ? J'ai tapé une feuille avec quelques références, Adam a mis une pancarte à la bibliothèque et, tous les deux, on a croisé les doigts.

Comme prévu, la réaction initiale fut relativement tiède : trois personnes, dont deux avaient dans l'idée que j'allais peut-être faire circuler des photos cochonnes et qui partirent en voyant que non. Pourtant quelque chose avait dû prendre car je triplai mon public lors de la séance suivante, une initiation aux premiers penseurs grecs. Le mot célèbre d'Héraclite disant que « le caractère de l'homme est son génie propre » déclencha un vague débat, mais ce qui fit réellement décoller la discussion fut les paradoxes de Zénon, qui résonnaient intuitivement pour ces types qui contemplaient l'éternité. En arrivant à Aristote, j'avais réussi à attirer sept fidèles, et le cours sur Descartes nous fit monter à dix, niveau auquel le directeur plafonna les inscriptions, alléguant des raisons de sécurité. Depuis, nous avons établi une liste d'attente.

Rétrospectivement, il me semble évident que ces cours aient autant de succès. Les gens en prison n'ont rien d'autre à faire que penser, et leur incarcération même est la preuve tangible du pouvoir de certaines abstractions : l'amour, la haine, le désir, la vengeance, la justice, la punition, la liberté, l'espoir. Ils ne maîtrisent peut-être pas le jargon, mais ils ont largement assez d'énergie et de ferveur pour remplir une heure toutes les deux semaines. Ils sont, à mes yeux, les élèves parfaits.

Toujours avec l'aide d'Adam, j'ai commencé des cours par correspondance. Il a fallu fouiller un bon moment avant de trouver un programme de troisième cycle accrédité. J'ai écrit à Linda pour voir si elle pouvait m'envoyer une copie de mon dossier universitaire, me permettant ainsi d'obtenir un certain nombre d'UV par équivalence. Elle ne m'a jamais répondu. Ce n'est pas plus mal. Je repars de zéro, de tous points de vue.

J'ai su par Drew que le mariage de Yasmina avait été une fête mémorable. Pedram et elle vivent à Los Angeles, où il travaille pour son père. Elle doit accoucher au printemps.

Il y a eu une bataille juridique considérable autour de l'héritage d'Alma. Invoquant des problèmes de santé, Palatine s'est récusé en tant qu'exécuteur testamentaire, ce qui a largement compliqué le processus. Il fallait payer les impôts ; il fallait payer mes avocats (j'en ai maintenant plusieurs). Andrei a engagé une action au civil. Etc., etc., chacun essayant de tirer sa part du gâteau.

Sur ce est entrée en lice une association dont le but est d'obtenir réparation pour les victimes de l'Holocauste. Eric savait de quoi il parlait quand il disait que la famille d'Alma avait travaillé pour le Troisième Reich. On ne sait pas bien si les successeurs vont être obligés de payer, encore moins combien, et encore moins quel créancier aura la préséance. Et quid de l'argent placé sur des fonds bloqués ? Quid des intérêts ? Je n'ai pas suivi de près les diverses motions et manœuvres. Je laisse à d'autres le soin de démêler ce casse-tête. Même si au final il reste quelque chose pour moi, je n'aurai jamais l'occasion de l'utiliser. Et ça ne me dérange pas.

En un sens, la prison me convient assez bien. J'ai un toit sur la tête. Trois repas par jour. J'ai des livres, des élèves et du temps. Personne sur le dos. Ici, mes opinions ont du poids. Je suis respecté. Autrefois je croyais pouvoir me situer au-dessus du jugement du monde, et si ça continue à être moins vrai de jour en jour, j'éprouve néanmoins une petite satisfaction à savoir que j'ai trouvé ma place. Alma m'avait suggéré que la liberté s'acquérait en y pensant. Si tel est le cas, alors je devrais être l'homme le plus libre du monde. Et qui peut dire que je ne le suis pas ? Quand je suis dehors à la promenade, je lève les yeux vers les hautes murailles grises, les rangées de petites meurtrières, les boucles de barbelé, les caméras, les projecteurs, les miradors dominés par des ombres… je regarde ces instruments de contrôle et je sais qu'aucun ne pourra jamais pénétrer mon esprit. Je me représente la masse grouillante contenue entre ces murailles, je songe à ma place au milieu de cette masse et je me dis : *ma tour d'ivoire.*

La seule chose qui me manque, c'est mon serre-livres. La police me l'a confisqué comme pièce à conviction et, de toute façon, je n'aurais jamais eu le droit de conserver un objet aussi lourd et coupant dans ma cellule. Je ne sais pas où il est. Entreposé dans une consigne quelque part, peut-être, dans un carton. Mon ami. J'espère qu'il va bien.

Cher Joseph,

Je te prie de m'excuser d'avoir mis si longtemps à te répondre. J'ai eu beaucoup de mal à trouver les mots justes et j'ai jeté je ne sais combien de brouillons précédents. Le langage me semble totalement impuissant. Mes émotions changent au moment même où je les couche sur le papier, et elles auront encore changé le temps que j'arrive à la boîte aux lettres.

Je me plais beaucoup en Californie. Les étudiants sont une joyeuse bande, et les autres professeurs une bénédiction. Et je serais malhonnête si je ne mentionnais pas le climat. Ce n'est pas rien de se

réveiller chaque matin face à la perfection. Quant à savoir si une telle douceur de vivre est bonne pour l'âme, je te laisse en juger.
Ce n'est pas pour autant que je me sens ici chez moi. J'avais toujours imaginé finir mes jours près de l'endroit où je suis né, et avoir été appelé ailleurs à mon âge continue de m'étonner. Peut-être certains hommes sont-ils faits pour l'exil. Sans doute est-ce vrai indépendamment du lieu où l'on vit et du temps que l'on y a vécu. Toutes les demeures terrestres sont temporaires. Nul besoin d'être croyant pour apprécier la pertinence de ce propos.
Pour répondre à ta question : oui, je suis en contact avec tes parents. Je leur redemanderai de venir te voir. Je ne peux pas te garantir qu'ils m'écouteront, bien sûr. Ces terribles événements ont été très durs pour nous tous mais, c'est compréhensible, encore plus pour eux. Quoi que tu leur dises, ils continueront de s'en vouloir, et ils n'apprécient pas cette culpabilité forcée. Ils sont en colère contre toi, très en colère. Comme moi. J'aimerais pouvoir te dire le contraire. Ma fonction l'exigerait. Mais toi et moi n'avons pas ce genre de relation, n'est-ce pas ?
Tu n'as pas demandé ton pardon, ce qui me laisse croire que tu ne recherches pas une solution de facilité. Tant mieux. Car il n'y en a pas. Tu as commis un acte odieux. Je suis désolé de te le dire aussi crûment. T'ayant toujours considéré comme quelqu'un en quête de vérité, j'espère que tu ne te voileras pas la face.

La paix soit avec toi.

Le père Fred.

Quant aux remords, oui, bien sûr que j'en ai. J'ai pris deux vies, détruit au moins une famille, attiré la honte et le chagrin sur moi et ceux que j'aime. Bien sûr que j'aurais préféré que les choses tournent différemment. Parfois, quand je suis d'humeur, j'imagine d'autres mondes possibles, des mondes dans lesquels je ne suis pas cette personne-là mais une autre. Je pense à Alma. Je pense à mon frère. Je mélange le passé et le présent en méditant sur le destin. C'est un jeu idiot de chercher des raisons, de vouloir désigner des coupables, et je ne devrais plus m'y laisser prendre, depuis le temps. Mais je ne peux pas m'en empêcher. C'est dans ma nature de m'interroger. C'est ce qui fait qui je suis.

REMERCIEMENTS

Je dois beaucoup au Pr Alexi Burgess de l'université Stanford, dont la critique d'une première version m'a été très précieuse pour forger la mouture finale. C'est un éditeur attentif et patient, et en aucun cas il ne saurait être tenu responsable des éventuelles erreurs, omissions ou aberrations philosophiques. Merci également à Luvh Rakhe, Elisabeth Mecking, Wes Shih, Jeff Forer, au Dr Eric Banks, à Gary Banks, au rabbin James Davis, à Jonathan Davis, à Jes Handley et à l'inspecteur Jesse Grant du service de police de Berkeley, en Californie.

J'ai la chance de compter parmi mes amis les écrivains Norman Lasca, Saul Austerlitz, Harlan Coben, Owen King et Gregg Hurwitz. Leurs encouragements et leur camaraderie m'ont toujours soutenu.

Merci à Chris Pepe, Ivan Held, Amy Brosey et toute l'équipe des éditions Putnam ; David Shelley et tous ses collègues de chez Little, Brown ; Amanda Ross, Richard et Judy ; Liza, Havis et Victoria.

Merci à mes parents et mes sœurs.

Une fois de plus, ce livre est autant l'œuvre de ma femme que la mienne.

Bienvenue à Oscar.

Du même auteur

Les Visages
Sonatine Éditions, 2009
Points, 2011

Jusqu'à la folie
Éditions des Deux Terres, 2011
J'ai lu, 2012

Dans la même collection

Patricia Cornwell

Jack l'éventreur

Signe suspect

Sans raison

Tolérance zéro

Registre des morts

Scarpetta

Trompe-l'œil

L'Instinct du mal

Havre des morts

Voile rouge

Jeffery Deaver

Le Rectificateur

Carl Hiaasen

Presse-people

Jilliane Hoffman

Justice imminente

Ultime Témoin

Jesse Kellerman

Jusqu'à la folie

Alexander McCall Smith

Le Club des philosophes amateurs

Amis, amants, chocolat

Une question d'attitude

Ruth Rendell

Rottweiler

La 13e Marche

Deux doigts de mensonge
Et l'eau devint sang
On ne peut pas tout avoir
Portobello
La Maison du Lys tigré

Jô Soares
Meurtres à l'académie

COMPOSITION : NORD COMPO
IMPRESSION SUR ROTO-PAGE PAR L'IMPRIMERIE FLOCH À MAYENNE
DÉPÔT LÉGAL : OCTOBRE 2012. N° D'IMPRESSION : 83053
Imprimé en France